樊希安散文集

樊希安 著

人民文学出版社

图书在版编目（CIP）数据

樊希安散文集/樊希安著.—北京：人民文学出版社，2018（2020.7重印）
ISBN 978-7-02-014122-7

Ⅰ.①樊… Ⅱ.①樊… Ⅲ.①散文集—中国—当代 Ⅳ.①I267

中国版本图书馆CIP数据核字（2018）第069665号

责任编辑　宋　强
装帧设计　崔欣晔
责任印制　任　祎

出版发行　人民文学出版社
社　　址　北京市朝内大街166号
邮政编码　100705
网　　址　http://www.rw-cn.com

印　　刷　北京盛通印刷股份有限公司
经　　销　全国新华书店等

字　　数　188千字
开　　本　710毫米×1000毫米　1/16
印　　张　26.75　插页1
版　　次　2018年11月北京第1版
印　　次　2020年7月第2次印刷

书　　号　978-7-02-014122-7
定　　价　55.00元

如有印装质量问题，请与本社图书销售中心调换。电话:010-65233595

目 录

第一辑

忆参军	/3
生命·布·奶奶	/12
煮　肉	/19
仁义的父亲	/23
父亲的两件小事	/26
梦见俺娘	/29
恋雪情结	/32
难忘故园	/36
故乡的年	/41
村　校	/44
"老拐"老师	/47
农家子弟爱篮球	/52

钢笔的故事	/ 55
我家的柿子树	/ 58
石榴牵出的思绪	/ 62
宁夏中宁的枸杞	/ 64
最后一个舅舅	/ 66
二哥希成	/ 72
大　姐	/ 81
月　姐	/ 84
表叔拐天义	/ 87
四　姨	/ 91
秀　英	/ 96
明云爷	/ 100
士振爷	/ 105
末有爷	/ 110
樊小拉	/ 115
大头娃	/ 119
秋来哥	/ 124

第二辑

空　前	/ 133
叫　早	/ 137
放　生	/ 140
妻子不在家	/ 144
我家有儿初长成	/ 147
在新加坡唱歌	/ 150
表演"表哥"	/ 153
收寄一份好心情	/ 156

放飞春燕	/159
小孙的兰花	/162
绿色军营之思	/165
当年一段歌	/169
砂锅居忆旧	/174
呼伦贝尔大草原	/177
方　桶	/180
有一种美德叫感恩	/184
白开水的味道	/188
"放哨雁"的悲哀	/192
鹏城无处不飞歌	/196

第三辑

初读长春	/203
站在桥上观风景	/206
井冈山记游	/209
井冈翠竹	/215
黄洋界散记	/217
井冈四月杜鹃红	/220
滕王阁遐想	/223
难忘沙坡头	/228
月城看"星"	/231
《红岩魂》参观记	/237
彝良灾区行	/242
甘泉岛上品甘泉	/247

第四辑

我的属相　　　　　　　　　　　　　　　／253
一声旧称忆当年　　　　　　　　　　　／256
望　雪　　　　　　　　　　　　　　　／260
晨　练　　　　　　　　　　　　　　　／263
弃　巢　　　　　　　　　　　　　　　／266
在暮色中漫步　　　　　　　　　　　　／269
一诗定航程　　　　　　　　　　　　　／272
昨夜星辰昨夜灯　　　　　　　　　　　／278
从"双枪老太婆"说起　　　　　　　　／284
男儿当自强　　　　　　　　　　　　　／287
槐树的风范　　　　　　　　　　　　　／290
字字饱含对土地的深情　　　　　　　　／295
一条流淌在心底的河　　　　　　　　　／300
从海兰江走向大海　　　　　　　　　　／304
一个热爱生命的人　　　　　　　　　　／309
病卧残阳发新枝　　　　　　　　　　　／313
向三联生活周刊人致敬　　　　　　　　／316
在书店或是在去书店的路上　　　　　　／322

第五辑

寻找幸运丁香　　　　　　　　　　　　／329
心香一瓣祭恩师　　　　　　　　　　　／334
壮歌遏行云　　　　　　　　　　　　　／338
一个绝不随风飘荡的人　　　　　　　　／344
永不消逝的军歌精神　　　　　　　　　／349

痛悼"华子良"	/ 354
悼臧老	/ 357
闻酒识将军	/ 361
站在将军楼前	/ 366
大鸾翔宇起淮安	/ 372
悼戴公	/ 376
清明二祭	/ 380
将一束鲜花敬献在马场町纪念公园	/ 386
缅怀徐雪寒先生	/ 391
痛悼倪老	/ 396
回忆宋木文关心三联书店的一些往事	/ 401
怀念我的出版引路人姜念东总编辑	/ 407
怀念三联老前辈王仿子先生	/ 416

第一辑

忆参军

半夜里睡不着觉的时候，我爱把人生往事翻腾出来一幕一幕地放映。每当这时我总是惊叹：人生千步万步，关键的就是那么几步，踩上了，事遂人愿，踩不上，你的人生就是另一番安排，另一种模样。我的前半生也有那么关键几步，参军是其中之一。因为参了军，才确立了现在的人生走向。因此我对参军的情景记忆犹新，说起参军的事如同述说昨天的往事。

我是1972年高中应届毕业那年冬天报名参军的。当时我是高二的学生，"文革"中搞"教育革命"，缩短学制，初中高中均为两年，因此我上完高二便面临着高中毕业。此前，我曾经有过两次参加工作的机会。一次是公社（现为乡）挑选通讯员，要从高中选一个办事机灵、能说会写的学生充任，据说初选时是我。我听说后很是高兴一阵。虽说通讯员的工作无非是打水扫地、抄写收发，但每月二十多元工资，过两年还能转为国家干部，这令许多年轻人神往。后来我终于没去成，我的一个同学去了，传说因我家"没门子"被人顶替。这些实情我并不知晓，只是朦朦胧胧听说的。另一次是我二哥在铁路公安任上因公牺牲后，初定让我去接班当民警。当时我二嫂也想去参加工作，考虑到她以后再没机会，去了之后也有利于解决两个孩子的户口和今后的工作，全家便同意了。这次我又没有去成。父亲给我说这事，也算是征求意见，我说："我不去，让俺嫂去！"而且我还暗下决心：高中毕业就回村务农，哪也不去了。就那么"脸朝黄土背朝天"一辈子，照顾年迈的父母、年幼的妹妹和二哥两个嗷嗷待哺的孩子，尽为人子、为人兄、为人叔的责任。因此接下来的学生生活很平淡，除了爱好写作希望稿子能在报纸上变为铅字外，再无别的奢望。只等高中毕业证书一到手，便扛着板凳回村务农去。

就在临近毕业时，学校传达了政府冬季征兵的命令，规定应届毕业生可以报名参军，有此意向者可回所在村报名，三天内报名截止。这一"号召"如同巨石投水，在我原本平静的心里掀起了波浪。夜晚，同学们都睡下了，我沿着黑灯瞎火的操场走了一圈又一圈，心里矛盾极了。去？不去？心里一个劲地盘算，小北风嗖嗖地刮着也不觉冷。从心里说，我真的想去，自小就向往绿色的军营生活。我们村里先后几批人出去当兵，海军、陆军都有。还有一个在新疆当边防兵提了干，回来探家穿四个兜的干部服，一走路"嘀嘀"直响的大头皮鞋，嚄，那个神气。我的一个远房堂兄在山东长岛当水兵，还给我来了信，说什么"大海在欢唱，海鸥在飞翔"，让我羡慕得不得了！再说，当兵保卫祖国是每一个青年的职责，响应号召理所应当。但是，说去也难。难就难在家里眼前的境况。父亲已年过六十，母亲也五十多岁了，两位老人在二哥去世的打击下骤然苍老，白发日增，家中还有一个14岁正在上学的妹妹，再就是二哥留下的一个3岁和一个1岁的孩子。大哥还在外地，大姐、二姐早已出嫁。算来算去，家中就剩下我这么一个男子汉，我拍拍屁股走了，家里谁来支撑？我还尽不尽一个男子汉对家庭应尽的责任？在忠与孝之间，在前途与责任之间，一个年方17岁的高中生，实在是难以抉择啊。一直到东方的天空现出了鱼肚白，在操场转悠的我才有了"决策"：先报上名再说！

学校离村子三四里地远，报名截止的头一天下午，我骑车回村，直奔村支部书记家中。支书听说我要报名参军，说："中，中，我给你报公社。"又问，"你给家里商量了吗？"我说："我因着急，先找你报名，这就回家给父母说去！"到了家，我向父母说不出口，因为心虚，连父母的眼睛都不敢看。他们对我不到星期天就回家来很奇怪。母亲关心地问："取馍吗？"父亲过来说，"取面吗？"我急说："不取不取"，一头扎进自己的房间，撒谎说"取点东西"便出门骑车而去。

纸里终究包不住火。报名参军终非一件小事，又要政审，又要外调（那时参军对家庭成分和社会关系要求甚严），还要通知到县城体检，父母怎能不知道！但那时，我还认为父母不知道哩！周末回家我装着无事人一样，父母也不说啥。吃罢晚饭睡得早，也是心里有事，天不亮就醒了。我住的厢房紧邻父母住的正房，隔墙就是父母睡房的窗户，竟隐隐约约地听到了父母的对话。先是母亲嘤嘤的哭泣声，接着听她恨声说道："这孩子也太胆大，这么大个事也不跟家商量！"父亲半天没做声，过一会儿才说："孩子心里作难呢！""你愿意他去？"母亲问。

"咱咋能不让孩子去哩！国家号召，也关系他的前程哩！人家的孩子想出还出不去，咱能把孩子霸在家里？耽误孩子一辈子你不后悔？""他走了，家里可咋办，家里一个壮劳力都没有啊！"母亲说。"只要他自己愿意去，咱不拦他，家里有我顶着呢！希旺妈，你可不敢说那落后话，影响孩子的前程哩！"父亲说。母亲又哭了："我哪是不愿意他去！我是舍不得孩子啊，他才17岁，身子骨单薄，又没出过远门呢！听说招收的是打山洞的工程兵。老二希成没命，去世了，希安再有个三长两短，咱俩可咋活啊！"父亲没声了，似乎也在流泪。听到这里，我哭了，怕哭出声，用嘴死死地咬住被角。

第二天早饭后，父亲沉静地问我："听说你报名参军去？""是，我想去试试。"我声音不大。父亲声音却提高了："这么大个事，也不跟家里商量！你要干的是正经事，我和你妈能不支持？""爸、妈，我也是拿不定主意，不好给你们说呢！我就是想报名去试试，也许验不上呢。验上呢，就去；验不上呢，就不去。去不去，我听从爸妈的决断。"我说的是实话。父亲很干脆地说："去不去，你自个拿主意，这关系你的前程。你要去，我和你妈不拽你后腿！"好父亲啊，这是表态性发言哩！母亲没说啥，一边洗碗，一边站在锅灶旁抹眼泪。

我家几代贫农，亲戚家亦都如此，大哥二哥都先后入了党，参军政审关顺利通过。虽然报了名，但我心里仍犹豫不定，身体检查便成了关键的关口。我给父亲说"验上呢就去，验不上就不去"，心里是偏重想去的，但又不忍割舍父母，如果验不上去不成，也不特别的遗憾。我就是在这种矛盾心态下去县城参加体检的。参加体检的人各种心态都有。有怕验上的，故意说自己有多种疾病；有怕验不上的，担心身高不够，量时往上踮脚；担心血压高，量血压前急忙喝几口醋。我没有这些负担，身体又精干结实，103斤的体重，1.68米高的个头（差2公分1.70米，因此没当上去北京8341部队的特种兵），关关都顺利通过了。最后一关时，一个带兵的人拍着我脑袋说："小伙子，身体不错，准备接入伍通知书吧！"结果，我们村4个人体检验上了3个。

从县城骑车回村的路上，我心里又兴奋又沉重，反复想着："我这一去，家里怎么办？父母怎么办？但验上了不去，不就成逃兵了吗？"想得过多，以至进了村口也没觉察，车把竟没拐弯，直冲路旁一个两米见方的井口而去。"咔嚓"，车倒在井台上，我趴在井沿边，差点掉进井里去。我"妈呀"一声双手紧扒井口，侧身翻下井台，才避免了一场大祸（至今想起来仍然后怕。前些年回老家，看到这口井已被填平，上面长着绿油油的麦苗）。当时月色初起，四下无人，我磕绊着爬起来，揉揉膝盖，没坏，转转胳膊，没掉，摸摸耳朵、鼻子，也都在位，这才放了心（若是真掉进去，别说参军，命也没了呀。哎呀，天不灭我）。害怕父母担心，我跌坐井口的事只字没提，他们也没发觉。只是问我验兵验得如何，验上没有？我不能再骗父母了，满有把握地说："看来是验上了，人家让我等接通知书呢！"父母似乎早有思想准备，没有任何惊讶。父亲郑重地说："我和你妈商量了，验上就去！自古道'忠孝不能两全'，你替国家尽忠吧，不要惦念家里！"这晚天上的月光格外明亮，我仰望天空，备感圆月的温柔、慈祥和胸襟博大，迟迟没有低头。我怕低下头来两汪热泪夺眶而出呀！

身体也验上了，父母已明确表示支持我去，带兵的干部也见过我，他们看了我写的东西，知道我肚里有"墨水"，愿意带我走。看来，当兵的事是"板上钉钉"了。没成想好事多磨，村里有的人不知出于什么动机，揭发我虚报了年龄。现在从实招来，我当时真的是虚报了1岁。因为我生于1955年3月，属羊，当年实岁17岁，虚岁18岁，规定是年满18岁。我报的是1954年3月生，属马，正好18岁。这样报也有我的"根据"，因为父亲当年为了让我提前上小学，给我报名时增大了一岁，户口本也相应改过。这样，从户口本上看当兵的年龄够了，实际却不够。但那时我不能"实话实说"，实话实说，当兵的事不就泡汤了吗！既然有人揭发，就得调查核实。虽说年龄不够踊跃参军是爱国行为，但毕竟是弄虚作假啊，查出来那还有好！为此，带兵部队、公社人武部也都来了人。他们先到村里几个有和我年龄相仿的成员的人家去调查，结果其说不一。也没查出个结果。最后来到我家。我们已事先得到来家调查的消息，大姐怕母亲临时反悔，说出我年龄不够不让我去的话，一再叮咛："妈，你可不能说小安年龄不够啊！"妈开始没吭声，后急了，瞪她一眼："我是憨子吗！"父亲显得很沉着，威严地扫家里人一眼："谁也别多说话，有我和你妈呢！"调查组的人来了，其中还有一个是我高中的政治课老师，名叫崔得海，平时对我很关心，他是临时被公社抽去帮助做征兵工作的。一行人坐定，带队的人开门见山，说"我们要核实一下希安的真实年龄"，说完开始询问我的父亲。父亲胸有成竹不慌不忙地说："希安是1954年生的，属马，就是咱们这里闹入社那一年生的，同年生的本村有小社、小香等，不信你们去打听。"话不多,有根有据有板有眼。带兵的人转向我母亲:"大娘,你说说。"母亲捋一捋头发说:"他爸说的是哩,俺家的孩子俺不知道年龄?别听别人瞎嚷嚷,孩子是从我肚里生出来的,我最有发言权!"母亲一席话把众人"轰"的一声说笑了,气氛登时活跃起来。记得那天来调查的同志很和蔼,还在我家吃了午饭呢!

1972年12月17日,我正式接到入伍通知书,换上了崭新的军装。要求21日到县城报到,穿上军装到离家只有三天时间,我是多么想利用这时间多在家待会儿,多在父母身边待会儿啊!但母亲是个礼数周全的人,她给我准备好礼品,一定让我去各亲戚家探望。她说:"你一走好几年哩!离家几千里,离家前再去看一眼你外婆、舅姨和姑姑们吧!"我那几天忙着串亲戚,也抽空到母校去了一趟。我和再有一个月就要离校的同学们紧紧握手,拆开几包烟分送大家抽。同学们说了不少"在部队立功"、"多来信联系"之类的话,还送了不少写有火热赠言的笔记本,自有一番惜别之情。

临离家头天晚上,大哥、大姐、二姐都来了。大姐送来了母亲让她给我缝制的家织布衬衣衬裤,还有一个绣有"自力更生"四个字的枕套。年过70岁的大姨,踮着小脚,打着小玻璃灯笼摸黑走了一里多地,送来10个煮熟的鸡蛋。全家围坐在一起有说不尽的话语。父亲一遍一遍地交代我在外要注意的事项。白天他已找过和我一起当兵的同伴、年长我5岁的我的一位同族"叔叔",用央求的口吻说:"小安小哩,没出过远门,他妈不放心,你在外要多关照他,我把孩子托付给你了。"现在,他仍不放心,反复给我传授他过去出门的生活经验。母亲一句话也不说，只是坐在那里啜泣，大姐二姐不停地安慰她。

时间过得好快，转眼便是第二天清晨。刚吃完母亲给我煮的送行饺子，村子里欢送参军的锣鼓就响起来了。依依不舍的亲人、依依不舍的乡邻，簇拥着把我送到村东口的公路旁。母亲没到村口送我，她坚持要来，我坚决不让，我怕痛苦的别离再度引发她的伤感。她站在堂屋给我送行，只见她那驼色头巾一闪，我泪眼模糊，便什么也看不见了。

那时村里没有汽车，也没有拖拉机，是村支书骑着自行车送我到公社人武部报到的。毕竟自行车要快一些，当我们赶到了公社，步行而来的父亲、大哥还在路上。得到我们新兵已在公社集合提前向县城出发的消息，正在途中的父亲急了，60多岁的他横穿麦田，一路抄近路小跑，满脸淌汗气呼呼地追赶上我们的队伍，急切地从内衣口袋里掏出一卷钱，拉着我的手说："给，这些钱你带上，缺啥了就买！"望着脸上皱纹密布、满头蒸腾热气的父亲，望着勤劳坚强、辛苦一生的父亲，我的泪眼又一次模糊了视线。

1972年12月21日，天空飘洒着碎银似的雪花，我们乘坐汽车从县城出发，到就近的火车站换乘军列，火车轰轰隆隆地向南奔贵州而去，我从此开始了长达10年的军旅生涯。参军确实是我人生的关键一步。我在部队入了党，提了干，还被推荐上了大学，走上了文学创作道路，为我的一生奠定了发展的基础。但这关键的一步，是父母支持、帮助我踏上的。没有父母的支持，我便没有这一步；而没有这一步，其他步都不可设想。因此我能有今天，混得还算人模人样，我终生都要感激我的父母！而我的父母为了我这一步却付出了沉重的代价，他们终因操劳过度，先后离开了人世。家庭负担过于沉重，全靠父母的肩头去扛，他们是累死的啊！每念及此，我都深深地内疚，为自己的"自私"而内疚，为没尽到一个男子汉对家庭对父母应尽的责任而内疚。

1999年1月2日—3日

生命·布·奶奶

这篇文章是儿子和我共同完成的。那日我偶翻他的日记,被其中的一篇深深感染了。这篇日记篇名为《生命·布》,标明"1998年10月18日 阴雨",全文录下:

爱干净的妈妈收拾衣柜,拿出一张叠放整齐的布。"这是你奶奶以前织的。"她说。我摸了摸这块布,真的是很粗糙。我睹物思人,想起了已过世的奶奶。

奶奶这一辈子都在农村,是一个十分平凡的农村妇女,我对她的印象不很深刻,因为我只见过她两次。但如今我摸着这块布,这块粗糙的布,不禁想起了她,又感到了一种莫名的凄然。

我仿佛看到奶奶正在纺车前织着那块粗糙的布,我仿佛体会到了生命的短暂与珍贵。

啊,我悟到了,我们这些活着的人不也正在编织着自己的布吗?当用完最后一丝线时,那就是生命的尽头了。我想,无论这块布华美与否,对于我们来说，它都是最为珍贵的，因为为了它，我们用尽了一生的精力……

平心而论，儿子的这篇日记写得不错，从文章的立意到遣词用句都体现了高二学生的写作水平。但最令我心动的不是其写作水平的提高，而是文中蕴含的对奶奶的情愫以及透过此对生命意义的感悟。我的家在豫西北平原，那是盛产棉花和小麦的地方。儿子5岁和9岁时，我和妻子先后带着他回去过两次，行程匆匆，时间短暂，故他对奶奶印象不深刻，写不出更多感性的东西。他的文章中也的确有"粗糙"的地方，明显之处有二：一是把一匹布称为"一张布"；二是"仿佛看到奶奶正在纺车前织着那块粗糙的布"，给人一种布是在纺车前织出来的感觉。错错错！但是，这错误不是我儿子一个人独有的错误，由于生存境遇的不同，加之时代的变迁，他们这一代人，或再上溯到30岁左右的年轻人，有谁能说得出农家土布是怎样织出来的呢？不知并不为怪，但不知却难以知晓其诞生的艰辛，难以知晓农妇为此付出的辛劳，也难以理解我们这一辈人对老一辈人刻骨铭心的情感。为此，我要接续儿子《生命·布》的话题，告诉他一匹家织布产生的历程，他有怎样一个以日月抛梭用生命织布的奶奶。

儿子，我的母亲你的奶奶是一个穷苦人家的女儿，嫁给了一个同是出生穷苦人家的我的父亲你的爷爷。你奶奶和爷爷结婚时房无一间，地无一垄，借住在别人家里，靠给人家当长工做佣工过生计。那时，奶奶和爷爷很穷，穷到了极点，但虽穷，却有生活的希望和异常坚韧的奋斗精神。凭着自己的双手，一点一点置办了家产，以后又陆续有了六个孩子。在微不足道的家产中，就有一台织布机和纺线车以及纺线织布附属的一些物品，这是日常家居的必备品。黄梅戏唱"你织布来我耕田"，不织布衣从何来？虽说本世纪初已西风渐进，产生了"洋布"，但是价格昂贵农人何敢问津？我生于上世纪50年代中期，从记事之日起，就知道全家的穿戴都是靠你奶奶双手织出来的。我那时年纪幼小，尚不知生活的艰辛，甚至觉得纺线、织布很好玩，当你奶奶不在身边时，我会把纺车搅得"嗡嗡"乱飞，如玩具般玩耍；或者跳上织布机，"咔嗒咔嗒"地乱踩一通。以后年纪大了，才知道你奶奶是何等的艰辛，她把生命织成了布，让我们穿在身上去御寒和炫耀。

儿子，一匹布的产生是艰难的。从一粒棉籽入土到收获棉花，从棉花再转换成布匹，历经春华秋月，融进了你奶奶无尽的血汗。一粒棉籽种入土里，出苗后浇水、打杈、喷药，收获时收摘、晾晒，送去轧（除去棉籽）、弹（疏松成皮棉），已经耗费了几多心力，然而要把它变成布匹，只是"万里长征走完了第一步"，还要耗费更多的心血。先是搓（搓成纺线用的棉团），后是纺（把棉团纺成线），其次是浆（使线变硬），再次是染（染成各种颜色），再次是缠（缠成适合织的规格），再次是织（把线织成布），再次是捶（使布柔软），再次是抻（抻布使之直）。其中难度最大的是纺和织两道工序，最耗时力，你的奶奶聪慧能干，是远近闻名的织布能手，有令人叫绝的纺织技术，但技术的背后是心血，它要靠精力和耐力的支撑。我是亲眼看见你奶奶是如何纺线织布的，时至今日，我一闭上眼睛，就能想到你的奶奶冬夜纺线和雨天织布的模样。

打我记事起，咱老家堂屋贴近腰墙（把两间房隔断的墙）的地方，就摆放着一辆纺车。摆放了多少年，我说不清；纺了多少线，我也不知道。但我知道，纺车的轴、摇把都磨得油光光的，昭示着日积月累之功。纺车之前，摆放一只草编的蒲团，那是你奶奶的坐席。离纺车不远是一只方桌，左右有木椅两把。两把椅子白天可待客，一把供辛劳了一天的爷爷晚上休息（那只躺椅），另一把留给我或你的姑姑做作业使用。纺车之所以要靠近方桌，是方桌上有一盏煤油灯，你的奶奶可借助灯光来纺线。冬夜是漫长的，那是你奶奶纺线的最佳时光。收拾了碗筷，洗过了锅盆，你奶奶便像准时上岗的哨兵，坐在了纺车前。我趴在桌子上做作业，不久，躺椅上你的爷爷便鼾声如雷，他给人家修房造屋做木工活，实在是困极了。每当这时，你奶奶便让你爷爷去睡觉，爷爷不肯，揉揉眼睛说："我再坐会儿。"他是想多陪陪你纺线的奶奶呀。夜深人静，我和你爷爷都睡下之后，你奶奶纺车的"嗡嗡"声仍响个不停。爷爷招呼奶奶："旺妈，你也睡吧！"奶奶说："再纺几个骨节（方言，指棉团）。"这时，奶奶把桌上的油灯端下挂在贴近纺车的墙上，把灯芯调得光亮如豆，又开始不停地摇动着纺车。只见她右手摇车，左手抽线，随着纺车一圈一圈地飞舞，锭上的线也越缠越多。一锭缠满，卸下再缠。这是个手眼并用的活路，"抽一丝而动全身"，消耗的体力是可想而知的。那时我睡觉的房间和你奶奶的纺车只有一墙之隔，常在纺车声中进入梦乡。一觉醒来，可听见纺车的"嗡嗡"

声；又一觉醒来，"嗡嗡"声仍不绝于耳。有时不听"嗡嗡"声，却有灯光映射进来，便爬起来从门缝向外看，只见你奶奶坐在纺车前的蒲团上，头一点一点地打起了盹。"妈，去睡吧！"我心疼你奶奶。"乖，你睡吧，我一会儿就来。"话音刚落，纺车声又起，好像一个乐章奏完又开始了另一乐章。早晨起来，不见了坐在蒲团上的你的奶奶，她开始操持一天的家务，锅灶间、猪圈旁闪现着她的身影。摸摸纺车前草编的蒲团，上面似乎仍残留有你奶奶的体温，纺车前堆放的棉团不见了，只见小筐里摆放着一群又白又胖的线娃娃。夜夜如此，岁岁如此，我就是在你奶奶的纺车声中长大的。

俗话说"男耕女织"，实际上你奶奶并非专司织布，大田里耕作，哪一样也少不了她，春种秋收夏锄冬藏样样都需要她忙活。织布是农活外的业余活动，多是在农闲时节或阴雨天进行。咱家那台老式织布机摆放在街房一进门且临窗的地方，这样光线充足，能看得清楚。农闲或阴雨天是农人的"星期天"，但这时，你的奶奶却更加忙碌，她要利用这一时间把全家人穿衣做鞋盖被用的布匹织出来。她上了织布机，一坐就是数个小时，脚踩布机，手执木梭，一梭一梭地织。"咔嗒咔嗒"，"咔嗒"一声，梭走一个来回，把纬线织进经线，布便一毫米一毫米地增长。这织布如春起之苗，不见其增，时见其长，需要体力，更需要耐力。一梭一梭，千梭万梭，才有尺长寸进。儿子，表示布的单位并不用"张"，而是用匹。一匹家织布，横幅为1尺或1.2尺，长度为老尺的三丈二或三丈六。你的奶奶一坐上织机便进入了忘我的境地。一天下来能织多少我也记不清，也不过一两尺吧，一匹布要耗费多少时间呢，数匹布耗费的时间则要更多。你奶奶会织普通的布，也会织花布，还会织做床单的布，而布越复杂越要耗费更多的时间。农闲时节，你的奶奶就是在织布机上度过的；在这古老的织布机上，她度过了她的一生，她卸下一匹，再织一匹，日日不息，连绵不断。这些布使我们全家有身上穿的衣，脚上穿的鞋，床上盖的被，使我和你的伯伯姑姑们身上夏有单、冬有棉，过节有新衣，能齐齐整整地站在人前面，有做人的体面和自豪。可是，我们身上的一丝一缕，都渗透着你奶奶身上的血汗啊！

我当兵离家时，穿上了新军装，里外一新，你奶奶却坚持用家织布给我做了一套衬衣衬裤，说家织布贴身，穿着吸汗、暖和。我和你妈结婚时，你奶奶捎来两床用家织布做里的被褥，是她和你的姑姑们趴在地下的凉席上，一针一线地缝起来的。你出生时，你奶奶还寄来了用家织布做的小衣服呢！我和你妈第二次带你回老家时，你奶奶明显衰老了，且患病在身手脚不便。她让你姑姑从箱底拿出一匹家织布，拉着你妈妈的手说："就剩这点箱底了，你带回去，也许能派点用场。"话中带有老将不能再驰骋疆场的凄然，又洋溢着对子孙不尽的爱意。多年啦，这匹布被你妈妈精心地收藏着，算作是一点纪念。而它恰恰被你看见了，使你"睹物思人，想起了已过世的奶奶"，而你的日记，又勾起了我对你奶奶的怀想。

是的，活着的人都在织着自己的"布"。你说得好，这块布不管华美与否都是珍贵的，因为它用尽了"一生的精力"。这又使我联想起了你的奶奶。你奶奶是一个十分平凡的农村妇女，她的一生没有耀眼的光辉，却把生命纺在了线里，织入了布里，缝进了衣里，且乐此不疲无怨无悔，给了亲人无限的温暖和春意！

　　不久前我回老家，特意去看看你奶奶用过的纺车和织布机。咱们家乡早已不再有谁来纺线织布了，因此便没有谁来精心保管这些过了时的物品。堂屋的纺车不见了，街房里的织布机却依然如故，只是落满灰尘蛛网交织了。我抚机沉思良久，耳畔仿佛又响起你奶奶"咔嗒咔嗒"的织布声，眼前仿佛又看见了她前后俯仰穿梭织布的身影。你伯父看出了我的心思，他说："你把咱妈织布的梭带去，留个纪念吧！"结果好一顿寻找，却不见梭的影踪。最后，我带了一只你奶奶纺线用的木锭，一只木质的倒线用的"yuan"。现在，这两件东西就摆在我的书柜里。看见它们，我就想起了你勤劳慈祥的奶奶。

　　从老家归来，我已多次梦见你奶奶织布用的那只梭。一只梭没有什么珍贵的，丢失就丢失吧。但愿不是你的奶奶把它带了去。我愿你已去世的奶奶在另一世界不再抛梭织布，轻松愉快地过点好日子。

　　　　　　　　1998 年 12 月 13 日中午 12 时——14 日凌晨 1 时 30 分

煮　肉

　　这个题目得自国外，得自我在西欧的旅途中。那晚我们由奥地利向意大利进发，途中，宿在一个叫格拉兹的小城。导游把我们领到一个叫"京园"的中国餐馆去用餐。菜不多，计有烧牛肉、素炒白菜、清蒸鱼、扒生菜、水煮肉。就是这盘水煮肉使我又尝到了幼时在故乡吃肉的滋味，也使我触肉生情，想起在老家煮肉时的种种情景来。相隔数十年，距离数万里，在异国他乡，竟能吃到味道不差分毫的水煮肉，重闻故乡灶房里独特的肉香味，是上苍的刻意安排吗？饭后同一行数人去游格拉兹火车站，我眼观异乡奇景，脑袋里却翻滚着老家灶房里煮肉时的柴烟水汽，父亲母亲的面容一一在脑海里清晰地闪现。回到旅馆洗澡时，立于喷头之下，我的眼泪终于涌了下来，分不清哪是浴水，哪是泪水，一任它顺颈而下。在哗哗的水流声中，我的思绪飞越重洋回到了故乡。

　　幼时家贫，生活比较清苦，虽说解放了，过日子能吃饱穿暖，但肉却是不常吃的。父母要把牙缝里省下来的钱盖房造屋和供我们上学，故一年也吃不了几次肉。我们家乡把买肉称"割肉"，割肉要去乡（那时叫公社）所在集镇的肉站。肉站临街，室内的架子上倒挂着白条猪数扇，红白分明，油汪汪的，那可是吸引人的地方。不过，只有在过年的时候，父亲才领我光临这里，割一些肉回家。那时我家也养猪，国家号召农民大养其猪，宣传说"猪儿浑身都是宝"，父母更是把养猪看作是开设"银行"精心为之。抓养一个十五六斤重的猪崽，养一年便有一百多斤。一旦达到交售的标准，父亲便在某天的天刚蒙蒙亮时，领几个壮汉跳进猪圈捉猪，把它牢牢捆绑在平板车上，赶早送往乡收购站。一头猪换回来数十张票子，那便是瓶里的油、罐里的盐、我们的书包和课本。因此，我从来不敢奢望家里把猪养大了自己杀来吃。以后参加工作来到东北，常听东北人绘声绘色地讲杀年猪的情景，很令我羡慕不已。

乡下人把过年看得很重，操劳了一年，是该歇息一下，奢侈一下。因此，一到年关，家家户户便开始置办年货。父亲领我到集镇上买莲菜、芹菜、海带等菜蔬，香烛鞭炮等物品，而最重要的举措则是"割肉"。他在肉站的窗前排队，轮到自己时，便摸出身上略带体温的票子，告诉操刀者割2斤板油、5斤五花肉（肥瘦相间）、10多斤后鞧肉。操刀者手起刀落，将肉往秤上一约（称），把钱接过去，肉扔到了箩筐里。我帮父亲抬回了箩筐，也抬回了我幼年时的兴奋。父亲把箩筐挂到房梁坠下的钩子上，我抬头看见箩筐，便如同看见朝阳般灿烂。

年二十八或二十九，蒸过馍（过年时吃的馒头、菜包、豆包），炸过年糕、油条，五花肉剁成了饺子馅，父母便开始张罗煮肉了。煮肉在晚饭后进行,父亲分管煮肉的事宜,母亲则在堂屋的煤火台前用板油熯油。我在煮肉中乐颠颠地充当"伙头军"的角色,目睹煮肉的全过程。父亲把那10多斤后鞧肉洗净切成几大块放进铁锅里,倒一桶水进去,加花椒大料生姜,撒一大把盐块,便吩咐我加火烧煮。煮肉要用硬柴,那都是他做木工活剩下的边角余料,或是刨出的树根,很好烧。我拉动风箱,风一吹,炉膛里火旺旺的。这时,风箱在鸣唱,我的心也在鸣唱;锅里的水在蒸腾,我的思绪也在蒸腾。肉煮熟了能切一块尝尝,是我当时最大的心愿。水嗞嗞响了,水哗啦哗啦地开了,水咕噜咕噜地翻滚,随着水蒸气的涌出,整个灶间都弥漫着煮肉的香味。炉火明灭,烟雾升腾,肉香飘拂,置身其间,我便有一种能天天煮肉天天吃肉的幻想。如果不是怕滚沸的肉汤烫手,我不敢保证我的手不去锅里撕下一块肉尝尝。

　　父亲忙碌别的事,当约莫肉煮得差不多时,他便掀开锅盖,吹一口气朝锅里瞧瞧,然后用布满老茧的大手持一根筷子朝肉块扎去。扎不进,没熟;"嗞"的一声将肉块扎透便是熟了。当筷子将煮的肉块扎透时,我和哥哥姐姐妹妹最幸福的时刻便到来了。父亲选一块精肉捞出,在案板上切开,母亲倒酱油切葱花,我们便围着这一碗肉狼吞虎咽般吃开来。父母不吃,父母从来不吃,父母在我们吃时在一旁会心地微笑。我从小到大历经多次煮肉,脑海里竟没有父母吃肉的记忆。风卷残云地吃过"煮肉",母亲便招呼我们吃她熯油剩下的"油梭子",她把油梭子放在碟子里,撒一点盐末,虽说没有"煮肉"好吃,却别有风味,我们又是风卷残云。从幼年到成年,我的记忆中也从没有父母吃"油梭子"的记忆，他们只是在子女们高兴地吃时在一旁由衷地微笑。

　　在蒸腾的水汽中，我又看到了父母的微笑，真切，慈祥，洋溢着对子女的厚爱。但我知道，这是幻觉。父母已先后离开我们，他们的微笑在天国里。我长大了，参加工作了，挣的工资能让父母天天有肉吃，但是，我却再也实现不了让父母吃肉的愿望。在异国他乡的淋浴喷头下，在哗哗流水声中，我的泪水又一次顺流而下，分不清哪是浴水，哪是我的眼泪。

1998 年 12 月 16 日——17 日

仁义的父亲

我的父亲去世已经 24 年了。我对他的思念没有因岁月的流逝而减弱，反而与时俱增。今年清明前夕，我特地把父亲仅有的一张半身照翻拍放大，换下大镜框中父亲的那张画像。因为照片更直观、更真实、更亲切，更能让我回想起父亲的美好品行和件件往事。

我的家乡地处河南西北部平原，村庄离黄河仅数十里之遥。祖祖辈辈在黄河泥沙冲积的大地上耕种、繁衍、生息，父亲是他们当中的一员。他勤劳、正直、刚强、坚毅，但最让我敬佩、最让乡亲们敬重的则是他的"仁义"。中原农民淳朴善良性格的传承、古代戏曲中典范人物的影响、儒家仁爱思想的熏陶（父亲幼时读过私塾）汇聚成的这一品行体现在父亲身上。他不仅取字"相义"自励，而且时时身体力行。

父亲幼年家贫，6 岁时便失去了母亲，和我的爷爷、伯父、姑姑一起过着饥寒交迫的生活。爷爷撒手西去时，留下的唯一遗产是一处宅院和几间旧房。1941 年河南发生严重饥荒，300 万人饿死，

300万人逃荒。我伯父一家也随逃难的人流落到了陕西武功，并在那里安家落户。家乡解放后，父亲几次西去陕西，最终把伯父、伯母和我的堂哥堂姐们接了回来。他把祖传的老宅整修一新，让伯父一家居住，而自己则"净身出户"，和我的母亲带几个孩子借住在别人家里。伯父去世后，伯母多病，父亲又把照顾伯父一家的重担挑了起来。婚丧嫁娶、修房造屋、春种秋收、迎来送往，父亲都想得周周到到，打理得井井有条，比对自己家的事还要上心，街坊邻居都交口称赞。

父亲虽是农民，但从小学艺，有一手盖房造屋的木匠手艺。他活路纯熟，技艺精到，手法快捷，是有名的能工巧匠。方圆数十里的乡亲们慕名而来，他总是有求必应。他常说：农家盖房不容易，攒了一辈子就为这么一件事，我们伸伸手，能帮衬一把就帮衬一把。不管多忙多累，不管工钱多少和能否按时付给，他都一口应承，从不推辞。无论路途远近，他全靠步行，背着家什，天亮即到，摸黑夜归。做活期间，从不讲究吃食，粗茶淡饭即可。每一道工序都认真细致，从不马虎敷衍和偷奸耍滑。按照习俗，家乡造新屋要把土木工程师的名字刻在房梁上，作为"历史的记录"。父亲的名字刻到了家乡成千上万栋房屋的梁上，也刻在了成千上万农民兄弟的心上。

父亲是75岁去世的。那一年他还在给乡亲盖房。我劝父亲别干了。父亲说：都是乡里乡亲的，不好推辞啊。春节后我离家返长春时，父亲从一家农户几丈高的房脊上顺梯而下送我。我又一次劝他，他笑笑不语。后来我听说，父亲病倒卧床的前一天，两眼已经视线模糊，还摸索着走到别人家帮工。父亲去世后,那家人到父亲灵前长跪不起,数千乡亲为父亲送葬。我知道,这是父亲仁义德行得到的回报。

2003 年 6 月 7 日

父亲的两件小事

今天（2017年6月18日）是父亲节。周日，在家休息。上午10时许下楼散步，见小区外快递员堆了一地要送的东西。问之，才知道今天是父亲节。人们在忙着送给父亲的礼品，我呢？我的父亲已经去世38年了。去世那年75岁，如果活着，今年该是113岁高龄了。散步中想起父亲，在一圈又一圈的散步中，父亲模糊的影像逐渐清晰起来，我记忆深刻的父亲身上的往事也一件一件在大脑闪现、回放。当眼角涌上潮意，将有泪水涌出时，我赶回家中，在案头写下这些纪念父亲的文字。

父亲出身贫苦，做了一辈子农民，兼有泥木手艺，读过几年私塾，精通文墨。虽然从没担任过什么行政职务，也不是党员和积极分子，但在平民百姓中很有威信，是村中一个有影响力的人物。这些威信和影响力是用一件件让乡亲们信服的事情堆积而成的。我这里仅讲述我自己记忆深刻的两件小事。

过去时代的人，一般都有名有字。父亲名春茂，字"相义"，不仅"义"

在字中，更体现在行动上。老人家凡事"义"字当先，是个宅心仁厚之人。父亲精通泥木手艺，常带一帮泥瓦匠人为乡亲们造房盖屋。在河南农村，盖房是一件大事，也是一件极不容易的事情。一家几代人省吃俭用、口挪肚攒，才积够盖一座房的费用。盖一座房，是家里几辈人的荣耀，用以遮风挡雨，更为子孙繁衍创造生活条件。儿时记忆中，常有我们村方圆几十里的乡亲们来请父亲去盖房，许多房屋房梁下的杆杆上都写有父亲监造的文字记载。不管远近，不论认识与否，父亲对前来求助的相亲都一视同仁。给钱多也去，给钱少也去，给现钱也去，盖好房再给也去。只要应下的事，就是板上钉钉；只要开工的话，就是风雨无阻。尤其考虑盖房人家的难处，在饭菜上决不挑拣，给干吃干，给稀吃稀。有一年，父亲领几个泥瓦匠人，在我们村西北的南镇村给一户人家盖房。劳累了一天，几个匠人在昏暗的油灯下美美地吃着饭食。主家体谅匠人的辛苦，让儿媳妇在玉米糊中下了面条，算是改善生活。父亲埋头吃了一会，端着碗向门外大街上走去，看四处无人，便把碗中吃剩下的饭倒在一个猪圈的猪食槽中。原来他在吃饭时咬到了一块硬东西，用筷子一挑，竟是一只童鞋。不知什么原因，也许是大人做饭时抱孩子"搅锅"，把鞋掉进锅里，又盛到碗里了。父亲没有声张，在街上站了一会才回去。等匠人们吃完饭，父亲回到家让我母亲给他做饭吃，母亲问父亲为何在盖房人家中没吃饱时，他才说了此事。父亲说："庄户人家盖房不容易。我多说一句话，好端端的一锅饭就会浪费掉。婆媳之间还会为这件事闹矛盾，日子怎么过？"父亲说这些话时，我在村校教书的小妹就在旁边。前年妹夫、妹妹到北京来看我，在一起忆旧，我才知道这件事。我也通过这件小事，更加了解了我的父亲。

　　还有一件事，是我亲见目睹的。我的家乡是小麦产区，人民公社化后，长期集体生产集体收割。每年夏季，每个生产队都有个打麦场，从收麦开始到颗粒归仓，都由村民选出的"场长"负责。这个"场长"，必是大家信得过的人。父亲年年麦收时被推选为场长，他尽职尽责，处事公平，脏活累活干在前头。每天都是第一个到岗，最后一个离开。打麦场离我们家有一里多地，中午回家吃饭时，正值烈日暴晒，父亲却赤膊光着脚来回走路。我尝试过光脚走过一回，被阳光照射的路面烫得难受，便不解地问父亲为啥光脚来回。父亲说："如穿鞋回家，就有可能把麦粒从鞋壳里带回家；即便鞋壳中没有，也会受到人家怀疑。做人要清清白白，不该咱要的一颗一粒、一分一厘也不能拿、不能要。"父亲的一席话，使我明白他在烈日下暴晒赤着膊光脚回家的原因，也使他的形象在我眼前高大起来。无独有偶。我在给一个离我家乡不远、年龄相仿的河南老乡讲起这件事时，他告诉我，他爷爷在给生产队看瓜时，除了大伙分的，他没有吃过爷爷给过的一个瓜，连一个烂了要扔的瓜都没有。每天给爷爷送饭，都是提着瓦罐去。往家走时，爷爷让他把瓦罐倒扣起来拿着回家。这样做，也是不让人怀疑从罐中带瓜回家。清清白白的做人，虽是农民，但他们却牢记着这一信条。父亲正是承继了乡亲们这些优良传统，把一个大写的人字立在了天地之间。

2017 年 6 月 18 日

梦见俺娘

今清晨快要醒时,做了一个梦,梦见俺娘了。虽在梦中,却分外清亮。娘在院子里坐着洗衣服,我不小心弄洒了一盆水,溅湿了娘的鞋子。娘没有埋怨我,抬脸笑笑,继续洗正在洗的衣服。

俺娘去世快二十年了,我常常梦见她。每次梦见她,她都在忙碌,从来没有闲的时候。我想这是因为娘活着的时候,我从来就没有见她闲过。娘是一个普通的农村妇女,当了一辈子农民。除了和男子一样在大田劳作,春种秋收,夏锄冬藏,还要忙乎家里的里里外外,洗衣做饭,喂鸡养猪,打整全家八口人的吃穿。为了让我们兄妹六人平日里能衣帽整齐地站在人前面,能在过节时穿上新衣服,娘还要付出更多的辛劳。不管白天多么忙累,都要在油灯下纺线到深夜。父亲劳累一天在躺椅上睡着了,我和妹妹写完作业也睡觉了。在如豆的灯光下,娘摇转纺车,"嗡嗡嗡"地一圈又一圈,一锭纺成又接一锭,她是自定有指标的,不达到数目决不睡觉。夜复一夜,年复一年,我就是在娘纺线的"嗡嗡嗡"声中入眠的。逢到下雨天,那是农人少有的歇息日子，娘却从来没有歇息过。这时是她织布的时光。窗外细雨如线或暴雨哗哗，都不会妨碍娘手中织布梭的穿行，风声、雨声、织布声交织在一起，一天响到晚，这就是娘的交响曲。在"咔嗒咔嗒"声中，娘织完一匹又一匹，经过浆洗裁缝，成了我们的被褥和衣裤鞋袜。那时家穷，买不起洋布，我们兄妹是穿着娘织的土布做的衣服长大成人的。为了我们，为了全家，娘从未歇过，累弯了腰，累驼了背，从无怨言，从不后悔，做出了能做出的牺牲。娘穿的衣服补了又补，很少穿新衣服，吃饭吃最后一碗，剩饭都是自己吃。娘受了一辈子苦，遭了一辈子罪，没得过一天空闲，没享过一天清福。这就是俺娘，俺现实生活中的娘，俺梦中的娘！

　　俗话说，滴水之恩，当以涌泉相报。俺娘对俺是涌泉之恩啊，何以报之？以何报之？谁言寸草心，能报三春晖，我是深有体会的了。我从娘哺育我的农村走来，到了城市，上了大学，当了国家干部，可我为娘做了什么呢？离开家几十年不在娘的身边，除了过节寄几个钱，偶尔回家探望外，很少关心娘，也没能替娘分担劳苦。那年秋天，我去广西桂林出差，听说当地产的罗汉果能治气管炎，便买了一网兜，让朋友的朋友给娘带去，以为会对治娘的气管炎有点帮助。哪想到冬天娘去世后，这罗汉果才捎到，而且是我刚赶到家为娘办丧事的时候。我把罗汉果摆在娘灵床前，算是尽了一点迟到的孝心。想想真的是惭愧啊！为了抒解自己的哀痛，也为了告诫人们趁父母在早日尽孝，我写了《又见罗汉果感赋》这首诗。诗中写道："何不亲送果，何不陪娘乐？一日复一日，自谓来日多。内心愧疚甚，面对罗汉果。罗汉果不语，引我细思索：岁月如穿梭，行孝莫蹉跎。早送'罗汉果'，莫教泪空落。"此时，默念着诗句，我想起了娘，想起了梦中忙碌的娘，又一次泪流满面。

恋雪情结

惊蛰过后时近春分，天空突降一场大雪。星期天闲来无事，搬一把椅子坐在窗前赏雪。但见那雪且急且缓拂扬而下，急时如白马列队奔驰而来，缓时如闲人散步祥和安然。屋顶、柴棚、树梢、街路皆已银白，天公却不尽意，仍将雪花源源不断地往大地派遣。眼前雪花如蝶般飞舞，我的思绪也随之飞舞起来。

我的老家在河南，那里春夏秋冬四季分明，雪是年年光顾的。记得小的时候，雪下得好大好大，一望无际的大平原一片洁白。一脚踩下去，雪有一尺多深。每当这时，我的父母及乡亲们都由衷地高兴。他们口头常说的谚语是："麦盖三场被，头枕油馍睡。"家乡以种小麦为主，如果天公多赐几场雪，让麦苗吸收足够的养分，那么庄稼人就会盼到一个丰收的年成，油馍（油饼）、馒头、面条便能尽饱吃（东北叫"可劲造"）。尽管下雪也会给人们生活带来种种不便，但我小时受大人们的熏染，同样发自内心地喜欢它。春节，我们常常踏着大雪去走亲戚，父亲和哥哥在前面开路，他们的大脚踏出一个个硕大的雪窝，我便沿着一个雪窝一个雪窝前行。有时一不小心，便滑了一跤，爬起来拍打拍打身上的雪再走。如果我们清晨上路早，人们从村口望去，就会看到平白如镜的雪野上有几个移动的小黑点，慢慢地，黑点就消失在茫茫雪野中。如果我们上路晚，就会融入那色彩斑驳的串亲人流。若有年轻的姑娘媳妇加入这支队伍，那花棉袄、花头巾在雪野中格外鲜艳醒目，使整个雪野都跳动着欢乐和朝气。不知是谁不小心，摔了一跤，手中的提篮会甩出去老远，篮内的礼品（馒头、油条、点心）便滚落在雪地上。有家长的责骂声，但更多的是行人们的哄笑声。匆匆去拣时，脚下一滑又是一跤，人们会笑得前仰后合。下雪天是捉野兔的好时机。野兔饿极了跑出来找食吃，雪地上便留下一行清晰的爪印。人们循此去追，穷追不舍。野兔虽然比人跑得快，却没有人的耐力，往往在被人追得力尽时遭擒获。和我同乡、一起当兵的战友们多有雪中追逐野兔的经历。

记得参军离家的那天，天下着雪，不大，飘飘洒洒，落在新着身的草绿色军装上。冒雪上了火车，军列便拉着我们向云贵高原穿行。过了长江，便是满眼葱绿；越往南，绿色越浓；绿色越浓，便离雪越来越远了。映山红开遍山野三次，我们也在云贵高原当兵三年，看见过很多迷人的风景，就是没有见过迷人的雪景。那时，我好想念家乡的雪啊。若在冬季给父母写信，会特意问一句：家乡下雪没有？我关心雪情，盼望雪至，因为那里有同样盼望下雪的父老乡亲！

三年后部队奉调东北，一些南方出生的战友听说东北冬天耳朵冻了手一摸就掉，心里直发怵，而我却心中窃喜：又能见到常常思念的雪了。军列到了东北铁岭部队驻地时，一场大雪刚过，漫山遍野白雪皑皑，生在南方的战友们睁大了惊奇的眼睛，我和同乡战友则在雪地里欢笑着，跑跳着，心中那个乐啊。星期天便借来照相机上附近的小山和树林照雪景，搂着雪松照的，趴在雪地照的，手握雪球照的，打着雪仗照的，真是过足了雪瘾。

以后我进吉林大学读书，又转业到吉林工作，屈指算来，已有十六七个年头了。年年岁岁雪相似，但年年盼雪、赏雪的心境不改。不过，在内心深处，总觉得东北的雪不及家乡的雪。虽然一样洁白，却不如家乡的雪纯洁；虽然一样多情，却不如家乡的雪浓烈；虽然一样润手，却不如家乡的雪温热。每当东北雪飘时，我的脑海里就会浮现家乡的雪。晋朝张翰见秋风起，有莼鲈之思，我则是见雪花起而有乡雪之思了。

数年前春节，我同妻携子回故乡过年，远在宁夏的二姐也带一子一女返乡。全家人偎依着高堂老母围坐在燃着蜂窝煤球的火炉旁，说不完的话语，倾诉不尽的思念。就在这个春节，家乡下了一场多年不遇的大雪。我带妻和一帮后辈子侄去离家不远的田野堆雪人。雪很深、很深，我学着父亲、哥哥当年在雪中给我开路的样子，在雪地踏出一行雪窝，把他们引向银色的世界。雪人堆起来了，我们笑着，欢呼着，阳光下的雪人也在笑。不知是谁带头打开了雪仗，我也加入进来，一下子仿佛回到了童年时代。这次回乡两年后，我慈爱的母亲病逝。按照家乡的风俗，把母亲遗体移往搭在户外的灵棚时，天空下起了大雪，漫天洁白。夜晚，我跪在雪地上给母亲守灵，恍惚中觉得自己是一棵树，腿脚宛若树根，穿过雪层深深扎进了故乡的泥土。

天上的雪在飞，我头脑中的雪也在飞。最是难忘故乡雪！雪里有我炽烈的情愫，有我绵绵无尽的思念。

难忘故园

每当亲朋好友相聚,酒酣耳热之际,我最爱唱《九月九的酒》这首歌,而且能赢得一阵阵掌声。我不懂乐理,也没受过什么发声训练,因而歌喉不佳,歌声自然也不美妙,但是我唱得特别投入:手,紧握话筒;眼,紧盯画面,整个身心都融汇到了歌声里。说到这里,"九月九"那激昂的旋律又在耳畔响起:"又是九月九,愁更愁情更悠,回家的打算,始终在心头……"伴随着歌声,我的心向故园飞去。

一九五五年农历三月初八,我出生在河南省温县北韩村一个农民家庭。温县地处豫北平原西部,北倚太行,南临黄河,夏代称温国,因境内有温泉而得名。这里是晋宣帝司马懿的诞生地,人称"司马故里";又是我国著名的陈氏太极拳的发源地,被称为"太极之乡"。温县设县甚早,古属河内郡。河内郡后亦称怀庆府,府治在今河南省沁阳市。据说怀庆府这一带人的先祖多是明初大移民时从山西洪洞县大槐树底下迁来的。我家保存的族谱,亦有这方面的记载,到我这一辈算是17代。史料记载,朱元璋夺取政权过程中在河内郡遇到顽强抵抗并受挫,故而怀恨在心，胜利后在此地大开杀戒，一直杀到地上扔金元宝都没人捡的地步，于是只好组织移民填充。我的祖上就是此时由山西迁到河南的。但是不是由山西而来亦很难说，因为"大槐树底下"只是一个概说，当时的官府命令移民从四面八方到大槐树底下集合，然后逐批遣送内地。至于来大槐树底之前为何方人士，已难以考究了。我的祖先便是在这次移民大流动中流到河南西北部的。传说先祖挑着箩筐从山西而来，一头挑着一个男孩，这两个男孩便形成了县里两个有樊姓人家的村落。至于先祖的先祖如何如何，便不得而知了。

  家乡地处黄河流域，有丰腴的文化土壤，我家村子方圆百里内曾诞生过杜甫、李商隐、韩愈等这样世界级的文化名人。"竹林七贤"中的山涛、向秀就是河内人。"最是难忘故乡地，一草一木动我思。近年曾有梓里游，听唱新翻杨柳枝。"这一首拙作，就是表达我对故乡的思念赞美之情。故乡虽然文化土壤深厚，但我并未幸运地出生在书香门第，而是诞生在一个典型的农民家庭。父母亲是真正的"脸朝黄土背朝天"的农民，我血管里流淌的是农人的血液，所有的亲戚都是农民，因此对农民有一种天然的亲切感。如果身上还有点"文化"，那便是"民以食为天"的"农业文化"了。我共有兄弟姐妹六人，我排在第五，下面还有个妹妹。在这个大家庭中，对我性格形成影响最大的是我的父母、二哥，而培养我文学兴趣的则是我的长兄。我们家从祖上开始便家境贫寒，奶奶在父亲六岁时便已过世，靠爷爷一人把我的姑姑、伯父、父亲养大成人。父母亲结婚后房无一间，地无一垄，是地地道道的贫农。父亲幼时曾读过几年私塾，后当过学徒、做过长工，后学会做木工，是方圆数十里有名的"木匠"，农耕之余便为乡亲修房造屋，一辈子究竟给他的农民兄弟造了多少房子，已难以数计了。家境贫寒，但父亲"穷而弥坚"，为人正直，有骨气、坚韧不拔。在我的印象中父亲在勤劳的农人中格外勤劳。每天"参星"西斜，天刚蒙蒙亮，便起床洒扫庭院、挑水，开始了一天的劳作。父亲性格达观，高兴时能给乡亲们唱《打金枝》等成本的戏文。农闲时农人相聚，乡亲们爱听父亲讲古、说笑话，说者乐，听者亦乐，说笑声中解除掉农人的疲劳。父亲很聪慧，遇事有主意，乡亲们遇到难题都愿找他。父亲有着坚定的发家致富的目标，并一步一步去实现。他和我母亲结婚后借住在别人家里，之后用八斗麦子买了一块宅基地，硬是一砖一瓦地经过20年奋斗，盖起了12间瓦房。母亲除了有勤劳、节俭等农人的共同品格外，最大的特点是善良，乐于助人。她总是尽家里所有，以多余的农作物、粮食周济贫困之人。过年过节，家里有好吃的，她舍不得吃，总是让我们端着送给街坊四邻。我们兄弟几个参加工作后，回家时给老人带些糖果、点心、水果等，母亲从来没吃过，都让分送给亲友乡邻。她常说："自己吃是填坑的，送给别人是驰名的。"她的意思是：你自己吃了没什么用，你送给别人，人家会记着你的好处。因为父母有这些美好的品行，他们百年以后送葬出现小村空巷、乡亲云集的动人场面。

　　1970年前后，我家如日照中天达到了鼎盛时期，大哥在某学院任领导职务；二哥被铁路招工当了一名公安干警；我上高中，妹妹上初中；两个姐姐均已出嫁。然月圆而亏，水满则溢，如任何事物都有盛极而衰一样，不到一年，家庭竟发生重大变故，随着二哥因公牺牲家道便衰落下来。我的二哥叫樊希成，1947年生，大我8岁。可以说，我是他带着长大的。他念书只念到高小，便扛着板凳回家不再上学，跟着父亲学做木匠为乡亲们造房去了。他虽然文化低，但悟性极高，除了会做木工，还会电工、机械修理，村里第一个"小钢磨"就是他办起来的。以后入了党，当了村干部。他仗义豪爽，敢作敢为，在农村青年中很有威望。上世纪70年代初新乡铁路分局到乡下招工，他被看中而且分配到铁路公安系统当了一名警察。参加工作后进步很快，又是党员，很得组织信任，很快就能单独执行任务，我们全家都为他骄傲。然而乐极生悲。1971年10月25日，他在执行公务时因公牺牲。噩耗传来，全家万分悲痛，父母中年失子痛不欲生。他才24岁呀，身后撇下两个男孩，一个不满3岁，一个不满1岁。面对儿子的遗体，看着眼前尚不懂事的两个孙子，母亲哭得昏死过去。父亲是个坚强的人，他强忍眼泪，一遍一遍地呼喊儿子的名字……

整整一年之后，冬季征兵开始。这年我高中应届毕业，按规定可以报名参军。学校已做了动员，但去与不去，我犹豫不定。说心里话，我是多么向往绿色军营的生活啊！但是，大哥在外地，二哥去世了，父母年大力衰，父亲已是68岁年纪，垂垂老矣，身边有两个嗷嗷待哺的小孙子。我的妹妹年方14岁，尚未成年。家里唯有我这一个男子汉，我参军去了，全部家庭重担便压在父母肩上。就在我犹豫不决之时，父母明确表示支持我选择参军这条道路。为了祖国的利益，为了儿子的前程，父母承受了最大的牺牲。那一年我才17岁，尚不够参军的年龄。因为有人"揭发"，带兵的人到家里调查。父母隐瞒了我的真实年龄，使我能够顺利参军入伍。离家那天，父亲斜穿麦畦小跑着赶上我们的新兵队伍，向我的口袋里塞了几十元钱。望着饱经沧桑历尽磨难的老父亲，我的泪水夺眶而出模糊了视线。

此情此景历历在目，转眼间离别家乡已25年了。此间父亲于1979年冬去世。去世前一个月，75岁高龄的他还在为本村一个乡亲造房。他站在高高的房顶上劳累一天，到傍晚回家时竟迷了路途。我亲爱的父亲是累死的呀！父亲去世后，母亲带着妹妹种几亩责任田，又要照料教育孙子，也积劳成疾，在一次急雨来临抢收晾晒的玉米时扑倒在地，从此病魔缠身，在四年前离开了我们。每念及此，我心里都涌上一阵酸楚，为没能在家庭中尽到一个男子汉的责任而备感歉疚。

"亲人和朋友，举起杯，倒满酒，饮尽这乡愁，醉倒在家门口……"我没饮酒，却已醉了，醉倒在浓浓的思乡之情里。

故乡的年

时近年关，愈发想起儿时在故乡过年的情景来。

我的故乡在河南省温县。温县地处豫西北平原，北倚太行，南临黄河，居祖国中部。《竹书记年》记载，约在公元前 21 世纪此地就已立国，因境内有两处温泉，故称温国。《左传》中也有"郑庄公派郑祭足率师取温麦"之说。在我家方圆十里内，曾诞生孔子门下 72 贤人之一的卜子夏、晋宣帝司马懿、北宋画家郭熙等著名历史人物和艺术家。因为乡邦古老，我们家乡的年就特别古朴，像久酿的酒、陈年的醋，年味十足。我小时企盼过年，曾天真而又真诚地对母亲说："妈，过年真好，我想天天过年。"

过年能吃好的穿新的。平时家贫，不敢奢望吃好的。但过年却可以"猛造"。一入腊月，家家户户碾米、磨面、买菜、割肉、打酒，争着抢着一般。二十三祭灶烙火烧，二十六七蒸馍（馒头、包子、豆包、枣馍），二十八九过油（炸油条、丸子），大年三十煮肉、包饺子，要把破五（初五）之前所有吃的全部备齐。家里案上摆的,锅里煮的,梁上挂的，罐里装的，篮里盛的，席上晾的，全都是菜、肉、馒头等吃食。谁家做好了便挨家去送，互相品尝，满村满巷都是肉与馍的香气。至于穿戴，无论大人小孩都必得换一身新的，新衣、新裤、新鞋、新帽，虽然多由家织布做成，却也平展展、暖融融、新格盈盈的。一觉醒来，母亲早已放在了床头，穿上跳下床，往院内一站，嘿，换了个人似的。

过年能玩个痛快。"新年到，拍手笑，闺女要花儿要炮。"仿佛要把一年的玩集中起来消费，大人玩、孩子玩，小村玩疯了一般。玩中有两样最值称道。一是踩旱船。这是由江南的龙舟演化而来。旱船的样式大致分为龙船、渔船和彩船三种，通常三只船在一起表演。船由船身、篷阁、船帐、桅杆、帆、桨等部分构成，另有彩旗、绣球、花束等装饰。演员二人，一人扮女郎坐船，一人扮船翁赶船，以弦乐伴奏，行进中边歌边舞，演奏曲牌小调，地方特色尤浓。一是荡秋千。秋千粗放、高大，决非"墙里秋千墙外笑"那种。高数丈，大木架起，手腕粗麻绳，安脚踏板，但只许站不能坐，或成对，或单飞，前方树梢高悬一馒头，要用嘴叼下来。这可是个比胆量、比气力、比技巧的游戏，惊心动魄，观者云集。此外，还有踩高跷、耍狮子、斗老虎、背桩行水、鹬蚌舞、社火鼓、太平鼓、得胜鼓等。社戏更是村村演出，有豫剧、曲剧、大三弦、老怀梆。小孩子玩的花样更多，放鞭炮、吹糖人、弹钢球、琉璃嘎嘣、风嗯噜、嗯啦啦等。

故乡过年我印象最深的是贴对联、敬神和串亲（走亲戚）。从大年三十上午开始，家家户户便忙着"贴对"。凡门必贴，门框、门楣、门心，满门皆红。门上贴，其他各处也贴。大门口迎面树上贴"出门见喜"，院里贴"满院春光"，水缸上贴"川流不息"，面瓮上贴"米面兴旺"，案板上贴"小心刀口"，油灯下贴"小心灯火"，满户满街满村都是红彤彤的，到处洋溢着希望和祝福。敬神从腊月二十三开始。这天敬灶王爷，为的是让它"上天言好事，下界保平安"。大年三十晚敬神更隆重，财神、钟馗等各路神仙都要请到，已去世的长辈也要请回家过年。家中各处烟火明灭，颇为肃穆。饺子煮好要先端去敬神，不知是为节省粮食，还是神仙们原来饭量就小，一个碗里只盛七八只，过一会儿还是端回由我们吃掉。父亲对"祖爷祖奶奶"最虔诚，面对牌位三叩首。我们也依样而为，不敢稍有差池。春节串亲从初二开始，探父母的，瞧舅姨的，看姐妹的，会朋友的，从早到晚，乡路上涌动着色彩斑斓的串亲人流。

过年我最大的收益是收"压岁钱"。叩头、行礼，投入不多，收入不少，壹角、两角、伍角地攒一起也有三五元，供支付一年的学费和零用。某一年我财源滚滚，多收了一二元，然乐极生悲，全部压岁钱在看戏的拥挤中遗失。为此父亲揍我一顿，因为有皮肉之苦，对这年的年印象极深。

怀想故乡的年，更怀想故乡的人，怀想养育我的那片热土。我站在白雪皑皑的关东，遥祝家乡的年越过越好。

2001年1月15日

村　校

　　一个朋友给我传来关于中国农村教育现状的文字与图片，是一个网友在淮北农村实地访问和拍摄的，很真实，让人震撼。在我们城里高楼大厦林立，一些人天天山珍海味、纸醉金迷的今天，农村的教育条件竟如此落后：孩子们在土坯房里上课，破烂的塑料布遮挡着窗户，锻炼和游戏的场所根本没有，教师待遇极低，失学儿童寻常可见，等等。我，一个从河南农村出来的孩子，在对此感到辛酸的同时，也想起了自己的童年，想起了我们村的村校——河南省温县北韩村学校。

　　想起来的一刹那间，我接通了妹妹的电话，问我们村的学校现在怎么样？妹妹说：你还问学校？村里学生少，合并到外村去上学，学校空置了，三千多块钱卖给私人盖超市，都拆了一半了。学校是西村卖的，原为东西村共有，东村人不干了，闹将起来，结果拆一半扔那里了。我说：你赶快去找人，拆时把"北韩村学校"那几个雕刻在方砖上的字买下，花多少钱都买，买下来做个见证，也是一个纪念。因为这几个字是我们村一个字写得最好的老先生（也是我的老师）写的，我父亲依样雕刻在几个大的方砖上，垒砌在学校门脸的上方（我父亲是木匠兼泥瓦匠）。这几个字存在六十多年了，写它刻它的人都已作古，它是学校的招牌，当年在村里是一道亮丽的风景，现在却黯然失色了，要给超市让位了，被人们淡漠了。但我忘记不了它。它装着我和村里许许多多孩子们的童年和梦想，我要保存这历尽沧桑的几个字，保存到永远永远。

我们的村校坐落在两村的正中间，由两村共建共用。其实两村原本是一个村，一千多口人，土改后才分成两个村。村校的原址是一座庙宇，当地叫大殿，说不清是哪朝哪代修的，很宏伟，墙上绘有壁画。我上小学一年级时，就在这个大殿里上课。殿里供奉有高大的神像，是关公是如来记不清了。老师在上面讲，我们和神一起听课，不过神比我们舒服，我们要做作业，神是不做作业的。它高高在上，和我们老师一样，总是一脸的严肃。大殿左右各盖两排厢房，正前方是学校门脸加两座街房。一个放大了的四合院，就是我们的学校。学校的后院是一个很大的风雨操场。一个破烂瘪气的排球，是百多个男孩子的唯一玩物，下课后或放了学，一窝蜂地扔、抢这个城里孩子鄙视的脏东西，且乐此不疲。因为穷，学校提供不了学生锻炼的场所与器材，我们玩农村寻常可见的游戏，捣鸡（两人单腿独立用膝盖对捣）、骑马登岗（一人脖子上坐一人与对方厮打）、挤尿床（冬天冷时排成一队在墙角用力猛挤）等。其他的锻炼，就是放学放假后帮家长挑水扫地、割麦种秋等。虽然条件简陋，但我们学习是用功的。每天的铃声、朗朗读书声，回荡在校园里，击打孩子们的心弦，催人奋进。晚上夜自习下课后，一人提一个纸糊的灯笼，在夜幕中蜿蜒而行，那是很壮美的场景。冬天冷风嗖嗖扑打窗棂，手长了冻疮，哈口气照旧写字。苦，对农村孩子算不了什么。

我们的老师，除了范校长是公派的，其余全是回乡知识青年，多为初中毕业，虽然学历不高，也大不了我们几岁，但都很敬业，我至今仍清晰地记得他（她）们的名字：樊春红、陈开泉、殷桂梅、樊洪涛等。他们中有的已去世了，有的随儿女在城里安度晚年。我永远也忘记不了刻在心上的师恩。

1966年"文化大革命"开始后，闹破四旧，大殿被拆掉了，毁了神像，毁了壁画，那木结构很是坚固，拆了一个月才拆完。学校扩建了，盖了新的校舍，但前排房仍在，镶嵌着"北韩村学校"的门脸仍在。每次回故乡，我看到它都是那样的亲切。现在历尽沧桑的母校就要消失了，就要被超市取代了，我心悲伤，特写此文表达难以忘却的纪念。想起童年，想起幼时求学的艰辛，情不自禁地向社会大声呼吁：财政再紧张也不能紧张农村的教育事业，再苦也不能苦了农村的孩子！彻底改变中国农村教育落后的现状，把学校建成农村孩子的乐园。

"老拐"老师

写罢《村校》,很想写写小学老师。老师中又特别想写"老拐"老师。老拐老师是我上学时最怕的老师,也是我现在最想念的老师。老拐老师姓殷,我叫不上他的名字,或者根本就不知道他的名字。他在场时,我们称他老师,他不在场时,学生叫他老拐老师,村里人叫他老拐。老拐老师是残疾人,不是腿拐,而是下肢瘫痪,根本不能用肢体行走。行走时两腿着地,为帮助上身前行,两手各拿一个农村缠线用的木拐子做支撑。老拐的名字由此而来。他用这种方式走路,速度比常人慢,也比常人费更多的气力。虽然慢,虽然行动不便,但全学校的学生都害怕他。他让谁站住,谁就像被定住了一样。连村里的吃奶孩子都怕他,哭闹时,大人吓唬说"老拐来啦!"立马乖乖地停止了哭闹。

一个残疾人为何能有这么大的威慑力?皆因老拐老师很会也很能体罚学生。他手中的槐木拐子就是体罚学生的秘密武器,平常助己行路,体罚学生时是打人的家伙什。他对学生的体罚就是一个字:打!

该出手时就出手，一点都不含糊。他打人有诀窍，用"稳"、"准"、"狠"三字可以概括。稳，就是先把你稳住，叫你毫无防备，这是突然袭击的前奏。准，就是打你哭爹叫娘的关键部位。狠，就是用力猛，能打你一个跟头，打你一拐子，叫你记住一辈子。学校里被他打过的学生不在少数。不过，老拐老师打人也有"规矩"，有"三打三不打"之说，即：能学习好却不用功的打，品行不端的打，自己不学还去影响别人的打；女孩子不打，脑子笨智商低的不打，上学晚基础差的不打。因为老拐老师爱打人会打人，他上课没人敢说一句话，地上掉根针都能听得见。他布置的作业，没有谁敢不按时完成。谁若不信，想试一试，那肯定会尝尝槐木拐子炖肉的滋味。

　　我在这方面体会尤多。我上小学时，老拐老师已五十多岁年纪，和我父亲相仿。俩人关系很好，不知哪一辈子还沾点老亲。原想他会拐下留情，没想到出手更狠，打得更欢。一次背乘除口诀我没有按时背会，他把我叫出来"单练"，连背三遍越背越乱。他用双拐撑地，瞪着眼围我转了三圈，突然一拐下来，打了我一个跟头，疼得我爹也娘也的大哭起来。回到家又疼哭了大半夜，哭哭背背，背背哭哭，把乘除口诀背了下来，到现在也没敢忘记。有一段时间，我做作业不认真。一天，他拿着我的作业本来找我："来，来，看看你写的。"我看他和蔼可亲，就放松了警惕，弯下腰面向坐在地下的他。那料想他一个猛虎扑食，一把拧住了我的脸蛋。妈呀，疼得我满眼生泪，从此之后，做作业再也不敢马虎。还有，我从小养成了用左手拿筷子、用左手写字的习惯，家里天天管也改不过来，父亲就让老拐老师管我。他说了几次。我左手写字如故。那一天我在课堂上用左手写作业,他悄悄过来,一拐打在我的左手上,我疼的哭了,左手一拿笔就哆嗦,用右手写字至今。

老拐老师体罚学生,学生没人敢吭声,倒是别的老师给他提意见,一是觉得他打人有点过,二是他管得严,班里学习成绩好,排在其他老师前面。老拐老师对别人的意见不以为然:"咋啦,当老师就得敢管,严是爱,松是害!""他们父母辛辛苦苦在地里刨食供他们上学,不好好学就是不中!""小树不柯(修理)长不大,学生不打不成才!"整顿校风时,有人把他打学生的事告到乡里。乡长说他他不服,两人顶了牛。乡长说:你不表示改正就是不能走!老拐老师说:不走就不走,你管饭就中!正僵持间,只见村里一群人闹哄哄拥了进来,还抬来一顶花轿,为首的大喊:我们来接老拐来啦!乡长说:他打学生不认错不能走!村民齐声说:我们让他打的,小孩子三天不打上房揭瓦!乡长说:文件规定不准体罚学生!一个村民说:老拐不会"剃发",就会教书!乡长哭笑不得,只好让村民们用花轿把老拐抬了去。回去以后,老拐老师有点收敛,不久又故态复萌,学校领导也睁一只眼闭一只眼由他而去。

后来我才知道,老拐老师有打学生"特长",却无打学生的"爱好"。他打学生,很大程度上是学生家长教唆指使的。老拐老师解放前就靠教书谋生,严师出高徒,教出了不少有出息的学生,因为瘫痪行走不便,常常追不上学生,气急时偶有打几下之举,效果很奏效。解放后仍然教书,也知道新社会不准体罚学生,但家长不依,他们说:"老拐,孩子就交给你了，你可别日哄，不听话，就打他！"渐渐地，老拐老师"剃发"学生出了名。他每次打了学生，都让人给学生家长捎口信，告知打了，因何打了。从没有一个学生家长因为孩子挨打的事去找过老拐老师和校长。

后来我还知道，老拐老师在我们村威信极高。他写一手好字，正宗颜体，我们学校的校名就出自他手。十里八村乡亲，因红白喜事、过节迎新、盖房架屋，找其讨字，没有一个不满足的，且从不收"润笔"，强留下的也必送回。常说乡亲谋生不易，我写字如囊中探物，安有收钱之理！求字只需你买纸研墨，帮扶他在高椅上坐稳即可。只见他闭目沉思，猛睁眼运笔如风一挥而就，如大将军舞剑戟酣畅淋漓。讨字者过意不去送给他一些好的吃食，他欣然收下，一则残疾人做饭不便，二则堂上有八十多岁老娘，收下来让老娘享享口福。

说到老娘，老拐老师是出了名的孝子。母子相依为命，艰难度日。老拐老师原是有妻子的，因为妻子对老娘不够"和气"，他决然休妻，且从此不娶。他一个"半截子"残疾人，行动何其不便，在地上挪来挪去，给娘洗衣，给娘做饭，给娘端屎端尿，既让人心酸，又让人敬佩。街坊邻里受到感动，隔三差五来帮他干活，他的日子才不那么狼狈不堪。在把乡亲们的情义记在心上的同时，肩上也增加了沉甸甸的责任，那责任又化作槐木拐子上的无穷力量。

多年后我和小学的同学相聚，说到老拐老师，大家都说：被老拐老师打过的学生都有出息。没被打过的学生当年很是庆幸，现在却有些后悔。

如果老拐老师现在还活着，该有一百多岁了。他是我当兵离村的第三年去世的。他安葬罢老娘，被一口馍呛着没上来气撒手人寰。临了没遭什么罪，应是寿终正寝。

农家子弟爱篮球

我这人个头不高,踮起脚尖才勉强够一米七〇。据说现今商场卖内增高皮鞋,也许哪一天我会去淘弄一双。尽管在女人眼中是典型的"二等残废",但我偏偏对高个子占优势的篮球"情有独钟"。有《观球忆旧》诗为证:"农家孩童爱篮球,月影晨晖百千投。筹款一旬背砖瓦,贪玩几番伤骨头。个矮投准称勇将,人瘦跑快赛奔牛。中年体笨情犹切,每逢赛事必凝眸。"下面叙说我的篮球情结,算是对这首诗的注释吧。

我所以喜爱篮球,类似"橘生淮南",和年少时的生态环境相关。1961年,父亲给我虚报岁数,让我提前一年上了小学。小学属村办,一年级教室设在一座庙里。整所学校就一个乒乓球台,还置于室外,是砖砌泥抹的,中间放一溜砖头隔着,权当球网。课外活动时,乒乓球台前排着长长的队,黑压压人群一片,我和多数小学生只能"望乒乓而兴叹"。活动场地少,又值好动爱玩时期,虽说吃的是红薯干和玉米面,但多余的能量仍需要发泄。于是土法上马,玩老辈们世代传下来的游戏。诸如"捣鸡"(提起一只腿两人对撞)、"挤尿床"(一排人靠着墙角向里挤,把前面的人挤出行列)、"骑马登岗"(一人骑坐另一人脖子上为一方和另一方捉对厮打)等等。我们就这样撞着、挤着、打着一天天长大。

突然某一日时来运转,伟大领袖毛主席号召"发展体育运动,增强人民体质"。一时间各地闻风而动,我所在的小学和村里都建起了篮球场。那时的球架很简陋,一根弯腰水泥柱子外加一块木板,上个篮筐就行。场地原是废弃的农家宅院,套上牲口拉石碌多碾压几遍便成。有了篮球场,新奇、刺激,又有旺盛的精力,于是像我一般大的农家少年,便都发疯般地喜好篮球,天天"长"在篮球场上。但美中不足的是,我们因年小常被大人们"驱逐出场",手里又没有"球权",掌握不了主动。为能尽情玩个痛快,我和几个小伙伴决定筹款买球。那年正值暑假,以我为首的6个伙伴包了村里砖瓦窑上"出窑"的活。讲定出一窑砖瓦给六七元钱,正好够买一只橡皮篮球。赤日炎炎,窑膛烤人,手搬背扛汗如雨下,整整干了十多天。终于,我们的愿望实现了,用汗水换回了心爱的篮球。前两年我回故乡,路过村西的窑场时,见昔日的砖瓦窑已经坍塌废弃,裸露出曾经辉煌的褐色。我临窑而立,油然想起当年美梦成真的情景。

我爱篮球,篮球是我童年的梦想、青春期的追求和农家少年的憧憬。用血汗换来的那只篮球是我最心爱的宝物、最富有的财产,我和同伴们每人一天轮流保管,按时交接。课外和假期,我的许多时间都是在球场上度过的。"月影晨晖百下投"就是这种情状的真实写照。个矮篮下没优势,就练投篮、速度,真个是"个矮投准称勇将,人瘦跑快赛奔牛"。那时球场上的我如同"拼命三郎",曾多次光荣负伤。一次竟把左胳膊摔断成两截,又不敢告诉家长,胡乱找人揉搓两把接了上去。谁知几天后胳膊肿得水桶一般,只好找人拉断重接,活活地受了一次"大刑"。到现在断处也伸不直,留下了终生纪念。可以说,我为篮球笑过、哭过,就像一首歌所唱"痛苦着你的痛苦,欢乐着你的欢乐"。

如今我人届中年,笨拙臃肿,不复有当年球场上的潇洒,但对篮球依然爱之如初。凡路过学校或单位的球场,就像军马看到疆场一般。电视中转播的篮球比赛,我更是"每逢赛事必凝眸",而且一直到"曲终人散"。近年来兴起的全国CBA篮球联赛让我一饱眼福,我为吉林"东北虎"跃居第四而欢呼,为上海东方队姚明等一批全国年轻队员的崛起而振奋,为"八一"火箭队"六连冠"雄踞霸主地位而欢欣。"六度夺冠铸辉煌,端让老兵喜欲狂。陈可范斌成大志(大郅),李枘劲松足栋梁(玉栋)。他遭外援招频出,我练内功势更强。钢铁意志谁堪比?扬我军威好儿郎。"这首诗中既蕴含篮球情结,又含有我的军旅情结。至于军旅情结,那是另一篇文章的题目,就此打住吧。

钢笔的故事

外出参加一个没滋没味的会议，结束后匆忙乘公共汽车赶回单位吃中饭。车上人多，拥挤，被挤到一个姑娘的座位前。姑娘二十三四的样子，衣着并不鲜艳，一双丹凤眼，眼睑涂抹过，红红的，像哭过一般，或许真的哭过。她静静地坐在座位上，我扶着座背无言地站在她的一侧。过了一站，姑娘从装了一些物品的塑料袋里掏出一个稍旧的皮包，打开皮包找买票的零钱。我站在那里，眼睛自然地向那双手和打开的包扫描。包里有口红、眉笔、闲散着的零钱，那双手在翻找，又像是整理东西，突然间摸出一支钢笔。钢笔杆、帽脱开了，姑娘把它们拿在手上，刚合上便又打开，右手握笔，朝左手掌上划了划，没显出痕迹——大约没了墨水。只见她把笔帽盖上，不经意地随手一丢，笔就落到了她座位靠车窗一侧的地上。

一支笔，一位年轻姑娘手中的一支笔，就这样不经意地抛掉了。我目睹抛掉的全过程，很为之惋惜。这支笔不旧，很有点像我现在写稿的这支笔，笔杆上烫着黑云扫过天空那样颜色的玻璃花。我平时爱写点东西，对笔情有独钟。心里涌上一阵阵捡来那支笔的冲动，但是我却弯不下腰，姑娘睁着丹凤眼坦然地坐在座位上。

公共汽车颠簸着前驶，我的思绪也颠簸起来，姑娘扔掉的那支笔幻化为我上小学时用过的那支笔，我终身难忘的那支笔。在农村，在塞满农家子弟的小学校，人们对钢笔是心驰神往的。钢笔不仅用着方便，还是身上有多少文化的象征。村里人常说：小学生一支笔，中学生两支笔，大学生三支笔。文化人穿的制服口袋盖上，特意留有插钢笔的插口，人们从那里插的钢笔支数衡量你肚里的墨水，就像从肩章上的星豆辨别你是哪一级的军官。钢笔神圣若此，当然要被人看重。且买一支钢笔耗费较大，农家的孩子买不起。因此一旦拥有一支笔便视为宝贝，不少学生还让母亲或姐姐用布或毛线做个笔套，就像眼镜的镜盒、雨伞的伞套，是对钢笔起保护作用的。我第一次拥有一支属于自己的钢笔，约在小学三年级。在此之前，我用铅笔，用把高粱秆上最细处截下一段插上笔尖的自制蘸水笔。我的这支钢笔得来不易，虽说才花六七角钱，但我却攒三年余。我割了青草晒干去卖钱，扫来榆钱去卖钱，拿母亲梳头梳下的头发去换钱，终于，我有了一支插在上衣口袋里的钢笔，黑色，细杆，牌子记不得了，那心情，像得了宝贝一般，睡觉都想握在手里。为了和我的钢笔配套，我买来"洋绿"自制墨水，写出的字是绿色的，起伏如青纱帐，煞是好看。然而没过一个星期，我的宝贝钢笔就被邻座折断了。邻座的同学大名殷文英，小名小保，大我两岁。他借我的钢笔做作业，不知怎么一掰，钢笔从笔杆中间齐刷刷地断了。小保傻了眼，手捧断了的钢笔不知如何是好。我心疼得哭了，大声说："你赔！你赔！"小保答应赔我，但因家境贫穷，半年也没有赔上。为了讨赔，我去他家不下十趟，像紧追不舍的讨债鬼。为折坏这支钢笔，他父亲还动手打了他。后来小保赔我5角钱，我买了一支新笔才了事。几十年过去了，我已用过多管钢笔，但最初的这支笔却永刻脑海，它使我养成珍爱钢笔的习惯。一支钢笔，怎么能随随便便丢掉呢！

我的思绪又回到眼前，想捡回姑娘丢掉的那支笔的愿望愈加强烈了，身体朝姑娘的座位前更靠近一些，心里想：她一下车，我就坐上那个座位；左手向下一伸，钢笔就拾回来了。那时姑娘下了车，她不难为情，我也实现了目的。说实话，我并不缺少一支钢笔，我珍贵的金笔也不下十支；我并不稀罕那笔杆上留下的姑娘的玉指的余温，我还没有浅薄到那种程度。我是觉得那支笔太不该扔！一个农家子弟曾经有的经历，使我心疼那支钢笔哩！

终于，我未能如愿以偿。因为姑娘平静坦然地坐着，丝毫没有下车的意思，而我已到了站，该买票下车了。我下了车回首望去，姑娘仍静静地坐着；她座位下的钢笔呢，当然也在默默地躺着。我深深叹了一口气，为那支被抛弃的钢笔而惋惜。

中午一边吃着饭，一边还思索着那支钢笔。但愿它有一个好的归宿，被一个珍惜它的人拾了去！

1999 年 2 月 3 日

我家的柿子树

中午在单位吃饭,伙上每人分发了一只柿子。个大皮薄,敦实厚重,浑身通红,像一团燃烧的火焰。在长春吃着柿子,思绪却飞到了河南乡下;嘴里吃着柿子,脑里却长出了一棵柿子树。噢,那是故乡的柿子树,我家的柿子树。

在我的记忆中,我家有一棵柿子树。这棵树没长在我家院子里,而是长在我家西北方向离家一华里外的公田里。既然长在生产队的公田里,树怎么成了我家的呢?小时候有过疑问,但从未向父母讨教,因此父母也没有解说过。现在想来,那棵柿子树是我家的,大概是土改时我家分了地,地上长的柿树就成了我家的财产。后来土地入社归公,柿子树仍旧归自己所有,因此它和我家仍保持着隶属关系。父母已去世,是不是这么回事已不得而知。但这不要紧,反正在我幼年的记忆中,我家有这么一棵柿子树。我家的院子里有榆树、槐树、椿树、枣树、桐树、石榴树、榕树等,大家相邻为伴,共撑一片蓝天。唯独这棵柿子树离群索居,像个离家出走的孩子。仔细一想,我们家乡那一带谁家院子里也没有柿子树。因为柿子树根粗冠大果丰，需要足够的营养和水分，只有在田野里任意舒展，鼓风弄雨，才能扎根、开花、结果。故在我的印象中，故乡除了整片的桃林杏林，路旁列队的杨树，在田野里生长的唯有柿子树。大约同样的原因，村里不少人家在大田里都有柿子树，因此我家的柿子树并不孤单，它们如互相守望的哨兵，虽不在一处站岗，但说到底是一个团队、一个部落的。

我家出门在外的柿子树哟，远远地守望家门。虽说一生不曾走回家来，但对家却有诸多恩惠。打我记事起，记忆中就有这棵老柿树。它有两人合抱之粗，坚实如铁，树干两米之上开始横枝长杈，枝丫不规则地旁逸斜出，干枝分三至四层，层层平行相叠，整个树冠面积有半个篮球场那么大。每年春天，柿子树仅剩枝丫的树冠上，便悄然抹上一层新绿，慢慢地便有了倒卵形的叶子，渐渐地手指般大，渐渐地铜钱般大，渐渐地鸡蛋般大，表面光亮，背面有绒毛。该开花时便开花，花呈黄白色。开花之后，便渐渐地开始挂果。在每季挂的果中，约有近三分之一半途夭折，被风吹落地上，这种果叫落果（家乡俗称"柿疙瘩"），拇指盖般大小，呈紫褐色，可以生吃，也可以晒干磨成面做饼。每年夏季，我和小伙伴常拎篮去捡柿子树下的落果。那树，那树上的果，是谁家的就归谁家所有。但地上的落果便属公有，人们可以奔树而去随意捡来。我们欢笑着、跑跳着，奔向一棵棵柿子树，到附近所有柿子树下去捡。累了，就围着树干坐下休息，或在树下打闹，如果来了兴致，不知谁发一声喊，大家便脱了鞋，一个接一个猴子般地攀上树去。其中一个的双眼被蒙上手绢，其余躲在枝丫上，或在几个枝干间飞蹿。

这就是"捉柿猴"的游戏。被蒙眼睛的捉住哪一个，哪一个就得"蒙眼"接班，以此类推，兴尽为止。这种游戏惊险刺激，给农家子弟带来了许多欢乐。而且这种游戏只能在柿子树上进行，因为它有结实的重重相叠的枝干，人轻易不会从树上掉下；而且因为树冠面积大，有宽阔的空间，十多人做这种游戏也能活动得开。啊，柿子树，你不仅填充了我饥饿的童年，而且给少儿时代的我几多欢乐！

时入深秋，是柿子成熟的季节，远远望去一树彤红，红黄相间，在辽阔的秋天的原野上，像一团团燃烧的火焰。这时，家家开始收摘柿子。我的父亲、哥哥、姐姐便带着竹竿做成的叉竿，挑上箩筐，去迎接这个硕果满枝的收成。哥哥姐姐在树上摘，父亲和我在地下接着，够不着的树梢处，便用叉竿去叉住拧下。整个树收下来，约有五六挑之多。夕阳西下，当晚霞和柿子树上的红叶融为一道风景时，我们已踏上了归途。

柿子有多种用途，主要还是食用。挑回家的柿子，母亲先捡熟透了的，让我分送给乡邻；一部分较硬的放在小口缸内，灌上温开水，浸泡三四天之后食之又脆又甜，俗称"懒柿"；一部分摆在条桌上，等放熟透了再吃；还有一些则放进醋缸内酿造柿子醋。我真爱喝母亲酿造的柿子醋，又甜又酸又解渴，类似今天的酸梅汤。往往趁大人不注意，我奔向醋缸舀将一瓢便喝。我就是少年时代喝醋喝伤的，以至长大参加工作后，对何种醋都不感兴趣。只是前两年听说醋能软化血管，益于身心，才略有问津，但是和我家的柿子醋相比，味道差远去了。

就这样年复一年，我们享受着家中这棵柿子树的恩惠。突然有一天，父亲决定刨去这棵柿子树。因为轰轰烈烈的"文化大革命"山雨欲来，广播喇叭里一再说不允许有私有财产；还说要实现大田机耕化，立在田间的柿树妨碍耕种。"先下手为强"，我的父亲决定刨去它。这天，他带家族中几个壮小伙向自家的柿子树奔去。记得那是个阴天，刮着小北风，地上结了一层薄冰。父亲哭丧着脸围着柿子树转了三圈，最后停下来面对树点燃一炷香，在那里"愿意"一番（通常叫祷告）。我没听清父亲说什么，但我想，他一定说：柿子树呀，不是我要刨你，是人家不让你生存呀。走啊，跟我回家吧。后来，这棵柿子树在做木匠的父亲的锯下，变成一个案板、几件农具。树根和树梢则成了我们冬天烤火的材料。这棵柿子树活着是我家的树，死是我家的鬼，粉身碎骨地为我家尽忠尽孝了。

没出一个冬季，所有人家都刨去了田间属于自己的柿子树。大田里春夏间没有了如盖的绿伞，秋天里失却了团团火焰，给人单调萧条之感。十多年后，父亲病危时打呃，有人说柿子蒂煮水可以治疗。我二姐带几个人在田间寻遍也没有找到柿子树，最终在没有人管的小河边找到一棵，爬上树去摘了几个柿蒂。可惜，它没能挽救我慈祥的父亲。也许我的父亲在弥留时看见柿蒂悟到一个哲理：果熟蒂落，人亦如此，我该走了。

我家的柿子树虽然已经没有了，但它却没有在我的记忆中消失。当我思念家乡的时候，总有一团火焰在我脑海里燃烧跳跃。

石榴牵出的思绪

国庆节休假期间，有友来访，带来数只石榴。只只饱满，大如双手握拳，圆形，皮坚如石，微黄中透着红晕，犹如美女脸上轻敷一层薄粉。今年9月初到郑州开会，我在火车站附近的水果摊上见有这样的石榴出售，大约10多元钱一斤。原想买一些带回长春，结果因为行前匆忙而未能如愿。友人圆了我一个石榴梦，怎能不让人欣喜呢！

在众多果物中，我对石榴情有独钟，是因为它寄托着我的情思。只要一看见它，我就想起了故乡，想起了已长眠于地下的老母亲。在家乡河南，我们那一带是时兴栽种石榴树的。数量不大，但每家必有一棵。一般栽种在迎门的庭院里。为什么如此，我没有深究，大概是栽种着每户农家的期冀：盼自己的日子过得红红火火。我家庭院里那棵石榴树，打我记事起就有。每年春风送暖时绿上枝头，夏天榴花盛开，朱英灿烂，耀眼夺目，火红欲燃。朱熹老夫子就曾有《题榴花》诗句："五月榴花照眼明，枝间时见子初成。"榴子结于花瓣之下，不见其增，日见其长，几个月过去，抬头望去已是满眼果实了。石榴籽可食用，甘甜多汁。按家乡旧时习俗，结婚是必送石榴的，它象征着多子多福。因为石榴外皮坚硬、封闭好，保存期可长达一年之久。儿时我常食用此果，也常按照大人的盼咐，把它们分送给亲友们品尝。只是我 17 岁当兵离家之后，才远离了家中那棵石榴树，也再没有见到它那满树花开、满树挂果的繁茂景象。不过，家中的石榴还是每年都能吃到的，慈爱的老母特意给我留着它，精心地摘取，小心翼翼地保存，当我回家时，她便从收藏的地方拿出来，颤巍巍地递给我，递给我的是石榴，也是一颗思儿之心。

当兵服役期满以后，我几乎每年都回故乡一趟。后来转业到长春工作，一年也要回去看望一次母亲（父亲在我转业前去世）。母亲年年盼我回家，她时常站在庭院里手扶石榴树看着门外，或出门走到村口向大路眺望，也总是给我保存几颗自家石榴树上结的石榴。每年深秋，我家石榴树枝头上都挂着三四只最大的果实，那时秋风已将绿叶扫尽，果实悬挂枝头便格外醒目。迟迟不摘，是因为母亲期望我提前回家时能摘下便吃，也是考虑晚摘可以保存更长一些时间，不至于在我回家之前坏掉。妹妹说：那几只石榴是妈的心肝宝贝，谁也不让吃，单给你留着呢！每当我从母亲手中接过那石榴，便接过一份温暖、一份慈爱。此景依然在目，然而母亲已病逝近三年了。秋风又起，面对着友人送来的石榴，我潸然泪下："慈爱的母亲再不能留石榴给我吃了。"

掰开一只友人送来的石榴，一粒一粒地慢慢品尝，思绪也一点一点展开，想起一件件沐浴在母爱中的往事，泪水又一次充盈了眼眶。

宁夏中宁的枸杞

宁夏中宁县出产枸杞，其品质位列全国第一。中宁枸杞品种优良，果大、色红、味甘、肉厚、籽少，在中外享有盛名，被誉称"红宝"，《本草纲目》记载有清肝明目等药用食用价值，颇得人们喜爱。我知道中宁枸杞，并多得益于它，是因为我的姐姐姐夫生活居住在中宁县，他们常寄或带给我枸杞，见面时送我的礼物也是枸杞，最近一次来北京带来十多斤，我用来泡酒，泡茶，还分送给朋友们享用。

姐夫姐姐离开北京时，我在饭店设宴为他们送行，俩人坚持不让，最后还是按照我的意愿，在一起吃了一顿送别宴。"西出阳关无故人"，把酒相送，自然生出许多感慨。亲人之间，姐弟之间，有浓浓的亲情，但我对姐夫姐姐除了亲情，还有敬佩。他们虽然普普通通，我却敬佩他们，而且应当敬佩他们。

姐夫叫王有富，我上小学就知道这个名字，并知道这个人在宁夏中宁线务站工作。因为姐姐识字不多，常让我替她给姐夫写信。姐夫十八岁中专毕业，就离开家乡到宁夏支边，一去经年，就做一样工作，担负一样任务，维护国家通信线路的安全。那时条件十分艰苦，人烟稀少，野兽出没，腾格里沙漠时常咆哮。什么时候线路出了故障，什么时候就去维修，没黑没白，说走就走，又苦又累，还有危险。除此还有远离家乡的寂寞。一年只有一次探亲假，也只有在假期，才能见到我姐姐和孩子们。但刚刚见面，就又面临别离的痛苦。后来条件好了，与家人也团聚了，自己也老了，一直在维护线路的位置上干到退休，无怨无悔。他把自己的青春献给了腾格里沙漠，献给了我国的西部，献给了国家的线路畅通。六十九岁的他已白发苍苍，那是沧桑岁月留下的印记。

姐姐和姐夫两地生活。姐姐在家乡种地，上面侍候公公婆婆，下面拉扯三个孩子，那时又刚刚分了责任田，人们各顾各，受的苦可想而知。隔几年农闲时姐姐去探望我的姐夫，左手拉一个孩子，右手拉一个孩子，背上还背一个，举步维艰，遭了多少罪也可想而知。八十年代初，国家放宽政策，允许夫妻团聚，姐姐带三个孩子到中宁落户。姐夫中专毕业工资少，顾不了全家生活，姐姐就在街头摆小摊卖冰糕瓜子，一分一分挣钱，积少成多，供四个孩子上了中学，两个还上了大学。

姐夫和姐姐就像中宁的枸杞，朴实无华，益于国家，益于亲人，无私地奉献了自己，难道不应该得到我们的崇敬吗？！"宁夏枸杞产宁中，形若宝石粒粒红。肝清目明实最佳，皮薄肉厚益无穷。河里波涛借地利，塞外风雨凭苍穹。"我喜爱宁夏中宁的枸杞，我更敬爱我的姐夫姐姐，我衷心地祝他们健康长寿、安度晚年。

最后一个舅舅

妹妹从故乡来电话,告诉三舅于昨晚病逝。我手握话筒,久久无语。近些年老一辈亲人接踵辞世,如同将要收园的老瓜,一个个熟透落蒂,母亲去了,大舅去了,二姨去了,大妗去了,现在最后一个舅舅也去了。虽说"人总是要死的",我的三舅也不例外,虽知"人死如灯灭",我的三舅也不能死而复生,但我还是依依怀恋,甚至期盼有重生的奇迹出现。今年春节,远在长春的我叮咛妹妹一定去看看三舅。妹妹是正月十一去的,回来后告诉我68岁的三舅身体很好,在家和人家打牌哩。离开时三舅把她送到村口,说自己身体结实没病没灾,不要让你哥忧念。没想到才过二十多天,三舅就因心肌梗塞匆匆离我们而去。

我的三舅大名刁致和,小名麦来。"麦来",按照家乡一带的取名习惯,他当是在麦收时节出生的。我有三个舅舅,二舅早年去世,我记忆中从未有这个舅舅的影像。大舅极疼爱我们,但他是长子,对人威严,因此从情感上我和三舅更接近一些。而且三个舅舅中他年纪最小,和下一辈更容易沟通。前几年大舅病逝，三舅便成了我最后一个舅舅。中国人很看重甥舅关系，因为它"打断骨头连着筋"，有血缘相通的先天亲和力。在河南农村，舅舅享有崇高的权力和地位，握着管束外甥的天然法权，外甥不听话，舅舅可以"该出手时就出手"。外甥的父母不在家，舅舅可以代理老人决断其家事。舅舅更是外甥兄弟间析分家产的"判官"，外甥们分家必须有舅舅在场并拍板定案。当然，舅舅们是威严而又亲切的。自古以来，外甥都愿和舅舅亲近，不愿和父母说的话，却能和舅舅说个没完。这是因为，在外甥眼里，舅舅是"小大人"，是他们的榜样和楷模。不少外甥是拉着舅舅衣襟长大的，也有许多外甥是从光腚娃娃开始和舅舅一起"玩尿泥"长大的。我与三舅相差20多岁，他对我既严厉又祥和，我对他既敬畏又热爱，相互之间是一种最常见又难以割舍的甥舅关系。如今，我和舅舅"从此千万里，生死两分离"，心中怎能不戚然伤悲！

我家和舅舅家都在河南温县农村，相距12华里。这个距离在交通便利的今天并不算远，但在当年却显得漫长。不过三舅却常到我家里来，因为他有一辆永久牌加重自行车。我小时农村自行车很少见，三舅的自行车便格外显眼。只要听见门口"叮呤呤"的自行车铃响，我们就知道三舅来了，蜂拥着跑出去迎接。三舅在焦作市化工二厂当工人，在亲友和乡邻中算是有出息的。我很羡慕他有一份城里人的工作。他来时，常带红红的山楂、五颜六色的糖块。送给我父母的点心盒花花绿绿，里面装有糖三角、小麻糖、核桃酥等，外面包一层好看的玻璃纸。有时也带一包白糖或一包红糖，那时供应紧张，这些东西在乡下是稀罕之物。我印象特深的是，三舅时常给我家带一包盐来。这盐不是粉末状的精盐，而是小拇指般大小的盐粒。因此，我家长时间不买盐也有盐吃，邻居谁家没了盐，也伸手到我家的盐缸里抓上一把。后来我才清楚，这盐原来是工业用盐，是化工制品的原料。三舅每天的工作就是装卸、运送这些原料，一把大铁锹伴他度过一年四季，随着一列列装盐的火车皮进出，他也由青年而中年而老年。"近水楼台先得月"，这盐，也许是三舅厂里工人的"福利"，也许是卸车时扫出的"边角余料"，也许是下班后从鞋壳里倒出的"残渣余孽"，不管怎样，它让我度过了一个天天有盐吃的灿烂童年。

　　每当三舅在我家的堂屋坐定，和我的父母唠起家常，我和我的二哥或一群邻里小伙伴，便推着他的自行车奔向打麦场。大家簇拥着，像得了一匹宝马一样开心。常常一个人骑上，两个或三个人在后面把着，我们许多人就是这样学会骑自行车的。一次我刚学会骑，便一人推着三舅的自行车上了麦场，没曾想骑上能走却不会下车，只得那么一圈又一圈地绕场而行，丽日晴天四野无人，下不来急得只想哭，最后豁出来连人带车地向一垛麦草骑去，结果"人仰马翻"，栽倒在麦草堆里。那时，在我幼小的心灵里，三舅便是我的楷模，我向往城市，因为三舅是城里人啊。我那时想，三舅一定挣很多很多的钱，要不，他怎么能买得起自行车呢？要不，春节时给外甥们压岁钱，别人都给两角，他怎么给五角呢？要不，他怎么会按时拿钱给他的母亲我的外婆呢？长大了我才知道，三舅那时挣的工资并不多，一个月连加班费才30多元。我三妗带6个孩子在农村，家里负担沉重，日子过得十分清苦，比我家好不了多少。三舅之所以省吃俭用下决心买这辆永久牌加重自行车，是为了星期天或串休日从城里赶回家时省汽车票钱。三妗身体不好，孩子们又小，三舅一心挂两头，既要在厂里上班，又要回家干农活做家务，这自行车便是他随叫随到的"小宝马"。从城里工厂到三舅的家，少说也有100多华里，只要是休息日，三舅都风雨无阻地骑车回家。回一趟家须骑两三个小时，尽管又饥又累又渴，他也舍不得到路边的小饭铺吃点东西。年复一年，轮转轮飞，自行车记录着三舅走过的岁月。一次，三舅揉着膝盖对我说："年纪不饶人，也真骑不动了，从焦作骑到家要歇好几口气呢！"我看着三舅，昔日壮实的他，说话直咳嗽，脸上布满了皱纹，背也明显地驼了，生活的担子太重啊！但他依然乐观、自信，一副满不在乎不惧怕任何困难的样子。

在我的记忆中，三舅永远穿一身蓝布工作服，黄色力士鞋（也称解放鞋），一年四季如此，只是冬天时脚上的力士鞋换成了大头鞋。这样的穿着除了节省，便是图干起活来方便。三舅虽在城市里上班，但是除那身工作服外，和村里的农民没有两样，兜里揣着竹竿烟袋，不吸纸烟吸旱烟，成年剃个光头，思想上更是典型的农民脑筋。"不孝有三无后为大"的意识深刻在他的脑海里，在迎来几个女孩之后，千呼万唤地才有了一个男孩。他和妗给男孩取名"胜利"，终于胜利的意思。五女一男六个孩子中，三舅最疼爱他的"胜利"，没到退休年龄便提前让儿子进厂接了班。自己则回归故里，还原为一个地道的农民，开始了新的创业计划。三舅一辈子都在创业，他一生共建起5座共15间瓦房，这使他得以从和大舅二舅家聚居的老院搬出，有了独门独户的宅院。

其中有两座新房，是在他退休后这两年才盖起来的。三舅"解甲归田"后，"疯狂"地二次创业，他承包土地种商品粮，喂养老母猪卖猪崽，空闲时编草苫、扎扫帚卖，凡少投入资金多投入劳力能够赚钱的办法，他都去想去试，靠他的精明算计更靠他的勤劳和汗水，一步一步地去接近目标。他把房舍盖得高高大大，家里置办得井井有条，却在该享福时无福消受溘然长逝了。他走的是一条千百年来农民兄弟攒钱盖房修宅建院的老路，转的是多少代农民都无法走出的"魔圈"。

　　三舅是个重情的人，和我父母的感情尤其深厚。我的父母先后去世后，三舅提起他们就落泪，到了老年更是如此。我每次回故乡，他都要对我提起我的父母，说着说着就泪流满面。他总是一边擦眼泪一边说"不说啦不说啦"，接下来是更伤心的呜咽。我最后一次见到三舅，是在我母亲去世三周年那天。三舅特意赶来，参加为我父母坟墓立碑的仪式。从坟地归来，他忧伤地围着我父母亲手盖起的几座瓦房转悠，似乎在思索什么。吃罢午饭，他突然把我们兄弟姐妹几个叫到一起，语调郑重而又凄然："你们这一去不知啥时才能聚齐，我也老了，不能常来，今天趁我还在，给你们做主把家产分一分。"我当即表态："我远在东北，不要家里的一草一木！"三舅斩钉截铁地说："不中！我当舅的得公平，谁不要也不中！别看你眼下在外边混得还可以，保不住啥时犯错误哩！到时人家把你下放了，回来老家连'骨缩'（河南农村方言，意为蹲坐）的地方都没有，叫我咋对得起你死去的爹娘！""儿行千里母担忧"，娘不在了，舅还惦着我呢！我一下子明白了三舅的良苦用心，不顾许多人在场，放声号啕起来。

最后一个舅舅走了,但甥舅情却永远藏留在我的内心,因为它真的是"打断骨头连着筋",连着我的血肉和神经。"舅舅辞世出殡日,外甥含泪写祭词。空对南天无一语,桩桩件件忆儿时。"一首小诗数点泪痕,包含着我对最后一个舅舅的怀想。

二哥希成

近日整理旧物,发现二哥希成1971年10月6日写给父母的一封信。这封信,对我们家庭来说,既寻常,又很不寻常。信的全文如下:

父母亲大人:

您们好。近来家里一切都好吧?

儿从家来后十二日就去新乡了,二十五日回晋北的。在新乡时给大人前去一信,不知收到没有?儿也不知父的身体当前如何?听我哥说父到焦作去了,十八日才回去,儿很挂念父的身体,请二老来信提明。

儿八月十五(指中秋节)也没有回去。不能给大人做些什么。杨垒张占先回去,儿特叫她到杨垒给您们买几斤月饼送回去,也不知道她去了没有?此外她还给带回一个小红包袱,望二老查收。另外,她来时叫她把我的大衣给我带来,还有深蓝色的裤子。她可能是十月十四日才回来。

咱处的秋不知收了多少,地也不知都耕好了(没有),是不是开耧耩地了，希安他们也不知道放假了末有？三秋季节大忙，望二老要注意自己的身体。同时天气冷了，也要注意我弟妹们及孩子们的身体健康。

儿最近不可能回去了。回去的时间可能在二十日以后了。儿十月一日已搬到北板桥住了，没有什么变动就是长期住下，这和公社干部住队是一样的。

别不多谈，祝全家安康、百事如意。

儿　希成

1971年10月6日

说这封信普通寻常，因为这就是一封寻常家信，内容不过是问候父母冷暖，报告有关事项。说其不普通寻常，是因为寄信人——我的二哥希成，在写了这封信19天之后，就在铁路公安的工作岗位上因公殉职了。这封信成了他给父母的"绝笔信"，成了我们全家人永远的痛点。

我1972年12月从河南家乡当兵走时，带走了希成哥寄给父母的这封信，还有两件他的遗物。46年了，这封信和两件物品，一直放在我箱底最隐秘的地方。思念二哥时，我就拿出来看看。调到北京工作后，这些东西就封存在我的一个木箱中，没有再翻看。岁月沧桑，我本以为这些记忆已陈旧褪色；而我也经历了失去父母大姐等太多的伤痛，心已开始麻木起来，但打开箱子，拿出这些物品的一刹那，特别是再读希成哥寄给父母的信，眼泪还是大滴大滴地滴落下来，控制不住自己悲痛的情绪。

去年3月间,我受商务印书馆总经理于殿利之邀,到山西高平参加全民阅读有关活动。高平归晋城管辖,且离晋城不远。我查了一下地图,希成哥因公牺牲的北板桥火车站,就在高平和晋城之间。工作间隙,我提出到北板桥车站去一趟,负责给我开车的师傅是个热心人,问明缘由后,他告我北板桥车站已全部改造,不复有当年的模样,况且现在在修路,去那里有一定困难。"要不我送您去晋城北站看看?您不是说您哥是从晋北车站公安派出所派下去驻站的吗?我父母过去也在晋城北站工作过,我对那里很熟悉,我带您去一趟。"师傅的建议正合我意,我当然想到晋城北站,那是希成哥生前的工作单位,于是,我们便驱车前往。

晋城北站,又称晋北车站,建于1958年。北接高平,南接晋城,是太焦线上以客运为主的一等客货运站,离太原369公里,离新乡站128公里,隶属于郑州铁路局管辖。我希成哥是一名铁路公安,他1970年参加工作时,工作单位就是晋北车站公安派出所。派出所铁门旁牌子上的字迹已斑驳脱落,但仍能完整看出"郑州铁路公安局郑州公安处晋城北站派出所"的单位名称。所内三位民警热情地接待我。我说起樊希成,问起樊希成的情况,他们一概不知。问到当年派出所李所长他们也是一脸茫然。说:"从1971年到现在,人都换了好几茬了,没听过这些人、这些事"。其中一个年纪较大者,告诉我哪是当年的办公室和饭堂,陪我在这些旧建筑物之前合影留念。他们说:"你来得正是时候,再过一个月,我们这里就撤除了。晋北车站派出所和晋城派出所已合并，所里大部分人已过去办公，我们马上也要走了。"看着院中的旧建筑，猜想着当年希成哥在这里的工作、生活状况，我一步一回头地离开了这即将移交的院落。

从晋北车站派出所出来后，我到了晋北车站，想看看希成哥当年执勤的地方。在"晋城北车站派出所晋城北警务区"，遇到正在值班的两位警察，当我说明情况和来意后，对方马上表示理解和同情。破例打开紧锁的铁门，让我来到站台。其中一名警察还一直陪着我，给我介绍车站情况，用手机帮我照相。站在晋北车站的站台上，看着眼前急速行驶的过往列车，随着一节节车厢飞逝而去，我的思绪也快速飞动，那些在脑海中尘封多年的记忆，也一幕一幕地闪现出来。

我的思绪飞到了豫西北一个农家小院。我的父亲、母亲都是农民，共有三男三女六个孩子，男孩子中我行排第三。大哥叫樊希旺，二哥叫樊希成。大哥1938年生，长我17岁，二哥1947年生，长我8岁。因为离二哥年龄近些，又是他带着我长大的，我自然和二哥走得近些，结下的情意更深厚一些。小时他带着我玩，玩伴中谁欺侮我，他会给我讨回公道；他带着我种庄稼、干农活，一起饱尝劳动的艰辛和快乐；他带着我去沁阳火车站拉煤，有在煤场等过一天一夜的经历。更多的是他拉着平车去更远的济源、焦作拉煤，因为路途太远，他不让我去，只让我约摸他快回来时走出十几里路去接他。当我接到他时，便把一根绳子拴在车前拉动，帮他减轻一点负担。那时夕阳西下，彩霞满天，小哥俩拉着一车煤，也拉着一车希望，在乡间小道引车前行，想快点回到我们温暖的家，见到在家门口翘首盼望的父母亲。

我的思绪飞到了河南农村那个火红的上世纪六七十年代。二哥希成是那个年代的有为青年，是我学习模仿的榜样，也是我们一个村和几个村小青年学习模仿的榜样。因为父母年纪大了,希旺哥在焦作工作，大姐、二姐都已出嫁，弟妹又年纪幼小，希成哥深知家里的艰辛，高小未毕业就辍学回家劳动，一方面跟着父亲学木匠手艺，给乡亲们盖房造屋；一方面承担家里的重活累活，给父母减轻负担。他是一个务实的人，也是一个肯上进有理想的青年。我在他的三斗桌上见过介绍方志敏、向秀丽、雷锋、王杰等英雄人物事迹的书籍。他聪明，又肯于吃苦，很多事情一学就会。村里的第一座小钢磨，就是他负责安装使用的，结束了我们村用石磨磨面的历史。我们家是村里第一个点上电灯的家庭。父母让他捆一头肥猪去卖，他把买的钱换成电线等器材，在家里架起了电线，安上了电灯，父母由开始的埋怨变为赞许。几年下来，他学会了父亲身上大部分木匠手艺，成了这一行的能工巧匠，被许多农家请去盖房造屋。在我嫂子家盖房时，嫂子的娘看中了我二哥的为人和手艺，便托人把闺女介绍给我二哥，等我二哥盖完这座房，也成就了一桩美好姻缘。

我的思绪飞回到希成哥在农村成为基层干部、带领乡亲们治穷奔富的日子里。因为为人仗义、厚道，办事公平，具备领导能力，希成哥在18岁时就成为一名农村干部，先后担任生产队长、民兵排长，干活和执行任务时总是吃苦在前、吃亏在前，不偷奸，不耍滑，不惜力，干啥都有一股韧劲，非干成不可。队里村里各种能致富的行当，他都钻研过。"文化大革命"中我们村也分成两派，群众之间矛盾很深，但在 1969 年"吐故纳新"时，大家都一致同意他入党，并选为村党支部副书记。不久，他就被选去修"焦枝铁路"，带一连人日夜奋战在焦枝铁路"最难啃"的隧道工地。同村一起去的一个本家叔叔告诉我："一次工地出现'哑炮'，你哥一个人去排炮，走到半道炮突然响了，好在不是离得太近，如果走到近前，你哥的命就没了。"我的希成哥就是这样以不怕苦、不怕死的精神赢得了组织上和乡亲们的信任。1970 年春天，新乡铁路分局在我们温县招工，县乡领导抽调希成哥去协助招工单位进行招工政审工作。招工将要结束时，来县里招工的负责同志提出带他走。这个突然而降的"好事"，给了他人生新的机遇，也改变了我们全家的命运。已经结婚育子的希成哥不仅参加了工作，而且当上了当时招工时为数不多的铁路公安警察，培训结束后被分配到晋北车站公安派出所执行任务。

我的思绪飞回到希成哥成为铁路公安警察后回到家里的一幕一幕。那时候铁路公安警察实行军事化管理，服装是上绿下蓝，佩戴帽徽领章。希成哥个头高、精气神足，穿上这身服装很是英武。放假回家时，骑一辆自行车出现在众人的视线中，很让人羡慕。在我眼中，他比过去更精干、更有组织纪律性，但身上老百姓的特点一点都没有改变。他到家里就进入大田干农活，还是那样熟练、耐劳，遇到乡亲们还是那样亲切、热情，对全家每个人都挂在心上，对弟妹尤其关心。在接触中，我能感到他的进步，思考问题能力、语言表达能力、文字水平等都有很大提高。仅仅一年多时间，在组织的培养教育下，一个农村的年轻人竟发生了如此显著的变化。关于铁路公安生涯，他也给我讲过一些：

如何在客车上担任乘警，如何下去蹲点，如何抓获祸害人民群众的蟊贼。他牺牲前最后一次回家，适逢我从高中回家"取馍"（农村学生每周都回家取一次吃的），晚饭后夜幕中，他骑车送我回学校，叮咛我好好学习，在家孝敬父母，将来学业有成报效祖国。从家里到学校，在四五里路远，我平常觉得很漫长，这晚上却觉得太短太短，我但愿它是永远走不完的路，给兄弟俩更多一些快乐相处的时光。

1971年10月下旬的一天，令全家人肝肠寸断的消息传来：我希成哥在北板桥车站执行任务时因煤气中毒失去了生命。当时来人只说是在晋城矿务局医院抢救，让我父母从速前往。我和村支部书记两人骑自行车，把父母送上去焦作转晋城的汽车，就眼巴巴地等着消息。那时没有手机，更没有微信，通讯方式极其落后，为了早一点得到消息，失魂落魄的我每天都到村头去等候。我多么希望这个消息是弄错了的，我的希成哥已脱离险境转危为安。然而事与愿违。父母回来了，晋北车站派出所李所长来了，他们坐的大卡车上，放着盛有我希成哥遗体的柏木棺材。我欲哭无泪，也不敢放声大哭，因为我的父亲脸色铁灰，下了车站立不稳，让人扶着才能走路；我的母亲一下车就哭得上不来气，晕倒在地，一些乡亲忙掐人中抢救，全家人陷于巨大的悲伤之中。

按我们家乡的规矩，人在外亡故不能进家门，故很快由公社领导主持开了追悼会。追悼会就在我家大门外的街上进行，许多人赶来，挤得水泄不通。晋北车站派出所李所长讲了希成哥牺牲的经过。就在希成哥给父母写信后的第二天，他就到北板桥驻站去了。那时正值"文化大革命"期间，山西武斗很厉害，一些人抢枪、抢国家战略物资，抢车站上存储的煤炭，北板桥车站亟须人去"蹲守"。所里决定派希成哥去执行这个任务。平时在北板桥"蹲守"，需要回所开会时就回所，两头跑，任务很繁重。10月24日我希成哥在派出所开了一天会，晚上回到北板桥驻站时，发生煤气中毒事件。李所长特意说：北板桥是希成的工作岗位，他住的地方既是办公的地方，也是休息的地方。他为了保护佩枪，把门墙封闭得很严。而且驻站晚上有巡视任务。从希成牺牲的着装看，他还没有脱衣睡觉，是穿着衣服躺在床上看报时被积聚了一天的煤气熏倒的。结论是樊希成为工作而死，二哥是因公牺牲。当时后事的处理，也是按因公牺牲办理的。父母和全家悲痛之余，看到组织上能有这样的结论，心里也有一丝安慰。我大哥希旺在极度悲痛之下帮父母做了大量工作，使希成哥的后事得到妥善解决。不久，我嫂子即接班到铁路上的一个车站当了营运员。但在转两个孩子户口时却发生了周折，因为希成哥因公牺牲还没有得到上级认可，出现了"逆转"。在这种情况下，为了解决两个孩子的户口问题，也给我二哥希成的"牺牲"讨个说法，我父亲走上了"秋菊打官司"那样漫长的道路。其中的辛酸、屈辱不言而喻。父亲是个刚强而又坚韧不拔的人，他不相信组织上会出尔反尔，一心要为儿子讨个说法，为孙子讨个出路。一个年已七旬的老人，带着两个小孙子，奔走在晋城、新乡、郑州之间。一直到我当兵后的第二年，坚韧不拔的父亲终于感动"上苍"，解决了两个孩子的户口及成长到十八岁的抚养费问题，二老也享受到了国家规定的因公牺牲者亲属的相关待遇。终于解决的那一天，我父亲把所有手续封存装入一个牛皮纸包，颤抖着手写了一行字："这是希成牺牲后被定为因公经过的所有手续，等小斌、小文（希成哥的两个孩子）长大了，给他们看看。"父亲1979年12月去世后，我看见了这个牛皮纸包，读罢上面写的文字，我大哭一场，为父亲的去世，为父亲为希成哥讨说法的艰辛，也为英年早逝的希成哥。终于为儿子"牺牲"讨了一个"说法"，我父亲在九泉之下可以瞑目了。

  站在晋北车站站台上，我放飞自己的思绪，一时间五味杂陈感慨很多，更多的还是伤痛、悲痛。40多年了，我一直想到这里看看，今天终于成行，但"痛定思痛"，勾起了我更大的伤悲和无尽的思念。在回程的车上，我默默无语，把在晋北车站派出所、晋北车站照的照片，通过微信发给大哥希旺和斌侄文侄，同时发去我写的一首小诗："四十六载心愿遂，来到晋北双泪垂。从此不踏伤心地，踏上一回伤一回。"很快就接到希旺兄回诗："大弟殉职北板桥，全家老幼泪号啕。今日小弟寻故地，又使吾心涌悲潮。"由此可见，对失去的亲人，尤其是英年早逝的亲人，人们的记忆是永不磨灭的，只要有一点记忆火星，就会燃起浓烈思念之火。

  摇下车窗，我再看一眼晋北车站，心头突然蹦出一句话：晋城北，这是我第一次来，以后不会再来了。

2018年5月28日

大　姐

　　我家兄弟姐妹六人，大姐按年岁排在第二，属马，长我13岁。她结婚成家那年，我才六七岁，刚上小学的年纪。她上了花轿，我躲在门后放炮仗，点燃炮仗却吓得忘了撒手，眼睁睁看着它在手中爆响，炸得手掌黑黄肿胖，好多天端不了饭碗。有一件事在我的童心中印象特深。困难时期家里缺粮，将榆树树皮、玉米棒芯磨面充饥，地瓜、地瓜面已不多见，玉米、玉米面都成了稀罕物。大姐做饭的时候，常把一些好吃的留给父母，她知道在大田里劳作的双亲更需要营养。一次，她烙了几张焦黄喷香的玉米面饼，自己舍不得吃，也拒绝了我极度企盼的目光，而且还把饼放进竹篮挂在我探不着的房梁上。幼小的我在小桌上放了凳子，站在凳子上去取饼，当终于不能奏效时，便号啕大哭起来。为这件事，我有几天不理她。不过很快就和好了。我有什么理由恨大姐呢？大姐是个懂事的大姐啊。大姐结婚后，仍时时记挂着父母，记挂着未成年的弟妹。姐夫是个老实厚道终日沉默寡言的庄稼人，大姐常指派他来娘家"服役"。她常常叫着姐夫的小名："五，去给咱妈家翻地"、"五，去给咱妈家拉土"……我家的重体力活，大姐夫没少出力。记得那些年我家冬天烧的煤炭，都是大姐夫拉着平车去百里开外的矿山拉来。大姐说"五，去给咱妈家拉煤"，大姐夫便怀揣几个烧饼拉着车子上了路途。大姐对父母及兄弟姐妹的关心更是身体力行。为了减轻母亲缝制全家衣服的负担，大姐省吃俭用口挪肚攒百方凑集买了一台缝纫机，并学会了熟练地操作。我家有一半的衣物出自大姐之手，而且兄弟姐妹中我受益最多。那时渐渐长大的我已开始知道"臭美"。穿衣服"穷讲究"，诸如上衣要带扣纽的（指制服）、裤子要前开口的（不穿大裆裤）、鞋子要方口的（不穿圆口的老头鞋），这些只有手巧又懂点新潮的大姐能够缝制。为了弟弟能穿上舒服体面的衣衫，我的大姐不知度过了多少不眠之夜，那"嗒嗒嗒"的缝纫机走线声不知耗去了大姐几多心血。母亲在织布机上一梭一梭织就的匹匹粗布，经过大姐的巧手，变成了弟妹们一件件可身的衣裳。何止是衣，衣食住行，大姐哪一件不为家里人操心啊。大姐的家离我们家村头接着村尾，相距仅一箭地之遥。她劳作一天之后，便踏着夜色来看父母弟妹，有事领"任务"，没事见见面，便又踏着夜色匆匆而去。我17岁参军离家时，大姐精心给我缝制了一个枕套，那上面绣有漂亮的花朵、欲飞的蝴蝶，还用蓝色绣线寓意深长地绣了"自力更生"四个大字。这个枕套随我走南闯北25年，至今仍在使用。每当看见大姐用心选材、精心缝制的枕套，看见上面鼓励我成长的几个字，我便如睹大姐那亲切的面容。

大姐精明能干但性格过于急躁，总想把各种各样的活路干得又快又好，持家、做事不甘人后，这样长此以往便损害了身体健康。因为钢铁也有疲劳断裂的时候，何况人乎？待弟妹逐个长大之后，大姐的心血便更多地用在四个子女身上。操心他们上学，操心他们工作，操心他们成家，还在村边争取到一块宅基地盖了新房。她要用自己勤劳的手，为子女们编织一个舒服的安乐窝。就在她一步步去实施创业计划时，却突患脑溢血病倒了。白发老母抱着不省人事的她哭着喊："小季，咋不让我去替你啊！"我们兄妹几个全都回家去探望大姐。我在新乡火车站下车后，见站台上有个人带许多串香蕉在候车，便哀求他卖我一串（当时商品没有现在如此流通，家乡较少见到此物）带给患病的大姐。好说歹说，那人硬是不允，我情急之下提起一串就走，有生以来当了一回"强盗"。这次患病由于治疗及时护理精心，大姐终于战胜病魔恢复如初。然而两年后的一个大忙季节，她着急农活落人之后，心绪焦躁旧病复发，终至神志不清，生活不能自理。七八年来，大姐夫八方求医百法用遍，每天喂饭喂药洗脚按摩，也未能使大姐好转。两年前大姐病危，我匆忙从东北赶回，久不认人的她竟一下子认出我来。无力的眼神在我脸上游移，喃喃地说："你是小安。"我一下子扑倒在骨瘦如柴的大姐身上痛哭起来。

  此情此景犹在眼前，然而大姐已离开我们两年了。"老姐如母"，我时刻也忘怀不了大姐那点点滴滴丝丝缕缕的亲情。愿这点纪念文字化为大姐坟旁树上的一只蝉，在夏风中鸣唱那无尽的思念。

月　姐

　　午睡起，正读报，妹妹从河南老家来电话，说远在陕西武功的大姐去世了。大姐叫月，我们都叫她月姐。月姐是我伯父的女儿，我父亲弟兄两人，她是两家最大的孩子，故称大姐。月姐为何远嫁陕西武功落户，说起来话长。

　　民国三十二年，即1943年，河南发大水，我家在黄河近旁，是重灾区，灾民被洪水洗劫后，缺吃少穿，饿殍遍地。为找生路，纷纷结队外出逃荒。父亲和伯父洒泪而别，各带家小上路。伯父带一家"走西口"，出洛阳，奔陕西而去，和一些乡亲在武功落了脚；父亲带一家南行，去许昌投奔亲友，在那里做小生意谋生。战乱频仍，音讯不通，兄弟俩失去了联系。解放前夕，家乡搞土改，父亲知道后带家小回到故乡，过上了平稳的日子。父亲是一个很仁义的人，我爷爷奶奶过世得早，兄弟二人自小相依为命，有很深的感情。安顿下来之后，便四处打听我伯父的消息。听说他们在陕西武功落脚，就怀揣几块干馍，一路打探而去。临行前，父亲和母亲腾出祖上传下的唯一一处宅子，修缮了破旧的房子，为伯父一家准备好，自己搬出来，借住在别人家的房子里。几经周折，父亲在武功找到了我的伯父。兄弟俩失散数年劫后相见，自是相抱痛哭，别情长叙。就这样，父亲把伯父一家接回了故里。月姐因已和当地人成婚，不能随返，父亲、伯父临行时，月姐抱着腿不让他们走，哭成了泪人。

伯父返回故里后，因积劳成疾，没过几年就去世了，伯母也病瘫在床，伯父家的事情都是我父亲一应打理。父亲最痛心的是没把月姐带回来，时常挂牵着这个远在他乡的侄女。自打我上小学学会写信，父亲就让我代他给月姐写信，地址我清晰记得是陕西武功蔡家坡。困难时期，还寄过钱和粮票。尽管常代笔写信，但我对月姐的印象并不深刻。一是年龄差距大，二是不生活在一地又不常见面。不过印象还是有的。

我大约见过她三四次。一次是困难时期，瘦瘦的，和我伯母长得一个样子，因为吃不饱，脸色有些发灰，临走时大包小裹带了不少东西。二次是农村形势好了之后，是带着儿子水库一起来的，面色红润，说话声音朗朗，给我们带来了锅盔、柿饼等陕西特产。父亲很高兴，我也很高兴，因为我很快就和年纪相仿的水库熟识起来，下河摸鱼，上房掏雀，在空场地疯跑，我只是不习惯他叫我"舅舅"，我年纪很小，觉得没有这个资格。最后一次见面，是在1976年春节，我从部队回家探亲，恰逢伯母病逝，就和父亲一起为伯母料理丧事，给月姐发去了报丧的电报。那天正忙，有人报月姐来了。她已到了村口，一路大哭着向家奔来。因为她哭的是陕西口音，人们便知道是月姐来了，赶快来报信。我们接住她,搀进门来。月姐一头扑倒在母亲灵前,哭得昏天黑地,在那独特的陕西口音的哭诉中充满了悲痛和哀伤:"娘啊,你好狠心啊,你丢下苦命的女儿不管了啊!你把我一人扔在外面你放心啊,娘啊,我苦命的娘啊!我以后回家我找谁去啊!"我父亲拉起她,老泪纵横:"闺女,不哭了,你妈不在了,有你叔呢!"月姐趴在地下"咚咚咚"给我父亲磕了三个头:"叔啊,俺达俺妈都不在啦,您收下您这苦命的女儿吧!"站在旁边的人,都被她哭得掉了泪。

　　天各一方,一晃三十余年没见月姐了。对她的情况,都是片言只语从亲友处听到的。月姐的丈夫,多年前就病逝了,她一人把水库、平库两个孩子拉扯大,吃了太多的苦。好在现在家里状况不错,两个儿子都已成家,对月姐也都很孝顺。月姐老了,差一岁八十了,仍终日不闲,她还要为儿孙们贡献余热。当晚和老家的大哥通电话,大哥说:四天前他还和月姐通电话,告知我"十一"长假回去探亲,问她能不能回来?月姐说:她很想回来和兄弟们见一面,但离不开,现在正忙秋收,收了还要种,等闲了再找回来的机会。大哥对我说,没想到这样的机会永远也不会有了,说着在电话那头哽咽起来。是啊,见月姐一面叙谈的机会再也没有了。我从电话中获悉,月姐年近八十,并无大病。去世当天,早上八点感到不适,始呕吐,不久便撒手人寰。确诊为脑溢血突发不治而亡。逝去时没遭什么罪,算是善终。我还从电话中获悉,老家的堂兄等人已赴陕西武功奔丧。而我,只能写这么一点点文字,表达心中隐隐的哀痛。

表叔拐天义

"拐天义"姓殷,名天义,大号殷天义。他是真正的拐子,小儿麻痹,双腿细软不能着地,完全靠双拐支撑。两臂两手也细小,不能用力。两只像小孩似的手拿不住什么东西,勉强能接过钱,放在一只大兰花瓷碗里。但脑袋大大的,眼睛亮亮的,显示着生命的存在和活力。村里人背后叫他"拐天义",当面则按辈分叫他天义爷、天义叔、天义哥,很是恭敬。

我称拐天义"天义叔",是因为我们两家沾老亲,他和我父亲平辈。拐天义住东村,和我大姨家邻居,和我大姐家后院接后院,因此我常去他家,有一段时间我去外村上学,从这街到那街,就从他家穿过。最深刻的印象是,拐天义家的院子里总有一地鸡毛。

鸡毛何来?原来拐天义开着一个卤锅,每天卤了烧鸡来卖。他有一锅不知那辈子传下来的老汤,有一手不知从哪里学来的技艺,卤出的烧鸡味美可口,堪与滑县的道口烧鸡媲美,吸引不少人来买。虽然门口没有招牌,烧鸡也没有名号,但生意还是兴隆的,天天一地鸡毛便是证明。在割资本主义尾巴的年代,拐天义的卤锅能存在,一是他是残疾人,你端掉他的卤锅,他靠什么吃喝生存?二是村里的干部有需求。开会开到半夜,干部们饥了、困了,或者想喝口酒了,主事者会说:去拐天义那里掂只烧鸡!踏踏踏,便有人奔跑而去,奔跑而归,钱先赊着,吃了烧鸡再说。因此,在一次次割资本主义尾巴的夹缝中,拐天义的卤锅存留下来,年复一年的在村中飘香。

有读者会问:拐天义严重残疾,四肢不全,手无缚鸡之力,如何照料卤锅?谁来帮他?当然得有人帮,帮他的是巧珍娘母女俩。母女俩是安徽凤阳人,有一天要饭要到拐天义家门口,拐天义看她们怪可怜的收留下来。娘俩千恩万谢,发誓当牛做马也要报答大德大恩。住下来之后,我大姨看拐天义和巧珍娘处得不错,都是苦命人,有意给他们撮合秦晋,巧珍娘愿意,拐天义却死活不干,大脑袋摇得像拨浪鼓:"不中,不中!我一个残废不能拖累人家一辈子!"夫妻终没结成,但拐天义和巧珍娘之间的情感却一天天浓密,过起了不是夫妻胜似夫妻的日子。巧珍娘和巧珍成了拐天义生活和生意的好帮手,拐天义每天只干三件事:拄着双拐站到院子里收鸡,他瞟一眼就知道一只活鸡的分量,估摸得比上秤称还准;告母女俩如何投料,如何掌握火候;用不灵便的小手,颤颤抖抖的收钱。巧珍娘里里外外忙活,巧珍打打下手。三口之家,小日子过得不错,小生意做得也很红火。但是若干年下来,似乎也没挣什么钱,拐天义一件新衣也没添过,巧珍娘俩穿着也很朴素,日常三餐不过粗茶淡饭而已。买活鸡卖卤鸡,日子就这样一天天过下去。突然有一天上级号召抓地下钱庄,说有人放高利贷破坏农村经济，不知谁说拐天义借钱给别人，应当查一查。结果从拐天义家查出一个账本，上面有七八十笔账，都是拐天义借钱给别人家的记录，有的已是陈年老账。不过，拐天义没要过一分利息，也没有催借的人还过，纯粹是积德行善之举。多少村人靠这钱度过饥荒，解了燃眉之急。消息传出，许多村人方知拐天义省吃俭用，是为了周济别人，感动得流下热泪。也知道拐天义卖卤鸡挣了不少钱，是村中的富户。

人怕出名猪怕壮，一日外村几个泼皮慕拐天义富名而来，想抢几个钱花花。趁巧珍娘外出，闯进家来，把拐天义绑在椅子上，四处翻钱。正翻腾间，一人来送鸡，隔窗看见拐天义使眼色，立即奔跑出去叫人。正在附近地里干活的村人，拿着家伙什赶来，百十人把拐天义的堂屋围得像铁桶一般，喊声如雷震。泼皮们想拿拐天义做人质进行顽抗。村民们一起发喊："鬼孙们听着，你们敢动拐天义一根汗毛，今天就生生剥了你们的皮！"泼皮们吓坏了，赶快把拐天义身上的绳子解开，扶他坐稳到椅子上，几个跪下倒头便拜，头像捣蒜一样："拐爷爷饶命！拐爷爷饶命！"最后，还是拐天义发话，这几个泼皮才得以全命脱身，兔子一般撒腿而逃。从此之后，无论白天黑夜，拐天义家绝对安全，毛贼、强盗再没有光顾过。

拐天义一辈子没结婚，也没有一儿半女，待巧珍姑娘就像亲生女儿，供她上学到高中毕业。出嫁时陪嫁丰厚，当时流行的自行车、手表、缝纫机三样齐全，请木匠做了一个月的陪送家具，被褥四铺四盖，让村里的姑娘媳妇们羡慕不已。上轿前，巧珍跪在拐天义面前大哭："爹，巧珍舍不得离开爹呀！"拐天义明亮的眼睛里也闪着荧荧泪光。

　　拐天义活到七十多岁，是在我当兵后去世的。听说他去世前办了三件事：一是，让巧珍娘烧了村里人向他借钱的账簿；二是留下遗嘱，把房屋宅院等全部家产给了巧珍娘；三是，把那锅卤鸡的老汤，送给了本村同是残疾人的拐国。

四　姨

妹妹来电话，说四姨去世了。我问：何时去世的？妹妹说：我也说不清。说着说着，妹妹哭开了，也骂开了：四姨的几个孩子真不像话，连四姨死也不告诉一声。当知道了去问，四姨已经入土四个多月了，没有坟头，坟地里的麦子都长出来了。四姨的几个儿子说：县里规定人死了必须火化，不火化强制执行。为了能够土葬，亲戚们谁也不敢告诉，儿女们连哭几声都不敢，怕惹出事端。就这样，四姨一生就悄无声息地结束了。四姨夫去世在四姨的前头，两人相依为命，姨夫走了没多久，四姨就随他而去了。

我母亲共兄弟姐妹七人，三个男孩四个女孩，我母亲行五，上面有两个哥哥、两个姐姐，下面有一个弟弟、一个妹妹。这个妹妹就是四姨。四姨在娘家时最受宠爱。我母亲最喜欢这个小妹，和我们家来往最为密切。但是，我四姨似乎命运不好，结婚成家后受的苦最多。无论怎么吃苦，也不见她脱贫，临到老也是房无一间，地无一垅。想起命苦的四姨，我现在仍止不住掉下眼泪。

四姨和四姨夫共有三个儿子两个女儿，家里比较贫穷，一家人挤住在一座房子里。为了多盖些房，给三个儿子说上媳妇，两口子用尽了毕生心血。我妈在世时，我四姨常到我家来，一住就是十天半月。四姨裹过小脚，走路不便，我常拉着架子车去接送。对她家的事，我从她和我妈的闲聊中知道不少。每次见我妈，四姨都哭诉她命苦，但哭诉过后仍坚强地活着，顽强地同命运进行着抗争。

我四姨命苦和四姨夫有关。四姨夫叫"常清让"。我所以记住这名字，是一次去亲戚家坐席，粗通文墨的四姨夫，用筷子蘸着壶里的茶水，在酒桌写给我看的，我对这三个字印象深刻。印象更为深刻的是，这三个字差点影响到我的前途命运。1972年冬我报名参军，政审时有人说我四姨夫有"政治问题"，是一个主动脱离革命队伍的"逃兵"。虽然最后认定是一般历史问题，不影响我参军当兵，但我却由此知道了四姨夫的一段经历。1945年抗日战争胜利后，我四姨夫参加了八路军，在部队已经干到连级职位，后来部队离开河南向华北转移时，他产生了"三亩地一头牛，老婆孩子热炕头"的想法，悄悄离开部队回到了家中。姨夫是个普通的庄稼人，人很老实，由于粗通文墨，说话文绉绉的，我从来没见过他发火，也许是在革命队伍当过基层干部练出来的涵养。姨夫的这段历史不怎么光彩，但也说不上可耻，几乎无人问津。但"文化大革命"时被一些人翻腾出来，就不是什么好事。曾经担任的小队干部职务也被撤了，所谓的"逃兵"帽子扣在头上，即便浑身是嘴也说不清楚。家里在村中的地位一下子降下许多，盖房划院遇到困难，三个儿子找对象也不容易。经常有给儿子们介绍对象的，我四姨带着儿子三天两头去相亲，每次都高兴而去，失望而归。原因只有一个，就是女方嫌家里穷，全家就一座破旧瓦屋，新媳妇娶进门住到哪里呢？

主要矛盾弄清楚之后，四姨和四姨夫决定在划院盖房上做文章。改革开放之后，宅基地管理松动，经村里允许，他们把旧房交出，新划了一块宅基地。光有宅基地，没有房子不行呀，那就盖房吧。好不容易盖了两座房，全家住了进来，又张罗着给大儿子划院盖房，因为人家女方说：非独门独院不嫁。好不容易又划了一个宅院，盖了一座大瓦房，把大儿子的婚事安排好。二儿子也在谈对象，女方也提出不独门独院不嫁。接二连三的婚事，就像催征战鼓似的。家里的积蓄用光了，猪和鸡都卖了，没有换钱之物。没有办法，就四处借钱，亲友们也都伸出援手，但"救急不救穷"，他们还是背上了沉重的债务。种地挣不了多少钱，四姨和四姨夫又不会什么手艺，没什么来钱门道，情急之下，两人一下子就白了头。四姨夫说："天无绝人之路，下雪天饿不死瞎家雀。"他和我四姨琢磨来琢磨去，两人决定去捡垃圾卖钱。一贯斯文的四姨夫不顾脸面，操起了捡垃圾的工具；四姨也克服小脚不能走远路的困难，走村串巷地捡垃圾。垃圾捡回到家里，分类、打包送到垃圾收购站。开始在自个村子，后又扩展到周边的村子，进而扩展到城边，却最终也没敢进城。他们曾进城捡过一次，被人家轰了出来，说是进了别人"势力范围"。不进不进吧，大路朝天各走一边，就在周边的村子转悠。现在人们生活富裕，产生的垃圾很多，不仅捡回来可以卖钱的，还捡回来旧衣服、旧沙发等穿的用的东西。随着业务扩大，从走路发展到拉架子车，后又置办了三轮车，姨夫拉着四姨捡垃圾，也逛风景，虽然苦点累点，但积攒的钱还清了债务，两人的内心还是欢乐的。有时姨夫一边蹬车，一边唱戏文给四姨听，两个七十多岁的老人在捡垃圾中自得其乐。

给老二盖房娶媳妇的债务刚还清，老三又要成家了。好在有最早划定的宅院并盖了房，不用太费周折。但女方提出房屋要翻修，还要购置时兴的电冰箱、洗衣机等几大件。没办法，老俩口开着三轮车披挂上阵，继续着捡垃圾的生活。手心手背都是娘的肉，不能让老三受委屈，老两口一点一点筹集着老三婚事的费用。

等三个儿子都娶上了新娘，住上了新房，四姨夫和四姨也老了，长期捡垃圾已经直不起腰来。姨夫是一个大个头，现在只有先前的半个身子高；四姨本来个子就低，现在佝偻着腰，就像饭桌那么高。而且捡垃圾成了习惯，不捡就身上难受。一天天积累，一些垃圾不能及时卖出去，院子里堆起了垃圾场，散发出难闻的气味。终于，儿媳妇有了意见，向儿子发出了通牒：再这样下去咱俩就离婚。儿子为此也不高兴。为了儿子家庭和睦，老两口忍痛离开自己的家，在村子里租房另住。我最后一次去看四姨四姨夫，就是在他们租住的别人家的屋子里。我和妹妹的到来，让他们局促不安，因为垃圾堆得无法下脚，两位古稀老人就生活在垃圾堆里。我哭了，眼泪无声地流了下来，为我苦命的四姨四姨夫，为他们奋斗了几十年仍是"房屋一间，地无一垅"的悲苦境遇而哭。

在电话中，我理解妹妹悲愤的心情，苦命的四姨就这样悄无声息地走了，临末了见上一面、哭上一声都无可能。不久，接到四姨二儿子的电话，说他在北京打工，我们表兄弟俩见了一面。我请表弟吃了一顿饭，喝的是茅台酒。不是显阔和铺张，而是我心存对四姨的一点情意，我把头一杯酒举过头顶，喊着四姨四姨夫的名字，然后把酒倒到地上。此时，我和表弟的眼中都含满了泪水。

2019 年 3 月 4 日

秀 英

四姨有三个儿子两个女儿。两个女儿大的叫玉秀，小的叫秀英。秀英脑子不好使，不是笨，而是傻。但傻也没傻到什么也不知道的程度，属于半憨不傻的那种，头脑有时清楚有时糊涂，按现在的说法，属于智障一类。她个头不高，偏胖一些，五官也周正，只有当你和她说话的时候，才会觉得她智力有问题，因为她只会用点头、摇头或简单的词句回答问题。她不是不会说话，而是说话很少，有时还会领会错你的意思，弄出一些笑话。秀英是个乖孩子，不疯不跑，不哭不闹，到哪都安安静静的，有时看大人干活，还会主动过来帮助，只是效果差一些，有时还会好心办错事。大人气急了骂她怪她，她也不恼怒，一副乖乖的憨模样。我四姨四姨夫都聪明伶俐，秀英的哥们姐们也都智力正常，唯有秀英生下来是智障，真是天道不公。无论哪个孩子都是自己身上掉下来的肉，无论好树歪树都是自个种下的树，没有父母嫌弃自己骨肉的，我四姨姨夫亦是如此。秀英虽是憨傻一些，但为人实诚，更得他们喜爱，甚至有些偏爱。四姨小时候裹过脚，行走不便，秀英就扶她行走，成了娘的小拐杖。四姨家到我家有十多里地，来我家时，秀英拉着架子车送她来，走时又拉她走，没有人告诉秀英路，走的多了，她就记住了，从来没有走错路。由此可见，秀英是半憨半傻，在有些方面智力也属于正常。她没有上过学，但粗通文墨的姨夫，曾在家教她识字，用毛笔蘸水在八仙桌上写字，教她认，她也能认下一些。姨夫爱给孩子讲故事，讲时秀英也在一旁静静地听。姨夫给孩子讲过二十四孝的故事，什么目连救母、王祥卧冰求鲤等，她也能记个差不离，能领会其中的意思。

　　四姨和我母亲走得近，常到我们家来，四姨来时都带着秀英，一住就是十天半个月。秀英比我小一二岁，是我表妹。来时我们就在一起玩，也结下了儿时的友谊。我是表妹的"保护神"，谁敢欺负我表妹，我决不饶他！我母亲也很喜欢我这个表妹。虽然年纪不大，却知道孝敬老人，帮大人做事，虽然有时候干不到点子上，但是她的老实、厚道、勤快，老人们都看在眼里。

　　一年开春，四姨和秀英又来我家。河里的冰开化了，河边的柳树发绿了，太阳底下暖洋洋的。母亲和四姨在我家堂屋后面的院子里边晒太阳，边做针线活，我和秀英在一棵老枣树下玩耍。母亲对四姨说的一番话，我听得真真亮亮的。母亲说：别看秀英这孩子傻，但比你那几个孩子都孝顺，你老的那一天，别的孩子都指不上，秀英能帮你。四姨点点头。母亲说这些话自有根据。古人常说，三岁看到老。秀英虽憨一些，但自小就知道孝敬父母。三年自然灾害那些日子里，家家挨饿，村里成立了"幼稚班"，把孩子们集中管理，孩子们是祖国的花朵，自然受到优待，伙食也好一些，经常能吃到细粮，间或还会改善生活。一次幼稚班伙上"过油"，吃油炸食品，每个孩子分得一根油条、两个炸三角，别的孩子一股脑自个吃完，惟有秀英用手举着送回家给我四姨姨夫吃。带油的食品贴近衣服，把衣服上弄得油脂麻花的。回到家，四姨看她弄脏了衣服，伸手要打她，却看到了她手中的食物。秀英只说了两个字："妈，给！"四姨放下打她的手，接过油条和炸三角放到桌子上，说了一声"傻孩子"，就抱着秀英痛哭起来。冬天农闲，四姨带秀英在我家住的时间长，夜里天冷，为了睡时被窝暖和，我母亲在四姨和秀英睡觉前，都在煤火台炕洞里烧一块热石头，用布包了放到被窝里。这样，等她们去睡时被窝就暖融融的。我也享受这样的待遇，但家来客人时，客人优先。有时或因煤火不旺，石头没有烧热，或忘记了烧石头，秀英就先到四姨的被窝里去睡，把被窝捂热了，就爬起来拉四姨去睡觉，说："妈，睡！"我母亲羡慕地对四姨说：她四姨，你养了一个好闺女！

说不好是有幸还是不幸，我母亲的话最终得到验证。四姨四姨夫因家境困顿，一生劳苦，在年老时得到秀英的帮助最多。三个儿子各过各的日子，自个都顾不过来。大闺女是个孝顺闺女，但结婚早生孩子多，自个家已够忙活，偶尔回娘家帮四姨洗洗涮涮，也是来去匆匆。惟有秀英常年在父母身边照顾老人，家里、地里出了不少力，虽然干不了细活，但干粗活脏活舍得用力气。后来寻了人家成了亲后，也常来帮四姨四姨夫干活，家中盖那几座房，她可没少出力气。后来四姨四姨夫为还"饥荒"外出捡垃圾，秀英帮助分类、归堆，有时也随着去捡拾。四姨捡垃圾腰酸了背疼了，秀英就给她捶腿捶背。这些我都是听我妹妹讲的，我妹妹在我妈去世后，常去看苦命的四姨，她亲眼看到了这一切。

秀英后来成了家，丈夫年纪比她大许多，是个老实巴交的庄稼汉，知道秀英品行好，对她疼爱有加。秀英怀头一胎孩子临产时，上农村的厕所，不小心把孩子生在了茅坑里，没有保住小生命，秀英好一顿痛哭。后来她又生了一儿一女，都健康活泼。村里人说："儿女双全是上天对她孝敬老人的回报。"

从秀英孝顺老人这件事，我明白一个道理：孝顺不孝顺老人，和贫富没有关系，和聪明与呆傻也没有关系，而是完全取决于一个人的品性。李逵遭遇险境，知道背着老母逃命；刘姥姥是个出生卑微的老妈子，在《红楼梦》里受人嗤笑，却知道报答王熙凤送给她的20两银子之恩，变卖所有家产花重金把王熙凤的女儿巧姐，从青楼救了出来。我表妹智障却知道孝敬父母，相信这样的事例并非绝无仅有。连一些动物鸟类也有报恩的义举，所谓乌鸦反哺、羔羊跪乳并非虚言。刚从书上读到一个故事：一只瞎了眼睛的老狼，因为抗联战士给他扔过一些骨头，救之于毙命之际，就牢记恩德，在这个抗联战士受日寇追击遇险时，它用尽一切努力，帮恩人脱离了险境。想想瞎了眼的老狼，我掩卷唏嘘不已。

2019年3月6日

明云爷

随着年龄的增长，越来越爱回忆往事。连做的梦中，也多是过去的事和过去的人。这不，今天早上将要醒时，就梦见了明云爷——一个名不见经传的基层工作干部、已去世40多年的老辈乡亲。画面很简单，一个熟悉的身影正要迈过门槛，我在后面追上去，说："明云爷等一下，我给你说个事！"结果是他走了，我却从梦中醒来，想起了关于他的许多往事。

明云爷虽然被称为"爷"，但年龄并不大。我十多岁时，他也就50多岁，没有我父亲年纪大。为何村里人都称其为"爷"，就是因为他辈份高，农村喜欢论辈份，他这个爷当之无愧。然而，全村姓杂，人人呼之明云爷，这就不是辈份问题，而是他在人们心中的位置，喊"爷"，其中包含着几分敬意。

明云爷出身贫寒，共产党领导农民闹土改时参加革命，小小年纪就成了革命一分子，在我们那里是个颇有资格的老干部。但不知是他"命"不好，或是文化程度低，或是思想觉悟不高，一起参加革命的人有的当上了公社书记、局长,有的还进城当了大官,他却一直是一名公社一般干部。公社书记像割韭菜一样换了一茬又一茬,他却依然故我,仍是一名普通办事员。不过,据我观察,历任公社书记和公社其他领导都很尊重他,因为他一是资格老,二是威信高,执行急难险重任务绝不含糊,而且有一个好人缘。

明云爷个头不高,体型偏胖,是乡村少有的胖人,红脸膛,花白头发,慈眉善目,笑的时候居多,发怒的时候也是笑模样,所以,村里人都不怕他。他是个大嗓门,口头语是"入娘",张口闭口"入娘"的,因为辈份高,说粗话无人计较,而且听起来颇亲切,一下子拉近了和乡亲们的距离。他是从我们村子里走出去的"大官",在管辖我们的公社里一干就是几十年。村子离公社两里多地,谁家有什么事就去找他,孩子上学,"割资本主义尾巴"被扣了什么农产品,谁家的孩子想去当兵,谁有病了想去住院,去外面跑买卖开个证明,但凡去公社办事,没有不去找他的,乡亲们共用的一句话是"找明云爷去!"乡亲们到公社所在的镇子上或办事路过公社门口,也要找明云爷谝几句。但凡乡亲们托办的事,明云爷没有一件不管的,实在办不成的,他也解释清楚。如果去找他的人赶上饭口,公社干部们正在院子里吃饭,他就到伙房上打饭,让乡亲们吃饱了再说事。公社吃的是干部灶,伙食自然好一些,能美美吃上一顿,谁个心里不欢喜!但村里人一般都不愿意去,怕给明云爷添麻烦。我在高中上学期间,曾去公社找明云爷办一件事,是我父亲让我去的,具体是什么事我已记不清了。进了公社门,正赶上开饭,明云爷拉我到灶上盛了一碗肉菜,抓了两个杠子馍,我心里想吃,嘴上却说：我在学校吃过了。明云爷说："入娘，小伙子正是长身体的时候，过门槛吃三碗，赶紧吃！"由于乡亲们常常到伙上吃饭，有的干部有意见，开展批评与自我批评时给明云爷指了出来。明云爷不服，吃午饭时当众骂了一通："入娘，让乡亲们吃碗饭咋啦！咱们吃的饭不是乡亲们交的公粮，咱们天天吃，人家吃一碗都不中！以后谁来吃饭记我账上，从我工资口粮上扣！谁要再为这件事放闲屁，休怪老子不客气！"他这一顿"入娘"，谁也不好再说什么了。

明云爷离开村子到公社工作几十年，但他的根在村里，影子在村里，他是村子里最有威信的人，他也以特有的方式呵护着乡亲们。一次，村里的长庆为翻修房屋砍了公路旁的两棵杨树，公社书记气坏了，让派出所来抓人，还说要判刑。派出所的人不认识长庆，就让明云爷领他们来。一见长庆，明云爷上去就是两耳光，仿佛不解气，又踹了两脚，边打边骂：入你娘，还不赶快跪下给所长求饶，不认错就带你到派出所吃窝窝头！长庆噗通一声跪到地下求饶，说再也不敢了，头叩得像捣蒜一般。明云爷又从衣袋里抽出20元钱，说，这钱借给你赔偿国家损失！长庆接过钱来递给派出所来的人，只呼饶命。如此这般，人打也打了，骂也骂了，该赔的也赔了，长庆才躲过一劫。从此，村里沿公路旁的白杨再没少一棵。就是这样，明云爷在乡亲们中间一点一滴地树立了威信。谁家因猪拱鸡啄产生了矛盾，或因宅基地边界不清产生了纠葛，大家都说：找明云爷去！明云爷往那里一站，矛盾双方说：按明云爷说的去办！没有不服判的，没有平息后再起纠纷的。连小孩有了争执，也都说咱找明云爷评理去！明云爷的一个外号叫"孩子王"，他爱和村子里的孩子们打闹，凡回村时，干部服的下兜里都揣一些糖块，是红红绿绿那种三角形硬糖，不论见了谁家孩子都抓几块放你手里。你吃糖时，他就就揪揪你耳朵，刮刮你鼻子，问你学习成绩好不好？说，不好好学习，爷下次就不带糖给你们啦。我少儿时总围着明云爷转，现在舌头上还有甜甜的记忆。

明云爷和明云奶虽是包办婚姻，但感情深厚，遗憾的是一连生了好几个姑娘：荷仙、荷花、荷塘一水的女孩子，传宗接代思想严重的明云爷和明云奶坚持"持久战"，终于如愿以偿，最后生了两个男孩子，举家欢腾。好在那时尚未实行计划生育，不违背国家政策。深刻理解农民心理的明云爷，坚持不抓计划生育工作，他说：要钱要粮的事我干，要命的事我不干。因为资格老，公社的领导也不为难他。一次，我们村清长媳妇因为没生男孩，坚决不去结扎，成了"钉子户"，向上面没法交代。驻村干部找明云爷做工作，被逼无奈，明云爷只好硬着头皮去劝说。也还真灵，开始清长媳妇像被杀一样乱叫，到了结扎室却不再言语。等风头过了后，清长媳妇去娘家住了一年，竟抱回一个大胖小子。却原来结扎时演了"空城计"，只在肚皮上划个小口，内中物件依然有强大生命力。有人怀疑明云爷从中做了手脚，明云爷骂道："入娘，手术又不是老子做的，和老子有球关系！"众人一笑了之。

明云爷是我当兵若干年后得脑血栓去世的，患病期间，村人们争相来照顾他；去世后，十里八村的人赶来给他送葬。一个普通的基层干部能享此殊荣，明云爷可以长眠安息了。我回家探亲时，明云爷已驾鹤归西。我同样患了脑血栓的母亲说：你去看看你明云奶奶吧！我去了，明云奶奶身体依然健壮，我们说了一会儿话，自然也讲到了明云爷。明云奶奶说：你明云爷这样一辈子就两个字：厚道。问了我妈的病情后，明云奶奶说：你明云爷得病后，我给他买了一个床垫，不软不硬，躺上正好。你要不嫌弃，就拿回去给你妈用吧，你妈也是脑血栓，用得着。从明云爷家里出来时，我用头顶着床垫走在街上，泪水扑簌扑簌掉下来："明云爷，我怀念你！"

2019 年 2 月 14 日

士振爷

士振爷姓邓，我姓樊，本无辈份之论，但我父亲让我称之为爷。一则可能是因为他年纪大，我记得当时他已60余岁。二则是沾点什么老亲，长年在一块地方生息、繁衍，乡亲们都沾点七拐八弯的亲。这样也好，互相之间总得称点什么，没有规矩就乱了方寸。

士振爷士振奶就住在我家斜对面的胡同里，那个胡同很深，给人有"胡同深深深几许"之感。胡同尽头是一个门楼，进了门左侧有两间旧草房，很是破旧。老两口就住在这座破旧房子里。两间房子相通，一间放柴草，一间是一个灶台、一个破桌子，一张用木板搭起来的床。两个老人就生活在这样的空间里，孤苦无助，生活贫困，是村里的贫困户。解放多年了，乡亲们的生活大都得到改善，士振爷两口却依然如故，很让人同情和可怜。

士振爷穿着破烂，冬天破棉袄上扎一根草绳，戴一顶"抹搭帽"，就是用毡制的一种帽子，像个长方形的筒状，戴到头上往下一拉，只露两只眼睛。脚上也是旧棉鞋，走起路来不跟脚，拖拖拉拉地走。看他这个形态，我就想起了《白毛女》中杨白劳的形象，只不过是没人逼债，没人抢女儿喜儿罢了。

士振爷何以如此穷困，是有原因的。我知道的原因是，士振爷年纪大了，不会什么手艺，只会放羊，放羊工分不高，士振奶又常年多病，不仅干不了活，每年还要花不少钱去抓药。而他们又是从陕西武功迁过来的，没在村里入"五保户"，得不到特殊照顾。士振爷的老家到底在哪里，为什么去了武功又迁回来，这在我心中是一个谜团。后来父亲告诉我，我才知道其中的缘由和致贫的真正原因。再后来，由于父母常让我给士振爷家送吃的用的，断断续续地，士振爷给我讲了一些事情的经过。再后来代笔帮士振爷写信，我就知道了全部事情的根由。士振爷士振奶的经历，真是人间的一出悲剧。

士振爷家原籍就在我们村，不过，他的家本不在我家斜对门的胡同里，而是在村西头的西小庄，那里聚集着几户邓姓人家。士振爷原本有一个不错的家庭，两口子带一个儿子过日子，家里三个人手劳动，又种着几亩薄地，说不上富裕但也不特别贫穷。快解放那年，我们那里闹了灾荒，兵荒马乱，儿子正值成年，为了躲避抓壮丁，一家三口决定去陕西武功投奔孩子的舅舅。孩子的舅舅是民国三十一年逃荒到武功去的，在那里安了家。来信说陕西地广人稀，好讨生活，士振爷动了心，他变卖了房地等家产，把一笔现钱缠在腰上，就带全家上了路。从历史上看，河南人逃荒或出走都爱往西去，山西人爱往内蒙那边跑，山东人自然是闯关东，这除了地缘的因素，还因为亲情所致。第一批人过去了，又招引了第二批，如此滚雪球就扩大了阵势，形成了固定路线。河南人一路向西是有传统的，故而陕西、甘肃，甚至是新疆的乌鲁木齐，河南人很多。说这些与正题无干，我们还是书归正传。

士振爷一家三口怀着对美好生活的憧憬，一路兴冲冲奔西而去，他们的目标是到陕西武功和亲友会合安家落户。然而，天有不测风云，人有旦夕祸福，怕什么来什么，在陕西潼关住店时，儿子被国民党军队抓了壮丁。看到儿子被绑走，士振爷两口心如刀绞，跪地叩求也毫不济事。他把身上所有的钱送给一个看模样是个当官的，央求把儿子放了。答应是答应了，但开拔号响过儿子也没有回来。部队开拔到哪里去了，他们也不知道。身上的钱没了，他们一路要饭到了陕西武功。家是安下了，但两口子的心没了，儿子是母亲的心头肉，是全家的希望。妻子由此落下了心痛病，士振爷也失去了生活的目标，两人唯一的念头是找回儿子，或者知道儿子在哪里，是死是活。为了怕儿子再回到抓壮丁的地方找他们，两人还到潼关打工要饭，在儿子被抓走的地方伫立等待，结果是杳无音讯。

时光轮转，很快到了解放后，社会生活发生了巨变，士振爷也感受到了新社会的温暖，但他们的心思仍在寻找儿子身上，活要见人，死要见尸，儿子到哪里去了呢？一个极其偶然的机会，村里一个到武功来寻亲的乡亲，告诉士振爷，说临解放那阵，他儿子曾经往村里来过一封信，打听父母的下落，说他被国民党军队抓了壮丁之后一路向南，被溃败的军队裹挟着到了台湾。他现在台湾一个叫嘉义的地方谋生，转告父母一定要在老家等他，他一定会回来叩见父母。听完儿子有下落了，士振爷两口老泪纵横，随即辞别挽留他们的乡亲，急忙向家乡赶来。因为儿子在信中说了，让父母在老家等他，他们要赶回家迎接儿子的归来。

士振爷到了老家之后，已是房屋一间地无一垅，只好投靠住在我家对门的末有爷，末有爷姓邓，他们是本家，没出五服。经末有爷介绍，借住在别人家位于胡同深处的破草房里。士振爷虽然没有什么手艺，但他会放羊。在陕西的岁月里，他常年给人放羊，成了有名的"羊倌"。我们队正好有一群羊没人放，士振爷就接过放羊鞭，干起了这个熟悉的营生。生产队的羊圈，离我们家不远，我常常看见他赶着羊群进进出出。他像一个将军，管理着一群步伐一致的士兵。当羊在路旁河边吃草时，士振爷常常手搭凉蓬向远处瞭望，那是盼望远方的儿子早日归来。不放羊时，他会搀扶着妻子走到胡同口来，伸长脖子向村口眺望。

"文化大革命"那阵，凡家里有海外关系的都会受到牵连，因此，家有海外关系的都尽量回避。士振爷则不然，他到处说儿子在台湾，在村里说，在公社说，在县里也这么说，难道他疯了吗？不，他之所以这样，就是为了扩大影响，让更多的人知道儿子在台湾，也好获取更多的寻找线索。好在他家的情况大家都了解，儿子是被抓壮丁抓走的，并非自愿，没和我军打过仗，也没有做过坏事。从根上说，儿子被抓是旧社会带来的灾难，士振爷也是受害者。他的良苦用心大家也都知道。因此，没什么人为难他，再说他一个放羊老汉，你能把他怎么样呢？因此，儿子在台湾这件事，并没有给士振爷带来什么灾难，人们反而知道村里有这么一个痴心老汉，一辈子都在为寻找儿子而奔波。

改革开放之后，两岸关系渐渐解冻，开始实行"三通"，士振爷又看到了希望，他这时已经八十多岁了，老两口盼儿之心更切。我上大学回去探家时，他都找我给台湾嘉义写信，因为不知具体地址和门牌号，只能写嘉义市邓光玉收。邓光玉是士振爷儿子的名字，这个名字在他心中念了半辈子，一刻都没有忘记过。渐渐地，士振爷两口耳也聋了，眼也花了，对世事已很漠然，惟有讲到儿子名字时，眼睛里才有光亮。他们每次见到我，都向我打听，因为怕士振爷在农村接信不便，在信中也留下了我的地址。士振爷每次看见我，眼睛里都升起亮光，但当我摇摇头时，他眼中的光焰就熄灭下去。说实在的，我每次都怕见到士振爷，怕看到他那空洞失望的眼神。那眼神刺得你心疼。

  1983年1月，我由部队转业到吉林省工作，回乡探望母亲时，问起士振爷两口的情况。我母亲说：你士振爷两口都殁了。母亲告诉我，去年冬天快过年时，天气奇冷，士振爷在屋里拢火取暖，两口子打盹睡着了，火堆蔓延开来，把房子点着了，人也烧在里面，最终没有救出来。也有人说：是士振爷寻不到儿子绝望了，两口子燃火自焚，以此种方式告别了这个他们不再留恋的人世间。

2019年3月6日

末有爷

末有爷大名叫邓元有，他家和我们家门对门，中间只隔一条街路。邓宅坐北朝南，我家坐南朝北，正好面对面。我父亲是木匠，末有爷是铁匠，可谓"门当户对"。同中也有不同，我家人口多，末有爷家人口少，只有他和老伴两口子。我家人常到末有爷家去，吃饭端碗就到了他家，他家人很少到我家里来，末有爷忙于打铁为生，他老伴个低脚小，走路不便。我家宅院规整，是我父母花八斗麦子从一户人家买到的三间头院落，末有爷家的院落是祖传下来的，像个菜刀形，不怎么规整。宅院原本是规整的，五间头，前后通长，但父母在世时，给他哥俩分了家，就弄成了菜刀形。他哥的院落也是菜刀形。末有爷的"菜刀"刀把朝外，他哥的"菜刀"刀把朝里，两个宅院互相交错。好好的院落为什么分成这个样子？其间也包含父母的苦心，显得绝对公平。老人没有偏谁向谁，兄弟也没有谁占便宜，所谓肥瘦均沾是也。这样的后果，就是我们去末有爷家串门时，进门后要走过一个长长的"刀把"，然后才别有洞天。刀体部分是五间头，很宽敞。院里有两座房，西厢房三间，住人，北侧一座房二间，三面有墙，南面洞开，支着铁匠炉，那全村人熟悉的叮叮当当打铁声，就是由这里传出来。

末有爷名叫邓元有，怎么叫成末有？村人有两种说法。一是说他侄儿邓来从陕西白水给他寄信，写信封的人字迹潦草，邮递员把"元有"看成了"末有"，在村中到处喊"邓末有"收信，结果没人应声，打开一看，才知写给邓元有的，众人哈哈大笑，从此"元有"就成了"末有"。二是说，父母生他们兄弟三个，老大早夭，后又生老二、老三，元有是老三，是最后一个，故名"末有"。是不是这样，终不得而知。末有爷对此毫不在意，同辈人叫他"末有"，后辈人叫他"末有爷"，他都朗声答应。渐渐地，人们把他的大名淡忘了。我所以牢牢记住"邓元有"这个名字，是因为我曾代笔给其在陕西白水的侄儿写信。末有爷无儿无女，亲戚也很少，唯一牵挂的就是这个侄儿。哥哥已经过世，哥哥的儿子还流落在他乡，这成了末有爷的一块心病。民国三十一年，河南遭大灾，饿殍遍地，末有的父母宁可自己饿死，也要保两个儿子活命，把仅有的粮食烙成烧饼，用绳子穿着背在儿子身上，好让他们外出逃荒。父母在饿死前给他们哥俩分了家，拉着手给他们交代：这里是咱们的根，无论逃到哪里，等年景好了，都要回来。草草殓葬了父母，兄弟抱头痛哭之后，哥哥长有跟人向西逃命，弟弟末有跟人向南逃命，兵荒马乱，灾害频仍，此一别今后能否相见不得而知，临别时兄弟俩又是一顿抱头痛哭。长有面向西逃荒要饭而去，一路到了陕西白水，生活稳定后在那里娶妻生子，有了儿子邓来。末有一路逃荒向南，沿京广铁路线到了许昌，几经辗转衣食无着，凭一身力气到铁匠铺当了学徒。

当学徒受的苦一言难尽，好在末有熬过来了，还学会了打铁技艺，谋到了生活手段。攒了几个钱之后，娶了也是逃荒外出的一个女人为妻，顶门立户过起了日子。解放后天下大定，末有爷谨记父母的教诲，携妻回到了老家，支上铁匠炉，以打铁谋生，成了十里八村有名的铁匠。

我较多了解末有爷家的情况，不仅是住在对门，还因为两家沾点老亲。从我记事起，我母亲就让我称末有爷的老伴为"姥妗"，照此论，应该称末有爷"姥舅"才对，但没有人这样教我，寻常里均用"末有爷"相称。我家和末有爷家关系好，还因为我父亲在给别人盖房时要用铁器一类制品，就介绍主家到末有爷这里订制。一般来说，农村谁家需要铁器制品，比如种地用的镢头、镰刀等，比如盖房用的钯钉、钯具等，都是事先订制，讲好价钱和取货时间，取走物件时钱物两清。末有爷打铁，不仅舍得花力气，还很注重工艺，讲究质量，而且他还是一个完美主义者，讲究形美悦目。哪怕是最简单的东西，他都要几经淬火，使铁物件闪放着蓝格盈盈的光芒。每一件铁器上，他都要打上"邓元有"这个名字，以示负责，同时也是一种自信。因为太"精雕细刻"，先后有几个徒弟被他赶走了，徒弟们说末有爷"苛刻"，末有爷说他们"尽想着日哄人"。没有徒弟相帮，铁匠炉照样开下去，因为末有爷人缘好，家中来人多，半条街的人都给他搭过手，他叮叮当当地叫着锤指挥，你挥锤照着铁块上砸就是。这时候，末有爷俨然就是乐队指挥，指挥着一支雄壮的交响曲，他既是指挥员，又是战斗员，红红的炉火，烧得通红的铁块，末有爷古铜色的四肢，以及蓝帆布做成的围裙，构成一幅美丽的画图。在我的记忆中，这样的画图常常闪现，因为我也曾挥舞过铁锤，在铁锤和铁砧的敲击声中挥汗劳作过。

末有爷制造铁器讲究质量，收起钱来也不含糊。他从来都是"一口价"，说收多少就是多少，不打折、不免单，亲戚朋友也不例外。若干年下来，应该攒了不少钱，但手中依然抠得很紧，像一个"铁公鸡"。对末有爷对金钱的看重，人们议论不一。有的表示理解。俗话说养儿防老积谷防饥，末有爷两口子没有儿女，将来老了怎么办？你手中没把米，鸡都不理你；到老了手中没有钱，谁侍候你？有的人嫌末有爷扣得太死，说攒的钱够花几辈了，要那么些钱有什么用？也有人气得直骂：挣那么多钱，要带到棺材里去吗？在人们的议论声中，末有爷一天天变老了，过去精干的身子现在也佝偻下来，不复有当年的威武。改革开放开始那年，末有爷已有70多了，市场流通给家庭作坊带来不小的冲击，铁匠炉存在不下去，炉中的火渐渐熄灭了。

关掉铁匠炉那一年，末有爷身体大不如从前，他让老伴烙一些烧饼装在面口袋里，自己背着口袋坐火车去了一趟陕西白水。从白水回来一年多，末有爷就去世了。侄儿邓来带全家人回来奔丧，人们才知道末有爷把多年来积攒的钱送给邓来一半，让他还掉债务、安顿家小并作为盘缠，带家小回原籍落户。安葬完叔叔，邓来就带全家住了下来。此时邓来家祖宅的房子已经倒塌，末有奶年迈多病，邓来两口子住在西厢房照顾老人，把原先放铁匠炉的房间修缮一下，让子女们安身。全家人对老人极尽孝顺，渐渐地，老人不能行走，邓来就天天背着她出来晒太阳。老人临去世时，按照末有爷的交待，把家中全部积蓄的另一半交给邓来，断断续续地说：你爷爷奶奶让后人叶落归根，你末有叔最大的心愿就是把你们接回来。这钱你用来盖房，把两个刀把打通，盖一栋敞敞亮亮的五间头街房，让孩子们有个遮风挡雨安身立命的地方。说罢，老人溘然长逝。一年之后，邓来在老宅建起一栋五间的新街房，这在当时的村中成为耀眼的一景。

　　这里还有一件事要特别交代：末有爷家右侧是我伯父家，伯父家住的是我家的老宅，不知何因，原本四合院的宅基地缺失上房一块，很不规整。而这块地又和末有爷宅基地相连，归末有爷家所有。我堂哥早就想让末有爷把这块地让给他，使自家宅基地完整。堂哥托我父亲去找末有爷说合，末有爷几次都没吐口。但他在去世前，却主动了却了这件事。他对我父亲说：这块地对我没啥用，却能使你哥家院落完整。我父亲问：得多少钱？末有爷眼一瞪说：我就那么看重钱吗？最后以极廉的价格议定过户。由此可见，末有爷宅心仁厚，绝非是唯钱是图之人。

2019年3月7日

樊小拉

樊小拉是我们村最卑微的人物之一，也是村里不可缺少的一个人物。过去了多少年，这个人物始终没有在我的记忆中消失。

樊小拉和我同姓。小拉的"拉"字，在我们那里不念"lā"，而是读"lē"，日常人们称呼他免去姓，都是小拉长小拉短的，显得亲切。

樊小拉是个残疾人，生下来就少一只右胳膊。为了加以掩饰，他无论冬夏都穿长袖衣服，右手边空洞洞的袖筒垂下来任风摇摆，和左胳膊摆动不在一个幅度上，看起来有点怪异。小拉的残疾乃近亲结婚的结果，这是毋庸置疑的。我们那里过去不了解近亲结婚的危害，以为"亲上加亲"最好，说什么"姑表亲、姨表亲，打断骨头连着筋"，因此，近亲结婚较多，于是出生了不少残疾儿童，小拉就是近亲结婚的受害者之一。

小拉命苦，生下来四肢不全，父母亲怕他难以养大，一些族中人又视之为"不祥之物"，在多重压力下，他们悄悄地把刚生下来的小拉用草席裹了扔进长着几株柏树的老坟岗。奶奶可怜残疾的孙子，夜里偷偷地把小拉抱回来，才有了这条小生命。1942年，黄河发水，加上蝗虫成灾，我们老家饿死了许多人。小拉的父母也先后在这场灾难中去世。在奶奶的拉扯下，小拉逐渐长大。临解放时，奶奶也去世了。小拉把仅有的一间房卖掉，筹钱安葬了奶奶，便四处流浪去了。一个残疾人在流浪中的苦可想而知，但小拉对此从未说过一个字。

解放后，小拉回到了老家。因为土改已经结束，无什么财产可分，房无一间地无一垄的他，就借住在别人的家里。此时，正好村里装了一部公用电话，电话就放在大队部，需要有人值守，村干部们可怜他，便安排他到大队部"看电话"。你还别说，小拉这个"看电话"人选，选的还真合适。他无家无口孤身一人，24小时与电话机为伴。吃住就在放电话机的大队部一间偏厦里。一个房间、一部电话、一张床铺、一个灶台，构成了小拉工作和生活的整个空间。他忠于职守，县里公社来的电话及时传达或找人来接，谁家里来了长途，小拉就到家里叫人来接电话，保证了村里和外部的电话通畅。偶尔，有什么紧急会议通知，小拉也会去各个生产队传递，但他的主要任务就是"看电话"，在通讯尚不发达的那个年代，认真履行一个"看电话人"的职责。无论刮风下雨，无论白天黑夜，只要有电话来，小拉就去叫人接听，从未耽搁和误事。

我和樊小拉熟识，我们家和他有密切接触，是因为我家里电话较多。大哥在焦作参加工作后，把大儿子寄养在老家；二哥后来也到山西晋城参加工作，老家留有妻小，他们不放心家里，常常会来电话。每次电话来了，小拉就跑到我们家"喊人"。小拉个头不高，人很精瘦，但嗓门却出奇亮堂。他站在家门口，我们就能听得见他的呼喊声："叔、婶，接电话！"我父亲是乡村木匠，外出盖房架屋有一些收入，家里条件较好；我母亲为人心地善良，爱周济别人。母亲常常把大哥、二哥穿过的旧衣服、旧鞋，找出来送给小拉穿。小拉到家里来时，母亲急忙给他盛一碗饭，我们吃什么，他吃什么。小拉不上桌，端碗坐到门槛上吃，我父母把他拉回桌上，说："这都是你弟弟妹妹，别不好意思。"这样，小拉就和我们几个兄弟相称，对我父母称"叔"、"婶"，格外恭敬。一次过年，我母亲给小拉做了一双新棉鞋，小拉穿上分外高兴，他问："婶，你咋知道我脚有多大？"我母亲从笸箩的本夹中抽出一个鞋样说："这是我家老二的，一次你说穿老二的旧鞋大小正合适，我就记下来了。"逢年过节做好吃的，父母都让我端一碗送给小拉，他这时在值守电话，一个人弄吃的很不容易。久而久之，我渐渐地和小拉有了兄弟情谊。当家里来客人住不下时，我就跑到大队部那个偏厦和小拉打通铺。我那时小，不懂得尊重残疾人，常用手去捏他残臂的末端。他的右肩膀在膀根处突然变细变小，形成一个小肉柱，捏起来很好玩。这时他也不恼，反而和我开玩笑，像一对亲兄弟。小拉话不多，但他曾认真地叮嘱我："咱叔婶养活你们几个不容易，你可要好好学习，求个上进，不要辜负了老人的心愿。"

有一件事给我留有深刻的印象。大概是在"四清"运动中，我父亲因外出"搞副业"被人检举，公社要来人组织批判。小拉在大队部得到消息，急忙到我家通风报信，让我父亲到外地躲藏几天，我父亲因此躲过一劫。我清楚地记得，公社来的工作组长姓白，他因为一时找不到我父亲气急败坏，到我家说，挖地三尺也要把人挖出来，一副凶神恶煞的样子。幸亏我父亲躲了出去，否则后果真不堪设想。后来时过境迁，此事也就不了了之。我参军离开村子时，小拉陪同村干部把我送到村口，他用仅有的一只胳膊搂着我的腰，亲切地说：到部队想哥了就打电话回来。

　　我再次见到小拉，是在我母亲的葬礼上。母亲因操劳过度患了脑血栓，在几年卧床不起后，于 75 岁那年去世。送葬那天，恰逢下大雪，道路泥泞。从我们家门口到村公坟，需要八个壮劳力抬着柏木棺材走近二里地，乡亲们冒雪赶来帮忙。将要启灵时，小拉赶来了，他先在灵前咕咚一声叩了一个头，然后站起身站到棺木一侧，抓起头杠扛到肩上。他一个残疾人怎么能抬棺？有人去抢夺杠头，他死死抓住不丢，一句话也不说，硬是坚持抬棺到墓地。安葬母亲毕，新坟垒起，想到阴阳相隔，再也见不到最挚爱最亲近的人，亲友们围着坟头悲声四起。当大家离去时，仍有一个人跪在坟前放声痛哭，他是小拉。乡亲们说，小拉比孝子们哭得都痛。

2019 年 2 月 27 日

大头娃

"大头娃"是我们村里的一个奇人。他因为患侏儒症身材异常矮小,个头多说也就一米左右,四肢短促,脑袋却出奇地大。村人都叫他"大头娃"。"娃"在用作名字时,我们这里不念"wá",而是读"挖",平声。"大头娃"是个特定的称谓,一说"大头娃"村里没有人不知道其人的,他的官名殷保务却渐渐生疏了。奇人必有奇事,"大头娃"的奇事,容我慢慢道来。

"大头娃"和我的年纪差不多,我俩还是村小的同学,朝夕相处,在一起上过几年学。因为我大姐嫁到了他家门口,按照族中的辈份,他低我大姐夫一辈,我就成了"大头娃"的"舅舅"。"大头娃"脾气好,为人谦和,和同学们相处得很好,没有人嘲笑他。但在小学毕业我们都去村外上初中时,他选择了辍学,也许是行走不便,或怕外村人笑话他"个小头大",引来人围观,就断了继续上学的念头。从此,我就很少见到他。到大姐家去时,偶尔也能见他一面。关于他的情况,都是听大姐或大姐家人说给我的。我后来参军入伍又转业到外地工作,对"大头娃"的情况就知之甚少了。

去年清明节,我回村给父母上坟,在去大姐家的路上,遇到一个人开轻便三轮车迎面而来,远远看过去,好像无人驾驶一般。没想到三轮车开过去后在前方停下来,跳下来的竟是"大头娃"。他亲切地叫一声"舅舅",便从兜里掏出纸烟敬我。我一下子惊呆了:"你不是得了脑血栓,卧床起不了吗?现在恢复得这么好?""大头娃"笑着说:"好了,好了,你看我现在不是好好的嘛!"边上的乡亲们笑着说:"大头娃积德行善,好人有好报,多大的病都拿不住他。"这是怎么一回事呢?从乡人的议论中,我知道了事情的原委。

"大头娃"辍学之后,无法到地里干活,终日在家里待着,父母为他发愁,发眼下无事可做的愁,发今后生计的愁。这些"大头娃"何尝不知,他也在琢磨生计,并不甘心向命运低头。

在15岁那年的冬天,"大头娃"突发奇想,让父母把几捆高粱秆子扛进他住的房间。一个星期之后,打开房门,一堆扎好的车马等堆满房间。无师自通,他竟学会了纸扎手艺。在我们那里,人去世后亲人去祭奠,花圈、车马等纸扎品是少不了的,这是一单永远也没不了的生意。即便在"文化大革命"中,这方面的需求也没有绝迹。"大头娃"头脑聪明,脑筋活泛,他看准了这个刚性需求,又用其所长,避其所短,吃准了这个营生。这时已是"文革"后期,虽然时兴"割资本主义尾巴",但没有一把刀伸向"大头娃",他的纸扎生意在夹缝中生存下来。这一方面是出于村干部的怜悯,一方面是由于"大头娃"的好人缘。他为人不贪,除了材料费,只收取一点手工费,收费低廉合理。亲友熟人左邻右舍要办白事，他送去纸扎不收费，说是替亲人们表达一点小小的心意。我母亲去世时，就是请"大头娃"做的纸扎，我送他100元钱，他硬是给我退了回来，说："给我姥姥扎几样东西表表心意，这钱我咋能收！"久而久之，"大头娃"在村里便落下一个好人缘。

改革开放之后，市场经济大发展，各行各业都兴旺起来，殡葬业也随人们的观念变化空前昌隆。人们在生活富裕讲究享乐的时候，也没有忘记去世的亲人们。在悼念、祭奠逝者的时候也空前大方起来，纸扎品也"升级换代"，从车马、房屋等发展为轿车、电冰箱、空调，从童男童女发展为扎"三陪小姐"，供亲人在阴间享用。人们在阳间享受什么，就想让逝去的亲人在阴间享用什么，纸扎业一时间兴盛起来。"大头娃"抓住这个机遇，在其父母去世后，在继承的四合院里开起了"纸扎坊"，一下子成了村里为数不多的万元户。

话说"大头娃"已到了二十八、九岁年纪，家境富裕，人虽个头低，但身上一个零件也不缺，人又善良大方，提亲的人纷沓而至。也有村里的女孩子看好"大头娃"的人品，愿意侍候他一辈子。对上门提的这些亲事，"大头娃"都谢绝了，他说：我这个样子成什么亲！跟谁结婚，就拖累谁一辈子。又是一晃几年过去，有人给他介绍一个从四川来的中年妇女，还带着一个12岁的闺女，说是家乡遭了年馑，丈夫患病死了，愿嫁"大头娃"为妻。"大头娃"动了恻隐之心，他和女方扯了结婚证，收留了母女俩。"大头娃"把家中的钱交四川女人保管，视养女为己出，过起了其乐融融的日子。约摸过了三年，突然有一天，母女俩不见了，原来是一场骗婚。人走了，家里的钱也被卷走了。人财两空，灾难骤降，

"大头娃"没说一个字，没哭一声，大病一场后，该干啥干啥。又过了两年，本省周口那边发大水，又有两母女流落到我们村，没地方吃住，"大头娃"收留了她们，让两人在家打工，渐渐熟悉起来，三人就像一家人一样过起了日子。只不过这次没去领结婚证。日子一天天过去。突然有一天，这母女俩也不见了，家里的钱不翼而飞。村里有人说："大头娃"脑袋大归大，却不聪明，记吃不记打，好了疮疤忘了疼，两次赔了夫人又折兵。是啊，一个哲人说过，聪明的人不会被同一块石头绊倒两次，"大头娃"却两次绊倒在同一块石头上了。

　　家里事不顺，纸扎生意也越来越不好做了。高科技制品逐渐代替了纸扎品。冥类高仿品盛行，冥间银行发行亿万元大钞，手机、电脑、跑车等仿品在车间成批制作出来，满足人们向逝者供奉高仿消费品的需求。"大头娃"的纸扎店生意日渐萧条，收入也不断减少，仅可勉强维持生计。也许是急火攻心，"大头娃"一天早上起来站立不稳，走路竟走不成一条直线，说话也觉得费劲，终至"扑通"一声摔倒在地。经村内医生诊断，确诊为突发性"脑血栓"，赶快抬到诊室输液。人是抢救过来了，但落了个半身不遂的毛病。"大头娃"孤身一人，左邻右舍都来人照顾他，但这毕竟不是长远之计。有好心人在其家发现当年四川女人老家来信的旧信封，照地址给母女俩写了一封信，报告了"大头娃"的病情，不过是试一试而已，以为十有八九是不会有回信的。让人没想到的是，那母女俩接信后真的来了。两人在"大头娃"的病床前"扑通"一声跪下来，泪如雨下。四川女人说：都是我们害了你。当年拿了你的钱跑了，治好了丈夫的病，度过了家中的困难，现在就是当牛做马也要报答恩人。母女俩随即住下，煎药、做饭、求医，对"大头娃"照顾得无微不至。更没想到的是，周口母女俩不知从什么渠道获得"大头娃"患病，也赶到他病床前照料。医药费均由两对母女分担，不花"大头娃"一分钱，还主动拿钱，承担生活费，挨顿给"大头娃"做好吃的。"大头娃"虽然躺在病床上，心里却乐颠颠的。心病还得心药医，他的病是初犯，不太重，又救治及时，加上两对母女照看周到，竟一天天好转，脸色红润，肢体机能恢复了，没有落下任何后遗症。见此情景，四川、周口两对母女自然高兴，她们要回自家过日子，或外出打工，不能长期在"大头娃"身边。离开时给"大头娃"办了一张银行卡，定期给他往卡里打钱。"大头娃"用卡里的钱买了一辆轻便三轮车，每天到田间或集镇去逛逛，从此不再做纸扎生意。

2019 年 3 月 2 日

秋来哥

秋来哥是我们村的一个小人物，但是村里人离不开他，尤其是男人们，因为他是一个剃头匠。在我们那里，剃头和理发不分，其实这是两个行当，剃头用剃刀，理发用剪刀、推子，因为都是"头上功夫"，老百姓便合二为一，统称"剃头匠"。秋来技艺精湛，剃、剪都会，是个"全能把式"。村里人理发都找他，即使"文化大革命"中"割资本主义尾巴"，也没有人来割他，因为人们头上的头发需要他来割掉。因此，秋来的生意说不上有多么红火，但也延绵不断川流不息，自然也小有收入，维持一个在村中属于比较宽裕的生活水平。

我十多岁时，秋来已四十多岁。我所以称他为哥，是因为属于一个辈份，我们同一个姓，祖上都是从山西洪洞县大槐树移民过来的。从关系论，我和他已出五服，没有亲密的哥弟关系，但辈份在管着，只好以哥弟相称。还因为秋来向我父亲拜师学过木作手艺，"一日为师终身为父"，虽然解放后生活稳定，秋来以剃头为业，不再和我父亲一起去盖房架屋，但师徒情谊还在。秋来称我父母为"叔"、"婶"，也常来家走动，我们兄弟自然对他以"秋来哥"相称。秋来哥是一个重情义的人，我父亲去理发时，他坚持不收钱，一直到我父亲去世。因为有这层关系，我和秋来哥的关系就显得密切许多。

从我认识秋来哥起，他就一个人生活，是个"快乐的单身汉"。他的理发室在街的中间，村民们剃头不剃头，爱去那里凑热闹，被称"村民俱乐部"，按现在的说法，秋来就是"群主"。凭手艺吃饭，收入也不少，为什么不娶妻生子成家过日子，这是一个谜团。我父亲告诉我，秋来兄弟两个，父母早亡，从小生活很苦，解放后兄弟俩各分到地主的一座房子，便分灶过日子。他因为有手艺，收入稳定，曾经娶过一房妻子，小日子过得很舒坦，那阵子大概是秋来最开心的日子，但妻子因难产而亡，让他惨遭打击，发誓不再婚娶。六十年代初有人给他介绍一个"离婚茬"，女方是邻县人，丈夫因饥饿吃不饱偷生产队粮食被判刑。经人说合，女方带着儿子小虎嫁给了秋来。秋来炉火重旺，着实过了几年其乐融融的日子。他待养子如己出，送其到村小上学，闲时还教理发手艺，父子关系很是融洽。没承想女方的前夫刑满出狱后竟到秋来家要人，说秋来霸占了他的妻子，如不归还，以手中杀猪刀相见。思忖再三，不是说剃头刀干不过杀猪刀，而是秋来的心软了，道声"罢罢罢"，于是去公社扯了离婚证，流着泪放母子俩回原籍。临走时，一家三口齐刷刷跪在地上，叩响头以示谢恩。

秋来哥是个天生的乐天派，虽然多次遭受人生的打击，但也没有改变他乐观、活泼的天性。他个子低，人瘦小，在农村属于"机灵鬼"一类。学啥会啥，尤其"头上功夫"了得，会使推子，他手中那把剃刀在头上翻飞，比在麦田里使镰刀还要熟练。给谁剃个光头，那就是眨眼工夫。接下来是细活，刮脸、刮耳朵，最拿手的是刮眼睑，眼和眉毛那块小地方，正是他施展才华的好地方。秋来哥剃头理发，活细到什么程度？他连长出鼻孔的鼻毛也不放过，用细剪子剪掉。村人们都说让他理发真是一种享受，大刀阔斧开始，绣花功夫结束。闭眼坐或躺在罗圈椅上，惬意地享受秋来哥理发或剃头的全过程。他用热水给你洗了发，在需要刮脸的地方打上肥皂焖一会，这个过程就开始了。罗圈椅椅梁上挂着荡刀布，为了使剃刀更锋利，他圆睁双眼，站开虎步，"嚓嚓嚓"把刀荡得锃亮，像个大将军要上马杀贼一般。然而等理发或剃头开始，他便转换了一个角色，轻手轻脚，嘴里哼着曲子，多半是老戏的戏文。穆桂英"辕门外三声炮如同雷震"，花木兰"刘大哥说话理太偏"，崔莺莺"这一日坐绣楼心中烦闷"，这些他都会唱，尤其学女性名角的唱腔惟妙惟肖有滋有味。新戏他会唱《朝阳沟》，栓宝唱的"你那前腿弓，你那后腿蹬"；王银环唱的"走一步退两步不如不走"，秋来哥都会唱。当然，他最拿手唱豫剧《马二牛剃头》：

> 谁人不知我马二牛，
> 十三岁上就学剃头。
> 解放前剃头难糊口，
> 我挑着担子到处悠。
> 往南到过老河口，
> 回来路过信阳州。

>俺大伯俺二叔俺姑姑俺舅舅,
>
>都说咱祖祖辈辈是那种地户,
>
>你不该学那个下九流,
>
>我走到谁家谁不留。
>
>五八年来了个大跃进,
>
>都说我没落人后头。
>
>干活的时候我也干,
>
>休息的时候就剃头。
>
>全社里开了个评模会,
>
>叫我开会到郑州。
>
>和省长一起照过像,
>
>我还上过省委的办公楼。
>
>……

人们一边剃头、理发,一边听他唱戏文,是难得的享受。秋来哥一招一式体现出来的乐观主义情绪,也感染着经常会遇到困苦的乡亲们,使大家的心情快乐亮堂起来。

秋来哥理发技艺精湛,服务周到,收费却很随意。虽然订有收费标准,但从未严格执行过。条桌上放一个大瓷香炉,主顾给多给少,直接放到香炉中去。如果手中一时无钱,说一声"下次再给"也可走人。我每次去理发,父亲都给我五角钱,让我直接放到香炉里。我年纪小理一个发是两角,父亲给我五角,是让我把他每一次免交的钱一并补交上。父亲说："你秋来哥一个人不容易，咱怎能占人家便宜。"这是一个秘密，秋来哥从来就没有发现，说明他对谁交钱多少真的不在乎。

村里乡亲们愿意到秋来哥这里，不理发也愿意来这里坐一坐。从客观条件说，是因为理发室场地宽敞。秋来把分地主的一座房，一半做卧室，一半做理发室，理发室门前是一片开阔的宅基地。冬天，人们聚在他的理发室内，其他季节就在理发室门外闲坐聊天，或打扑克、下象棋。理发室是我们村唯一 24 小时开放的地方，谁来谁进从不锁门，秋来哥不在家也是如此。从主观方面说，还是秋来哥人缘好。因为理发需要热水，他常年生着炉子，炉子上烧着开水，谁喝开水就来倒，有的家给孩子冲奶粉，一时烧不及，就到理发室来找。这里似乎成了供应开水的地方。一年用去多少煤炭、需要多少费用可想而知。但农村人厚道，不占人家便宜，谁家做了好吃的，就让孩子送一碗过来，秋来哥是真正吃过"百家饭"的。他心里记着乡亲们对他的情谊，为大家服务就更加精细热情。晚上没人理发时，他就在炉上下一锅面条，谁来就招呼谁吃，人们也不会客气，端起碗坐在门槛上或蹲到地上就咥。这时候，理发室又像一个食堂，到处都是唏唏溜溜的声音。毕竟有些积蓄，谁家有了三灾四难急需用钱时，秋来哥也伸出援手，还不还也不计较。有人劝他积攒些钱，再娶一房媳妇，生个一男二女"养儿防老"，秋来哥笑着说："惹那麻烦干啥，活一天算一天，不定哪一天吹灯拔蜡伸腿去球！"

我参军入伍后转业到外地工作，多年没有见到秋来哥了。一次回乡寻他未见，村人告诉我：秋来进城享福去了，人家的养子小虎在城里买了大房子，把秋来接去养老去了。虎子从小跟秋来学习理发手艺，现在在城里开一个"秋来红叶连锁理发店"，生意红火着呢。

2019 年 3 月 4 日

第二辑

空　前

　　吃过早餐，儿子晃悠着一米七八的大个子，一手抓饭盒，一手提书包，出门上学去了。"哐"的一声门关上之后，妻子便来到了窗前。夏天是可以开窗的，头能伸出窗外；秋冬则不行，为了御寒，东北深秋和冬天的窗户必须紧闭。妻用纸把窗户玻璃擦了擦，又哈一口气，用手掌擦净，把脸紧贴在窗户玻璃上向下望去。这一扇窗户面对车棚，她可以看见儿子从棚里推自行车出来，然后骑车而去。当看见儿子骑着车从楼角拐弯，人影从视线里消失，妻才离开窗前。记不得从什么时间开始的，妻天天如此，如每天必有的"新闻联播"一样。我对妻子说：何必呢？有什么用呢？妻笑笑不语，仍天天如往。我把妻的举动说给儿子听，儿子并没有"好感动好感动"的惊叹，似乎没受什么触动，反正是没做出反应。我想，这也许是他自小受到的母爱太多，这件小事并不值得惊奇，在蜜罐里长大的他已不识糖的滋味；也许是他在潜意识里觉得未来的路很长，有着享用不尽的丰富的母爱资源。总之，他没被感动，而受到感动的却是开始不以为然甚至觉得妻子的举动有些可笑的我。我人届中年，有了较为丰富的人生体验，在失却母爱后倍感母爱的珍贵。我由此想到了我的母亲，想起了我所享受到的那温馨的母爱，桩桩件件往事都清晰地浮现在脑际。

也是16岁上，也是上高一，我在离家三四里地的一所学校读书，并在校寄宿。寄宿就要在学校吃饭，这要按时向伙上交米、面。为了节省，吃的馒头、饼都是从家里带来。我每次回家取米、面或者取干粮返回学校时，母亲都要站在村口相送。我家紧靠村西头，我出门向北，路过场院再向北，再向东折奔向大路。从村口到折向大路，约有一里地之遥。母亲就站在村头，一直等看不到我的背影再转身走回家去。当时生活困难，很少能吃到白面馒头，为了儿子能在学校吃好，家里有好吃的便尽我带。即便是粗粮，母亲也精细加工。为了给儿子准备干粮，她成宿地在炉台旁站立，把圆圆的炉具扣在煤火口上，一炉子一炉子地烙"火烧"，一炉子一炉子地烤红薯（我们家乡叫炉红薯）。那"火烧"外酥里虚，掰开来焦黄焦黄；那烤红薯外焦里嫩，尝一口喷香喷香。母亲只要知道我回家，无论多晚都要等门。听见儿子走进院子的脚步声，她悬着的那颗心才放下来。我当兵走那天，家里人怕母亲太伤心，没让她到村口送我。她颤巍巍地走到堂屋的门槛边，流着两行热泪，挥舞着常戴的驼色头巾给儿子送别。以后我多次探家，也都坚持不让母亲出门送我，怕别离勾起她太多的伤感。但是我心里清楚，"儿行千里母担忧"，自打别离，她又要多少次到路口远眺，盼儿子早日归来。春去秋来，母亲思念儿子，头上又添了几许白发。一旦等到儿子归来，母亲从里到外都透露出欢喜。"上车饺子下车面"，这是河南的规矩。母亲把擀面杖在案板上擀得咚咚直响，给我做她最拿手的"酸面叶"。用葱丝、香荣、醋、香菜、酱油、盐调合成酸汤，把手擀的宽面捞入其中。这讲究面要擀得好，筋道；汤要调得好，香酸可口。我爱吃母亲做的"酸面叶"。看见儿子手捧蓝瓷大碗，"扑喽扑喽"吃得满头冒汗，母亲笑容满面。以后她得了病手脚不便，等我进门时，便急急地催我妹妹：快，快给你哥做"酸面叶"。我来家探亲的日子里，卧病的母亲也处处惦着。每当我外出应酬，她总叮咛："安，少喝点酒。"只要我外出未归，母亲躺在床上也不入睡，听到门外有汽车响动，她便招呼家里人："快，去给小安开门"……

　　从母亲身上，我体会到母爱是伟大的，又是细微的。"春雨润物细无声"，母爱的这种特性使得人们常常忽略她。她没有轰轰烈烈，显得平淡无奇，蕴藏在件件小事中，因而受不到聚焦和特别关注。而且，作为伟大的母性，谁也不会去向儿子表白为他做了什么；相反，却认为这是应该应分，是一种单向投放的无私奉献，因此持久而热烈。只是我们这些做儿女的往往"身在福中不知福"，而当发现这种幸福珍贵去寻找时却已无踪寻觅。何须埋怨儿子对母亲窗前的眺望无动于衷呢？我当年不是也对母亲站在村口遥望我的背影不理解，窃认为这是多此一举吗？不是也忽略淡忘了桩桩件件母爱吗？不是也认为母亲为我做的那些事都平平常常，当时并没有在心灵里引起震颤吗？当我发现母爱的伟大，并在心灵上受到震颤时，我却已失去了母爱。这时母亲已长眠地下，再也不会站在村口目送我，再也不能给我做"酸面叶"吃，也再不能向我挥动她那驼色的头巾了。我得到的只能是一件件回忆，泪流满面也无济于事了。诚如一位哲人所言：失去的东西才知道珍贵，但醒悟后为时已晚。

妻子又站在窗前，她把脸贴在玻璃上向外眺望儿子的身影。我想，站在窗前的母亲何止我妻子一人！又有多少母亲站在窗前、村头、路口、车站、码头、机场送别和迎归自己的儿女呢？"谁言寸草心，报得三春晖"？何况，母爱的伟大就在于她不需要回报。但是，我们能因为回报不了或不需要回报，就对她无动于衷吗？对母亲多一点理解吧，我们做儿女的，只要替她揉一揉疲惫酸沉的肩头，捋一捋她被风吹乱了的花白的头发，母亲的心就足以得到安慰。

叫　早

叫早，就是叫人早起。常出差的人都知道，正规的宾馆都有叫早业务，如需早起赶飞机火车，给总机打个招呼，电话就会及时地将你叫醒。即使不正规的宾馆，只要告诉服务台一声，到时也会有人来敲门。既让客人休息好，又不误行程，这便是叫早的好处。但是，读者且不要误认为只有宾馆、招待所才有叫早业务，其实大量的叫早业务是在家庭生活中。尤其是家有中小学生的家庭，叫早更是日复一日的硬任务。现在家长们格外重视孩子的学习成长，"悠悠万事唯此为大"，如果哪天忘记叫早误了孩子的学业，那还了得！故叫早在家庭中确乎是每天必做的重要事体。

我对叫早感受较深，是近日来有了亲身体验。我家的叫早任务历来由妻子承担。她每天晚上上好小闹钟，第二天一早闹钟叮呤呤作响时，便一跃而起，先坐锅烧水，再依次叫醒儿子和我；待我们起床后，饭菜已经摆到桌上。天天如此，年年如此，按程序进行，大家相安无事，各得其所，对叫早便没有特别注意。最近妻子接连出两趟远差，当叫早任务责无旁贷地落到我头上时,我才感受到叫早的不易和艰辛。妻子临行时一再叮咛:早上千万别忘叫儿子起床。我满口答应拍胸脯保证,但真正要做到可不容易。为了忠实履行职责,我每晚都把闹钟上好摆放在床头。虽说天天提前上床,但心中装着闹钟,怎么也睡不踏实,每过一两个小时就醒一次,醒来急忙去看闹钟。外面射来的光线看不清,就开灯来看,来回折腾几次睡意全消。睡不敢睡,不睡又困极,睁着大眼躺在床上听那闹钟一秒一秒地嘀嗒。连续两周"值班",天天按时叫早,倒没有耽误儿子早上吃饭上学,但我却不行了。睡眠严重不足,打不起精神,走路晃荡,脸色蜡黄像抽大烟的烟鬼。为此,我天天盼望妻子出差归来,真是"一日不见如三秋兮",老夫老妻有什么可盼?我是盼她回来赶快交班呢!妻子终于回来了,我也终于从水深火热中挣脱出来。妻子一如既往地叫早,从不埋怨从不表白,只是默默地日复一日地流水作业着。

我已从叫早中挣脱出来,但我的思绪却陷入其中不能自拔,一时间想到许多许多。叫早虽说是日常细微小事,但是它体现了家长对孩子的多少关爱!细想一下,哪个人的成长不是从父母"叫早"发端的!从上幼儿园开始到高中毕业,粗计有15年时间,15年里扣除节假日,约有4500天需要天天叫早。无论刮风下雨,无论酷暑严寒,无论多累多乏,父母都坚持为儿女叫早。年复一年,日复一日,儿女们司空见惯,但是其背后隐含着父母们多少精力和心血!有人算计过吗?有人关注过吗?我想很少有人算计和关注,因为它似乎是微不足道的小事。但"一叶落而知秋",不正是这一点一滴中蕴含着父母对儿女们的挚爱吗!

我很惭愧，仅从叫早这件事看，我就不是一个称职的父亲。我更惭愧的是，在此之前，我很少深深地思索一下父母对我的关爱，连老人的"叫早"也早已忘却。只是当我现在陷入深思和回忆时，父母叫早的声音才又在耳畔响起："安，起床哩！""安，上学哩！"穿上绿军装将要离家的那天早上，天未亮我就睡不着了。为了不惊动父母，我没有起床。只听父亲蹑手蹑脚地走到我的窗前，先是轻轻咳嗽一声，然后极柔和地说："安，起吧，还要上路哩！"父母就是这样给我叫早，给我们兄弟姐妹六个叫早。我们都远走高飞后，又给在家乡读书的孙子们叫早。有一件事我至今难忘。那年我从部队回家探亲，带回一只小闹钟。晚上把小闹钟上好铃，对父母说：放心睡吧，闹钟会叫醒我们的。结果闹钟出了故障没有按时响铃，耽误了父母给我的小侄儿叫早。小家伙哭闹起来，好说歹说，最后是我把他送到村中小学校的。我的父母懊悔不已，今天我还记得母亲埋怨父亲，父亲坐在床沿上手抓头发后悔不迭的样子。

"谁言寸草心，报得三春晖"。父母对儿女的挚爱，儿女们终生都难以报偿。如果有谁记不得父母对自己的如海恩情，那就请他从"叫早"这一幕开始回忆吧。

放 生

这是长春初冬一个绝好的天气。阳光灿烂，刚结的冰在缓缓地融化着。

10时许，我带着儿子、小学四年级学生磊磊来到夏日喧闹而今静穆萧条的南湖边。湖面的冰融化将近，湖水又现出了原来的本色，波光粼粼，韵味如常，但因为时已入冬，竟很少有人光顾了。湖边偶尔走过几个来玩的中学生，湖堤上能看到几个青年男女在说笑着照相。此外便一览无余了。

我和磊磊专程到这里，是给已到我家做客月余的客人——49条小鱼"放生"，让它们再回到生它养它的湖水中去，回到自由的天地中去。行前特意在鱼盆里换了一次清水，喂了一遍鱼食，尔后才请它们进了刷洗干净的罐头瓶。自然没有忘记在蒙瓶口的塑料布上剪几个孔，以供应足够的氧气。在湖边找一个平坦、阳光充足的地方，我们开始"放生"，一条一条，共49条，眨眼间便全部从瓶里到了湖里。"放生"没在原先捉到它们的地方，那是在水的那边，确切说，是在水那边紧邻白桦林的一个水泡子里。但相信鱼儿们是能找到家的，尽管离家月余，又有漫长的路程。据说动物也都有思念故乡的习性，"狐死必首丘"，鱼也是这样的吧。

一个多月前的国庆节，我们全家到南湖游玩。妻子答应给儿子捉几条鱼，还真兑现了。不是几条，而是几十条，用的却是她辽宁老家捉鱼的"土办法"：把一条旧毛巾剪个小洞，蒙在圆形的饭盆上，在洞口抹一些煮熟的地瓜。置盆于水中，鱼儿寻味而来食时掉进洞里难以复出。每捉到几条鱼，我们都迸发一阵欢快的笑声。我在日记里写道："白桦林里扎营，吃饭盆里捉鱼，谈笑声中野餐，气垫床上读书，我们度过了最为欢快的一天。"也就是在这一天，几十条鱼成了我们家的客人。

鱼是酷爱自由的，然而对这一点我们缺少足够的认识。初到时，每天夜里总有一两条鱼跳出栖身的脸盆，为自由而献身；只要有一天不换水，便有鱼以死来抗议。为了防范其蹿跳出去，我们在夜里用窗纱覆于盆上；还坚持每天换水，以保持清洁；鱼食用的是我们过节余下的"鼎丰真"月饼，伙食也不算差。渐渐地，"客人"规矩多了，盆口不覆窗纱，也不会蹿跳其外，偶尔一两天忘了换水，也不再以死力争。它们变得老实、客气起来，似乎悠悠自得，然而却愈加缺少生气，灵气也没了，显得有些呆头呆脑，一幅浑浑噩噩、与世无争的样子。我们开始意识到，是我们为了自己的欢乐将它们禁锢起来，以至使之失去了自由与灵性。终于有一天，我们全家三口人商定：给它们放生，让它们回到自由的天地中去！

为此，我和妻子引出一番有趣的对话。我说：放生是做一件善事。这虽然是一件小事，但可以折射出一个人心地的善良。妻认为仅从一件善事难以判断人之善恶。她说，贼也有发善心的时候。有的贼看见被窃者在路旁大放悲声痛不欲生动了恻隐之心，也偶有"完璧归赵"之举。还说，《复活》中的贵族少爷聂赫留朵夫给卡丘霞制造了一生的悲惨，但最终也有深深的忏悔。妻言之有理。然而有时候一点水确也能折射太阳的光辉。我们如下看法一致，这就是人活于世还是要多做良善之事。"放生"实属善事，给鱼自由，于己心安，宜速为之。

鱼们终于去了，到了它们向往的地方。除了一两条倏地不见外，多数则聚在我们站的湖边不肯离去。我们收养过它们，它们曾给我们带来欢乐，相互间自然会有所依恋。但我们很快发现，它们之所以没有远去，是因为月余"脸盆"生活改变、扭曲了它们，它们一下子不习惯湖中的风浪、温度，需要舒展舒展筋骨，磨炼磨炼勇气，开阔开阔视野，从脸盆到大湖，须有一个适应的过程。

十多分钟之后，鱼儿开始向四周做扩散型游动，有更多的悠悠地远去了。这时我们清楚地看到，有6条鱼漂浮在水面上，它们已经死了，洁白的鱼鳞在清澈的湖水中格外醒目。我和儿子的心一下子沉重起来，没有了笑语，失去了欢乐。刚开过"欢送会"，接着便要举行"葬礼"，那是怎样的一种心情。不过，在我看来，它们的死是悲壮的。"不自由，毋宁死"，何况它们是得到自由后死去的，"质本洁来还洁去"，也算是死得其所了。

附近有两个中学生在捉我们"放生"的鱼，我告诉他们，这是"放生"

的，一定不要捉，他们答应了。儿子悄悄提醒我：我们走后，他们肯定会捉的。我沉默着，一句话也没说。又过了好久，儿子突然伤感地说：

"爸，我们不该捉它们回家！"

妻子不在家

一年时间里,妻总有几次公出。按说本人也可以像多数男士那样,抓住机遇潇洒浪漫一番,无奈"民以食为天",吃饭成了大问题。虽说"时代不同了,男人下厨房",不少男子腰系围裙,满头冒汗,挥舞马勺叮当作响,听到妻儿(女)连声赞叹而脸颊生花的形象令我羡慕不已,然而自己却不敢有此妄想。当年在连队当战士时也曾帮过厨,第一次切白菜就切掉了半个手指甲。以后再帮厨,不是抢着去洗土豆白菜,就是杀猪时死死压住猪腿,怕嗷嗷直叫的猪摁倒了再爬起来。那一年过春节以班为单位包饺子,10个大男人你看我我瞧你谁也不会操作,最后连皮带馅下到锅里,每人吃了几碗"馄饨"。结婚后,妻一再敦促和循循善诱,本人便痛下决心操练,曾对照菜谱依样画葫芦,结果是一见"少许""文火"等字样,就茫茫然不知所措。家里的炒勺换了好几把也没出徒,最后勉强学会了煮面条和炒鸡蛋。

知夫莫如妻。妻每次公出前,就买回一两箱方便面。哪知连我煮的方便面,儿子都说不好吃。我急头白脸说怎么不好?难道能把牛肉面煮成鲜虾面不成！他两手一摊：和我妈煮的不一样就是不一样。还说天天让他吃方便面，面里有防腐剂，害得他头发一把一把地往下掉。听了儿子的"血泪控诉"，我便开始做饭炒菜。谁知一进厨房就像得了健忘症，丢东落西，那酱油瓶醋瓶油瓶芥末油瓶盐罐糖罐味精罐谁也不听调遣，原先设想好好的程序一下乱了套。马勺里添油加热后，竟眼睁睁看着油锅吱吱作响，一时想不起该放什么东西，待锅里蹿出一团火时方才想起却为时已晚。炒鸡蛋是"保留节目"，却常常忘了放盐。那次忘了放盐，便在装炒鸡蛋的盘边放勺盐，让儿子蘸盐吃，说这和饭店里炸茄盒干炸鱼干炸田鸡腿蘸盐吃是一回事情。儿子坚持说不能蘸，应该把盐拌到鸡蛋里，结果炒鸡蛋成了一盘"凉拌豆腐"。不会造厨炒菜，经济条件又不允许顿顿上饭店，儿子直嚷嚷瘦了头发掉了，哪还有什么心思潇洒浪漫，天天望眼欲穿，明知妻子过几日才能回家却不时把头伸向窗外。

据说当代女士的择偶标准是：相貌堂堂，下得厨房。一些已婚男子在对未婚小兄弟传授恋爱经验时，往往忠告他们要学会做几手好菜，到时给未来的岳父母和媳妇"露一手"，留下既体贴又能干的好印象。甚至有人戏称："女为悦己者容，男为悦己者厨。"在下既无堂堂相貌，又无造厨技艺，只是妻子一不留神，让我混进了"革命队伍"。有时也想过，我做丈夫不合格，做情人还是蛮合适的。因为做丈夫是现实主义，要唱《锅碗瓢盆交响曲》；而做情人则充满了浪漫主义，唱的是《绿岛小夜曲》。柔柔音乐，款款舞步，浓浓咖啡，绵绵情话，想品尝美味照菜谱点菜就是，何须下得厨房呛着油烟亲自动手。不过转念一想：

这陪情人吃高餐逛夜总唱卡拉洗桑拿跳迪斯，费用何来？即便有"贼心""贼胆"，这"贼款"去何处掏腾？似我辈上班族，有几位小姐的眼睛肯往身上"聚焦"，凭什么选你做情人？选做情人又有何用？一天又循此思路往下乱想，忽听儿子一声大喊："爸，粥冒出来了！"我急步奔入厨房，锅里煮的稀粥已流下炉灶，正沿锅台往下淌。赶忙找块抹布擦呀抹呀，一下便从梦里跌到了现实。

　　生活是现实的，有家庭就有"锅碗瓢盆交响曲"。我想到妻子，结婚15年来，她都在此曲中度过，且无怨无悔，付出了多少辛劳，做出了多大牺牲！我再次下决心入厨学艺，果真不堪造就，也要多做点别的家务来弥补亏欠。煞下心来做一个好老公，再不去想什么《绿岛小夜曲》。

我家有儿初长成

"哇！"这是广东一带人表示惊奇的用语，或是一些髦男靓女并不惊奇而故作惊奇状的演技。而我这个本和"哇"无缘的人，竟也在自家的饭桌上"哇"了一声。这"哇"不是在嘴上，而是发自心里："哇！儿子长大了！"我家有儿初长成，这是一个不称职的爸爸在饭桌上发现的新大陆。

这天晚上，我因事从单位回家晚了。进门见妻在厨房做馅饼，忙得拳打脚踢一般，便油然而生一份内疚，一份歉意。然一向不善厨事的我，又插不上手。便按我家"国际惯例"，站在厨房门口和妻唠嗑——这也算是一种参与、一种安慰吧。依照"山寨"的规矩，饭后收拾桌子洗碗则由我完成，再烧壶水给妻泡上一杯热茶，就是自由活动时间了。岔头就出在饭前唠嗑的这段时间里，我觉得无事可干，便把她茶杯里的半杯茶倒掉了，无非是想饭后沏茶时省点事，结果添了乱子。妻烙完馅饼口渴找水喝，端起茶杯啥也没了，对我好一顿埋怨："这是我回家烧水才沏的新茶，真是没事找事！"我自觉理亏，同时又窝火："这不是好心办了坏事吗?"故此俩人都闷闷不乐。饭桌上,馅饼还是要吃,但味同嚼蜡一般,就在此时,正上初一、年方十四的儿子说话了:"妈,我爸今天没错,他是好心!"就这一句话,让我好感动好感动,泪珠差一点跳出眼眶。妻也受到震动,态度很快缓和,往我碟里夹了一块馅饼,虽没说什么,然"此时无声胜有声",那意思是明显的。饭桌上又恢复了往日的温馨欢乐,我因为高兴,喝了一茶杯白酒又一罐啤酒。就是在此时,就是在此地,就是在这晚饭的饭桌上,我猛然发现儿子长大了,成了小大人了。以前我只是发现他个头高了,突然有一天,竟比我高出两个拳头,但没发现他的思想、思维也在成熟;以前我只是发现他很善良,热心公益,关心老人,同情弱者,乐于助人,并没发现他另一优良品质,这就是"公平",能站在公平的立场上去评判事物;以前我觉得他不懂事、贪玩,学习不刻苦,成绩也不理想,现在我才感到,他有很懂事的一面,要善于去发现孩子的优点、长处,身上的闪光处……

在发现我家有儿初长成同时,我也发现自己是一个不称职的爸爸:对孩子关心得太不够了。以前妻总批评我:就关心你那点事业,对孩子对家尽到多少义务!我虽不吱声,心里却不服气,今天是真真的认账了。认真回想一下,其实孩子每天都在进步着,只是我太自私、太粗心,没发现罢了。别的不说,就是在我偶尔和妻吵架闹矛盾时,从孩子化解矛盾的方法,也能读出他成长的足迹。前几天看到一个材料,说夫妻经常吵架,有利于家庭团结,因为这增进了沟通,加深了了解。我们虽不倡导吵架,然谁家没有饭勺碰锅沿的时候,矛盾的普遍性嘛!

孩子很小的时候，我和妻吵架，他会哭着喊：求求你们，别吵了。以后稍大些，我和妻再有吵架时，他便会来点小把戏：给爸送一杯茶，说妈让送的；给妈送一只苹果，说爸让送的，充当一个小小"和事佬"。当上了中学，见我们偶尔吵架便会讲道理了：你们吵架，影响我学习，扰乱我情绪，换换位置，你们要是孩子，心里怎么想？而平息饭桌上风波一事说明他已有参与意识，要独立评判是非了。仅从这几步曲，也能数出孩子成长的脚印，然这只不过是一条线索、一个侧面而已。

  一位哲人曾言：世界上并不缺少美，而是缺少发现。套用这句话，我们可以说，孩子并非没进步，而是做家长的缺少发现。愿我们有幸成为父母的，多去发现孩子的进步和身上种种美的亮点，引导他们，激发他们，助他们成才。然如此是要做出牺牲的，牺牲"修长城"，牺牲舞池中的"嘭嚓嚓"，甚至牺牲点个人钟爱的事业，这需要身心投入，岂能只是一个"哇"字了得！

在新加坡唱歌

我曾经在流经吉林省集安市的那段鸭绿江里游泳,横穿江心贴近朝鲜一侧的岸边;曾经从云南瑞丽出境到达缅甸的南坎,观看那里的孔雀舞、大象舞,游览星罗棋布各具特色的寺庙;曾经从广西防城出境到越南芒街,在那里的邮局购买越南邮票,去北部湾看波涛汹涌的大海。然而真正办理护照出国,却是1995年5月去新加坡参加第十届世界华文书展。在这次远离祖国的日子里,才切切实实有了出国的感受,有一番思念祖国思念亲人的情感体验。

新加坡的确是高度发达、文明美丽的国度。一踏上这片土地,你就会被迷人的景色所陶醉。高楼林立漂亮美观,交通发达井然有序,鲜花怒放满目苍翠,空气清新环境整洁。那天,因为参展的布展工作已经准备就绪,我们便有半天时间的空闲。用过早饭,我独自一人步出下榻的美丽华酒店,走过开满鲜花的过街桥,来到一片绿如织毯的草地。

这块草地是新加坡众多绿地中的一块,草坪如茵,一望无际。远处直立着两棵叫不上名字的大树,其盖如伞。我漫无目的地沿草地小径缓缓而行,小鸟就在身前身后翻飞或行走。四周没一个游人,我尽情享受着在国内难得的宁静和安详。信步前行,我来到了濒临草地的新加坡河河岸。面河而立,俯视哗哗流淌的河水,偶尔可见捞取杂物的小船驶过河面。静静地伫立,默默地观望,忽地,不知是哪根神经的牵引,我突然有一种放声歌唱的冲动,而且未加思索便唱起那首脍炙人口的《一条大河》:"一条大河波浪宽,风吹稻花香两岸。我家就在岸上住,听惯了艄公的号子,看惯了船上的白帆……"没有观众,没有听众,没有喝彩的掌声,没有人捧送鲜花,我却唱得那样投入、那样专注,整个身心与歌同在,连自己都听见了那高亢的旋律。一曲未了,泪水涌出了眼眶;一曲歌毕,已是泪流满腮。我伫立在那里,也不去擦拭那满脸的泪水,一任它顺流而下……

　　此时此刻,我似乎对眼前的一切都失去了兴趣,只是一个劲地叩问自己:你这是怎么啦?一向不擅唱歌的你为何在异国他乡如此"失态"?你怎么未经选择便唱这首歌曲?是什么催你泪如雨下?在国外遇到委屈了吗?没有,到处春风扑面;在国外遇到挫折了吗?没有,布展工作十分顺利。"每逢佳节倍思亲",是过节思念亲人了吗?出国期间没遇到什么节日;想家了吗?仅仅几天前还妻儿团聚。我一次一次地问自己,但"说也说不清楚"。只是朦胧地觉得,我喉咙里唱的是歌,宣泄的却是一种情感。它究竟是一种什么情感呢?

　　办完展览回国,当读到"乔羽谈《一条大河》创作经过"这篇文章时,我才豁然开朗,找到了在新加坡"失态"的原因。有人问乔老:你的"一条大河"是指长江吧？答曰：是的。又问：既然"一条大河"是指长江，那为什么不写成"长江万里波浪宽"？乔老道出原委：长江固然伟大，但有不少人没有见过，而很多人家门口都会有一条或大或小的河。人在小的时候往往把小河误认为大河，对它有很深的感情，永远也不会忘记。为了让大家都能和自己家门口的那条河结合起来，所以写成"一条大河"。乔老这段话如一把钥匙，一下子解开了我在新加坡唱歌之谜。原来，我是面对眼前的新加坡河，在潜意识中联想起了家乡的那条小河（我家在河南农村。村北有一条小河，人称北大河，我小时常常在这里游泳摸鱼，对它有很深的感情），再由小河扩散开去，想起了河岸边的父老乡亲，想起了生我养我的那片土地，想起了哺育我成长的亲爱的祖国，于是抑制不住内心的激动，用歌声来表达对祖国的思念。我心中有一条不息的内流河，始终涌动着对祖国美好情感的浪波。

到了此时，我在新加坡唱歌的人生体验得到升华。进一步理解了屈原"狐死必首丘"的诗句，进一步理解了在塞外牧羊的苏武的节操，进一步理解了陆游"王师北定中原日，家祭无忘告乃翁"的情怀；理解了德国诗人海涅即使在海外流浪，也装一袋祖国泥土带在身边的举动。一个人爱自己的祖国，会有着多么深厚真挚的感情！作为中华民族的子孙，我们深深地爱着自己的祖国。我们不仅要歌唱她，还要万众一心地壮大她，使之傲然屹立于世界民族之林。写至此，"一条大河"那高亢的旋律又在我耳边响起。

表演"表哥"

应一位朋友之邀，去参加其弟弟的婚礼。我这位朋友原籍湖南，吉林大学毕业分到部队后转业至长春。他费了好大劲将弟弟从湖南调来，现在又为弟弟操办婚事。其手足情分着实感人，我们又是好朋友，能不去捧场吗？当我急匆匆赶到时，婚宴大厅里已坐满了人。刚一落座，朋友走了过来："老樊，交给你一项任务！""什么任务？"我问。他匆忙地交代一遍。原来，他是让我临时充任一下他新婚弟媳的表哥。他在长春工作的弟媳王霞是江西人，路途遥远，家里没能来人参加婚礼，让我充当王霞的表哥，代表其家人讲几句话。因为在婚礼上，这道程序是不能没有的。我刚落座，气还没有喘匀，婚礼又开始在即，一点思想准备都没有，急忙推托："不行，不行，请别人当表哥吧！"朋友坚持说："就是你啦，一来你口才可以，二来你是河南人，一听就是外地口音，人家会以为你真是她表哥。"嗨，我笨嘴拙舌地有什么口才，主要是人家看中了我的"南腔北调"！推辞不得，只好应承下来。

应承容易，但心却咚咚咚地跳得厉害。婚礼马上就要开始，我毫无思想准备,到现在连"表妹"啥模样都没有见到,上台去讲什么呢?这戏怎么个演法?"砸了,砸了,今天非出洋相不可。"一直到婚礼进行曲奏响,一对新人走入大厅,我的心仍慌慌的。

然而,就在英俊潇洒的新郎和漂亮文静的新娘在台上站定,婚礼主持人也到位之际,随着洒向新人头顶彩纸的飘飞,我的思绪也飞动起来,一下子找到了表哥的感觉。在这刹那间,我突然想起了多年前我小妹的婚礼。我家在河南农村,父亲去世了,小妹的婚事是母亲一手操办的。我和妻带孩子专程回家参加小妹的婚礼,看着妹妹妹夫举行婚礼的幸福场面,我流泪了。河南农村没有娘家人代表讲话的习俗,我只是在心里默默地为他们祝福。当年的情景一下子在我脑海里浮现。眼前的新娘王霞不就是我的妹妹吗?人间处处有真情,我们不是唱"让爱洒满人间"吗?圣人说:老吾老以及人之老,今天我则要妹吾妹以及人之妹了。这时我眼前的新娘王霞真就成了我的表妹,我要感情投入、精彩表演,让我的表妹听到来自家乡的祝福,弥补婚礼的缺憾,使他们有一个美满的婚礼、幸福的婚姻。

很快进入角色,心定了,略一思索(不容深思熟虑),词也有了。当证婚人宣读毕结婚证书、新郎的哥哥(我那位朋友)代表其家人讲话后,随着主持人一声"请新娘的表哥代表娘家人讲话",我落落大方地走上台去。拿过话筒之时,我已完全投入角色成了名副其实的表哥。看着眼前幸福美满的一对新人,看着身穿红色婚服灿若艳日的表妹,我思路清晰,词采飞扬。下面便是"表哥"的发言:"各位朋友,各位来宾,女士们,先生们,今天是我妹妹王霞和妹夫李克平的婚礼,欢迎大家光临。我的表妹家在江西,就是大家熟悉的红色革命根据地。现在家乡虽然通了'大京九'铁路,但是路途遥远,前来不易。家里的父老乡亲委托我作为娘家人的代表前来参加王霞的婚礼。看着眼前的表妹表妹夫是如此美满的一对,脸上洋溢着幸福的甜蜜,我深深地为他们祝福,愿妹妹妹夫夫妻'八互',美满幸福!这里我要感谢所有帮助过我表妹和表妹夫的同志们、朋友们,他们俩一个家在湖南,一个家在江西,俗话说'在家靠父母,出门靠朋友',他们的成长进步是同领导、朋友们的帮助分不开的。最后我再次感谢今天的各位来宾,感谢你们参加我表妹的婚礼,使她饱尝人间真情和友爱,祝大家阖家平安,万事如意!"我的发言赢得了热烈掌声。望望我的"表妹",她的眼眶里似乎有泪珠在滚动。当然,这主要来自新婚的激动,但我想,有没有由我的发言而引发她在幸福时刻的思乡之情呢?此时此刻,她是否思念远在江西的父母兄弟姐妹和乡亲们呢?

婚宴上,"表妹"特意给我这个"表哥"敬了一杯酒。我笑着说:"我是假冒伪劣产品,五分钟表哥。"她却认真地说:"不,我在这里举目无亲,你这个表哥我认定了。"说完,我们碰杯后各自又满满地饮了一杯。

"表妹"的婚礼已经过去一个多月了,我时常想起当"表哥"的那一幕。我不为偶然当一把"表哥"而荣幸,而为能给别人的幸福再加点味精而欢欣。

收寄一份好心情

临近元旦的一两天,我一猫腰、一攒劲,一气连写七八十张贺年卡和明信片,来到邮局的绿色信箱前,一扬手,一群小精灵飞向四面八方。这些信鸽没衔橄榄枝,而是衔着友情,衔着新的一年我对朋友们的祝愿。现在,人们愈来愈感到肉体之间的距离在拉近,但心的隔膜却在加深。通讯工具只不过是个工具,用起来尚没开言便待结束。写封信最好,古人有"见字如面"之说,但现代人似乎已挤不出写信的时间。因而过年寄一份贺卡,既使联系得以继续,又能表达感情,也不占用更多时间,便成了人们的最佳选择。

说实话,我挺看重寄来的贺卡和明信片。虽说一些朋友没寄给我,我也不会因而怨怼,但给我寄来的我会格外重视。贺卡传递的友谊和信息,使我从烦躁趋于平和,从自弃转为振奋,从冷漠变得热烈,去孤苦而备感温暖,觉得我即使啥也不是,穷途末路,贫困潦倒,却还有一些朋友,有一些惦念我的人,有看不见摸不着但分量却沉甸甸的被称之为友谊的东西,因而心中便盛开快乐的花朵。今年首先寄来贺卡者是北京市委的一位朋友，这家伙同我一起当兵、一起上学，"摸爬滚打"相处二十余年，友情可谓深厚。那天来电话说："新年就要到了，我给你寄贺卡去！"我说："算啦算啦，咱俩还来这个！"结果贺卡还是不期而至，飘然来到我的案头，我把它称为"第一只春燕"，因为它第一个使我感染了春的气息。我收到的最别致的贺卡，来自南国的一个湘妹之手。这个贺卡画着两只兔子抬一个大萝卜，双层，立体的，四面都有祝福的内容，如新发明的儿童硬壳立体书，下坠一个花篮，上书祝"快乐多多"的赠言。我和寄来贺卡的孙女士相识于去年10月的德国的一个书展。组织游览时连续几天坐大巴，我俩恰好是两个相邻座椅的"邻居"。开始时，大家拘谨，且"男女有别"，她不说话，我也不吱声，闷葫芦一般。在意大利佛罗伦萨参观时，她掉队耽误了一些时间。组长便分配我"看住"她，以免再发生"丢人"事件。我是责任感很强的人，既然组织分配，岂敢含糊？故以下各城市游览，我都寸步不离地跟住她，因此便渐渐熟识，话也多了起来。到了最后一站巴黎吃"散伙"饭那天，我们还碰杯惜别呢！大概是感谢我一路的"关照"，投桃报李，孙女士送来了抬着大萝卜的两只白兔。我和山东的徐先生认识时间不长，在一起开过几次会。但山东人豪爽、仗义、乐于助人，他给我留下了很深印象。知道我有收藏酒瓶的爱好，一次竟托人带给我一个纸箱，内装7个山东地产酒瓶，使我"得来全不费工夫"，着实偷着乐了几天。这次他寄来了明信片，上书"事业如旭日般升腾，生活似朝霞般绚丽"的祝愿。也有一些先生、女士寄来贺卡、明信片出乎意料，给我一个意想不到的惊喜。老友也罢，初识也罢，惊喜也罢，都是一份深深的祝福！祝辞五彩缤纷，各有千秋，有"新年好""新年快乐"，有"心想事成""万事如意"，有"何日君再来"，有清灵的诗句，有严谨的对联，形式不拘，辞达而已，无论如何，都是一颗滚烫的跳动的心。面对它们，我真感到幸福多多，快乐多多。笑纳了，朋友们！我收下的是友谊，得到的是欢乐，回报的是微笑。

1999 年 1 月 1 日

放飞春燕

屋檐下飞来一只燕子，预示春天的到来。当我接到第一张贺卡时，突然想到又一个新春就要来临了。一个已过了40岁的大老爷们儿，不再浪漫，不再矫情，但是更需要友谊，也需要输出友谊。于是便去邮局购得一沓贺年卡，开始给亲朋邮发。我也要从心头放飞一批春燕，向亲朋报告新春的到来；也要从我手中送出一群和平鸽，向关心过我的人带去一片美丽的云彩。

外面天寒地冻，甚至飘飞大雪，工作生活中有许多烦恼搅得人心浮气躁，但是一旦进入写贺卡的"境界"，一切不快全都隐退。我被快乐包围着，我被祥云包围着，仿佛案头开满了鲜花，我忘情地坐在春风之中。就在这种欢乐的氛围中，我专心地写着贺卡——从心头放飞一只只燕子，它们将给我的亲朋带去欢乐的信息。我寄发的贺卡，大体有三类。一类是寄给老领导、老首长、老前辈。在我成长的道路上，他们曾经给予有力的扶助。二类是寄给已建立稳固友谊但又不常见面的旧友，致以新年的问候。三类是认识不久初步建立友谊的新朋，送去意外的惊喜。并非所有的朋友都寄，收到贺卡者只占朋友中的很小一部分，他们是幸运者。故没收贺卡的朋友不要失望，我永远在为你们祝福。事实上，许多很要好的朋友，我多年都没有寄去贺卡，互相之间默默地思念着。

　　写贺卡毕竟是一种脑力劳动，需要花费一些心思。第一步当是根据不同的对象选择贺卡。对老前辈，选择古朴庄重的；对年轻人，选择轻灵活泼的。"男人潇洒，女人浪漫"，对男女亦要有所区别。寄给夫妻伉俪的，画面上最好有一对鸳鸯；寄给下海经商的，画面上的最佳选择是一堆金元宝；渴望得到爱情的，心形图案上穿着一支丘比特之箭；期盼富裕生活的，选择年年有"鱼"。尤其要注重贺卡上已有文字的选择。选择得当，能锦上添花；选择不好，会造成误解或贻笑大方。寄给一个待字闺中的姑娘，祝人家"夫妻合美"，寄给一个老领导，却是"谢谢你给我的温柔"，岂不让人笑掉大牙！第二步便是自撰贺词，妥帖是要首先追求的。对老同志祝"身体康健，合家幸福"，对事业心强的祝"一帆风顺，事业发达"，对女士祝"年轻漂亮，青春永驻"，对想当官的祝"春风得意，步步高升"等等。这是真诚的祝愿，也是给朋友输送一点勇气和信心。对贺卡要讲究，新颖、别致，给人一种艺术的感觉。最好有诗一样的语言，对联一般精巧，谜语那样给人惊喜。也不妨来点幽默、诙谐，让朋友收到后满脸生花。记得去年一位朋友寄来贺卡，祝我"笑口常开"，用简笔画画了我一个挺大的脑袋，寥寥数根头发，活脱脱一个"三毛"。虽然有点歪曲形象，但我却异常高兴，至今难以忘怀。

我放飞一只又一只春燕，同样，我也期盼更多的春燕飞到我的屋檐。平时不怎么注意信件的我，一到年末便格外注意飞鸿。望着一只只贺卡，我浸泡在欢乐和幸福之中。我不再感到贫穷，觉得自己富有；我不再感到空虚，觉得自己充实；不再感到孤独无助，觉得自己胜友如云。我还发现一个奇特的现象：给你寄来贺卡的朋友，你却没有给人家寄去贺卡；收到你贺卡的朋友，却没有给你寄来贺卡。这种"命运中交错"却也有趣。

"小燕子，穿花衣，年年春天来这里"。我盼望燕子般飞来的贺卡，实在是在乎它传输给我的友谊。我们每个人心头放飞的燕子多了，人间的春色就会更加美丽。

小孙的兰花

今天给兰花浇水,想起了小孙。兰花是小孙的,自然便想起了她。

小孙叫什么名字,我不知道;住在哪里,我不知道;现在在什么地方,我也不知道。

只知道她姓孙,是从外地到北京打工的一个女孩子,在一个我不知道名字的保洁公司打工。素昧平生,小孙的兰花怎么到了我的手里?

三年前我从外地调到北京,在一家出版社工作。初来一地人地两生,忙余有一些孤寂,便捡起过去的爱好,在办公室外敞亮的平台上养了几盆花。两盆君子兰,两盆文竹,不时侍弄,自得其乐。一次在给花浇水,小孙走了过来,说:您喜欢养花?在得到我肯定的答复后,她笑了:您单位养花的人不多,我原来给人做保洁的单位,养花的人可多了,啥花都有,真好看!我在老家时,也爱养花。我妈妈可会养花了,院子里一片一片。小孙在我所在楼层搞保洁,时常碰面,但从来是不过话的,也不知道她姓孙。看上去二十岁左右的样子,细高挑的个子,很朴实,有一双机灵的眼睛。在攀谈中,我听出了她的苏北口音,问她是不是徐州人？她连说是是，问我怎么知道的？我告诉她我在徐州当过兵，对那里的口音、习俗、名胜很熟悉。她听说后顿感亲切，说话也就放松畅快了许多。她告诉我她姓孙，家在苏北农村，高中没毕业就来北京打工，挣钱供弟弟上学，给有病的父亲看病。从谈话中，我知道这是一个懂事、孝顺的孩子，也从内心为她中断学业而惋惜。过了几天，我又在浇花，小孙搬了一盆兰花过来，笑着说：来凑凑堆，借借光。从此，我养的花的旁边就多了一盆兰花。兰花的品种很多，这盆兰花我叫不上名字，看上去普普通通，但很茂盛，生机盎然，洋溢着生命的活力。花盆也普普通通，是泥质的，花土上层放十数枚圆圆的小石子，和兰花映衬别有其趣。

日子一天天过去，花儿一天天成长，我和小孙一天天各自忙着，也没再交谈过。大约两三个月之后，小孙突然不见了。待我发现问时，说轮岗到别的单位搞保洁去了，也有说她回老家去了。小孙人离开了，花却留给了我。虽然是盆花，也没当面托我照看，但实际上寄养在我这里，我感到了沉甸甸的压力。像一个负责任的保姆，把人家的宝宝好好看护着，不敢有一丝一毫的怠慢。说来也奇怪，自打小孙走后，这盆兰花就一反常态，不仅萎靡不振，还常常闹病，病病快快、半死不活的。为救活她，我真费了老劲。又换花盆，又换花土，定时浇水，时常照看，但一点都不见好转，先是烂根，接着烂茎，叶子一条条坏掉。我并非惜花，就是觉得对不起小孙，对不起小孙的一片爱花之心。大概是精诚所至，终于起死回生，这棵兰花从根部发出新芽，一番呵护后，开始一点点焕发生机，恢复了昔日的茂盛，且比过去活泼兴旺。

我悬着的心放了下来，轻松不少，从此把它当成自己的"宝宝"精心侍养下去。

　　两三年过去了，这盆兰花茂盛依然，只是我再也没有见到小孙，也没有关于小孙的任何消息。我也快忘记了小孙，只是浇花时才偶尔想起。是啊，花和小孙都是普普通通的存在，有谁会格外关注呢，但是要知道，社会就是由芸芸众生组成的啊。我希望小孙像兰花一样，而且比兰花更加茂盛，虽然普通，却也洋溢着生命的绿色。

2008 年 11 月 4 日清晨

绿色军营之思

大凡当过兵的人，都有这样的情感体验：提起过去的军营生活格外怀念；见到昔日的战友分外亲热；听到反映军人生活的歌曲，心灵就会发生震颤。

一天，平日相熟的武先生给我来电话，说他在部队当班长时班里的一个战友来了，刚转业安置停当，就来长春看他这个老班长。因为我也在部队当过兵，大家能谈得来，故邀我作陪，在一起聚一聚。服务小姐善解人意，给我们点的全是反映部队和军人生活的歌曲，诸如《小白杨》《咱们当兵的人》《打靶归来》《学习雷锋好榜样》《战友战友亲如兄弟》等等。我们一杯接一杯地喝酒，一首接一首地唱歌。火辣辣的酒，火辣辣的情感，把我们带回到了过去火辣辣的军营生活。酒能醉人，酒能点燃人的情感，但在部队，除了节假日，是绝对禁止饮酒的。现在我们彻底放开了，仨人两瓶酒，不一会就醉意矇眬了。记得我第一次醉酒是在部队当兵的第二年春节。在部队电影队的楼上，我和四川兵小田、小孙以及同年入伍的小慕聚在一起过年。从军人服务社打来一军用水壶白酒，从机关食堂端来几样菜蔬，焦炭炉上煮着热腾腾的饺子，我们举杯庆祝新的一年到来，强烈的思乡意绪、战友相处的亲密情感、喜迎佳节的欢欣，三者共同作用下我喝多了。他们把我拉到二楼平台上让我作诗，"满目青山满眼明，欣逢佳节百感生"，一首诗还没诌完，我就"哇"的一声吐了。第二天小慕说：你喝得不省人事像死猪一样，连衣裤鞋袜都是我给你脱的呢！

二十多年过去了，我们举杯怀念那恍如昨天的军旅生活。武先生和他的战友昔日守卫在祖国的北部边疆，他们谈草原风情、边防趣闻，而我的思绪却飞到了云贵高原的乌蒙山区。那映山红盛开的地方，是我人生的新起点。我所在的部队属于基本建设工程兵（简称基建工程兵）。基建工程兵是经党中央批准，于1966年8月1日成立的一个新兵种。它和人民解放军其他兵种最大的不同，就是承担着国家基本建设方面的艰巨任务。"劳武结合，能工能战，以工为主"是它的方针；"哪里艰苦哪里去，哪里需要哪安家"是它的真实写照。部队的兵员来自三个方面：一是工改兵。一些属于国家建委管辖的工程处改为部队建制；二是兵改兵，一部分由铁道兵改编而成；三是按照军委安排统一向全国征兵。基建工程兵成立以后，几十万大军战斗在水文地质、青藏筑路、黄金开采、煤矿建设等各条战线，艰辛备尝，战果显著，功不可没。我所在部队在云贵山区担负大型煤矿修建任务。我和我的战友一起从河南来到部队，一听说是"挖煤"的，许多人都哭了，说"路走对了，门进错了"，有的还要偷着跑回家去。后来经过教育才安下心来。我曾在施工连队干过一百天，亲身体验了干部战士紧张、劳累、危险的井下生活。他们每天头戴矿灯帽，身穿工作服，脚蹬防水鞋，坐罐笼下到 500 米以下的地层深处，按照设计开掘各种巷道，放炮、排碴、支模、砌拱等，辛勤作业，一身泥一身水一身汗。上得井来，除了牙齿，脸部全是黑的。战友们开玩笑说，要是躲在煤堆里，不笑还真找不着人，以为是一个大炭块呢。如果地质条件不好，遇到塌方，危险就会瞬间而至。一次在井下，掌子面顶部突然塌方，我低着头正在挥锹装车，班长郑振汉扑上来一把把我推到一边。就在此时，一块千斤巨石轰然而下，落在我刚才站立之处。好险！要不是郑班长，我就在井下"光荣"了。"死人的事是经常发生的"，这句话用在我们部队是那样贴切。没有参加过一次战斗，没有执行过一次军事任务，但短短几年时间里，我们部队有数百名战友长眠在云贵高原。当部队完成煤矿修建任务撤走时，战友们的坟墓布满了一整座山头。他们都十八九岁，最大的也才二十多岁啊，还没有品尝到青春年华的美酒，就默默地与青山为邻，孤守流云了。1982 年，在百万大裁军中，随着基建工程兵被撤销，我原先所在的部队也不复存在。但是，在我的内心深处，却永远深藏着为祖国为人民建了大功、培养千千万万人成长的这支部队，永远记着我那些已死去或活着的战友们。

　　我想，不管你是哪支部队，不管你是哪个兵种，你所以怀念绿色军营，是因为它送你走上了人生之路。要知道，我们刚到部队时还是一个不甚懂事的孩子啊。我所在部队就曾有过这样的笑话：首长到连队视察，问："同志们好！"战士们回答："首长好！"视察毕，首长拍着一新兵肩膀说："这小鬼胖乎乎！"新兵立正回答："首长胖乎乎！"

我们多数人不会像这位新兵幼稚可笑，但却都是初出茅庐，在部队培养下一点一滴地成长起来的。我入伍后，部队首长始终关心我的成长和进步、创作与生活。让我独居一室，有一个安静的创作环境；送我去报社和大学开阔视野，学习深造；还让我到基层连队去体验生活，在和连队干部战士同吃同住同劳动的过程中，加深对"兵"的认识，培养"兵"的情感，夯实文学创作的生活基础。没有首长和战友们的关怀，就没有我的一切。

　　酒越喝越多，话也越说越多了。武先生和他的战友说起各自的成长经历，同样对绿色军营充满感激之情。我们情不自禁地又一次举杯，寄托对远方的思念，为星散各地的战友们祝福。

当年一段歌

距离我生活的这座城市约三四千公里外有一座美丽的城市，那里收藏着我初履人生之路的一次交往，风干了我与一个女人的一段纯洁友谊。

1974年冬季，19岁的我已在军营里生活了近两年时光。由于爱好诗歌创作且成果颇丰，在师里小有名气，被首长选送到千里之外的贵阳，到一家报社学习深造。同去的有四五个战友，被分配到报社的不同部门。我来到政文组，成为这里的编外一员，跟资深编辑们学编稿、划版，有时也外出采访，度过了我终生难忘的一段时光。

那时我年轻机灵，一副"小兵"模样，长得有点像电影《平原游击队》里的"李向阳"。慢慢相熟了，人们开始不叫我的名字，而是喊我"李向阳"。整个报社不以"李向阳"戏称我的只有一人，那就是排字车间的女工小赵。她不叫我"李向阳"，却叫我"心窝窝"。原因是我在报上发表了一首诗歌，篇名叫《颂歌飞出心窝窝》。发表前是小赵排的字，她印象很深，便给我起了这么一个绰号。"心窝窝"不同凡响，叫起来很亲切，一下子拉近了我和她的距离。小赵比我大3岁，初中毕业直接分配到印刷厂当排字工，业务熟练，人缘很好，人也长得漂亮，一双大眼睛扑闪扑闪的，格外水灵。尤其是活泼开朗的性格讨人喜爱，她那么"心窝窝、心窝窝"地一叫，真的是拨动了"李向阳"年轻的心弦。

距离拉近了，交往也就多了起来。小赵多在夜间拣字排字，我们这些当兵的"无家可归"，便跟着老编辑值夜班。送稿、改样、换样，一遍一遍往排字车间跑。和小赵熟识后，我跑得最多，也最勤快。我们还常在一起吃夜餐，一起围炉而坐向火取暖，自然也有说不尽的话题。渐渐地，闲暇时或星期天，我们一起玩篮球打扑克，或做其他活动。自然，这些活动都是集体性质的，我总带着几个战友，她总带着几个姐妹。那时谁敢"单兵教练"？人们的眼睛都雪亮雪亮的，脑袋瓜里紧绷着一根弦，要是让人瞧见了还了得！

冬去春来，友谊一天天地发展下去。一天，在编辑部玩扑克，取牌间小赵飞速递过一张纸条，条上写：欢迎你到我家去玩，时间：今晚7点。接过这张条，也接过了兴奋和惶恐，我点点头，答应了下来。晚上我撒了个谎骗过战友，随同小赵到了她的家里。见过她的父母，我们来到小赵栖身的阁楼。这里温馨、祥和、宁静，但我的心情却格外紧张。小赵把她从小到大的照片找出给我看，我却手一抖，一杯茶水浇湿了所有的照片。小赵没埋怨我，一张一张地擦净晾干，动作优雅，神情温柔。返回报社的路上，我觉得空气是那样清新，星光是那样灿烂，春天的花朵尚未开放，但我已嗅到了花的香气。以后我们又"秘密接头"过几次，散过步，拉过手，谈人生，道前途，但就是没有谈爱情。也许当时的环境不允许，也许我们当时还不懂得爱情。

  终于，我们学习半年的期限已到，部队来信让回去，"军令如山倒"焉能不从！离开报社的那天早上，领导、编辑、工人们都来送行，小赵夹杂在送行人当中，一语未发，脸无异样，只是那双大眼睛扑闪扑闪的，唯有我能读懂那双眸中深含的情谊。车开了，玻璃窗模糊了我的视线，小赵漂亮的脸庞幻化成一朵月季花，在我眼前一闪一闪，一直跟随到部队的营房，盛开在我的心底。

  回到部队一切如初，全部精力投入到新闻报道中去。一次从连队采访归来，走到科室门口，听到几个干事正在说话。一个说："你看，这信是从报社寄来的，女人的笔迹。"另一个接过摸了摸："哎，里头还有照片呢！"旁边一个插话："这小子挺有能耐，几个月就勾上了。"当其中一个把信送给我时故作神秘地说："来信了，报社来信了，一个姑娘的信！"说完，还眨巴眨巴眼睛。当时我紧张恐慌又有几许恼怒，因为那时部队规定，战士不准在驻地谈恋爱。我虽然没谈恋爱，但随便和一个女人交往也不行，轻者处分，重者复员回家，不少人就是和女人交往被"扫描"发现后断送了前程。我找没人的地方拆开了信，心怦怦地跳个不停。信是小赵寄来的，很简单，几句问候的话。随信寄了一张小照，照片是半身头像，清纯自然，原本是黑白的，用那个年代特有的彩色颜料精心涂过，洋溢着靓丽和成熟之美。我被小赵真诚的友谊感动了。如果说以前的交往还是纯洁的友谊，那么现在我有了把友谊变为爱情，把爱情上升为婚姻的强烈冲动。心里暗暗下定决心：

将来我要娶她为妻，即使相距万里，即使年龄悬殊，即使生活习惯有差异，也要永远在一起。但是，我现在不能说这个话，目前没有这个资格，部队纪律也不允许。不仅不能说这个话，而且也不能与小赵通信，一旦通信让人发现祸就闯大了。为此，我果断地决定不给小赵复信，决绝地中断联系。

花谢了又开，春去了又回。转眼两年过去了。当我终因成果突出被部队选送到大学深造之后，埋藏在心底的种子开始发芽。到大学报到的当天晚上，我趴在双层铺的上铺，就着月光，给小赵写了7页纸的长信。感情的潮水喷涌而出，满纸激情四溢，流淌着对昔日的回忆和对未来的美好向往。信中我直抒胸臆：愿与她并结连理，成秦晋之好。没想到第一封信石沉大海，第二封信也大海石沉，寄出的是火焰，等来的是失望。时间磨平了伤痛，慢慢地火焰不再燃烧，我的心终于平静了下来。

6年之后，已在某兵种报社工作的我，终于有了去贵阳做短暂采访的机会。顺道去看看小赵，是我此行最大的心愿。记得那是个星期天，到贵阳刚一安顿下，我便坐公汽直奔当年学习过的报社。一打听，门卫的大爷说，小赵上晚班，8点才能来。当时才下午4点多，天上下着毛毛细雨，我在林荫道的梧桐树下来回地踱着步，复杂的心情难以名状。大约是心灵间的某种感应吧，当门卫把小赵叫出来时，她竟能一眼认出站在暗淡灯光中的我来。分手8年，没有了往日的激情与亲切，双方都"木"在那里。还是我打破了沉闷："那年你收到我的信没有？""收到了。"小赵低声说。"为什么不回信呢？""我觉得我们俩不般配，你是大学生，我是个小工人，何况年龄也相差太大，便没有回信。""成家了吗？""成家了。孩子爸也是当兵的。自从认识你，我就下决心找对象非当兵的不找。"谈到这里，小赵笑了笑，似乎又见往日的爽朗。"他对你好吗？""很好，孩子也听话。"听到这里，我和她握了握手说："你很好，我就放心了，你留步，我走啦。"刚好来了一辆公共汽车，我闪身而上，还没来得及招手，夜幕便湮没了我们。离别8年，毛毛细雨中等待数小时，却只有5分钟的相见！

此后我们无缘再见，但在我的"心窝窝"中却永远珍藏着小赵的笑容，珍藏着我们那段纯洁的友谊。

砂锅居忆旧

近晚时分，北京的天空淅淅沥沥下起小雨，初夏燥热的空气一下子变得格外清新。我和在国家经委工作的朱君、中央民族学院工作的冯君，冒雨到西单"砂锅居"小酌叙旧。

朱君、冯君和我，既是部队的战友，又是要好的朋友。我们被同一个火车皮从豫西北温县拉到贵州盘县，在云贵高原当了一名基建工程兵战士。很巧，当兵后我们又同在师部工作。我和朱君在政治部宣传科，冯君则在后勤部政治处。不久，我们又一同被选送到贵州日报社学习新闻业务。以后又先后被部队推荐上了大学。他们两人毕业后留在了北京，我则重返部队数年后转业到长春。掐指算来，已是多时"日日思君不见君"了。这次我进京公干，三友不期而遇，怎能不令人欣喜呢！

"砂锅居"是一个老字号，这里的砂锅菜颇有特色。砂锅鸡、砂锅丸子、砂锅豆腐、砂锅下水……品种达数十种之多。刚一落座，三人便抢着付款点菜，互不相让，争得不亦乐乎。见我领先点了砂锅，冯君便去柜台处端来数盘凉菜，朱君则每只手各抓4瓶啤酒，笑呵呵地大有"不醉不休"的架势。当面前的砂锅里蒸腾热气，杯里洋溢着啤酒白色的泡沫，我们便开始频频举杯，沉浸在相聚的欢乐和对往事的回忆之中。

民以食为天，中国人见面先问的是"吃饭没有"，可见吃在生活中的位置。面对着满桌的佳肴，吃，自然成了我们忆旧的主题。

说到1973年当兵时的吃。河南人爱吃面举世闻名，可贵州偏偏米多面少，那时也不像现在市场流通容易调剂，所以连队和机关很少做面条吃。我们这帮河南兵总是盼星星盼月亮般地盼望能吃到面条。每吃一顿面条，河南兵就欢呼跳跃奔向饭堂，因为蜂拥而上，有的把军帽都挤落到了面条盆里。

说到1975年在贵州日报社学习时的吃。那时"四人帮"横行，国家经济形势不好，这种状况自然从饭碗里反映出来。我们这些从部队来学习的军人和报社职工一道用餐。贵州人习惯用盆蒸饭，一个小盆蒸米饭一斤左右。开饭时用竹片切割成几块。饭多用苞米做成，有时也掺和点大米等细粮；菜也多是大头菜之类，很少能见到肉。食堂做饭的阿姨对当兵的格外关照，尤其是那位叫"老桂圆"的阿姨，打饭打菜时总要给我们来点"倾斜"。尽管如此，我们这些正在长身体的小伙，仍感到"供不应求"。总盼望着能随记者下去采访，那时便能借机打打"牙祭"，充实一下没有多少油水的肚子。

说到70年代末期的吃。那时刚粉碎"四人帮"，经济形势尚未根本好转。我和朱君同在吉林大学读书，吃高粱米是我们的家常便饭。

一周吃两次大米饭。每当吃大米饭，学生们便像过重大节日一般，提前半个小时下课去食堂排队。早餐更是单调，每天都是小米粥、几块饼干、一块红方，吃得我直到现在一见红方就害怕。那时，我和朱君常给报社写点小稿，每得到三元五元稿费，两人便急匆匆奔向饭店。一盘煎鱼、一盘五香黄豆、两碗大米饭而已，竟吃得人至今不忘。

现在的吃与过去相比，可谓天上地下之别。大多老百姓家的餐桌上都摆着丰盛的饭菜；林立的饭店酒楼，吞吐着川流不息的顾客。就说眼前"砂锅居"里的食客，面对着一只只热气蒸腾的砂锅，哪个不是笑意融融春风满面？而这一切，不正是改革带来的变化吗？由吃说到改革，我们更加兴致勃勃。这些年我们是伴随着改革走过来的，又是改革的受益者。假如没有改革，能有今天如此兴隆的"砂锅居"？能有咱老百姓今天的好生活？

从"砂锅居"走出，雨仍在淅淅沥沥地下个不停。我们依依惜别，又盼着下一次的相聚。那时，又将是怎样的一个话题呢？

呼伦贝尔大草原

呼伦贝尔大草原，
朵朵白云飘在我身边——

呼伦贝尔大草原，
朵朵白云飘在我身边——

呼伦贝尔大草原，
朵朵白云飘在我身边——

昨晚的酒刚醒，"十三妹"那深情悠扬的歌声仍在耳边荡漾。

"十三妹"是我大学同班同学中年纪最小的女生，鄂伦春族，善歌能饮。班中的"九妹"从美国回来，"十三妹"在魏公村一蒙古族餐厅召在京工作同学一聚。大家吃牛羊肉，大杯喝草原白酒，回忆往事，笑声一波一波的扬起。当年的十三妹只有十七、八岁，从大草原深处走来，身上全是绿色的气息，单纯可爱，班中比她年纪大的女生和男生约会，都带她去，以遮人眼目，她却全然不知。至今才知道给人家当了"电灯泡"。现在年过半百，回想起来真是好笑。她的歌声不同当年，依然动听，但已融入岁月的沧桑，更加动人。那神韵，那味道，绝对不亚于德德玛。冲这美妙的歌声，能不畅饮？

回头再说小九妹。"九妹"可是我们班、我们中文系、我们文科楼的"明星"。她从部队来上学，本来就生得好看，让绿军装一裹，更显得百倍精神。她有文艺天赋，能唱会跳，是校文艺宣传队的骨干，还是文科楼广播站的广播员。家里条件又好，在省会城市，父亲是高干。因为她条件太好，我们班里一帮男生蠢蠢欲动，但谁也不敢"照量"。只有一个不怕死的男生，终于按捺不住，在一天吃过晚饭后，跑进她所在的广播室，仿效西洋人的求爱方式，"卟嗵"一声，单腿着地，她还没反应过来，不知如何是好，只听"匡朗"一声，什么铁器掉在地上。"什么东西！"九妹吓了一跳。"饭勺！"男生回答。原来他把吃饭的饭勺揣到裤兜里，单腿着地时饭勺掉了出来。九妹以为这家伙带了凶器来逼爱，虚惊一场。此事传出，班里的男生全都偃旗息鼓。最后，外系的男生乘虚而入，几经争夺，花落哲学系一名男生之手。九妹这次回国，同丈夫一起到我单位来拜访。我与两人小聚，席间同他丈夫开玩笑："你千万别参加我班男生聚会，喝点酒，旧仇新恨涌上心头，还不整死你！"这家伙诺诺，一脸得意之色，掩饰不住胜利的喜悦。九妹年过半百但风韵犹存，只是没有以前活跃，语言交流间略显迟钝，问之，才知她和我们说话时，一会想说英语，一会想说汉语，有点犹豫，故而迟钝。我说她是兜里揣着美元、人民币，常常不知花什么好，众人大笑。

我们入学时，已粉碎"四人帮"，思想禁锢正在被打破，"爱情"这两个字又回人间。同学们值青春年少，开始恶读外国爱情小说，深受其影响，都知道歌德的名言：那个少男不善思恋，那个少女不善怀春。纷纷都在四处撒目，寻找自己的那一半。但是，我们当时真的不懂爱情。一天晚上闭灯后，我所在男宿舍争论起什么是爱情，一种观点，爱情是男女之间特有的感情，一种观点，认为爱情是广义的包括亲情在内的美好感情。两种观点尖锐对立，唇枪舌剑。一个同学急了，说：你说爱情是广义的，你和你妈也有爱情？！对方回答：我和我妈就有爱情！忽然一想上了圈套，气得光着脚跳下床，两人在地下厮打起来。席间我们还忆起许多爱情往事，为当时的幼稚感到好笑。

冷静下来思考一个问题：同学的感情是什么情？它不同于以血缘关系为纽带的亲情，不同以性爱为基础的爱情，不同于曾经生死与共的战友情，不同于广泛而又有一点私密的友情，那么，它是什么呢？为什么让人永系不忘？一有机会，就卷土重来，让人欢庆团聚呢？思索再三方知：学校原是梦失落的地方，在这里可以重温失落的梦想。想到这里，我的耳畔又响起"呼伦贝尔大草原"悠扬的歌声。

方　桶

　　你见过方的水桶吗？噢，没见过。我见过，只有一次。而且是在梦中，看见方桶，我一时间泪流满面。

　　我必须特别交代，我父亲是一个乡村木匠。我的父亲最擅长盖房架屋，为乡亲们建造一间间遮风避雨盛满温馨的房子。但他还擅长细木作，对农村中箍桶之类路熟驾轻。"文化大革命"中，盛行"割资本主义尾巴"，我父亲不能外出盖房，只能按照村干部指派，领一帮人在大队部箍木桶，箍好一只只木桶，供各生产队使用，也可以出售，售后赚钱作为村里的副业收入。我那时十多岁年纪，去给父亲送过饭，也因为有事或亲友来去找父亲。每次去，都看见父亲在认真箍桶。一只木桶有三只铁箍，按照铁箍的大小，把一些长短一致的木板按圆形拼合在一起，桶底自然是圆的，箍桶的技术关键在各块竖板和桶底的结合部。要让木板之间严丝合缝滴水不漏谈何容易！但我父亲就能做到。我家的木水桶就是我父亲箍的，一对两只，从来就没有漏过。我父亲就是按家用标准履行职责，使队里箍桶的副业红红火火地开展起来。

　　由于受父亲的影响，我对木作也有兴趣，但对"箍桶""不感冒"，不喜欢那种圆乎乎的东西，而是喜欢做方形的箱子、座椅等东西，对方性东西的固定，我也想了一些办法。木作方形器具零件的咬合，最好是榫卯结构，我父亲擅长这个，但我不会，学了很长时间，笨手笨脚也没学会，不是榫大小不合适，就是眼不适当，或打穿了，始终不得要领，一直到参军入伍离开农村，这项技术也没学会。这竟成了我的遗憾，也成了我梦见父亲的原因。

　　俗话说，每逢佳节倍思亲。也许是年纪渐长，爱回忆往事，今年春节期间，我梦中每每有父母的影像。元宵节凌晨，我又做了一个梦，梦见我在做一个方形的箱盖，方形的四边怎么也固定不住，一弄就散架，急得满头大汗。突然灵机一动，何不在边角上镶上连接的铁条，像钯钉一样把四角之间固定住？于是我就想法设计，设计了一种固定边角的钯钉。当然，这一切都是在梦中完成的。接下来的梦境是：我需要一个器物来进行试验，正盼望间，父亲送来一只圆圆的木桶，就像他在生产队箍的那种，说，你试试这个。我一听很生气，顺口说：这圆咕隆咚的怎么能行！父亲一声不吱，转头走了。我正在烦闷，母亲来了，她瞅着我说：你爸让我把这个桶拿给你。我一看，是一只方桶，从来没见过的方桶，大部已经做好，只差四个角没有固定。我内心欢喜，接过来把自己设计的钯钉安上，嗯，严丝合缝。回头再看母亲时，母亲已不知去向。此时，我从梦中醒来，泪水已经喷涌而出，打湿了枕巾。

　　可怜天下父母心！为了儿女，他们什么苦都能吃，什么委屈都能忍受。为了儿女的成长进步，为了儿女的兴趣爱好，使儿女的梦想成为现实，他们什么都能付出。在我的印象中，父亲一辈子没做过一只方桶，但为了儿子的试验，他竟然做了一只方桶，让母亲给我送来。虽然这是一个梦，但梦是现实生活的映照呀。回想我的成长历程，哪一步不是得到父母的呵护，甚至是他们的迁就？我小时候爱读书，尤其爱看长篇小说，在上世纪六十年代，凡是能找到的小说，如《创业史》《红旗谱》《林海雪原》《青春之歌》等，但凡十七年期间出版的革命题材的小说，我都读过。在农村，要读这些书，是要占大量时间的。一有空闲，或夜深人静，我就钻到屋子里就着油灯读这些书。我的鼻孔常常是黑的，眉毛也被灯火烧燎过，为此，我用去了家中大量的灯油。更为重要的是，我很多时间不干农活，迷恋在书本之中。家中活多，父母一天累得脚不沾地，哥姐们也极为辛苦。但父母们从不呵斥我，想方设法给我创造条件。一次，我在厨房烧火做饭，一边拉风箱，一边看书，不知何时火从灶门中窜出，差点酿成火灾，父母亲也没有埋怨我。不只是对我，对我二哥也是这样。我二哥是个有作为的农村青年，喜欢农业机械和电器。那时，村里刚架电线，还没有一家把电灯引回家。我二哥自学了有关知识。一次，我父母让我二哥去公社收购站卖一只肥猪，得款56元，结果他一分钱也没有交到家里，自作主张去县城买了电线、灯泡等零器件，自己给家里装上了电灯。父母心中虽不满他事先不请示，但啥也没说，还跟我说你哥干的是正事。结果我二哥一发不可收，帮村里一些人家装了电灯，还安上了村里第一个电动小钢磨，成为一名有作为的农村青年干部。

岂止是满足孩子的需要，顺应他们的兴趣，更为重要的是，在孩子们前途选择上也尊重他们自己的想法，默默地做出牺牲，许多家长都如此，我父母也是这样。1954年，我大哥考上温县一中，当时家中极其困难。父亲说：人家孩子想上上不了，考上就上。再困难也要让孩子上学！因而我大哥读到初中毕业并顺利地参加了工作。1970年，新乡铁路分局到我们县招工，县里抽调我二哥去帮助做政审工作。由于年纪偏大，又已结婚，二哥并不在招工之列。但在招工将要结束时，来招工的领导提出让我二哥去新乡铁路分局当铁路公安民警。征求我父母意见，在家里只有我二哥一个壮劳力的情况下，父母二话没说，支持二哥走上了工作岗位。1972年冬季征兵，因为当公安民警的二哥因公牺牲，我去不去应征？在犹豫之际，父母及时表态，让我去应征当兵，而他们却以年迈之躯撑起了家中没有壮劳力的大厦……

　　由梦中的方桶想到这一切，我怎能不感慨万千？这岂止是我的梦，我的联想，我的父母对我们兄弟的呵护？哪一个家庭没有这样的事例，哪一个父母不在为孩子们做出牺牲？谁言寸草心，报得三春晖？别说回报，能理解父母之心、不伤害他们，儿女们就算做得不错了。在现实中、在梦中，我都有太多的愧疚。我发自内心地劝告儿女们要理解父母、孝敬父母。可以说，我们活在世上，父母是对我们最好的人，是为了儿女付出而不求回报的人。

　　愿我这只"方桶"，能给人们一点小小的启示。

2019年2月20日

有一种美德叫感恩

年近九旬的老岳父是一名大学教授，身体多病，近年来身体渐不能自理，且有视听障碍，人也一时清楚一时糊涂，许多事都忘记了，连身边的亲人都不大辨识清楚，成天似睡非睡，默默无语。今年春节期间，一天他突然坐起来对家人说：找王焕武，找王焕武！细问他找王焕武何事？他断断续续地说：咱家过去困难，王焕武没少接济咱们，可不能忘了人家！家人明白了，他想起了早年在东北师大的同学王焕武。王叔和我岳父是好朋友，他们在求学期间友谊深厚。我岳父是从辽宁庄河调干到东北师大学习的，上有老下有小，家里负担很重。王叔家里条件好，时常接济我岳父一家。王叔大学毕业后分配到齐齐哈尔师范学院工作之后，也尽其所能地帮助岳父家解决经济困难。对此我岳父一直铭记在心。后来虽然经济状况逐渐好转，还清了挪借的债务，但对王叔的恩德却一直念念不忘。过去王叔到长春时，我岳父让其吃住在家里，热情招待；王叔有什么事，岳父都竭力而为；退休之后，他和王叔一直保持密切联系。这两年耳目失聪之后，联系断了，但在内心，岳父牢牢记着这件事，真正做到了"没齿不忘"。由此我生出许多感慨。

知恩图报是中华民族的优良传统。《诗经》中就有"投我以木瓜，报之以琼琚"的诗句，"受人滴水之恩，当以涌泉相报"是民间俗语，是一种感恩图报的朴实语言，也是江湖上的响亮话语。"知恩图报"是一种美德，也是一种社会共识，这种美德和共识在老一辈人身上得到了充分体现，例子不胜枚举。我的老师，我国著名诗人、学者、教育家、《中国人民解放军军歌》词作者公木先生，就有一颗感恩的心。当年为了参加抗战，他和妻子把女儿白桦寄养在西安一户回民家中。那时女儿刚满20个月，多亏养父母收留了她，一直把她抚养成人，成家立业，这其中的艰辛和困苦、辛酸和磨难，公木先生想像得出。当和女儿接上关系后，他教育女儿要用一颗感恩的心对待养父母，让女儿放弃了出国受教育和到自己身边团圆的机会，让其安心在养父母身边照顾他们以尽孝道。他一再叮嘱女儿："养父母对你恩重如山，你可要孝顺两个老人，要知恩图报啊！"得知女儿的养父患上高血压症之后，他通过当时出国的文化代表团，从印度买来了一种专治高血压名叫"蛇根草"的药，送给女儿的养父帮助治疗，收到了很好的疗效。今日读报，又看到一则事例。我国著名钢琴家、年届九旬的周广仁教授，其一生不仅专业精湛，而且广种仁爱。她说："我这一生中，得到过无数人的真心帮助，我也帮助过别人。我自己帮助过别人的事情，做了就不要提了，我也都忘了。凡是帮助过我的人，我都不会忘记，都记在我的心里。"是啊，周教授所言极是，在人生的道路上有谁没有得到过别人的帮助呢？从笔者的成长进步而论，就得益人助多矣。尤其是在人生进退的关键时期，总有贵人帮扶，不仅没失足跌落，还上了新的台阶。假若没有好心人帮助，我们就不能达到人生的高度、创造今天的业绩。

今天，我们比任何时候都强调承继中华民族的优秀文化和优良传统，将此上升到文化自信的高度，而这些都需要一点一滴地落到实处。既然感恩是一种美德，我们就应当大力倡导之。然而我们看到的现象是，现在的感恩之心、感恩之举，就像雾霾下的清新空气那样稀薄。正如一位诗人的"木瓜"诗所抒发的感慨："投以木瓜报琼琚，诗经古风信不虚。瓜实累累今犹在，却是琼琚日渐稀。"何以如此，不能简单用"市场经济"的冲击来一言以蔽之，需做些具体分析。一方面是个人主义和个人意识的自我膨胀，认为自己无所不能；一方面把人与人之间亲密关系简化为物质关系、金钱关系。更有甚者，以自我为中心，认为"万物俱备"于我，把别人的关心帮助视为应该，丝毫没有感激之心。甚至恩将仇报者，也大有人在，在街上拉跌倒人一把，反而被诬陷的事例并不鲜见。同时我们也注意到，社会人群中的感恩之举也时常显现，似黑夜中的光亮耀人眼目，像大合唱的余音不绝于缕。尤其那些年老年长者们，在退下来闲下来回顾一生的时候，感恩之心顿起，想起了那些曾经帮助过自己的恩人们。虽然不能回报他们于"琼琚"，但有一颗感恩的心也已足矣。现在通讯如此发达，表达一点感恩的心意应该不难。但我们为什么非要等老的时候才起感恩之心呢？假如不能使一代一代年轻人生长感恩之心，等他们老时，哪里还有感恩之思、感恩之举呢？如何医治此种社会"失恩"症，有什么良方，有识之士尚在探讨。看到89岁老作家徐怀中先生有几句感言，他说："我觉得人类的前景在于返回，回到原点，回到人类最初的时候，虽只有最简单的物质条件，但是有很纯洁的内心。"因此，他的新作《牵风记》也含有牵引东方文化的传统古风，牵引人们回到周代"国风"式质朴、恬淡、快意、率真的古老民风。我为此对徐老先生充满敬意。但问题是：我们现在还能回得去吗？

2019年2月20日

白开水的味道

白开水是什么味道？习惯饮茶的中老年人以及乐于享用饮料的年轻人，似乎已经淡忘，或者已没有什么印象。白开水是有味道的，淡甜、清纯、爽口，在各色美女中，属于素面朝天的一种，素面朝天自有自己的味道。

晚上习惯饮茶的我，因为一时找不到茶叶，便倒了一杯白开水来解渴。无意间又品到了白开水的味道，一口一口沁入心田。再倒一杯静下心细细品，甘冽、淡定，似乎又回到了过去的日子，回到了纯真的喝白开水的日子。

记得从小时候开始，我就是习惯喝白开水的。说实话，那时家里困难，能喝上开水就不错了。当时在农村，谁家有暖水瓶，那可是个稀罕物。没有暖水瓶的家都是现烧现喝。我家有暖水瓶，是因为我大哥的儿子在城里出生后送回家给我父母带，要冲奶粉就得有热水随时提供，我是借了侄儿的光，才每天喝上了开水。不过，那时烧柴困难，能喝上开水也是不容易的。我们老家没有喝茶的习惯，我在少年时甚至都没有见过茶叶。印象中有人给父亲送过一盒桂花茶，包装是一只长方形纸盒，我父亲把它"束之高阁"，待到有尊贵的客人来家，才舍得用一些，以至于后来干枯变质丢弃了。尽管如此，我们也没有觉得可惜。一方水土养一方人，所谓"柴米油盐酱醋茶"的茶，在我们那里是不时兴的。有尊贵的客人到来，我们时兴煮鸡蛋茶，一个碗里放五六个荷包蛋，既解渴又充饥，是我们待客的最好东西。一般的客人就是一碗白开水，碗有大有小，也不怎么讲究，能饮之解渴即可。白开水温润、淡甜、清爽，但不同的白开水有不同的味道。用不同柴火烧出的水，格调就不同。用农村麦秸烧出的水我们叫"麦秸水"，喝着就特别解渴。水得来源不同，味道也不同，深井的水甘冽，河中的水淡定，水库中的水纯厚。无论哪一种白开水我都喜欢。回到家自己喝一碗，为一瓢饮而痛快；去别人家里喝一碗，受到尊重。水是生命之源，我们老家乡亲们对水格外看重，待客是大方的。所谓"君子之交淡如水"，这个水应该就是指的白开水，在一碗水的交往中结下了深厚的友谊。

　　我参军入伍到部队时，还一直保持着喝白开水的习惯，只是后来到了部队机关，才逐渐有了喝茶的嗜好。我想其中原因有三：一是部队环境的影响。部队干部战士来自四面八方，许多南方人都有饮茶的习惯。二是人际交往的需要。"同志哥，请喝一杯茶吧"，人家投你茶，你总得回报之，久而久之就成了习惯。三是写作的需要。有人说喝茶能解困，尤其对搞写作的人有刺激大脑使之兴奋的作用，我以为然，故在写作时便泡上一大茶缸热茶，边品饮边写作，虽不思路泉涌，但也困意全无。久而久之，就养成了"茶依赖"。虽然彼时津贴不多，但去军人服务社买斤把三级花茶（不知何故,当时部队供应的均是花茶）,还支付得起。记得那时是在贵州的深山里,有许多个不眠的夜晚,我都是在面对稿纸、手捧一个大茶缸的情形下度过的。战友们来了,用炉煮茶,也是一大乐趣。就这样耳濡目染逐渐参与其中,我们一起从河南老家入伍不知茶为何物的战友,竟逐渐都有了喝茶的习惯。

一晃十几年过去了,喝茶成了我的爱好。不仅喝花茶,还喝起了绿茶、红茶,懂得了夏季喝绿茶、冬季喝红茶的道理,了解到茶有不发酵、半发酵、全发酵之分。绿茶属于不发酵茶,乌龙、铁观音属于半发酵茶,普洱属于全发酵茶。哪些茶能清心明目、助消化等也略知一二。也了解到茶的种类繁多,哪种茶在哪类茶中最为有名。几十年下来,喝过的茶不下几十种。有的茶盛名之下其实难副,有的茶不合自己的口味,渐渐地锁定几种茶做为自己的最爱。喝茶的茶具也讲究起来,购置了茶台、茶具,煮茶则用纯净水矿泉水。茶成了生活中的一部分,"柴米油盐酱醋茶",茶成了开门七件事中的一件。参加会议,边品茶边听报告神清气爽；日常家居,泡杯茶品之怡然自得；接待宾客,倒茶劝茶成了必备的仪式。渐渐地,茶在生活中占据了重要位置,不再喝白开水,白开水的味道也渐渐从味蕾上消失了。

今夕何夕,喝一杯白开水,竟然又回到不喝茶的岁月,品出了白开水的味道,且对此如此钟情？山还是那个山,水还是那个水,人还是那个人,何因竟发生如此大的变化？深思之,方知是因人生的阶段不同,我有了新的感悟。年岁渐长,已过花甲,随着退出领导岗位,对人生对世界的看法、感悟也发生了变化。以前喜爱油大肥甘,今日则喜欢茶蔬清淡；以前喜欢美衣轻裘，现在衣服合身则喜；以前贪车马之舒适，现在以散步走路为乐趣；以前以广收文玩为爱好，现在留一二珍品便满足；以前喝酒频浮大白，如今饮酒浅尝辄止；以前呼朋喝友以多为荣，而今常叹"人生有一知己足矣"。即使喝了半辈子茶，也渐渐淡然，不像过去那么讲究。诗曰："家居坐看日影挪，旧茶且当新茶喝"，不复有当年"诗酒趁年华"的豪迈。随着人生阅历的加深，随着一天天老去，似乎悟出了更多的人生道理：删繁就简三秋树，一切以简为好。高官不高官不重要，钱财多不多不重要，人长得漂不漂亮也不重要，重要的是身体健康、心情愉悦，一切荣华富贵，一切浓墨重彩，一切声色犬马都渐渐隐去，就像油漆了的光鲜的家具，又回到了木质的本色，给人恬淡、舒适和宁静。就是在这种背景下，在慢慢老去的背景中，我又品尝到了白开水的味道，恬淡、清纯、爽口，细品，有一种纯静，有一种悠长，也给人一种宁静。美酒固然好，高汤固然好，名茶固然好，各式饮料也不错，但是，白开水却是最丰富的养料，它给了我们人生的底色，它使我们单纯、无忧，无有贪婪之念，它最终会陪我们回归大海，变为大海中的一滴水。

"子在川上曰，逝者如斯夫"。我相信，当你像我一样一天天老去，一杯白开水就会成为你的最爱。

2019 年 2 月 25 日

"放哨雁"的悲哀

2020年春节新冠病毒肆虐,足不出户,一日三餐外,靠读书消遣。读马识途先生《西窗琐记》,其中《猎野鸭记》颇逗我乐。马老在文中讲到儿时在家乡见到大人捕野鸭的情形。"我们乡下把大雁叫做野鸭子,觉得它除开会飞,和自家屋里养的鸭子也没多大的不同。只是比家鸭更为肥大些,杀来吃了,那味道也比家鸭更香。于是乡下人便都想着去捕那水塘里的野鸭子,既可以饱口福,又可以卖了换钱。"接下来,马老讲了乡下人捉野鸭子的种种趣事。开始时是用土枪打,许多想在这里过冬的野鸭子被猎杀。后来野鸭子变精了,闻到竹麻绳做的引线点燃后发出一种气味就飞了。悄悄摸到野鸭子栖身的水塘边芦苇荡去打,开始还行,但是过不了多久也不行了,为什么呢?因为晚上在水塘边的野鸭子群有放哨的野鸭子,一听到人的脚步声或闻到火药味,放哨的野鸭子便会大声嘎嘎叫起来,发出特殊的警报,正在睡觉的野鸭子便成群地远远地飞开了去。据说野鸭子是有头领的,它会指定野鸭子们轮班放哨,还会惩罚放哨失职的野鸭子。有位猎人说,他有天晚上偷偷去水塘边捉摸野鸭子的习性，岸边放哨的野鸭子没有发现他，未能及时发出警报。结果有几只野鸭子去围着那只放哨的野鸭子啄，直到把它赶走，让另一只放哨的野鸭子上岗。当然，还是人们有办法，一计未成，又生一计，想出了新的鬼点子。"什么鬼点子呢？这些猎手们都是游泳高手，他们用木瓢画成野鸭子的身子，再做个野鸭头装在上面。晚上把这个假鸭头戴在自己头上，老远地下到水里，学野鸭子的样子，潜游近野鸭群，然后用手在水下摸着野鸭的脚，抓住猛地拖进水里，拴在腰带上，然后再潜游远远地回到岸上。水塘里的野鸭群竟然不知道自己的伙伴失踪了。"人们极其聪明的这种捕捉办法，不仅使野鸭子受到伤害，而且给放哨的野鸭子带来悲哀，因为它无法发现"敌情"，未能及时报警，而遭到同伴们的"制裁"。一位猎手曾抓到一只受伤的野鸭子，他说："我说过的你们不信，这只野鸭子肯定是放哨没放好，被领头的和别的野鸭子惩罚了，把它啄伤，然后不要它了。"庆幸的是，"放哨鸭"的结局是光明的，马老和小伙伴们把他要了下来，侍候它养好伤之后，"把它送到大水塘，让它回到那里的野鸭群里去。""几天后，我们看到一群野鸭子排成一字阵向南飞去，一只野鸭子掉在队尾，隔着一些距离，但它在奋飞，我们都相信，它就是我们放飞的那只受伤的野鸭子。"

马老讲的关于捕野鸭子的趣闻，勾起了我儿时与之相似的一段经历的回忆。年少时在河南老家，也曾有和长辈们一起去打野鸭子的经历。不过，我们家乡不叫"野鸭子"，直呼其名为"大雁"。每年雁南飞时，都要经过我们那个地方，夜晚在田间地头栖息。我记得时间应是在深秋，天黑之后，大雁就在收割完庄稼的地里落了下来。它们想睡一个安稳觉，然后再向南飞行。后来我曾去南岳衡山回雁峰游览，听说这就是大雁南行的目的地。年少时不知这些，更不知保护野生动物的重要，在漆黑的夜晚，便随大人们去大田里捕捉大雁。确如马老所言，大雁晚上栖息是非常警觉的，雁群休息时会有放哨的大雁。放哨的那只雁忠于职守，人一接近雁群，就立马发出叫声报警，听到警报雁群旋即起飞。但终归人要聪明一些，在弄清这一习性后，我们当地的大人们就想了一个绝招。领头去打大雁的人，会在袖口中藏一个燃红了的香头，在接近雁群时，故意把袖口中的香头露出来，放哨的大雁见到立马报警，群雁醒来时，那人却把香头放在袖口里。看看没有情况，群雁便照常安眠。香火头又现时，放哨雁又报警，群雁醒来却没有发现情况。如此者三，当放哨雁再报警时，群雁不仅不相信它，还一起来啄它，怪它送"假情报"，惹得大雁睡不好觉，也不再相信它的报警。这样，捕雁的人就如愿以偿了，每次都有不小的收获，终有几只大雁成为他们的战利品。

　　我那时年纪尚幼，也就十岁左右，内心里很羡慕大人们的聪明，惊叹他们对付大雁的计谋，也没有像马老那样动恻隐之心，只是觉得好玩儿，跟在大人后面，就像是参加一场偷袭敌人的战斗。现在想来，却深为"放哨雁"们感到悲哀，也为当年的表现惭愧。"放哨雁"为了群雁的安全忠于职守，却遭到种种误解，甚至被围攻啄伤，这是多么大的不幸！这种情形，年少的马老和年少的我都经见过，眼见为实，没有半点的虚假在里面。惟其如此才心戚戚然。联想到我们人类，联想到中华民族，人类在进化中，中华民族在发展中，也遇到过种种苦难。每次遇到大难，都不缺忠于职守勇于担当的"报警人"，亦即"吹哨人"。包括这次"新冠病毒"猖狂来袭，我们有关医护人员都发出了警报，可惜，这些警报没有受到应有重视，有的报警者还受到"训诫"，怎能不让人扼腕兴叹！"报警人""吹哨人"像"放哨雁"一样，在忠实履行自己的职责，在守护着我们的健康和安全，我们应善待他们，再也不要让"英雄流血又流泪"的悲剧发生。

2020 年 2 月 10 日

鹏城无处不飞歌

啊,古老的大鹏,
你是天地间出色的精灵。
古代传说中最大的鸟,
北冥几千里鲲化而成。

啊,金色的大鹏,
你展翅在春天里的黎明。
在大鹏湾蛰伏六百年冲天而起,
改革开放赋予火箭般的动能。

啊,报晓的大鹏,
你用最洪亮的声音向华夏啼鸣:
时间就是金钱,效率就是生命,
一声声敲打着沉睡的窗棂。

啊，奋飞的大鹏，
你永远是领跑的姿形。
拓荒牛是你投在大地上的剪影，
身上藏有永不停歇的蛮劲。

啊，卓越的大鹏，
你驮来一座世界瞩目的创新之城。
科技和文化锤炼了你的双翼，
经济竞争力盘旋式向上攀升。

啊，可爱的大鹏，
我像亲人一样呼喊你的威名。
绿色的军衣助你穿上时代的，
闪亮的红星融入城市广场的彩屏。
　敬礼！我心目中勇敢无畏的大鹏，
两万名基建工程兵指战员向你致敬。
我们的青春和热血在你身上流淌，
每时每刻都与你同生共情。
　听，一阵阵炮声拉开了鹏城腾飞的序幕，
看，一趟趟军列拉来了特区拓荒的雄兵。
春天的故事从头讲起，

让我们一起回望那艰辛的战斗历程。

....

《鹏城飞歌》终于完稿了。一时间感慨良多。以每天 5000 字速度疾行，两个多月马不停蹄，在举国抗疫期间，我足不出户，向读者交上了一份不知是否让人满意的答卷。

这部书是我《不灭的军魂》长篇小说系列的其中一部，另两部为《乌蒙战歌》《兵山劲歌》，三部书从不同侧面反映中国人民解放军基建工程兵 18 年的战斗历程，以及取得的辉煌业绩，并为此而做出的牺牲奉献。三载寒暑，三载心血付出，三部书百万余字的文字，凝聚着我对这支部队的情感。我曾经是这支部队中的一员，我用感恩的心、笨拙的笔，去表现这支在特殊时期执行特殊任务的部队。基建工程兵是中国人民解放军的一个兵种，主要担负国家基本建设重点工程和国防工程施工任务。1966 年 8 月，为适应国家经济建设和国防建设的需要，中共中央决定将国家有关部委直属的部分施工队伍整编为基本建设工程兵，使之成为"劳武结合，能工能战，以工为主"的职业化施工队伍。1982 年，中国人民解放军实行大裁军。为适应国家经济体制改革和军队精简整编的需要，国务院、中央军委同年 8 月做出了《关于撤销基建工程兵的决定》，1983 年底，基建工程兵部队基本撤销完毕，完成了自己的历史使命。

《鹏城飞歌》反映的是基建工程兵部队在深圳改革开放初期建设特区，以及撤销转企后融入特区的这段历史。从 1979 年深圳设市开始，就陆续有基建工程兵部队调入深圳，撤销前又集中调入两万名指战员，形成深圳基本建设战线一支强大的力量。他们历尽艰险，经历改革的阵痛和诸多不适应，不断强健自己，成为深圳城市建设的主力军，也为这座城市注入了军人特有的气质。这部小说取材于此，但作为一部文学作品，它不是这些事实的照相；它也不能反映事物的全貌。只能从一个角度一个侧面来反映，来构思故事，从人物的命运来反映时代的变化、特区的发展和部队的业绩，并建立三者之间的相互联系。因此，在写作中采取了虚实结合的手法。所谓实，就是改革的时代背景、深圳的具体发展场景，主导改革的一些人物，采取了写实的手法。比如其中的一些人物，像邓小平、任仲夷、梁湘、袁庚等，我都实行了"实名制"，但凡采取"实名"的地方，所用资料我都采用权威版本，并经过认真核对，努力做到真实无误。所谓虚，就是书中的主要人物形象，都是塑造的，不是真实存在的人物；其中的故事情节大部分都是虚构的；一些具体的场合采取更名的做法，以避免对号入座。在真实的国家改革开放背景下、深圳特区建设的背景下、基建工程兵部队真实存在的背景下，按文学作品的要求去塑造人物、构思故事、设计情节细节、运用语言，努力使这部书具有可读性，具有吸引人读下去的魅力。我不敢说我做到了，但我可以说，我为此努力过了。

本书在写作中，得到我妻子石丽侠一如既往的全力支持，从框架构思到人物故事设计，她都参与其中，提供了很中肯的意见，特别是录入、校对、排版等"后期制作"，她更是付出许多心血。而她的鼓励和鞭策，是我能在较短时间内完成这本书写作的动因。"军功章"有她的一半功劳，并非虚言，我对此内心是充满感激的。著名作家、106

岁老寿星马识途先生为《不灭的军魂》三部书——题写书名，彰显了一个文学老前辈对后辈的关爱和鼓励。我因工作关系和马老多有交往，相互建立了深厚的情谊，老人家对我的帮助是多方面的，对此，我一直心存敬意和谢意。我还要特别感谢深圳出版集团党委副书记、董事、总编辑兼海天出版社社长、总编辑聂雄前和本书责任编辑刘婷，他们的约稿、催稿，让我一路小跑着去完成写作计划。还要感谢为我提供资料的于辉、程新枝等深圳出版发行界的朋友，恕不一一列名，在此一并致以深深的谢意！

到《鹏城飞歌》终于完稿，《不灭的军魂》三部曲算是大功告成了。《乌蒙战歌》《兵山劲歌》《鹏城飞歌》"三歌"并举，旨在用昂扬的旋律，为中国人民解放军基建工程兵唱一曲颂歌。我是基建工程兵部队培养的文学创作人员，部队送我上大学中文系深造，用这样的方式回报培育我的部队，我愿足矣。离开部队后，我长期从事图书出版工作，为他人出书做嫁，现在面临退休时，却有了自己的"三部曲"，我深知自己笔拙才浅，小马拉大车，常感力不从心。所以坚持下来，使命使然。以命立书，非以书立命也。成色如何，也只能由读者品评了。我尤其期望我的基建工程兵战友们多提宝贵意见，使我在本书再版时予以修订完善。

"三卷写罢鬓白飞，头上雀巢引鸟追。辛勤终了平生愿，归去南山看落晖。"这首小诗代表了我在这本书写完时的心情。从此我将散淡江湖，不复为写作如此辛劳矣。

2020 年 5 月 19 日

第三辑

初读长春

长春是本半新不旧的书，我虽然读了十多年，也写不出系统的读书心得，只能记一点零星的感悟。

长春地处东北腹心，它从总体上反映着东北的人文精神，然独特的地理环境、不同的民风民俗等又使其极具特色。比如说，同是豪放、仗义、热情，长春人往往有不同表现，而且喜欢发展到极致。例如劝客饮酒，沈阳人说："过了山海关，喝酒就得干。"长春人则说："敢到长春来，不怕往外抬。"哈尔滨人说："感情深，一口闷。"长春人则说："感情铁，喝出血。"而且有新的发明创造，诸如"右手端，左转弯，全封闭，带甩干"等等。从文明的角度看，这些过甚的做法不应提倡，我们只是借此说明长春人既有东北人的共性，又有自己的个性。这些表现在生活的方方面面。豪放、仗义、热情的古道热肠与识大体、顾大局、勇于自我牺牲的先进思想融合，长春人最值得敬佩的是奉献精神。不久前我去成都开会，在人民商场选购商品时，一个亭亭玉立眉清目秀的四川姑娘听说我们是长春人，便主动过来打招呼，帮助挑选。她说她的父母都是长春人，是60年代支援三线建设来四川的。如果说当年全国各地都有人支援三线建设，这个例子不甚典型，那么长春电影制片厂和长春第一汽车制造厂就充分地体现了长春人的奉献精神。这两个厂是长春的象征，也是长春人的骄傲，全国许多人就是通过"长影""一汽"来认识长春的。长影是新中国电影事业的摇篮，为全国新建电影厂输送了一批批导演、演员、技术人员；一汽是新中国汽车工业的摇篮，为全国许多新建汽车厂提供大量技术和技术骨干。两个"摇篮"摇出的人才飞向全国各地，支援了全国的文化建设和经济建设。目前这两个企业的主要竞争对手，基本上都是在他们扶持下建起的。"兄弟姐妹"发家了，"老大哥"却因为自我牺牲发展缓慢而背上了沉重包袱，不得不背水一战，"二次创业"，干部职工付出了沉重的代价。对此，长春人淡淡一笑，他们为奉献而自豪，从来无怨无悔。再看看那一列列满载金黄玉米的列车吧。从吉林省调往全国各地的玉米，相当部分产于长春所属各县，那是长春农民挥洒血汗的结晶。他们宁肯低价卖给国库，让国家去换取更多外汇，或是周济外省粮食尚不宽余的人们。

  作为一个在长春生活了十六七年的河南人，我对长春或长春人最为感激的是它那种兼容并包精神和接纳百川的胸怀。不管你是哪里人，是来自江苏、上海，抑或河南、四川，操何种腔调，在长春都不会受到冷遇和歧视。长春人决不会以长春人自居而排斥外地人，这和省外一些地方排斥外地人的陋习形成鲜明对比。在一些地方，你不会"阿拉"，不会说"粤语"，就要受到白眼相向的"优待"。相比之下，长春人真个是"春风大雅能容物"。这是长春人的崇高和骄傲，也是长春的魅力所在。当年我赤手空拳转业到长春闯天下，十数年生活在长春人中间，对此感受尤深。无论是生活待遇，还是个人进步、情感需求，长春人总是平等、宽厚地对待外地人。在生活、工作及交往中，我无须改变我的河南话，更不用包装自己。高兴时龇牙咧嘴来一段河南豫剧"刘大哥讲话理太偏"，还能赢得长春人由衷的掌声鼓励。宽厚、平等、友好相处，究其根源，是因为长春是一座典型的移民城市。长春和东北其他地方一样，只有数百年的大规模开发历史，现有的长春人原来也都不是长春人，大多来自山东、河北。由于战争原因，长春濒临解放时几近一座空城，解放后数十万长春周围的人拥进城内，这无疑是一次大规模移民。以后，国家又从全国各地调集人马来建设这座新兴城市，调来的大批人也具有移民性质。这种特殊的人员构成，使长春人和外地人相处有一种平和心态。

来过长春的人都盛赞长春的洁净、卫生和绿化环境。其实，这一切表象都可以用"文明"二字来概括。长春人是文明的，长春是一座文明的城市。支撑这种文明的，是整座城市较高的文化水准，以及长春人所具备的良好文化素养。不再去列举那些长春人引为自豪的多少所大学、多少所科研单位，也不再去排在全国人均占有知识分子的位次，这已为人们共知。科学先进，文化发达，教育普及，使人们的素质得以提升，便有了整座城市的文明形象。长春作为文化城市，在东北首屈一指，在全国也不负盛名。单是普通话的普及程度，就足以让长春人自豪了。

站在桥上观风景

第二届中国长春电影节前夕，一夜之间，如雨后树林里的蘑菇一般，长春市繁华街口出现国贸、永昌、清明、华联、秋林五座人行过街天桥。北京、上海等繁华大都市并不鲜见此物，但它首次出现在我们长春，且像新嫁娘般光鲜亮丽，着实让人睁大了惊奇的眼睛。兴冲冲，并不过桥的我也随人流登上了家附近的永昌天桥。无遮无拦，我站在桥上观风景，极目望南北，远近景物尽收眼底，一阵感慨油然而生：长春变化太大了，我喜爱日新月异的长春！

我在粉碎"四人帮"的1976年年末到长春上大学，继之又在长春工作，屈指算来，已有十七八个年头了。日积月累，便产生了对长春的依恋之情。它的每一处改变，我都惊奇；每一次飞跃，我都欢欣。我站在桥上观风景，满眼是长春改革开放以来的新气象。

首先看到的是桥下飞奔的两列车龙，一列朝南，一列向北，面包车、轿车、出租车、小公共排成长龙，浩浩荡荡。按《西瓜兄弟》里的话说，真是前不见头、后不见尾。记得刚到长春上学那年，在吉大文科楼上课，课余常坐在斯大林大街一侧人行道的马路牙子上看书，有时和同学打赌数过往的汽车，几分钟也不见过来一辆。现在大不同了，据说整个长春市区有各种机动车4万多辆，仅出租车就有8000多辆，位居全国城市前10位。虽说车辆骤增给城市带来了交通压力，亟需改善道路条件，但"长龙"毕竟惹人喜爱，它是长春快速发展的一个特征。抬头远望，南北大道旁矗立的新楼群映入眼帘。北端的国际大厦雄视街口，南边的火炬大厦已具雏形，尚有许多新建筑正拔地而起，隐约可见的脚手架搭入云端，如雾如烟。曾几何时，吉林电力大楼在长春独领风骚，现在许多高楼可与之称兄道弟不分伯仲了。至于崇智路、重庆路、长江路等路段大面积成片开发，更是给市民以极大的惊喜。我再看街两侧涌动的人流，那简直是彩色的河。时值夏日，绚丽多彩的裙装撩人眼目，飘逸、古朴、随意，各显风流。我最突出的感受是，长春的女性越来越漂亮了，浓妆淡抹，俏丽动人，姑娘们更是大胆奔放先声夺人，充分展示青春的风采，为长春增姿添色。究其原因，主要还是来自改革开放提供的宽松心态环境及人们对美的强烈追求。长春市女性年消耗化妆品总量，据说也排在全国各大城市前列。不言而喻，物质营养的丰富摄入也是长春姑娘漂亮的原因之一。我由此联想到吃。放眼朝下望去，永昌市场、中华小吃城、泰山大酒店、百事吉酒店、金帆酒店、老边饺子分号林立大街两旁。而我大学毕业的15年前，此地仅有一个永昌小吃部，供应简单饭菜。我和同学们早上常来这里喝豆浆吃油条。假设分配到外地的同学们再回来旧地重游，一定会生出许多感慨。

　　长春大大地变了。这种变化体现在人们衣食住行的方方面面。恰好这几日我妹妹、妹夫领儿子从河南老家来长春看我，我带他们参观了电影城、长影厂、西游记宫、历险城，浏览市容，更加深了对长春变化的认识。我爱长春，我爱越变越美丽的长春。我如数家珍般给妹妹、妹夫介绍长春的一景一物时，总是习惯地说：我们长春如何如何。妹妹笑我：哥，你都成了长春人了！是的，我也自认为是长春人了。长春是我的第二故乡，我要为它的景色更加美好努力奉献。

井冈山记游

"久有凌云志,重上井冈山……"我吟诵着世纪伟人毛泽东磅礴的辞章,在深秋时节,登上了心仪已久的井冈山。

我们乘坐的车子驶近井冈山时正是傍晚时分,只见一抹灿烂的云霞将远处的山口染得通红。进山后方知,井冈山人对红色有一种特殊的喜好。市场上使用的塑料购物袋全是红色;我们开会的会议室,从沙发、椅子到会议桌的台布也都是红色的。我们到井冈山时值枫叶正红,在层林尽染中总有一道红色的风景。导游周小姐说,如果你们四五月份来,满山的杜鹃花怒放,山山岭岭都是红彤彤的。我向往这种自然景致,但深藏在心底的,则是对中国共产党领导创建的第一块红色根据地的向往。这种"红"是内在的,历尽沧桑也不会褪色。井冈山红色革命根据地位于湘赣边界的罗霄山脉中段,包括以江西井冈山为交界的宁冈、永新、遂川、莲花和湖南的酃县、茶陵等地,面积 7200 多平方公里,人口有 50 余万。这里山峦起伏,群峰连绵,地势险要,林木幽深,具有可进可退、可攻可守的有利地形,在政治上、经济上具备开展游击战争，建立根据地，实行"工农武装割据"的有利条件。毛泽东1927年领导秋收起义之后，引兵至此，创建了第一块红色根据地。中国共产党人就是在这块被敌人称之为"红透了的地方"，摸索到了由农村包围城市、武装夺取政权的正确道路，奠定了中国革命胜利的基石。在茅坪毛泽东"八角楼"旧居，我们久久伫立。室内陈设十分简陋，墙角有一张大床，床上有一条被单、一条毯子，靠窗户下有一张木桌，桌上有一个砚台、一盏油灯。毛泽东就是在这里，就着只有一根灯芯的青油灯，写下了《中国的红色政权为什么能够存在？》和《井冈山的斗争》等光辉著作。解说员是一位土生土长的当地妹子，她深情地给我们唱起那首《八角楼的灯光》。透过这歌声，我们仿佛看到了当年毛泽东灯下挥毫写作、点燃革命火种的情景。

在革命旧居旧址参观走访，面对展柜里红军战士吃的南瓜、红米、秋茄子，看着他们铺、盖过的稻草，我们对红军战士当年的艰苦生活有了更深的感受。当时，他们每天吃的是南瓜和红米，有时连红米也吃不上。到了冬天许多人只穿两件单衣，有的铺的盖的都是稻草。一些战士睡觉时为了御寒，只好数人身靠身地挤在一块。在物质生活如此菲薄的状况下，井冈山的红旗能够坚持打下去，并形成星火燎原越烧越旺之势，靠的是官兵一致同甘共苦，靠艰苦奋斗。那时从军长到伙夫，除粮食外一律吃5分钱的伙食；毛泽东、朱德等领导人坚持和下属一样点一根灯芯（按规定，领导在晚上办公时可点燃三根灯芯）；他们和红军战士一样步行百里下山挑粮。在离黄洋界不远的地方，有一棵老槲树，这是毛泽东、朱德同战士们下山挑粮路过休息的地方。

现在这棵高大的槲树枝叶茂盛，是当年革命先辈艰苦奋斗的见证。

在井冈山期间，我们特意吃了一次红米饭。这种米较硬、发糙，并不可口，但它却为中国革命提供了足够的营养；在今天，我们新一代仍需要它给予的养分。在车上，大家情不自禁地唱起了红军歌谣："红米饭，南瓜汤，秋茄子，味道香。餐餐吃得精打光。干稻草来软又黄，金丝被儿盖身上，不怕北风和大雪，暖暖和和入梦乡。"

沿着宽阔、漫长的台阶拾级而上，我们步入革命烈士纪念堂。纪念堂正厅摆放着江泽民、李鹏等曾来此凭吊的党和国家领导人送的花圈。二层大厅四周的石碑上，密密麻麻地刻满了井冈山烈士的英名。讲解员告诉我们，这里有名有姓的烈士共计 1.5 万余人，其中 380 余人为女性。而大多数烈士牺牲后，连名字都没有留下来。这里摆放着一座一位老将军率全家敬献的大理石无字碑，用来悼念那些牺牲后没留下姓名的烈士。在小井红军医院旧址附近，有一座红军烈士墓，我们曾到此凭吊英烈。1929 年 1 月底，敌人在一个捉山鸡的地痞带领下，抄小路上山窜进小井，把正在红军医院养伤的 130 多名红军伤病员赶进一块稻田里，在周围架起机枪横扫。130 多人全部被杀害，其中最小的只有 16 岁。他们中仅有 18 人留下了姓名，其余至今不知姓甚名谁、何方人士。

面对先烈们的英名和静穆的无字碑，踏过洒满烈士鲜血的每一寸土地，你会强烈地感受到他们为了革命成功而甘愿抛头颅洒热血的牺牲精神。讲解员所讲的一个个动人故事，至今仍震撼着我的心灵。刘仁堪烈士 1927 年 9 月随毛泽东上井冈山，先后任莲花特支宣传委员、莲花县工农兵政府主席、中共莲花县委书记等职。1929年5月因叛徒出卖不幸被捕。凶残的敌人割去了他的舌头，他趴在地下用满口鲜血写下了"中国共产党万岁"，后被敌人剖腹杀害。曾任中共永新县委书记、中共湘赣边界特委常委等职的刘真烈士，不幸被捕后坚贞不屈，最后被敌人装在蒸饭用的饭蒸里活活蒸死。朱德的妻子伍若兰在一次战斗中受伤被俘，灭绝人性的敌人将她的头割下来，悬挂在赣州城的城门上。据统计，曾任工农革命军第一军第一师第一团的团、营、连干部，绝大多数在战斗中牺牲或被捕后被敌人杀害。

井冈山时期，为革命付出巨大牺牲的还有可歌可泣的井冈山人民。1929年1月，红军向赣南闽西进军后，井冈山遭到国民党反动派的残酷摧残。在"石头要过刀，草要过火，人要换种"的叫嚣声中，许多井冈山人民惨遭杀害，房屋几乎全部被烧毁。处于井冈山中心的茨坪，人口减少了三分之二，没有留下一栋完整的房屋。在大井毛泽东故居，只有两堵残墙是当年旧物，只见上面弹痕累累，并有过火痕迹。如今它镶嵌在故居新墙之中，昭示人们去遥想当年。

参观过井冈山的人们都会有这样的感受：井冈山不仅有丰富的革命人文景观，而且有独特的自然景观，两者相互辉映、浑然一体，每天吸引成千上万的游客。

导游小姐告诉我们，面额一百元人民币上那雄伟的群山，就是井冈山的五指峰。大家纷纷掏出百元人民币，站在五指峰前一对照，果然！原来我们天天都在欣赏井冈美景！五指峰又名井冈主峰，是井冈山的主要象征，山峰并列如五指，因而得名。整个景区群峰竞秀，山石奇特，飞瀑流泉，云海翻滚，奇花异草，神奇非凡，而这仅是井冈山众多景区之一。井冈山境内共有八大景区60多个景点，280多处景观。这些景观又随着季节的变化姿态万千。五龙潭是龙潭景区内主要胜景，是游人上井冈山旅游必赏之地。郭沫若等著名人士曾到此游览并赋诗赞美。"井冈秀色数龙潭"，我们一边游览，一边由衷地赞叹。第一潭碧玉潭是落差68米的大瀑布，奔腾澎湃，气势壮观；第二潭锁龙潭"深藏闺中"，如同一位含羞的少女，游人只闻其声而难见其面；第三潭珍珠潭多股喷泻，飞珠溅玉，光泽四射；第四潭飞凤潭形如飞凤，流遇巨石而中分，似双龙戏珠；第五潭玉女潭落差30余米，瀑水时分时合，时大时小，回绕穿泻，形姿秀美，宛如一位婀娜俊俏、舞姿翩翩的仙女。

我们走入位于市中心的挹翠公园。公园闹中取静，安谧温馨。游览这座落于高山之上的园中之湖、湖中之岛，如入美丽的画卷。我漫步其中，但见远处层林锦绣，眼前湖面如镜，数十名中小学生正散坐在各处写生，将金秋美景在画板上尽情渲染。

独坐在挹翠公园湖边的石凳上，我陷入了沉思：井冈山的自然景观固然是天造地设，不以人的意志为转移，也不因朝代更替而改观，但是，如果没有当年红军的流血牺牲，没有先辈们前仆后继取得革命成功，没有无数人艰苦努力换来的安定和平环境，游客们能随心所欲、谈笑风生地畅游吗？学生们能静心专注地在公园里写生吗？我们今天能享受到的这一切，都是包括井冈山红军烈士在内的无数先烈用鲜血和生命换来的。在井冈山的几天时间里，我始终被崇高的井冈山精神熏陶激励着。这种艰苦奋斗的精神、勇于牺牲的精神、全心全意为人民服务的精神，永远是中华民族前进的动力。

我们乘坐的车子沿着桐木岭大道急驶，离井冈山越来越远了，山影云海渐渐从视线消逝，但是，这座红色、壮烈、秀美的山，会永远矗立在我的心中。

井冈翠竹

从井冈山归来,那远望漫山遍野、近望一丛一丛的翠竹便印在了脑海里。尽管北国已是大地冰封、雪花飘飞,但脑海里始终抹不去那生机勃勃的一抹抹翠绿。

在茨坪毛泽东旧居后面,有一片竹林。导游小姐指着这片竹子说,你们看它有什么与众不同。不同?没什么不同啊,我们露出疑惑的眼神。导游小姐调皮地说:远看是圆的,近看是圆的,一摸却是方的。我们走近一摸,啊,果然是方的。这就是井冈山有名的四方竹。井冈山竹林面积广,而且种类繁多。除毛竹(又名楠竹)外,还有井冈山特有的寒竹、四方竹、黑竹、苦竹、黄竹、淡竹、青皮竹、箬竹等,真让我们这些北方人开了眼界。

井冈山翠竹的确与众不同。它不仅是自然景观,而且是人文景观。它有知觉,有性灵,有感情,诚如那句名言:对同志像春天般温暖,对敌人像寒冬一样残酷无情。它就像有首歌唱的那样"朋友来了有美酒,敌人来了有猎枪",极其爱憎分明。当年,满山遍野的翠竹都是挥舞着的杀敌长剑，竹矛、竹刀、竹箭、竹钉阵充分显示了井冈山竹子的威力，让敌人望而生畏。在著名的黄洋界保卫战中，五里横排埋竹钉，黄洋界上筑长城，山间、路旁布满了用毛竹削成的尖尖竹钉，前来进攻根据地的敌人进退两难，陷入绝境。听说这些竹钉被放在浸泡药物的锅里煮过，具有强烈的杀伤力，踏上即中毒毙命。而对自己人，对亲人红军，井冈翠竹却极富柔情。它做成的斗笠为红军遮风挡雨，削成的扁担为红军挑粮运物，扎成的竹筏为红军提供交通便利，制成的火把为红军带来光明；它的嫩芽是红军露营野炊的美餐，它的梢头挂过红军的战旗，那深深的竹林更是红军战士出其不意打击敌人的天然掩体。遥想当年，那竹林上空飘散了几多硝烟，竹林里又传颂着几多动人的故事。

井冈翠竹在它那翠绿的枝叶、空灵的躯干里，又充盈着一种奉献和牺牲精神。它通身是宝，需要时毫不吝惜自己。井冈山笋加工而成的玉兰片、笋干为席上珍品，竹子用来造纸和制作竹器、篾器，连梢和叶也不自弃，供人扎成扫把使用。近年来又有新奉献，它被加工生产为精美的竹工艺品和旅游纪念品，进入商品市场，还漂洋过海为国家换取外汇。井冈翠竹静悄悄生长、默默无闻地为人类奉献的品格，令人油然而生多少联想和感慨。

井冈翠竹，我记忆里永远也抹不去的绿色。

黄洋界散记

有人说，到了井冈山不到黄洋界，就如同到了遵义没到娄山关、到了延安没到宝塔山、到了北京没到长城一样，给人留下终生遗憾。前不久去井冈山到黄洋界游览，的确有这样的感受。

黄洋界，距井冈山中心茨坪17公里，是井冈山北侧的天然屏障。这里峭峰林立，壑谷幽深，蜿蜒起伏，异常险峻雄伟。毛泽东同志1965年重登井冈山时，曾有"过了黄洋界，险处不须看"的由衷赞叹。因其地理位置重要，又极雄伟险峻，是当年著名的红军五大哨口之一。

当年的红军营房修复后坐落在哨口，这里的照片、实物娓娓诉说着红军坚守黄洋界的故事。由营房门前行进，不远处便是黄洋界保卫战遗址，红军开挖的战壕、使用过的迫击炮都历历在目。1928年8月30日，敌人趁红军主力不在井冈山之际，突然调集江西、湖南4个团兵力猛攻黄洋界，力图从这里打开井冈山的门户。当时红军在井冈山不足一个营，他们在群众和地方武装的配合下，坚决抗击进犯之敌。路边草丛布满了竹钉，使敌人寸步难行；山头工事堆满了石头、木柱，往下倾泻时响声大作；群众手持大刀、梭镖，挥舞红旗在各个山头呐喊助阵。从修械所抬来的一门迫击炮也发挥了威力。据说一共才有3发炮弹，前两发是臭弹，没炸，在大家焦急时，第三发"轰"的一声命中敌指挥所爆炸。敌人误认为红军主力赶回，急急忙忙撤退。毛泽东《西江月·井冈山》中"黄洋界上炮声隆，报道敌军宵遁"，就是写当时的情景。现在黄洋界保卫战胜利纪念碑巍然耸立，与哨口工事、红军营房浑然一体，成为对游客进行革命传统教育的重要场所。

站在黄洋界哨口工事眺望远方，只见一条羊肠小道穿山林、绕悬崖，曲曲折折通向远方。这就是毛泽东、朱德和红军战士挑粮上山的道路。如今，崎岖小路已与盘山公路衔接。公路边临崖而立一棵葱绿的大槲树，是领袖和战士们挑粮路过的休息处。现在，它每天接待一批又一批游人，诉说发人深思的往事。

黄洋界不仅有独特的革命人文景观，而且有奇特的自然景观。这里是看云海日出的绝好境地。黄洋界的气候瞬息万变，一年四季绝大多数时间云雾缭绕，望去如同奔腾的汪洋大海，呈现出群山奔涌、白云翻滚的万千气象。因而，黄洋界又有"汪洋界"之称。这里的云海，时而从山腰中飘忽，时而从远处峰峦若隐若现，时而又把整个黄洋界淹没在茫茫云海之中。它那"静如练、动如烟、轻如絮、阔如海、白如棉、平如镜"的形态，使人流连忘返。有人说它有黄山云雾的奇丽、庐山云雾的宝光，更有重庆雾都的壮观。

黄洋界山美、水美、云美、雾美，而且随四季更替不断变换。冬去春来，黄洋界万木葱茏，松杉竹林，绿荫蔽日，而杜鹃花又团团簇簇火红欲燃,加上鹂莺欢跃,好一幅瑰丽多姿的图画。夏季,在井冈山看雨,是一种饶有情趣的享受。秋高气爽的黄洋界之巅,红叶与彩云交相辉映,满谷丹桂飘香,珍禽异兽竞游山间。隆冬,黄洋界玉崖琼楼,洁白晶莹,处处银装素裹。雪后放晴,真个是"琉璃世界",令游人如入仙境。

井冈四月杜鹃红

两年前上井冈山时，序属深秋，但见山间层林尽染异彩纷呈，禁不住连声称赞。导游小姐说，你若春天来时，满山的杜鹃花开了，比这还要好看。从那时起，井冈山杜鹃就在我的心仪之中。

今年4月有幸重上井冈山。到了南昌，江西的朋友说：来的是时候，山上的杜鹃开得正红火呢！待我们坐上中巴由南昌向吉安方向行进时，杜鹃花便离我们越来越近了。许是旅途劳顿，将近井冈山时，那漫山遍野的杜鹃花悠然进入我的梦乡，一丛一丛，一片一片，像成千上万的人手里举着鲜艳的红旗。睡意朦胧中听邻座女士惊喜地喊："看，杜鹃花！"放眼望时，井冈山杜鹃已迎目而来。公路旁、峭壁上、山谷里、树丛中，不时有红红的杜鹃花一闪而过。我曾在云贵高原见过映山红，曾在东北延边见过金达莱，它们和杜鹃花为同一种属，是一个家族的成员。相形之下，我觉得井冈山杜鹃更有特色，和梦想中的也大不一样。其一是红。这里的杜鹃花是红色中的正红，俗称大红，如旗似火，加之在盛开季节，格外地鲜艳亮丽。据介绍，井冈山杜鹃有100多个品种，各色兼有，以红色居多。其二是散。它不是漫坡遍岭全景式怒放，而是星星点点分布在青山绿水之中，甘与青草为邻，不与绿树争宠，观之似无，寻之则见，有一种谦和普通内涵深邃的品格。但是，你却不能不被它吸引，它像少先队员佩戴的红领巾，像红军战士军服上的帽徽领章，虽然色块不多，却是全景的亮点。井冈山在它的装点下，才有了魂魄和灵性。

在几天的游览中，我目睹随处可见的杜鹃花，面对巍巍五百里井冈，常常陷入沉思。恍惚中总觉有一个伟人在眼前的山岭间走过。他走进老表中，谈笑风生地和他们聊天。在茅坪八角楼附近有一棵从大石头底下硬挤出来傲然挺立的枫树。他坐在枫石上，指着大树说：它顽强得很，把石头也顶破了，我们只要团结起来积蓄力量，就能成长壮大，推翻压在劳苦大众身上的三座大山！他走过村村寨寨，劳顿奔波，当地老乡捉一条狗鱼（也称之娃娃鱼）让他补补身子。他问："这家伙在水里吃什么为生呀？"老乡答："吃小鱼小虾。"他风趣地说："原来它是水中的恶霸！我们闹革命就是要消灭人世间的恶霸，让大家都过上好日子。"谢过老乡，他让把这条狗鱼送给了红军医院的伤病员。为了心中的目标，他走啊走啊，不停地走，那杜鹃花便从他的脚窝里长出，一路播撒下去，成为一道亮丽的风景，装点这如画如诗的江山。

在大井毛泽东旧居后面，有一棵奇特的树，当地老表称"感情树"。传说红军当年撤出井冈山后，凶残的敌人烧毁了这里的房子也烧死了这棵树。1949年这棵树死而复生，青枝绿叶郁郁葱葱。1965年毛泽东重上井冈山时，先前从不开花的它花开满枝笑迎佳宾。1976年毛泽东逝世后，这棵树垂垂欲死经救治方得存活。这传说信不信由你，但井冈山人都这么说，想是老表们以树寄情，以人树感应的神话方式寄托对毛委员的情思。树有感情，杜鹃花和伟人的心灵也息息相通。我们看见它，就看见了伟人的精神、气质和风采。

听说很早以前，井冈山就把杜鹃花命名为市花，可见杜鹃在井冈山人心目中的位置。由花及山及人，一时间感慨良多，对井冈山又有一层新的认识。归来有诗《七律·井冈记游》记之：

> 四月又来井冈游，
> 漫岭杜鹃放眼收。
> 花照深山色点点，
> 鸟鸣空谷声啾啾。
> 龙江书院始握手，
> 象山姑庵新结俦。
> 伟人行踪待细看，
> 时至今日想不休。

滕王阁遐想

近日公出南昌，有机会再度造访我国古代四大名楼之一的滕王阁（另三楼为湖北的黄鹤楼、湖南的岳阳楼、山西的鹳雀楼）。滕王阁自唐初创建，迄今已1300多年，其间迭经28次兴废，最终于民国十五年（1926）毁于兵燹。现在的滕王阁为1989年10月建成，坐落于赣江与抚河的交汇处，占地4.7公顷，负城临江，傍依南浦，遥对西山，距唐代旧阁遗址约百米。主阁系根据清华大学教授、古建筑大师梁思成先生1942年所绘制的《重建南昌滕王阁计划草图》，参照宋人彩画《滕王阁》以及《宋代营造法式》一书，重新设计的大型仿宋古建筑。阁身净高57.5米，建筑面积9000多平方米，取"明三暗七"格局，基座象征古城墙，采用钢筋混凝土仿木结构，碧色琉璃瓦顶，彩画斗拱梁柱，具有唐代"层台耸翠，上出重霄；飞阁流丹，下临无地"的瑰伟气势和绝特风格。

步入滕王阁，我立刻感受到唐宋深层文化渊源和厚重的文化氛围。依据《马当神风送滕王阁》的故事创作的大型壁画，一开始就把人们带进神话传说的幽远而迷人的意境。那根据《滕王阁序》名句"襟三江而带五湖"构思的大型山水画，那醒目镌刻的《滕王阁序》全文，那表现江西"人杰地灵"的"俊彩星驰"群像，那供文人墨客登高远眺即兴挥毫的高雅场所，那供伶人表演戏曲、歌舞的"古戏台"，都在默默地向游客诉说着什么，昭示着什么。

我出阁倚栏远眺，一边领略《滕王阁序》中渲染的意境，一边试图解答心中的疑团，探问滕王阁千载盛誉屡废屡兴的原因所在。

我想，那初建此阁的滕王李元婴（唐高宗李渊第二十二子、唐太宗李世民的弟弟）乃是个出了名的风流王爷，他修建此阁的目的不过是找一处宴饮舞乐之所；虽说"岳阳楼胜景，黄鹤楼胜制"，滕王阁兼采两长，有"江南多临观之美，而滕王阁独为第一"（韩愈语）的赞誉，然终究同其他楼阁无大差异，且历代兵连祸结中"风雨凌震，榱桷腐落"，多次"名实俱亡"，沦为"瓦砾榛莽之墟"。因之，创建者的名声、创建本意、阁自身的分量，都不是滕王阁千载盛誉不衰的原因。那么，其千载盛誉不衰的缘由何在呢？说到底是因为王勃（字子安）写了一篇脍炙人口的《滕王阁序》。一序即出，滕王阁名噪天下，有了内蕴深刻的文化价值。说其屡废屡兴皆赖王勃神笔之功也不为过。

清代诗人、学者，江西南昌人尚镕《忆滕王阁》一诗对此作出了极好回答，其诗曰：

　　天下好山水，必有楼台收。
　　山水与楼台，又须文字留。

> 黄鹤盘鄂渚，岳阳据巴邱。
> 吾乡滕王阁，鼎足成千秋。
> ……
> 自到江湖来，外人咨不休。
> 倘非子安序，此阁成荒陬。

诚如斯言，如果没有王勃的《滕王阁序》，滕王阁怕早已成为荒丘废墟了。对此，古人是认同的。巴陵太守滕子京云："楼观非有文字称记者不为久，文字非出于雄才巨卿者不成著。"明人陈文烛云："使非三王之文，安知阁之名不湮没草莽耶？"明人王在晋云："临江之阁，以王子安而重；初唐之笔，以滕王阁而传。"王夫之更明白指出："滕王阁……从以王勃一序，脍炙千古。"古人甚至认为，连修建滕王阁的滕王李元婴本人，所以至今尚被人记起，也是借了王勃序的光。元代文学家虞集曾感慨地说："且一阁之遗，见称于今昔如此，彼何其幸欤！"

自王勃《序》问世后，相继有王绪作《赋》，王仲舒写《记》，简称为"三王"文章。时隔百年，文起八代之衰的文坛大家韩愈撰《重修滕王阁记》。他在盛赞滕王阁"临观之美""江南第一""瑰伟绝特"之后，郑重地写道："窃喜载名其上，词列三王之次，有荣耀焉。"这对扩大王《序》的影响无疑起到了推波助澜的作用。王《序》自问世以来，以其深刻的思想内涵，不朽的美学魅力，影响着一代又一代人。它是历代学子作文的典范，"落霞与孤鹜齐飞，秋水共长天一色"、"老当益壮，宁移白首之心；穷且益坚，不坠青云之志"等名句，溶化在人们的血液中。明人舒曰敬云：今人"无不能诵绛州（指王勃，王勃籍山西绛州）者"。清代乾隆年间陈准称："三尺童子无不诵而习之。"许多人并没见过滕王阁，而是读《序》识阁，领略其瑰伟绝特之美，进而才慕名造访的。清代何眆所撰滕王阁名联"千载登临容我辈，一灯读序忆儿时"，说的就是这种感受。

滕王阁乃王勃作序的载体，无阁使无王序，但王序却使滕王阁名扬天下千古传续，这无疑是一部"文因阁生，阁因文重"的历史佳话。不仅滕王阁若此，湖北的黄鹤楼、湖南的岳阳楼、山西的鹳雀楼亦若此。崔颢登黄鹤楼挥笔写下"昔人已乘黄鹤去，此地空余黄鹤楼。黄鹤一去不复返，白云千载空悠悠"的名句，使该楼千古传名。范仲淹《岳阳楼记》"先天下之忧而忧，后天下之乐而乐"的名言深植人心，人们以接踵寻访岳阳楼为快。王之涣"白日依山尽，黄河入海流。欲穷千里目，更上一层楼"的《登鹳雀楼》题诗更是千古绝唱，使鹳雀楼名扬海内。据信该楼复建工程已破土动工，千年名楼可望本世纪末重现英姿。20多年前，我曾登临过昆明的大观楼，该楼也是一代名楼，其因著名的五百字长联名闻遐迩，至今我已记不清该楼的模样，但尚能背出"五百里滇池奔来眼底"的联语。可见无文人之笔，便无楼阁之名。物无文不远，人无传不存，信哉此言！

所以如此，盖因于文化的承继性和传播性。文化是流动的历史，是民族的血脉，它一代一代地流播，绵延不绝。唐宋元明清朝代没有了，但有各朝的文化典籍在；古代的房屋、器物很少存留，但有其文化层面在。每个朝代有每个朝代的文化流，相互承继补充丰富，形成绵延千年的中国文化主流。这种文化流目不能睹，却以文化精品的方式存在。诗经楚辞汉赋元曲唐诗宋词明清小说，像一挂璀璨的珍珠展示在人们面前，而其中的精品无不渗透着中华民族的优良传统和人文精神，具有思想震撼力和美学感染力，它穿越时空，是中国文化之根，中国文化之魂。王勃的《滕王阁序》、范仲淹的《岳阳楼记》、崔颢的《黄鹤楼》、王之涣的《登鹳雀楼》便是其中精华。它们以深邃的思想内涵和精博的文学魅力感召世人。读文吟诗思人念物，便有临观寻胜之举，使心有所托、情有所寄，故探踪觅迹者不断，吊古怀幽者不绝，如此而来，名楼重阁焉有不重建复修之理！

"阁中帝子今何在，槛外长江空自流。"斗转星移，物是人非，唯有民族文化如长江之水源远流长川流不息。我们任何时候都不能轻视传统文化，任何时候都不能小视文化建设，这是我登阁寻访得到的一点启示。

难忘沙坡头

在我的影集里，有一组数张摄于宁夏著名游览区沙坡头的照片。你看，这是顺着沙山急速滑动的我，光着脚坐在沙板上轰然而下，既惊险又痛快；这一张是骑在骆驼上照的，我就像一个远古的旅行者，骑在驼峰间在腾格里大沙漠里跋涉，那苍凉的驼铃声隐约可闻；再看这一张，我坐在羊皮筏子上在黄河的浅湾里漫游，十多只吹胀了的羊皮囊捆绑一起，船工驾驭它在波浪里行走，黄河水不时从缝隙间向上涌出，让人时时提心吊胆；还有……每当翻阅这些照片，我便生出一种"久在樊笼里，复得返自然"的感觉，连思想都得到了净化和过滤，什么名利钱财，什么朝野市声，什么忧愁烦恼，统统都隐去了，进入物我两忘的境界。在沙坡头，我饱尝了回归大自然的乐趣，又加之有黄河历险的一幕，故此次旅行终生都不会忘记。

1992年5月下旬，我从北京取道银川前往兰州。飞行途中向同行者打听宁夏有何风景名胜可供游览。恰巧邻座是一位活泼可爱的宁夏姑娘，她快言快语地说：沙坡头是个好去处，不可不去！问：有何历史遗迹？答：没有。问：是佛教圣地？答：不是。又问：那里有什么？答：有沙漠、有黄河，去玩的人海啦，还有不少是外国人呢！于是我下定了去沙坡头一游的决心。

沙坡头位于宁夏中卫县境内，坐落在腾格里沙漠最南端，紧靠一泻千里的黄河，包兰铁路穿越其间，交通极为便利。它的名字质朴无华，却如同磁铁一样吸引着国内外万千游人。若问吸引力何在？请看沙坡头公园门前镌刻在石碑上的一段介绍性文字："沙坡头以其治沙成果丰硕饮誉世界，且因自然成果独特驰名中外。此间百米沙山悬若飞瀑，人乘沙流如从天而降，无染尘之忧，有钟鼓之乐，听声有钟，寻钟无影，怡然忘年，其乐无穷，此即金沙鸣钟。其南，北园幽静滴翠流红，黄水涛涛，皮筏弄波，香岩雄列，山岚盈盈，长城蜿蜒，绿山垣亘。其北更有铁龙越沙，声彻长空，瀚海浩浩，驼铃叮咚，晨观沙海日出，暮赏炭山夜照，近访石渠龙口，远眺翠笼沙岭，沙园河山，天工巧陈，雄浑锦绣，苍翠一方，游目骋怀，斜径信步，诗情画意，尽在其中。"

介绍归介绍，只有身临其境才能体会到沙坡头的雄伟和壮观。在这里，你会觉得沙坡头治沙成果饮誉世界名不虚传。沙坡头乃沙漠之尽头，沙漠边缘最能施暴于人类，也最难治理，是世界治沙界面临的一大难题，但是我们中国却在这里开创了科学治沙的先例。有关方面采用独特的固沙技术使流沙不流，开了铁路建设史上在流沙层筑路的先河，保证包兰铁路几十年畅通无阻；植树造林取得巨大成果，那沿沙漠边缘靠黄河河套崛起的道道绿色长龙将流沙紧紧锁住，犹如给奔嘶的野马带上了笼头。当一次次特大沙暴横穿腾格里大沙漠，袭击甘肃、内蒙、宁夏等地，造成巨大灾害时，沙坡头却显示神威，面对凶魔般的沙暴巍然屹立，创造了科学战胜沙漠、人力战胜自然的奇迹。作为中华民族的子孙，面对这世界领先的治沙工程，谁不为之而自豪！

沙坡头吸引人的还有那独特的自然景观，浩浩瀚海在此收尾，黄水涛涛经此流穿，欲观沙漠和黄河者，在此尽可兼得。你可从百米沙山乘流而下，享受金沙鸣钟之乐；也可骑着骆驼在腾格里沙漠无目的的漫游，寻找古代旅行者的感受；还可乘坐羊皮筏子到黄河"中流击水"。大概是"不到黄河心不死"吧，一些游人挽起裤腿，相扶着走进黄河，站在靠边的激流中摄影留念，还有胆大者一步步向里探索。我亦站在激流中，一个小伙子热心地为我摄影，他为了找角度，无意中向后退去，一不小心，"咕咚"一声连人带相机陷进了深水里，我去拉他，自己也被黄河水没了胸脯。好在这里是浅滩，我俩才没遭"灭顶之灾"。虽说有惊无险，但至今想起来仍然后怕。不过我也很庆幸，这一生中有了"跳进黄河洗不清"的经历。

月城看"星"

1995年11月下旬，去四川省西昌参加一个会议，有幸巧遇西昌卫星发射中心发射"亚洲二号"卫星。因为预先知道会议安排实地观看将在28日晚进行的"亚洲二号"卫星发射，所以一踏上西昌的土地，大家就盼望着这一时刻的到来。

时入冬季，西昌的天气依然温暖如春。我国选择在西昌建立卫星发射基地，原因之一就是这里气候宜人，日照丰富。一年365天，这里可以见到320个太阳。天朗气清，这里的月亮也分外明亮，故西昌又有"月城"之称。这样的气候条件自然有利于卫星发射。而且这里地理纬度也较低，可以充分利用地球自转所带来的离心力，节省燃料和推力，提高运载能力，成功率颇高。这里的海拔也比较高，利于卫星升空。举一个通俗一点的例子，就是个头高的篮球队员容易将球投入篮筐。此外，这里临近成昆线交通便利，人口较少，地形适中，是一个理想的卫星发射区域。

不巧的是，我们到达的当天西昌竟阴雨沉沉。后天卫星发射在即，这样的天气能否发射卫星？影响不影响成功率？与会代表心头揣着疑问，脸上也布满了阴云。大家都是炎黄子孙，谁不想亲眼一睹我国把卫星送上太空的壮举？如果因天气原因失去这次观看机遇，将留下莫大遗憾。晚饭前，会议工作人员小邓宣布一个好消息：据悉今天下雨是人工降雨，是为了保证卫星正常发射采取的必要措施，净化天空有利于卫星发射。我们的担心消除了，脸上的阴云也一扫而光。

11月28日下午3时30分，所有会议代表在睡了一个充足的午觉以后，登车向西昌卫星发射中心进发。实际上，发射中心并未设在西昌市辖区内。西昌为县级市，是四川省大凉山彝族自治州首府。卫星发射中心位于凉山州境内，离西昌市尚有百余公里路程。据介绍，西昌卫星发射中心始建于70年代初，是中国目前对外开放中规模较大，设备技术先进的新型航天器发射场。该中心拥有测试发射、指挥控制、跟踪测量、通信、气象、技术勤务保障等系统，发射场的两个发射工位及技术测试中心、指挥控制中心、跟踪测量等配套设施，能担负和完成国内外多种型号卫星的发射服务。截止到1994年年底，已成功地发射了19颗国内外不同型号的卫星。1985年10月，西昌卫星发射中心正式对外开放，承揽外星发射业务，供国内外宾客参观游览。

下午5时30分，我们按时到达指定观看位置。因为对外开放，今天来观看的人很多。基地设置多个参观平台，为参观者提供方便。我们所在的参观平台位于一个削平了的山头上，位置高，看得远，能看到位于前方的发射阵地全貌，看见高耸的发射塔架。借助资料了解到，发射阵地配有两座发射塔架。其中在一个平面上的是发射二工区，有两个塔，专为发射新型大推力火箭制造的。活动勤务塔高97米，固定发射塔高71米，火箭卫星从测试厂房转到发射场后，在这里完成起竖、对接和垂直测试，最后，再根据气象等条件完成加注、瞄准、择机实施发射。另一个则是长征三号运载火箭发射塔，塔高77米，1989年1月23日，"亚星"就是由此塔飞向太空的。

我们在眺望中看到，今晚将要腾空的"庞然大物"——"亚洲二号"卫星，星箭一体地矗立在二号工位的固定发射架旁。"亚洲二号"卫星由美国洛克希德·马丁公司制造，装有33个转发器、重3.5吨、工作寿命15年、定点于东经100.5度静止轨道。此次发射是中国为亚洲卫星通信公司发射的第二颗通信卫星，如发射成功，它将为53个国家和地区的33亿人口提供空间通信服务。"亚洲二号"用长征二号E运载火箭送入近地轨道，再由中国新研制的近地点固体发动机（EPKM）送入地球同步转移轨道。长征二号E运载火箭也称长征二号捆绑运载火箭（简称长二捆火箭），是我国1990年研制生产出的大推力运载火箭，它是以改进的"长征二号丙"火箭为芯级，第一级捆绑了4个长15.30米，直径为2.25米的液体助推火箭，该火箭全长49.7米，起飞重量460吨，起飞推力600吨，能把9.2吨重的有效载荷送入大椭圆轨道。从以上一系列数字，可以想象出它有何等的威力！现在它同卫星置于一体静静地矗立，让人联想到那句"静如处女，动如脱兔"的成语。

夜幕降临了，发射阵地上的星箭及发射架从我们视线中隐去。发射阵地上的专家和工作人员完成发射前的一切准备工作，开始撤出阵地。车队像蜿蜒的长龙，灯光闪烁着十分壮观地向外撤出。出于安全考虑，所有人员必须撤到离发射现场3公里以外的区域，所有的参观平台也都必须在3公里以外。每个露天参观平台，都临时设置若干电视屏幕。电视屏幕上可以看见指挥控制大厅里传来的实况。该指挥大厅距发射阵地6公里，是发射中心的大脑机关，它主要担负着火箭和卫星发射时的指挥控制、数据处理传输、时间统一和安全控制等任务。其正面是一块长5.3米、高4米的大型彩色电视屏幕，屏幕的两侧是信号显示板，指挥官和各系统专家通过它们，可以随时了解发射场的工作以及火箭卫星的飞行参数和各系统主要设备的运行状态。如果发射成功，指挥大厅可以实施跟踪监测；如果发生发射故障，可以实行紧急关机；如果升空后出现故障，可以实施遥控定点爆炸，将损失降低到最低限度。指挥大厅也是中央首长和贵宾观看发射实况的场所。许多中央领导同志在这里观看过卫星发射实况。事后得知，著名世界乒乓球冠军邓亚萍，28日晚就坐在指挥大厅里观看。

发射时间越来越临近了。我们的眼睛紧紧地盯着电视屏幕中的指挥大厅。随着指挥官发出的"完成2小时准备！""完成1小时准备！""完成30分钟准备！""完成20分钟准备！""完成10分钟准备！"等一系列指令，人们的心情骤然紧张起来。据内行介绍，当今世界卫星发射的成功率和失败率各占50%。美国等国家也都曾有过卫星发射失败的纪录。我国西昌卫星发射中心也有前车之鉴：1992年3月22日18时40分首次为澳大利亚发射美国制造的通信卫星，因长二捆火箭发生故障未能升空实行紧急关机；1992年12月21日发射第二颗"澳星"，由于美方卫星故障致使火箭飞行约48秒"澳星"发生爆炸；1995年1

月 26 日发射"亚太二号",飞行 51 秒后星箭爆炸。机遇与风险共存,据说害怕承担风险,一些颇有气魄的保险公司也不敢为卫星发射成功保险;成功与失败同在,正因为如此,观看的人们在盼望成功的同时又担心着失败。

盛满参观者的露天参观平台上静悄悄的,屏幕里传来的指挥官的口令清晰可闻:

"完成 1 分钟准备!"

"完成 30 秒准备!"

"点火!"

"发射!"

只听"轰"的一声,一团巨型橘红色火焰在发射阵地猛然蹿起,映红了四周的建筑物和山体,"亚洲二号"傲然腾空。开始上升速度较慢,可以用照相机跟踪拍摄;紧接着速度加快,但由于火箭喷火仍清楚可见。人们把视线从屏幕移开投向天际,目送它在天幕中遨游。此时繁星满天,但因为"亚洲二号"呈橙色亮度较高,人们用肉眼完全可以分辨。

指挥大厅里指挥官以响亮的声音报告跟踪监测和各地卫星监测站监测结果:

"卫星运行正常!"

"宜宾监测站发现目标,运行正常!"

"华山监测站发现目标,运行正常!"

"星箭二级分离!"

"进入预定轨道,定点成功!"

成功啦！成功啦！负责维持观看秩序的一名基地女工作人员流着泪喊道："卫星发射成功了！"人们一齐跟着她欢呼起来。我们会议代表、同来的四川锦桥公司的职工们，以及所有的参观者都沉浸在卫星发射成功的喜悦中。

大家为祖国自豪，为中华民族骄傲。这次"亚洲二号"发射成功，不仅为国家创收了 8000 万美元，更重要的是，它为中国人民赢得了荣誉，展示了我国航天技术的实力，对中国航天事业的发展具有重大意义。

在返回西昌市的客车上，人们兴奋的心情依然难以平息。导游王小姐提议，大家一起唱起了《中华人民共和国国歌》。一发而不可收，接着又唱《歌唱祖国》《社会主义好》《英雄赞歌》……歌声如潮奔涌，一浪高过一浪。

为了记住这难忘的时刻，不少人购买了纪念币、火箭模型、纪念照片、纪念封。我买了一套纪念封，并请当地邮局盖了邮戳。时间：1995 年 11 月 28 日 20 时。这一时刻深印在我脑海里，终生都不会忘记。

《红岩魂》参观记

1996年10月1日,是中华人民共和国的47岁生日,天安门广场人潮花海,到处欢歌笑语。我横穿人群,来到广场东侧的中国革命博物馆,融入了参观《红岩魂》展览的人流。

应该说,我对白公馆、渣滓洞集中营革命先烈的斗争事迹并不陌生。曾先后两次在重庆实地参观过。1984年为撰写"红岩"烈士之一的邓惠中烈士传记,曾阅读过有关"红岩"先烈的大量资料。然而面对烈士们的遗像,我的心又一次受到强烈的震撼,我的感受得到强化,我的认识得到升华,我的心灵得到净化。

皮鞭、镣铐、老虎凳、狼牙棒、水葫芦、竹签等刑具记录着美蒋特务的血腥罪恶。观众对反动派的惨无人道大为震惊,但他们更加敬佩先烈们在残酷折磨下所表现出来的坚强意志。

严刑拷打算什么!砍头灭尸算什么!红岩烈士们是真正的共产党人,是真正的英雄,为了革命事业的胜利、为了全民族的解放、为了广大民众的利益,他们舍身成仁,义无反顾地选择了苦难,选择了杀头,表现了大无畏的英雄气概。"从来壮烈不贪生，许党为民万事轻。""面对死亡我放声大笑，魔鬼的宫殿在笑声中动摇！""头可断，肢可裂，志士理想不可灭！"读着这字字千钧掷地有声的话语，有谁的心灵不受到震颤呢！

刘国志烈士被捕后，他身为富商的兄长专程从香港赶到重庆营救，用重金买通了特务头子，条件是：只要刘国志交出直接联系的组织关系，并写一份悔过书即可获释。刘国志对此断然拒绝，毅然走上了刑场。

杨汉秀是国民党政府重庆市市长杨森的侄女，她同家庭决裂参加了革命。被捕后敌人利用各种关系劝说她，她都严词拒绝，并在监狱中带头组织斗争，最后英勇赴死。

王振华、黎洁霜两位烈士被捕时只是恋爱关系，入狱后在狱中结合，先后生下王小华、王幼华两个男孩。他们被杀害时，王小华两岁，王幼华一岁。黎洁霜对凶手说：多打我几枪，把孩子留下吧。凶手不允，竟凶残地当着他们夫妇的面先杀了两个孩子。一家大小四口倒在了血泊中。

邓惠中烈士是《红岩》一书"双枪老太婆"的生活原型之一，参与组织华蓥山武装暴动。失败后一家五口人被捕。敌人把她及她的小儿子、年仅17岁的邓诚押到了渣滓洞监狱。敌人以释放邓诚为条件诱逼邓惠中招供。她怒斥敌人的卑鄙，不为母子之情所动。在"一一·二七"大屠杀中，母子二人同时遇害。

张学云烈士写给妻子的一封信深深地感染着我。共产党人也是血肉之躯，也有夫妻、儿女之情。他在信中抒发了对妻子刻骨铭心的相思，以及对先前欢聚时甜蜜生活的回忆。但他又写道：我认为理想高于一切，为了理想舍得一切，在所不惜。在敌人实施大屠杀时，他英勇地冲上去手握枪筒拼命争夺，不能奏效便张开双臂挺胸挡着战友们，敌人罪恶的子弹夺去了他年轻的生命。

每一张烈士遗容下面，都有一个催人泪下的故事。江竹筠、许晓轩、陈然……许多烈士的事迹已为人们熟知，人们牢牢地记住了他们的名字。

难道说革命队伍中就没有孬种、软骨头吗？有。这些展览中也揭露了个别变节叛变者。如刘国定、冉益智，他俩都是地下党组织中负有相当责任的领导干部，却经不起敌人的严刑拷打和利诱，在被捕后当了叛徒，使党的组织遭受了严重损失。据统计，在"挺进报"事件中牵连被捕的125人中，有8人自首变节，另有4人变节后当了国民党特务。这个数字也许能告诉人们什么。

特别难能可贵的是，烈士们在随时有可能被杀害的情况下，仍在关心党的事业、人民的利益。他们秘密向党组织递交狱中情况汇报，总结成功的经验和失败的教训，还针对今后党的建设提出八条意见，其中第一条就是"要警惕领导干部的腐败"……

烈士的英灵撼动人心，数十万人踊跃参观的场面也动人心弦。据有关部门统计，从接待观众人次看，这是京城10多年来最为轰动的一次展览。我置身其间，被眼前身边一幕幕动人的场景感染着。

《红岩魂》展览从开展那一天起，人流便络绎不绝，和参观毛主席纪念堂的人流构成天安门广场的两大景观。据统计，参观的人数每天都在万人以上。许多展览会的最后一天常常门庭冷落，《红岩魂》却依然门庭若市，观众达2万多人次。

我去参观这天正值"十·一"国庆，前来参观的人数比往日还要多。在中国革命博物馆门前涌动着两列人流，一列是排队买票，一列是购到票的人排队进展厅。由于参观人数不断增加，不得不对团体购票采取限购的办法，每人每次只能买10张。展览大厅人头攒动，然而秩序井然。

场景之一：黑压压的人群挡住了后边人的视线，尤其看不清字迹较小的解说词。后边的人直着急，冲着走在前排的人喊："念念！念念！"便有人自觉地高声朗读起来，一个人读完朝前走了，后边走过来的人接着再读。展厅里响着此起彼伏的朗读声。

场景之二：有的观众带的孩子太小，既怕孩子挤着，又怕孩子看不到，便让孩子骑在自己脖子上，边走边看边给孩子解说。

场景之三：一对夫妻带一个女孩前来参观。女孩子边看边往小本上抄录烈士诗词。家长催促快一点，女孩没抄完，急得哭了起来。人们见状赶快闪到一边，让女孩子面对展板把诗词抄完。

场景之四：展厅里又拥进来一群人，一听便知道是天津口音。原来是一些家长中午从学校接孩子放学便登上火车，匆匆赶到北京观看展览。手中提着的食品袋，说明他们还没来得及吃午饭。

与参观其他展览不同，许多人都带着笔和本，在认真地抄录。有的抄罗广斌等人在狱中写的《八条意见》，有的抄陈然烈士的《论气节》，有的抄烈士诗词、书信、日记。多数人是为激励自己，也有一些人将它用作对党员、青年进行革命传统教育的教材。

在一位"英雄母亲"的照片前,许多成年人围在这里,久久不愿离去。这位革命先辈便是烈士王朴的母亲。这位革命的老母亲原本过着极其安逸富裕的生活,后在儿子的影响下走上了革命道路。她变卖掉所有家产用作组织活动的经费,还为革命事业献出了亲爱的儿子。革命胜利后,党组织造了清单,要如数归还她的全部家产。她拒绝在接收单上签字,一毫一厘、一草一木都没要。她动情地讲了"三该""三不该":"变卖家产支持组织是应该的,再接收这些财产是不应该的;支持儿子参加革命是应该的,以儿子的功劳作资本是不应该的;为革命做点工作是应该的,要待遇、要名誉是不应该的。"1985年,这位烈士的母亲终于以84岁的高龄,加入了中国共产党。现在,这位可敬的老人家已经过世,我们能在她身上受到什么样的启迪呢?

在展厅的中央,许多中小学生紧紧围着"小萝卜头"的塑像,同样久久不愿离去。他们望着这位"同龄人",又在思索什么呢?

从设在中国革命博物馆的《红岩魂》展厅走出,我信步汇入了人潮花海的天安门广场。行进间蓦然联想到,天安门广场的万盆鲜花、天空的万丈彩霞都是"红岩"烈士和无数先辈的鲜血染成。请烈士们安息吧,你们的鲜血没有白流。

彝良灾区行

据中国地震台测定，北京时间2012年9月7日11时19分，在云南省昭通市彝良县、贵州省毕节市威宁彝族回族自治县交界（北纬27.5东经104.0）发生5.7级地震，震源深度14公里，震中距离彝良县城约15公里，距昭通市约30公里。虽然地震级数不算高，但由于彝良周边地质地貌复杂，加之同级别余震接踵而至，导致受灾情况严重，人民生命财产蒙受重大损失。

中央电视台新闻报道中有这样悲惨一幕：角奎镇云落小学校舍在地震瞬间轰然坍塌，7名正在吃午饭的一年级学生全被掩埋，代课教师朱银全和村民们把他们扒了出来，结果是两个轻伤、两个重伤，三个被夺去花季般的生命。在悲伤的同时，三联人也在想着为彝良灾区的人民做点什么。三联书店历来重视社会公益事业，曾多次捐助灾区。此时正好有一笔二三十万元的善款准备捐出去，于是店领导班子很快做出决定：捐建云落小学，使失去校舍的孩子们早日在宽敞明亮和安全整洁的教室中复课。云落小学最早建于1957年，随后经过三次修缮，最后一次是 2006 年，是用黄土夯墙的，校舍不坚固，是导致伤亡的重要原因。我们决心建一所足够坚固的学校，让孩子们在这里安心地读书，快乐地成长。

我就是带着这一重要使命赶赴彝良的。同时肩负的任务是带《三联生活周刊》采访小分队去震区采访。四川汶川和青海玉树地震，周刊记者都曾深入震中采访和报道，这次也不例外，我们必须到震中探查真情、实地采访。"集结号"很快吹响，我和周刊社会部主笔李菁、记者葛维樱、新媒体部编辑康晰，在最短的时间内整装出发。从 9 月 10 日中午 12 时定下此事，到下午 15 时 50 分飞机起飞，中间只有三小时多一点时间。而摄影记者关海彤原本正在家中照顾刚生孩子的爱人，接到任务后立即乘后续航班赶来，到昆明已是次日凌晨两点时分了。

11 日天刚麻麻亮，我们一行五人就奔赴昆明机场，拟搭乘 9 时 50 分去昭通的航班赶往灾区。先是播报晚点，候至中午，却得到因暴雨取消航班的消息。情急之下，我们花 2300 元租了一辆"猎豹"直赴昭通，路上时而大雨如注，时而大雾笼罩，到傍晚才抵达昭通，经过整整一天的劳顿，我们终于到了震区的边缘。

昭通市新华书店蒋洪斌经理热情地接待我们并给予有力的支持，派最好的司机最好的车送我们去彝良灾区。12 日上午 11 时我们抵达彝良县城，踏着泥泞去抗震救灾指挥部领了"车辆特别通行证"和"采访证"后，即向这次地震震中、受灾最严重的洛泽河镇进发。虽然我们已有思想准备，但还是为眼前的惨相而震惊。沿途众多房屋倒塌，道路严重损毁，一些被巨石砸毁的汽车扭曲变形。一辆摩托车被砸得只剩后轮,旁边散落着一双鞋子,让人目不忍睹。而最危险的还是通往洛泽河镇的道路。地震后通往镇里唯一的路被塌方和落石掩埋,我们去时虽然已经开通,但沿途山上落石不断,随时有坍塌的危险。除了有"特别通行证"的车辆,其他车禁止通过,为了保证安全,每隔一百米就有一人察看险情。我们的车走走停停,前面靠铲土机开道。警察告诉我们,为了防止被砸伤,开车须快速通行。但我们想快也快不了,不时停下来等前面的挖掘机、推土机开通道路。说实话,每当车停时,我心里都捏一把汗,赶忙招呼几个记者站在离山坡远一点的洛泽河旁,而在悬崖下等候,也只有听天由命了。谢天谢地,我们终于在下午2时到达震中——洛泽河镇。

洛泽河镇是此次地震受损最重,也是当时最危险的小镇,小镇街道长200米左右,所有房屋沿街道而建,一边背靠高达500米左右、近90度角的悬崖,一边背对流水湍急的洛泽河,而对岸同样是高达500米、直立的山崖,地理环境极为险恶。这次地震最大的毁坏就是来自山上的落石,很多房屋、车辆是被滚下来的石头砸坏,行人被砸死、砸伤。我们到达时,天又下起了雨,不时有滚石落下。街道上的房屋因是水泥钢筋结构,大部分都在,但因地震破坏了构造而不得不废弃。地震已过去几天,小镇很平静,一些不愿撤离的人们仍在这里生活。一户居民房子被砸坏,前天大雨,泥石流还涌进了屋里。问女主人为什么还不走?她说留下来为抢修水电线路的工人做饭,为救灾尽一分微力。不远处,两位中年妇女在挥铲做一大锅米饭,桌上摆着还算丰盛的菜肴,免费为过往行人提供饮食。这里到处是感人的救灾事迹：一位私营业主在地震后开自家挖掘机去修路，被落石砸伤；一名女教师为抢救学校财产摔成重伤；一些来灾区救援的人们开着装满月饼、矿泉水、方便面的汽车，到镇上卸下物资就走，来去匆匆，也不知姓甚名谁……我们一边走访，一边被深深地感动着。大家分头去采访、拍照，搜集写文章的素材，很快两个多小时过去了，雨越下越大，天色也暗了下来。我和李菁正在镇中心小学了解受灾情况，突然接到司机华师傅打来的电话，说救灾指挥部紧急通知有余震，很快就要"封路"，再不走就出不去了。我急忙把大家召集起来，刚要出发，不远的路又被塌方封死了，耐心等待中，我们在一辆被砸坏的汽车前合影，作为此次到震区采访的见证。我还捡了一块从山上滚落下来的石块，也作为此行的纪念。

　　回程还算顺利，当我们终于到达安全地带时，全车的人都松了一口气，车上的气氛也活跃起来。我说：今晚大家喝点酒，压压惊。"我儿子才刚两个月呢！"关海彤说。葛维樱说："我还没结婚呢！"我说："我儿子还没找对象，我还没孙子呢！"我们这一行五人，海彤和李菁有了儿子，年轻的女记者葛维樱、康晰尚未结婚，自然没有孩子，我则是没见到孙子，"五子登科酒"就成了我们这晚饮酒的名目。实际上我是想犒劳大家，这次同周刊记者同行，深感他们工作的不易。特别是社会部的女记者，哪里有灾害、有险情就奔向哪里，其中艰辛鲜为人知。互相打趣中，谁说出了葛维樱的一件"轶事"：一次采访中，小葛去悬崖的一个山洞里寻找罪犯藏在那里的日记本，警察是从山顶上用绳吊下去的，她则是爬了上去。下山时她的羽绒服被树枝挂破了，填充的羽毛飞了起来，还没回过神，脚下一滑又摔了一跤，索性坐在地下哇哇大哭起来，声震山谷，诉说着一个女记者的甘辛。

晚上，在彝良县新华书店罗经理引荐下，我们见到了县教育局周、黄两位副局长，"一拍即合"，双方达成了捐建云落小学的意向，并商定了相关细节。在餐桌上，我们喝了当地产的苞谷酒，为了捐建事宜的落实，也为了我们"五子登科"的洛泽镇一行。

入夜的彝良县城又显露了震前的生机和繁华，华灯初上，街道人来人往，救灾的车辆依次摆放在街道两旁，只是满街的泥巴仍记录着大雨引发山洪的洗劫痕迹。一些人家在用水管冲洗从泥石流中挖出的电器。在回小旅馆的路上，几个灾民正从洛泽河岸往上拉几天前地震时被冲走的摩托车，我们几个赶上前去搭把手帮他们拽了上来。4000多元新买来的摩托车，只剩空荡荡的一个骨架。车主说：没事，配上发动机还管用。我们从他自信的眼神中看到了生活的希望。

9月13日上午，"角奎镇云落小学捐建仪式"在县示范小学举行，我代表三联书店和教育局周光富副局长分别在捐建协议上签字。随后我们的记者又分赴罗炳辉纪念广场灾民安置点、县人民医院等处采访，在完成任务后，全部安全返回了北京。

从彝良灾区回到北京，从电视中看那里的一举一动、一草一木都很亲切，因为那里留下了我们的脚印，有我们捐建的"三联云落希望小学"。彝良，我们还会去看你，相信你浴火重生后明天会更美好。

甘泉岛上品甘泉

在西沙甘泉岛，我们中国作家文学三沙行采访采风团一行十余人，沿丛林一路穿行，突然间路径变宽，天地豁然开朗，交叉路口赫然显现一口水井。

"啊，水井！"随着谁一声惊呼，我们便一拥而上，围观这个海岛上的稀有之物。水井呈圆形，直径在一米五左右，周边用古砖砌就，井围高出地面约半米，井深五米左右，下视水面平稳如镜。当地渔民介绍说，这是唐宋时代就有的古井，甘泉岛也因此而得名。宋代赵汝适所著《诸蕃志》记载，唐贞元五年（公元789年），当时被称为"千里长沙"、"万里石塘"的南海诸岛即隶属于南海四州军。大约成书于1203—1208年的地方志书《琼管志》记载隶属于广南西路琼管安抚都监吉阳军的管辖范围，这标志着中国政府最晚从唐宋时期起，已将南海诸岛纳入版图，并明确了行政辖制。屹立在甘泉岛的这口水井，就是我国唐朝时实施辖管和子民长期居住生活的证明。

好客的当地渔民，用塑料桶从井水中取水给我们喝，也许是太渴的缘故，也许是对这口古井充满了敬意，大家纷纷围拢过来，有的伸手接水喝，有的干脆将头伸近塑料桶咕咚咕咚牛饮起来。

"真的很甜啊！"喝下一口古井水，我由衷地赞叹。我出生在河南豫西北农村，小时候在农村见过太多的水井，对水井有浓厚的感情。在广袤的平原上，水井是生命的象征，我们用它饮用，用它浇灌作物，用它滋润大地。水井对我们的生存生活真的至关重要。少年时，我和父兄常常从村街的井里挑水回家，直至灌满水缸。在月夜或微明中趁着凉风，围着井口推水车浇灌禾苗。炎热的夏日，我们用细长绳拴着陶罐放到井里打水，喝几口清凉凉甜丝丝的，顿时暑热全消。后来我当兵离开家乡，转业后又移居城市生活，每次回到故乡，都盼望能喝一口甘洌的井水以解乡愁，但这种渴望随着农村机井灌溉和自来水的村村通，已成为梦想。今天在这里，在这远在南海的甘泉岛，我见到了梦中所思的水井，且是远离家乡五千里、超越时空一千三百年的古井，心里怎能不波涛汹涌呢？亲切地打量着这口古井，喝几口刚从这口古井中打上来的水，甘甜的井水滋润了我的心田，引我产生遥远的怀想。我忘记了时间，穿越了时空，遥想着先民们是以怎样的智慧发现了这岛上的淡水，是怎样开凿了这口盛满甜水且用之不竭的水井，他们又是怎样借助这口井生存、生活，一代又一代地繁衍生息？

在接下来的考察中，我的遐思遥想得到了印证。在离古井不远的地方，有一大片唐宋遗址。这些遗址上的房屋已经倒塌，但基础和倒塌的房屋材料尚存，遗存大量作为建筑材料的珊瑚礁礁石。在1974年、1975年的考古调查中，曾先后两次在岛西北端沙堤内侧近一丈处发现了唐、宋两代的居住遗址，考古专家在岛的西北部发现了我国唐宋时期渔民建造的砖墙小庙1座，珊瑚石垒砌的小庙13座，出土了50多种日常生活用的陶瓷器，还出土了铁刀、铁凿等生产工具。这些遗址现在被确定为国家第六批重点文物保护单位。在"唐宋遗址"石碑附近，我捡到两只贝壳和瓷碗的两片残片。仔细观看手中的贝壳，两只都有过火的痕迹，而其上的花纹除自然生成部分，还有人工捏制的痕迹，折射着文化的色彩。瓷碗的残片古朴且具有沧桑感，年代已无从认定。据考证，甘泉岛曾是古代海上丝绸之路的一个驿站。植物学家说，这个岛上的树种和别的岛不一样，如剑麻，这是来自东南亚地区的树种，这说明，我们的先民一千多年前就在海上丝绸之路上来来往往了。那么这打碎的碗片来自何方？是谁带到岛上来的？让人产生无尽的遐思。

　　从唐宋遗址返回的路上，又一次路过古井，又一次痛饮甘甜的井水，把这口井深深地印在心里。南海是我们祖宗海，这口古井是我们祖宗井。老祖宗留给我们的东西，一样都不能少。正如我在三沙行启程仪式上所言：南海是中国的南海，谁想掠我南海一滴水、拿走我南海一粒沙、占我南海一寸礁，我们坚决不允许。

2016年7月11日

第四辑

我的属相

我看到过一篇议论属相的短文，说每个人都和所属属相的动物相对应，你去寻找对照你的属相，于是你明白了你应该怎样、不应该怎样，你会想打破不好的命中注定，强化你的优良天赋，你会自觉与不自觉地调整行为，注意素养，克服缺陷，避短扬长。对属相竟有这么大的作用，我先前是不曾认识到的。现在却似乎有点相信。人们常说，某某属相好，某某属相不好，某某属相幸运，某某属相命苦，好像人的命运是属相注定的。在下属羊，据说属羊命苦，属羊的男人想成功须历尽艰辛，属羊的女人婚姻不怎么幸福。果若此吗？罢，"他生未卜此生休"，看来我辈注定是要命苦的啦！不过，即使是十二生肖的动物也会各有所长、各有所短吧。龙腾于天却不能行立于地，虎啸山林威猛无比，但若落于平川，恐怕也不是狗的对手。因此，我们这些苦命的羊们只要善于扬长避短，或许会改变一下命运吧！

老祖宗的发明甚是有趣，一定把人类比为动物，每人对应一属概莫能外。因此人亦动物，动物亦人，从所属动物的身上去找寻人的优缺点可谓绝妙。敝人既然属羊，也就有了羊的长处。比如我有弱者的善良，具备绵羊式的温良恭俭让，与人能友善相处，不横踢马槽，不招人心烦。比如我小富即安，没有大的野心，一片草地足矣。比如我尚有一点奉献精神，像一只吃草挤奶的奶羊，给社会进步做一些微不足道的贡献。我会有羊的同情心。据说羊同情它类时会默默地流泪，我较少流泪，同情却在内心。以上这些，都是羊的长处，也算是我的优点。

羊身上也有弊短，自然这些弊短也表现在我的身上。比如缺少原则性，虽说也有"金刚怒目式"的作态，但多数却是柔顺见长。很多时候，事业的原则隐去了，做人的原则不见了，灵活代替了原则性，听人家唱一句"就像一只温顺的小羊，睡在我身旁"，还由衷地喜悦。比如缺乏进取心，没有宏图大志，更没有创造性，只是在等啊等啊等待时机，等到"风吹草低见牛羊"。再比如缺乏抗争意识，太屈从命运的安排，懒于思考，缺乏定见，让吃草便吃草，让进圈便进圈，更不要说去和强辩的恶狼去争执。再比如缺乏警惕性。人常言"害人之心不可有，防人之心不可无"，"话到嘴边留半句，不可全抛一片心"，咱却没长记性，见人就掏心肝，往往上当受骗。好在已稍有警觉，否则没准被狼剥了皮披着去蒙人害人。总之我即是羊，羊即是我，羊不怎么像我，我揽镜自照，却越来越像一只羊了。

感谢上苍的安排，让我选择了羊，让羊选择了我。作为羊们的一员，我会扬我类所长，避我类所短，尽力完善自己。但是人们切不可忘记人与动物的不同，我与羊的不同。生肖文化对人有影响，却有限。非要混同为一体引为同道，那是脑筋出了毛病。果若那样，公安局大可以减缩人员，仅靠生肖就可以缉拿罪犯了。

1999年3月7日晚8时

一声旧称忆当年

某日晚同处内几位年轻同志一道公出，在火车站站台上巧遇已有十数年未见面的一位女士。她原先和我妻子一个单位，故而同我相熟。这天到车站送人眼尖发现了我，大喊一声"小樊！"接下来便是问候、寒暄、分手，悠然一番故人相见的亲热。待上得车厢落座，同行的两个年轻女士和我开玩笑："哟，小樊！小樊！我们还以为叫谁呢！"她们对叫我"小樊"感到十分好笑。是啊，我年逾40岁，已不再是称呼"小樊"的年纪了。不一会，同行的年轻人便爬上卧铺沉沉入梦，而我的思绪却随"小樊"展开，沿着列车敲击的钢轨不断向前延伸。

记得我荣获"小樊"的称号，是在17岁参军以后。部队全都是年轻人，一律称"小×"，我无论在连队，还是在机关，都被人叫做"小樊"。"小樊，快出操！""小樊，稿子写出没有？""小樊，跟我下连队一趟！"对这种称呼，我觉得除标明我是一个年轻人外，还洋溢着一种亲热。

我当"小樊"那阵，与现在确有很大不同。小鸟出林，海阔天空，无忧无虑，走路都想唱歌。偶尔有点伤心事，也如天上的絮云风一吹就散。"少年壮志不言愁",青春在欢乐的小河中流淌。我当"小樊"时,极少顾虑,啥也不怕,直人直性,快言快语。调到机关为师部宣传队创编节目的头一天,便和电影队葛队长干了一仗。我安放床铺为防风在床头钉了一块旧胶合板,他说我未经请示动用公物,我不服气与之争辩:老兵为什么可以用!他告到朱副科长那里,结果是取消我随宣传队到重庆、宜昌、武汉巡回演出的行程。那我也不在乎。我那时不怕也不知什么是人际关系,只知道天下有领导被领导关系和结婚后才有的夫妻关系。我那时候很胆大,一人返回部队敢在夜里走几十里山路;下连队打山洞修隧道,遇到塌方冒顶还攒足劲儿往里冲,不知何叫死亡。我那时有股冲劲,搞创作写报道就不信我这块盐碱地不长庄稼,一趟一趟往邮局跑,一宿一宿地点灯熬油。我那时对老同志介绍的人生经验,虽不是"油盐不进",但多数当作了耳旁风。总之我是"小樊"时很少顾虑很少烦恼很少忧愁很少粉饰很少痛苦很少失眠。

我转业到地方工作后,也还当了几年"小樊"。我曾为一篇稿子和领导争得面红耳赤;我曾不知深浅一气喝完一碗白酒;我曾和机关几位同龄人在净月潭某隐蔽处一丝不挂地下水游泳,活脱脱的浪里白条。那几年,机关篮球场上也时常见到"小樊"的身影,技术不怎么地,但满场子跑得飞快。单位和别人打比赛,总让我盯住那打得最好的"球星"。人家到哪就跟到哪,不看球只看人,寸步不离黏黏糊糊,闹得"球星"心烦气躁,球也接不住,篮也投不准,一个劲地哀求告饶。

曾几何时,我也盼望早些成为"老樊",以免总让人家说"嘴上无毛办事不牢"。现在,"老樊"真的悄然而至了。熟人相见这样称呼,单位领导和同志们也这么称呼。我对此已习以为常，也心安理得。只是当有人偶尔称"小樊"时，才勾起一种回忆、一种对比。随着"小樊"的远逝，失去的永远失去了；随着"老樊"的来临，该到来的似乎都到来了。从"小樊"到"老樊"，无疑是一种飞跃和进步。无论是生存能力还是人生价值，确实大有提高。这自然让人喜悦，然喜悦中又掺杂着遗憾。我逐步走向成熟，但也开始变得圆滑、世故，说话办事有了分寸感；我学会了伪装掩饰，尽量不喜形于色，有时不高兴也要强颜欢笑；我懂得与人相处要尽量让人欢欣，避免讨人厌烦；我变得优柔寡断患得患失瞻前顾后犹犹豫豫，还学会了许多"小樊"不曾懂得的东西。"老樊"与"小樊"相比，多了几分世故少了几分真挚，多了几分顾虑少了几分洒脱，多了几分畏惧少了几分胆量，多了几分晦涩少了几分直率，多了几分务实少了几分幻想，多了几分做作少了几分纯真，多了几分冷漠少了几分热情，多了几分暮落少了几分朝气，多了几分忧愁少了几分快乐。岁月如同海涛，我像海滩上的石块，经过时间一轮又一轮的冲击打磨，变成一枚人们喜爱的鹅卵石。和众多的鹅卵石摆放到一块，分不清你我，一样的面孔，一样的圆滑，一样的清凉润手。可供有雅致的人捡回家去，摆在书桌上把玩。更有意思的是，我开始用从老一辈那里学到的或是自身积累的人生经验去指导后辈子侄们，告他们该如何不该如何，且诲人不倦不厌其烦，成了造就新鹅卵石的一份冲刷力。

我感激称呼我"小樊"的那位女士。犹如一声婉转的莺啼，她使我忆起曾经拥有过的人生春天。尽管"落花流水春去也"，但我从内心渴望真挚，渴望纯真，渴望直率，渴望天性的展露。恍惚中记起宋人黄庭坚的两句词："若有人知春去处，唤取归来同住。"就用它来表达中年"老樊"的心愿吧。

望　雪

　　清晨，一场大雪拂窗而来。闲来无事，端坐窗前赏雪。赏着赏着，勾起了思索的神经，便也装一把"深沉"。首先是一首"四人组诗"跳进了脑际。这首"四人组诗"由同在庙中避雪的秀才、官员、富商、乞丐共同创作完成。秀才："大雪纷纷落地"；官员："真乃皇家瑞气"；富商："下它三年何妨？"乞丐："放他娘的狗屁！"四句诗表达了面对大雪的四种心境。涉人及己，窗前赏雪的我是以何面目、何种心境赏雪呢？思来想去，还是觉得用"秀才"给自己定位恰当。文化不高，有点；诗做得不精，会点；虽不富贵，但家境尚可；手中虽无金条、美元，但常有些许碎银子供己驱使，比上不足比下有余是也，故能有倚窗赏雪的闲情雅致。假设我极其穷困潦倒，须冒雪于途去求亲告贷，便不能有欣欣然赏雪的雅兴。

　　社会存在决定社会意识。一个人有什么样的经济地位，便会决定他有什么样的思想意识，这种地位也左右着他对事物的看法。面对大雪，秀才、官员、富商、乞丐各有不同的心境，有的附庸风雅，有的盛赞龙恩，有的海口夸富，有的气急懊恼，这是因为他们站在各自不同的地位。生活中也常有这样予以佐证的事例，就说挤乘公共汽车吧。这样的场面我们常常见到：急于挤上去的人嚷："往里挤挤，往里挤挤！"已经上了车的人说："挤什么，够挤的了，等下一趟吧！"人们形象地说："踏上脚踏板，马上变心眼。""心眼"之变决定于"地位"之变。如果让别人"稍候"的人没上车，说不定比别人叫嚷得还要凶。

即使是同一个人，处于不同的条件、心境下，对事物的看法也会不同。宋人蒋捷《虞美人》词曰："少年听雨歌楼上，红烛昏罗帐；壮岁听雨客舟中，江阔云低，断雁叫西风。而今听雨僧庐下，鬓已星星也。悲欢离合总无情，一任阶前点滴到天明。"说的就是人生不同阶段"听雨"的不同感受。有一年我随一领导同志登峨眉山，已是四月天气，山上却下了一场多年不遇的大雪。漫山皆白，分外壮观，游客纷纷驻足观赏，摄影留念。我们也庆幸赶上了奇景，但还没来得及高兴，便觉身上索索发抖，因为毫无思想准备，穿衣太少，忍受不了寒冷的侵袭，自然便无心欣赏这美好雪景，急忙钻进一简陋饭店喝一碗热汤赶快下山。假设我们衣厚身暖，便会悠悠然流连忘返，看着那雪景分外亲切，不会像有人追赶般奔逃而下。还有，一个人的情绪也会影响他对事物的看法。一个人在高兴时或烦躁时对同一事物的判断，会有很大的不同。据说一些聪明的下属找领导签字时，一般选择在领导高兴时去操作，这时通过的保险系数最高；如果哪个糊涂蛋偏要在领导烦躁时去签字，那十有八九难以通过。还听说同一个语文老师批改同一个学生的同一篇作文，情绪好与不好，会有上下20分的误差。这差错率准不准不好说，但说存在误差，我信。

即使人们对同一事物抱同样的欣赏态度，但因各人胸怀、视野、才气、学识、看问题的角度等不同，也会表现出种种差异。同是咏雪，毛泽东大气磅礴、气势恢宏，"千里冰封，万里雪飘"；而东晋诗人谢道韫的名句却是"未若柳絮因风起"，且因这名句被称为"咏絮才"；而众人皆知的"张打油"更是等而下之，用"黄狗身上白，白狗身上肿"的打油诗让人一笑。高低雅俗之分赫然见之矣。

但是从另一方面说，不管人们看问题的地位、处境、角度、方法有多么不同，对同一事物的看法存在着多大差异，事物本身却是客观的，是不以人的意志为转移的，因此须尊重事物的客观性。"横看成岭侧成峰"，角度不同，具状不同，然而"山峰"的实质是不变的。再比如，伤感的人会对花流泪，但花在绝大多数人看来毕竟是美好的、迷人的。"姑娘好像花一样"，这就是对花的肯定和赞美。正因为事物有其客观性，故人们对事物的看法又有基本一致的一面，达成共识的一面。不同中有相同，相同中有不同，这就是事物的辩证法。

有对酒当歌者，有对月思亲者，有对花落泪者，我却对雪深沉，但愿没有败坏读者诸君的雅兴。

晨　练

我对晨练，可谓"心血来潮"族，三天打鱼两天晒网。近两三个月却"勤快"起来，天天5时必定起床。你道为何？其中自有缘由。说不清从哪一天开始，我家窗下大道上每天5时都准时停一辆拉货的"嘣嘣车"，"嘣嘣"地轰鸣不停，但见司机在一个小店里出出进进，也不知做什么勾当。如果是战争年代，我一准怀疑它是特务的接头地点，保不准抓三两个特务，弄个立功受奖。但这不是战争年代，我不仅没有立功的荣幸，还"嘣嘣""嘣嘣"地被搅了好梦。于是便很被动地加入了晨练的队伍。

我处室有位女士不爱玩扑克，却爱看别人玩扑克，她说看别人玩扑克更有意思。我之对于晨练也是这种心境。我不能坚持晨练，却喜欢看别人晨练，觉得看别人练比自己练有意思。我在沈阳看过人家清晨扭秧歌，在桂林看过人家跳交际舞，在昆明见过千人同场喊声如雷的表演。现在我爱到长春市的文化广场，看那些素不相识的人们的晨练。每天5点到7点，这里人来人去，涨潮落潮一般。地质宫前，数百人在跳健身舞，偌大一群人跟随着乐曲风舞杨柳。看晨练，我能从静中看出动态美，从动中看出静态美，从杂乱中看出和谐美，从个体中看出整体美。我看得如痴如醉，觉得这里的大众表演胜过多少名家的演出，把我带入一个物我两忘天阔气清的境界。我常常被一些晨练者的优美舞姿和体育动作所吸引，无论散落在哪一伙，他（她）们都是人们视线中的"亮点"。那天在地质宫前看晨练的人跳健身舞，一个身穿白裤着绿色短袖的女子进入我的视线，"万人丛中一点绿"，动作极其优美娴熟；我也被在这里晨练的一名武警女干部所吸引，绿色军便装，富有节律的舞姿洋溢着阳刚之气。每当目有所获，便默默地，在心里唱起赞美诗。在所有晨练者中，我最赞赏那些正值妙龄的年轻姑娘，因为她们和"只争朝夕"的迟暮老人不同，和"日过中天"的中年人亦不同，在人生的银行中有着雄厚的青春储蓄。但是她们不自傲，仍积极地从储蓄中去获得"利息"。可惜起来晨练的年轻姑娘为数不多。她们大约有三分之一起来，三分之一不起来，三分之一起不来。

看晨练时间长了，便也悟出点个中道理：原来，人们在晨练中练的是身体，实际上得到的是一种自由心态。人们得益于身体的运动，更得益于整个身心的放松。晨练之妙，妙就妙在自由，完全地随心所欲。何时来何时走，不用签到请假；进入广场都是平民，用不着看领导脸色办事；到了这里没有工作任务，更没有什么指标，因此便没有了完不成承包合同的担心和写不出材料的苦恼；这里互不相识又人人平等，不用躲避找你办事的人，也不用害怕亲友拉着衣襟直销产品。练什么怎么练完全是"自由式"，没人拉你参加什么组织，也没有被划为是某某的人的烦恼。这里不是兵营的操练，不讲标准动作，不用担心连长让你挺胸踢腿拔正步。动作不到位不要紧，姿势不优美不要紧。练练这个又练练那个，没人说你"见异思迁"；正练中间想起什么事拔腿就走，没人说你"撂挑子不干"；在这里尽可以抬头去望空中的风筝，没人说你"目中无人"。这里的路可以随意行走,不用担心"犯方向路线错误"。兴致所至放声唱两句"南腔北调"，也不用担心砸了饭碗，因为走穴的"穴头"没来和你签订演出合同。你可随意和人闲唠，没有拨弄是非之嫌。"相逢何必曾相识"，不认识的人比认识的人更好相处。总之，进了文化广场只须遵守广场管理规则，其他均是自由的，呼吸的是自由空气，投身的是自由氛围，营造的是自由心态。"无忧无虑无烦恼，载歌载舞且逍遥"，置身这样的环境，促进身心健康是自然的。

我佩服坚持晨练的人。当别人沉湎梦中或鼾声如雷之际，他们已沐浴在清新的空气之中。何须去什么"氧吧"吸氧，洁净的清晨供你足够的氧气。我们常说"夸父逐日",那些晨练的人便是逐日的"夸父"。每当旭日初升，晨练者便进入了自己的场地。晨练者格外热爱生命，在对每个人相同的时间单位内，他们享受了更多的阳光、空气、自由、友情，而且通过体能和心态的调整，又高质量地投入生命运动。他们是定时涨退的海、有节奏的钟、应时开放的花，挚爱生活的态度和持之以恒的坚持精神令人感动。

临渊羡鱼不如退而结网，我开始从晨练的旁观者变为实践者。从而不再为"嘣嘣车"的"嘣嘣"声所困扰，完成了从被动型向主动型的转变。

弃　巢

时序深秋，天气转凉，又到了《诗经》说的"塞向墐户"的日子。周日上阳台清理打扫，准备关起窗户，开始"猫冬"了。无意间发现外窗台靠墙角处的蜂巢仍在，却不见一只马蜂。好奇怪，便躲回房间仔细观看，真的是没见马蜂。走近蜂巢察看，拳头大小的巢里空空，不再有居住的痕迹。当我确认这是一只弃巢时，心中涌上来无名惆怅，眼望远空，想起了曾经的岁月。

三年前我从外地调到北京，借住在一处公房里。公房在一栋居民楼内，是住宅，供调来人员暂住。因是公房，硕大的阳台便没有封闭。整座楼唯有此处没有封闭，这个阳台就成了鸟们的自由世界。各种鸟儿常在此歇脚、停留。刚住的某天晚上，大约半夜时分，我在睡梦中被"咚咚"声惊醒，以为来了强盗，跳下床准备抵御，却见几只鸽子在窗台外扑腾取暖，声音是它们发出来的。敞开的窗台，不仅方便了鸟们，也方便我在窗台休闲、观景、远眺，这是我晚饭后常常光临的地方。我手扶水泥制成的粗糙的栏杆，叹息日子好过，知音难觅，"无人会，登临意"，深深领会了许多诗人的落寞。

一个夏日的上午，我同儿子上阳台眺望。年轻人眼尖，一下子看见了筑在窗台犄角处的蜂巢："爸，快看，蜂窝！"我看过去，窗台上确实平添了一只蜂窝。刚刚修筑的样子，圆圆的，成人拳头大小，上面有几个花生粒大的眼儿。看见有马蜂飞来，我俩赶快躲进房间偷看。只见马蜂在上面糊泥，然后费力的用嘴凿洞。儿子说："爸，我们不要破坏它，马蜂筑个窝不容易呢！"儿子的话让我大为感动，也使我想起了自己"筑窝"的不易。调到北京后，正赶上房价大涨，看了十多处，大多买不起，买得起的又在城郊，很不理想。看到马蜂在筑窝，我们的窝又在哪里呢？我又想到那些在城里打工盖楼的农民兄弟，盖起了成千上万的高楼大厦，又有哪一间是他们的呢？"闲来也上楼台望，阅尽千灯不是家。"他们的巢又在哪里呢？想到此，我对儿子说："我们不仅不要破坏它，还注意不要干扰它们来去，与它们和睦相处。"

从此之后，我们全家便很少到阳台上来。一年多过去了，窗外的马蜂朋友们生活得还好吧？正当我要问候它们的时候，它们却不见了，只剩下一只遗弃的空巢。我是该为它们悲伤呢，还是该为它们高兴呢？我想，我应当为它们高兴才对。人类讲生存、温饱、发展，其他物种也会有生存、温饱、发展的希冀。我这里的阳台太破旧，马蜂们应当到崭新的地方去；太狭窄，应当到宽广的地方去；太灰暗，应当到光明的地方去。我已经有了新房，正在考虑如何装修；马蜂们也一定筑起了新窝，正在美化自己的新居。不管远离千里万里，都请它们别忘了我这个曾经比邻而居的朋友，安顿好后发个短信来，免得我惦记！

2008 年 11 月 5 日晚

在暮色中漫步

　　读书、写作、睡觉,星期日在家闷了一天。晚饭后便想去呼吸点新鲜空气,于是下楼上街散步。

　　踱出胡同口面临大街,向左还是向右?稍一思索,往左转。然刚前行数十步,但见灰尘弥漫,原来是路旁一个建筑工地正在施工。硬着头皮又走数步,似冲不出包围,心想:这不是"顶烟上"吗?想呼吸新鲜空气却闹个口鼻皆灰,岂不得不偿失?便转身向相反方向踱去。生活中常常有这样的事情,原先计划好好的,因有了情况便会改变。譬如上街去办某一件事情,却因顺路而先办了别的事情,进商店买夹克衫却买了一双皮鞋。好在这些都不是原则问题,不值得大惊小怪。然而遇到原则问题时,有的人会改变,有的人却决不改变。战国时楚国的屈原为了信仰,"虽九死而犹未悔",甘愿自沉于汨罗江底。只有面对原则问题方能显出人品的高下、格调的高低。

　　一路闲思遐想,走的是上班常走的那条道。因不急于赶去签到,又不忙于赴什么约会,悠悠漫步,一切顺其自然,但愿人不扰我,我也不扰人。刚要越过一路口,一辆红色出租车突现于前,频频鸣笛。我摆摆手,示意不坐车,然而心里却涌上来一阵歉意,似乎欠了人家什么东西。再往前走,便看见了那家中档饭店。一次我陪几位朋友进去用餐,因为大家没相中便改往它店。当离店而去时,小姐原来春风满面的脸上便凝结了冰霜。再往前走一个路口,突然想起一个相熟的朋友的家就在路边楼上,一时间好想去贸然造访,把茶话桑麻,神侃海聊一番。然转念一想:事先不告敲门而入,朋友毫无思想准备,岂不尴尬;假如"铁将军"把门,岂不白费脚力;若是朋友不在家,其妻开门迎出,我该说什么好呢!一阵思虑,几番踌躇,罢罢罢,继续走我的路。人们好多时候都是因为种种顾虑,失去了许多机遇和应得的欢乐。假如我没那么多顾虑,径直上楼,朋友将是怎样的意外和高兴,那又是怎样一个相知神侃的聚会。一路随想,已走出了很远。仍是慢慢悠悠,随心所欲,转过街的另一侧回返。迎面走来了一些化了妆的中老年人,他们说笑着赶往扭秧歌的场地。不远,一个同样红袄绿裤化了妆的女人推着架子鼓,悠然而行。我想这些扭秧歌的人并没有什么组织,那唢呐和鼓点便是维系他们的纽带,对美好生活的渴望把他们集聚到了一起。再往前走,一群七八个老者边行边聊缓缓而来。我曾数次见过这一群人,知他们都是退休了的大学教授,每晚用独特的方式消磨时光和感应生活,也借此活动活动身体,传播一点信息。在我眼中,他们无忧无虑、与世无争,已经同归为一群活泼可爱的顽童。大概他们的现在便是我的未来,也未可知。

沿街而行,眼前是新开的火车票预售处,它在为人们的旅行送来方便；紧邻是 BP 机销售处，是成批释放现代"蛐蛐"的地方。交通和通讯使我联想到，我们现在确实生活在一个"地球村"里。人们之间的距离似乎越来越近，但内心里却显得疏远和隔膜。我突然想起我熟悉的生活在同一城市的朋友们，在这薄暮初临的时刻，你们在做什么呢？此时我想起了你们，然而你们中有哪一位想起正在街头漫步的我呢？

顺原路返家，胡同口却被一个卡车上卸下的货物挡住，不假思索地便转向另一个路口。人们遇到这种情况，当然也会和我一样。然而，在实际生活中，我们面对许许多多事情，面对形形色色的麻烦，却不知改换一种思路，变换一种视角，往往"不撞南墙不回头"，甚至是"撞了南墙也不回头"，付出了不该付出的代价，徒然增添几多烦恼。其实，条条大路通北京，为什么要一条道儿跑到黑呢！

回到家，儿子告诉我今天是愚人节。拉拉杂杂写下散步中的些许感受，大概也都是些愚见吧。

一诗定航程

1972年12月，我穿上绿军装，开始了军旅生涯。我们从河南詹店上车，军列拉着越黄河，跨长江，经南方数省，最后到达贵州，在普安县安营扎寨，进行新兵训练。三个月新兵训练，使我初步由学生变为军人，也为今后的军旅生活奠定了基础。繁忙的军事训练间隙，我坚持为报纸写稿，为连队办板报，还练着写诗。这时，我对文学的爱好正在兴头上，像着了魔一般。追溯起来，我入伍前已对文学创作产生了浓厚的兴趣。

对我喜爱文学产生直接影响的是我的长兄。他当时是我家学历最高的人，文学功底厚实，写得一手漂亮的毛笔字。他曾经给我买过一些小人书。这些小人书是我走入文学殿堂的最早启蒙者。它开阔了一个农村孩童的视野，引发了我对文学的兴趣。初时我如饥似渴地读小说，常常是一边在灶房里烧火熬米汤，一边手不释卷地看书。昏黑的煤油灯下，晃动着一个狼吞虎咽读书的脑袋。那时农村仅有的娱乐是看戏，我常随父兄去邻村看戏，看过《铡美案》《卷席筒》等等，常对戏中人物的命运慨叹不已。由于酷爱文学，我从小学便开始偏科，语文成绩良好，然而数学则一塌糊涂，竟不知何为开方，至今的数学水平也仅止发了工资会数人民币而已。上了高中，我开始学写小说。记得第一篇小说名曰《红英》，是个短篇，写一个农村女拖拉机手的故事。我曾带着这篇小说去请教过一个"老师"。此人叫樊俊秀，和我同村，按照辈分，还要向我叫叔叔。他过去在铁路部门搞创作，发表过不少作品，后下放到了农村。他是我处女作的第一位读者，也是我从事小说创作的第一个指导者。记得他给我讲过赋、比、兴，还讲过"二八女多娇，何事落小桥？青丝随浪转，粉面泛波涛"这首诗，意在说明文学作品的形象性。在他家的堂屋，我初步领略了文学的美好和神秘。这以后我写作的积极性更高，偷着给报纸寄过小说稿、诗稿、报道稿，然而都没有变成铅字。

1973年春天，新兵训练结束之后，我被分配到解放军建字四一部队（即基建工程兵第41支队，驻地在贵州盘县）警通连载波班当通讯战士。刚一入伍就分配去学技术，很令许多战友羡慕。但是我的心不在学技术、学业务上，而是一门心思想搞创作。一位哲人说：18岁是写诗的年纪。这一年我正好18岁，从河南来到贵州山区当兵，对军营里的一切都感到新鲜。诗歌一首接一首地写，记下满满一笔记本。害怕发表不了战友们笑话，这种创作多是偷偷摸摸进行的。别人上街或写家信时，我就开始经营自己的"自留地"。

那时给报刊投稿极其方便，不用贴邮票，只须将信封剪缺一个角，注上"稿件"两字丢进邮箱就行了。部队驻地挂在小山头上邮电所门前的那个绿色邮箱成了我"亲爱的",三天两头去约会,有时一天要光顾两次。害怕别人发现"秘密"的羞怯和希冀成功的热望,使我见了那绿色的邮箱便像初见情人般面红心跳,明明将稿件投进了邮箱,却担心没投进去掉出来,伸手在那只有一条缝的小口上摸呀摸呀,总不放心。我写啊写,军营生活,助民劳动,乌蒙景色,红军长征路过此地留下的传说等等内容,都化作了我笔下的诗行,稿件也一份接一份地投寄。我是农民的儿子,认下这么一个"死理":只要播种就会有收成。庄稼不收年年种,不信地里不打粮食!终于,我播下的种子有了收成。当年的6月17日,贵州日报发表了我的处女诗作《军民情》,共计7段30行,署名解放军某部樊希安。战友告知这一消息,我不敢相信;拿着登有自己作品的报纸,也不相信自己的眼睛,一个劲地自问:报上的樊希安是我吗?我叫樊希安吗?直到翻出留下的底稿对过,才确认是自己的作品。当时心里那个乐啊,战友们也都为我高兴。现在看起来,这首诗很幼稚,也十分粗糙,但她毕竟是我第一次发表作品呀。而且正是它起到了改变我人生航向的作用,使我终生和文字工作、文学创作结下了不解之缘。

现将小诗照录如下,算是个纪念:

军民情

老队长后面扶着犁,
小伙子前面牵着绳。

嗬，好神气，
军帽上的五星亮晶晶。

老大娘送茶到田头，
心里一愣怔：
哪来这些小伙子，
拉着铁犁朝前行。

她看那拉犁的小伙憋足了劲，
铁犁如同驾火轮。
后面翻起浪千层，
哎，快又平。

是真的？
是做梦？
再看那牵绳的小伙子，
绿色的衣服红五星。
喔，俺咋糊涂了，
是大军帮咱闹春耕！

新造的铁犁麻拧的绳，
战斗的友谊鱼水的情。

峰顶上青松棵棵绿，
山川里花开朵朵红。

老大娘捧来茶叶水，
小孩子拉住蹦几蹦。
姑娘小伙围成个圈，
春风伴歌声。

歌声唱出阶级爱呵，
曲调凝结军民情。
呵，梯田为弦犁弹调哟，
谱成的曲儿多动听！

　　《军民情》这首诗见报的第二天，我正在值班，连里通知说部队政治部赵向文主任要见我。一个没见过世面的农村孩子，一个刚到部队半年的小豆子兵，听说部队的"8号"首长要接见，心里着实紧张，"嘣嘣嘣"心跳得像怀揣个兔子。至今仍对当时的场景记忆犹新。喊着"报告"进了首长办公室，脸上的汗都淌下来了。首长问："抽不抽烟？"我答："不会，不会。"问："喝不喝水？"我答："不会，不会。"首长笑了："怎么，连水都不会喝？"我急忙说："会喝，会喝！"赵主任是看了我发表的诗歌后，特意找我谈话的。他亲切地说："小鬼，诗写得不错嘛，有基础，以后要深入体验部队生活，写出更多更好的反映时代风貌的作品！"

受到首长的鼓励，我诗歌创作的激情更旺盛了。

大约过了一个多月，师司令部通讯科举办通讯业务培训班，通知我去一个叫瓦场的地方参加集训。没想到刚放下背包，师里便来电话催我返回连队。原来政治部赵向文主任和宣传科宋涛科长得知我去参加集训的消息后，便和有关部门商定让我离开通讯战士的岗位，调到宣传科专事创作。1973年八九月间，我便正式到机关上班，开始了延续至今的文字生涯。

假如我没发表这首诗歌，假如我没因此得到部队首长的赏识，我这一生也许会从事通讯业务，干一辈子我不太喜欢的工作。为此，我很感激引导我从文的首长们。最早"栽培"我的赵向文主任已经离休，在成都军区干休所安度晚年。我每次去成都，都必去探望他及其家人。一直关心爱护我的宣传科宋涛科长，后到某部队当政委后转业到安徽淮北煤炭师范学院工作，现已离休，我们长期保持着密切的联系。此外，还有许许多多首长、战友都关怀过我，帮助过我，使我顺利地走上了文学创作道路。对此，我终生都不会忘记。

昨夜星辰昨夜灯

从1973年6月17日在《贵州日报》发表诗作《军民情》至今，我业余在文坛耕耘已有二十多个年头。虽说面朝黄土，汗流满面，岁岁躬耕，但很少有让人喜悦的丰收年成。林林总总变成铅字的东西也许不少，但真正可圈可点的佳作何尝之有？过去文人有句戏言："文章是自家的好，妻子是人家的好。"人到中年，我却发自内心地认为"文章是人家的好，妻子是自家的好"。过去年轻气盛，自视甚高，总觉得妙笔生花，可现在翻检过去的作品，不经人家批评，自己便先自丧气。每看到好书，真佩服那些文坛上的大手笔。而我充其量是没有挂幌子的小饭店的厨师，只能炒炒"地三鲜"之类的小菜而已。不过，我们河南家乡有句老话，叫"儿子再不好也是娘身上掉下的肉"，我对我自身上掉下的"肉"还是珍视的。它们都是我心血和汗水的结晶，是耗费脑细胞的产物，我何必去自我作践呢！优劣还是让读者去评判吧。"昨夜星辰昨夜灯"，我在这里回顾一下走过的写作之路，追思一下逝去的人生岁月吧。

1973年八九月至1974年八九月这一年是我专心致志从事文学创作的"黄金时间"。除了写诗，还写小说。第一篇小说为《一件军大衣》。大约写在1973年11月间，翌年发表于贵州一家文学杂志。小说以一件军大衣为线索，叙述军民之间一个悲欢离合、鱼水情深的故事。以后还发表过《闹洞房》《周叔锻磨》《啊，是她》等短篇小说。还给部队宣传队写过节目，记得有相声《煤海战歌》等。

1974年10月，组织决定让我改行搞报道，并为此送我到贵州日报实习。在贵州日报期间，我分配在政文部，张晓通、涂永康、熊国光、周敌非等老师给我极大的帮助；我结识了一批很要好的朋友，不但写作能力有提高，还开始接触和熟悉编辑工作。从报社返回部队，我成了"杂家"，写报道、搞调查，起草文件、报告，创作只能在业余时间进行。此间我曾主持征集编选过一本《战士诗歌选》，下发到基层连队。这算是做编辑工作的开始吧。

1976年12月，我作为最后一批工农兵学员，被推荐到吉林大学中文系学习。三年时间，比较系统地学习了文学专业知识，各方面确有提高，但写作上进展并不理想，似乎被学到的东西框住了，感到举步维艰，无所适从，这种状况一直延续到1980年初大学毕业又回到部队之后。先是到辽宁铁岭原部队，以后调江苏徐州基建工程兵第三技术学校，1981年去了《基建工程兵》报社后，才有所好转，开始把主攻方向确定在纪实文学创作上。

1982年10月之后，我的生活道路发生了重大变化，十年军旅生涯宣告结束，由部队转业到地方工作。在吉林省委宣传部宣传处工作的两年里，除了完成本职工作，业余时间致力纪实文学作品和杂文的写作。作为前者，完成了《双枪老太婆传》，并着手著《公木评传》；作为后者，曾在《人民日报》"今日谈"等发表了若干篇杂文和随笔。1985年2月，我调吉林省精神文明研究中心任文化研究室副主任，一直到调离，主要是从事和主持生活方式课题的研究。对此，我有浓厚的兴趣，曾陆续撰写过一些文章，并将其确定为我长期研究的课题。1986年末，我调回省委宣传部，任《企业政治工作》杂志主编。根据办刊需要，较多地写了一些报告文学作品，这些作品连同过去的旧作，结集为《事业与追求》；办刊期间，还认真进行了对企业精神、企业文化的研究，积极参与组织编写了《企业精神塑造论》《中国企业精神大全》《培育社会主义企业精神》等专著。1988年12月被破格评为副编审，同年成为中国作家协会吉林省分会会员，还被中国职工思想政治工作研究会聘请为特约研究员。

1989年3月，调吉林省精神文明建设办公室任综合处处长，曾参与了《文明经营通俗读本》《公民文明生活指南》《企业文化概论》等书的组织编写。杂文集《社会与人生》的整理结集出版，是在这里工作期间的一项成果。

1991年7月，我如愿以偿地调到省新闻出版系统工作。先是任吉林人民出版社政治编辑室主任，后调时代文艺出版社主持工作。1994年1月任吉林省新闻出版局图书管理处处长。在出版社工作期间，主要是组稿、编稿，"为他人作嫁衣裳"；到了机关，则是做图书出版管理工作，为加强管理、促进出版繁荣尽绵薄之力。说心里话，我非常喜欢现在的这份工作，一则它致力于为人们提供精神食粮，品位高雅；二则很合乎自己的情趣和追求，是理想的职业选择。参加工作二十余年来，本人别无长物，唯对出版方面熟悉一些，参办过报纸，主办过刊物，又做过图书编辑，"天高任鸟飞"，这里有我实践和施展的充分空间。由于把精力放在组织出书和管理上，写作的时间是越来越少了。这期间是我写作收获最少的时期。除担任《现代家庭生活宝库》《当代婚姻家庭热点问题侃谈丛书》《人生休闲新视野》主编以外，没有拿得出手的成果示人。只有那陆续写就、发表的几十篇散文，算是龟缩在墙脚的一丛星星草，显示着它的主人的存在。因为"歉收"，每当接到友人赠送的大作，或熟识的朋友的新作摆上书店柜台，便不仅有汗颜之感。

回顾二十余年的写作经历，我品味到两点感受：

感受之一，如果说还有些许成就的话，除客观条件外，从主观上说，主要得力于我的勤奋。文学创作是创造性劳动，需要很高的天分。但我深深知道自己先天不足，智力平常。虽说不属痴呆憨傻一伙，但也绝对算不上聪明伶俐。人家说南方人聪明，我不是南方人，出生在中州平原；人家说从小吃鱼聪明，但由于自小家境贫寒，别说不曾吃过黄河大鲤鱼，就是小河沟里蹦出的小鱼，吃的鱼脑袋也能数清头数。因为愚笨，所以我写作时全不靠什么"灵感"、"灵性"，不像有的同行是"玩"小说，"玩"报告文学，随便玩玩，也不像有人所想象的那样轻松自在。记得鲁迅先生说过这样的话：我哪里是什么天才，只不过是把别人喝咖啡、聊天的时间，都用于写作上了。信然。我不跳舞（40

岁以后开跳），不玩麻将，不打扑克，为的是在完成本职工作之余，能挤出些时间读书、写作。我牢记着勤能补拙的古训，像故乡的父辈们那样，汗流满面地躬耕在黄土地上，大都是在别人游乐或酣睡之际，铺开稿纸，一个格子一个格子地来爬，积字为行，累句成章，深知其艰辛不易。偶有发表得些许微薄稿酬，那便是自己生命的折旧费。在别人也许是越写越精，下笔文思泉涌，飞龙走蛇，而在我却越来越觉得步履艰难，常常为一篇文章而殚思竭虑。相比之下，倒是初学写作时要轻松些，"少年不识愁滋味"，人到中年诸事繁多，皆须分心劳神，且体力开始不支。一篇文章下来，有身心交瘁之感。因此每每生懒惰之心。进入40岁以后懒惰之心更甚。想起人家在卡拉OK包房里喝点小酒、拉着小手、跳点小舞，优哉乐哉，我等却在书斋里挣命，心里便生出些许不平衡，那在稿纸上耕耘的劲头便消去了一半。说且归说，成果总是与勤奋成正比的。用一句套话的格式，那就是：实践证明，什么时候勤奋，什么时候就出作品；什么时候不勤奋，什么时候就出不了作品。"幸福不会从天降"，作品也不会从天降，这大概是爬格子动物们的共识。

感受之二，我之所以没有取得显著成就，主要是因为我面铺得太宽，"用情不专"。按作品体裁说，我写过诗歌、小说、报告文学、杂文、论文等，按工作职业说，从事过创作和报道，搞过研究，编辑过报刊，然皆平平泛泛，无一技艺精者，真个成了荀子所谓的鼫鼠，"能飞不能上屋，能缘不能穷木，能泅不能渡渎，能走不能绝人，能藏不能覆身。"沉思后醒悟，提着铁锹到处挖井，无一深掘者，焉有技精之理？我也像那捉鱼的小猫，本来是去钓鱼，却一会捉蜻蜓，一会捉蝴蝶，结果什么也没得到。逝者已去矣，来者犹可追。认识到落后，便要发愤追赶；领悟到不足，应尽力弥补之。今后我要缩小突破口，明确主攻方向，努力在纪实文学和散文方面下些工夫，争取在余年略有所获。

  回顾是为了前瞻。放眼望去，灿烂的21世纪正在向我们走来。我们不仅要跨越一个世纪，还要同时跨越一个千年。按公元纪年迄今是第二个千年，"千年等一回"，我们这代人何等荣幸。时代的列车载着人类轰然前行，我们已经看见了新世纪的曙光和亮丽的云霞。在这个让人昂奋的时空里，我们的国家大有可为，我们的民族大有可为，我们每个人大有可为！我们应当自励和互相勉励，奉献出无愧于时代的美好篇章。

从"双枪老太婆"说起

我的第一本书是《双枪老太婆传》。1988年由职工教育出版社出版。此书9.1万字，没有厚度，算是小册子吧。我所以珍爱它，不仅因为是我的第一本书，凝聚着我的许多心血，还因为它是许多前辈、朋友鼓励帮助的结果。

1983年6月，我从岳父处偶尔得知他同系教师傅亚宾的岳母邓惠中被追认为革命烈士的消息。邓惠中烈士是小说《红岩》中"双枪老太婆"的生活原型之一，参与领导了著名的华蓥山武装暴动，被捕后被关在渣滓洞监狱，在1949年"一一·二七"大屠杀中，和儿子邓诚一起壮烈牺牲。但由于种种原因，一直未对邓惠中做出结论，社会上一度还有所谓"叛徒"的传闻。党的十一届三中全会以后，党中央本着实事求是的原则，对在大屠杀中遇难人员进行复审，终于拂去落在明珠上的尘埃，还历史本来面目，追认邓惠中、张露萍等60位同志为革命烈士。我较早地得知了这一消息，敏感地认识到这一事件具有重要意义，便拎着录音机到家找邓叶芸同志采访，接着又访问了邓惠中烈士的上级、老领导朱光璧同志,获得了大量鲜为人知的烈士的可歌可泣的动人事迹,深受感染和鼓舞。在认真筛选、加工整理并参阅大量党史资料的基础上,写成了《双枪老太婆传》,并在《长春日报》上连载,受到了读者的好评。这时不少朋友鼓励我写一本小册子,全面介绍邓惠中烈士富有传奇色彩的一生。写传记不同写小说,必须尊重史实,不可随心所欲,写出一本翔实的人物传记谈何容易!春风秋雨,历时三载,经过1000多个日日夜夜的思索、采访、加工才告完成。这期间得到了许多人的热心帮助。邓叶芸始终密切配合,提供了大量材料和采访线索;朱光璧年届高龄仍多次接受采访,并帮助核定史实;"华子良"的生活原型韩子栋审阅了书稿,予以肯定和支持;我省著名书籍装帧艺术家章桂征精心设计了封面,等等。如果没有众人的支持,"我的第一本书"是难以问世的。《双枪老太婆传》出版后,又先后出版过报告文学集《事业与追求》、杂文集《社会与人生》、《公木评传》(与张宇宏合著)等若干本书。回顾自己走过的写作道路,我仍然坚持这样的认识:成绩的取得固然靠自己的勤奋和主观努力,但也得益于前辈和朋友们的帮助。正是他们的关心、指导才为我的成功创造了条件。我得感谢我当年在部队的老首长赵向文(师政治部主任)、宋涛(师宣传科长),是他们在看了我发表的处女作后,进一步把我引上了文学创作的道路,并把我从连队调入政治部宣传科搞创作,以后又推荐我到大学中文系学习;我得感谢贵州日报社的编辑贺其瑞、张晓通、涂永康、熊国光、周敌非等,我从部队到贵州日报社实习期间,他们言传身教,使我的写作水平有了较大提高;我得感谢我的恩师公木先生,多少次谆谆教诲，使我开阔了视野，还为拙作作序以示鼓励……我发自内心地感激所有在写作上帮助过我的人，包括那些把我的文字变成铅字的编辑和工人师傅们！

男儿当自强
——写给儿子樊磊的信

磊儿：

　　昨天下午到学校开完家长会回来，我的心情很沉重。这种沉重自然来自你的考试成绩不尽如人意，虽然你较期中考试攀升了几个名次，但是依然在后面"爬行"，没有跃进的起色。面对这些成绩单，对于把你视为一切的我和你的母亲，确实有一种"世纪末"的心境，沮丧、担忧、恨铁不成钢等心情搅和在一起。这和成绩单有关，更主要的，是我们透过成绩单看到你缺少男子汉的自强自信，缺少男子汉的坚毅和恒心，也缺少男子汉的事业心和成就欲。而这些，才是我对你的深层忧虑。

　　再过一个月，你就要度过17岁的生日。18岁即入成年，你现在已是准"小伙"、准"男子汉"了，已经有男子汉的体格和特征，属于男子汉的胡须已经萌生，但是，你有的只是男子汉的躯壳和外表，而缺乏属于男子汉的真正内在的东西。咱俩在电视里听过《男儿当自强》这首歌，曾深深地为它的歌词和激昂旋律所感染。热血澎湃，志存高远，自立自强，顶天立地，坚韧不拔，刻苦努力必达既定目标，这是一个真正男子汉的优秀品质。男人不等于男子汉，二者之间不能画等号。生活中有些男人浑浑噩噩，混天度日，自暴自弃，没有奋斗目标，是让人鄙视的。而男子汉是男人中的优秀者，他们自立自强，艰苦拼搏，最终成就一番事业，实现自身的人生价值，为社会和人类做出贡献。我希望自己的儿子不仅仅满足于做一个男人，而要做一个真正的男子汉。从现在起，在考试失利的今天，真正唱响《男儿当自强》这首劲歌，给人一种壮烈，一种昂扬，一种穿云破雾的感染。我们单位的一些同志见过你，说你长得有点像唱《冬天里的一把火》的费翔。其实费翔真正感染人的，是他那昂扬向上的激情和大气磅礴的风格。希望你能真正具备人家身上具有的男子汉气质。

  我欣喜地看到你身上已开始有男子汉的自尊，这种自尊表现在多种方面，包括成绩差不好意思，考试不好不敢告诉家长，也想通过努力改变落后境况等等。尽管有些"自尊"表现得幼稚可笑，但这种自尊却应充分肯定。它是人进步的前提，是奋发向上的一种动力。但是，你应牢牢记住：自尊从来都不能孤立地存在，它和自强密切关联，自强是它的基础和支撑点。没有自强（包括自强意识、自强精神和通过奋斗逐步自我强大的现实），自尊是短暂的。就像阳光下的雪人，迟早要化掉；或者说是虚假、自欺欺人的。我们立足的社会是市场经济社会，竞争是它最大的特征。在激烈竞争中，"莫斯科不相信眼泪"，市场经济也不相信眼泪。假如在不久的将来你不能以实力参与竞争，或在竞争中屡屡败北，能保护自尊心不被伤害吗？现如今已进入知识经济时代，知识在工作、生活各个层面所占比重越来越大，如不努力学习打好基础，掌握必备的知识，是要落伍甚至被社会抛弃的啊！同时，没有自强，何言自尊？

要有自己的尊严，就要自强，使自己真正强大起来。一个人如此。一个民族也如此，道理不言自明。

　　我也欣喜地注意到同学和老师对你的肯定和赞扬，如乐于助人、关心集体、尊敬师长、团结同学、任劳任怨等，这都是值得称道的优点，我对这些也有深切的感受。切盼你在今后的人生道路上继续保持。但是作为一个在校学生，我认为最应具备的优点、最大的价值取向是勤奋学习，刻苦钻研，取得优异的学习成绩，这是对祖国对家长最有价值的回报，是对社会高度负责的表现。这方面不努力，就失却了"主体意识"，就不能算是完美的发展。例如，中国人的勤劳勇敢世界著名，但仅仅满足勤劳勇敢，不努力奋斗自立于世界民族之林，不发展经济壮大自己，能够强大起来吗？能在世界上扬眉吐气吗？因此，你在保持身上优点的同时，必须加大学习力度，大幅度地提高学习成绩，走自我强大的道路。

　　儿子，自强是以刻苦和汗水为代价的。对你来说，耐力和恒心是最重要的。这也是你以往的薄弱之处。好男儿都是坚韧不拔、持之以恒的人，望你真正从这两点做起。我在报上读了《牙齿的功效》这篇文章，很受感染。它写道，"牙齿不只是用来吃饭的"，"还有一个重要作用"，就是"咬紧牙关，坚持下去，努力下去，勇敢地面对困难，面对险阻"。我将它剪下送你一阅。愿我们共勉，做一个遇到困难时"咬紧牙关"的男子汉。

　　"男儿当自强"，儿子当自强，我在殷殷地期待着。

爸爸

1998 年 7 月 16 日晨

槐树的风范

俊科兄又一部新作将要付梓，是为学术论著，取名《两槐居论稿》，叮嘱我写个序言。我既非显要，亦非名流，岂敢不知斤两？但我俩既是战友，又是乡友，还是文友，有数十年交情。知我者俊科也，知俊科者我也。知人论文，舍我其谁？于是乎欣欣然而为之。观乎古人作书，序者多为友朋。我之为冯作序，且算是复古之举吧。

取名《两槐居论稿》，自然别有深意。槐者，怀也。我和俊科同是河南温县人。此地因晋代司马皇帝出于此，人称"司马故里"；又因始创陈氏太极拳，被称为"太极之乡"。温地古属河内郡，明称怀庆府，至今有地方戏"怀梆"流传，乡亲们叫"老怀梆"。再往上追溯，我们这一带百姓的祖先多是明初从山西移民而来。"我的故乡在何处，山西洪洞大槐树"，我们那里至今流传这样的歌谣。因此，我们的祖祖辈辈，包括俊科和我，都有沧桑浓郁的大槐树情结。据说移民时，为了日后辨认，乡亲们把双脚小拇指上的指甲剪成两半，因此现在有"脱履识乡亲"之说。我和俊科都光着脚检验过，两人脚上小拇指都有两瓣指甲，确系大槐树子孙。无论我们走到哪里，都深深眷恋着故乡，记忆中永远有一棵躯干如铁、历尽磨难但仍枝叶繁茂的大槐树。俊科尤其是个重感情的人，他把对故乡的怀念，对亲人的思念，对大槐树的牵挂，深深地刻在心海中。俊科又是一个深沉的人，他不是把怀念、思念、牵挂放在口头上，而是凝结在立志、求学、著述、创业等报效故乡、母亲、土地的实际行动中。"男儿有志出乡关，学不成名誓不还"，无论在部队、学校、机关，他都勤恳向学、刻苦敬业，赢得人们的好评，得到对大槐树子孙的赞誉。而他那包括《两槐居论稿》在内的众多著述，便是对故乡、母亲的精神回报，是高于任何物质的精神财富。

槐树是谦虚的。槐树的子孙们深谙根深才能叶茂的道理。俊科不仅把自己的根深深扎在故乡的泥土中，而且也把自己的根深深地扎在知识的厚土之中。我俩一起当兵，一起在部队从事文艺创作和新闻报道，又一起被部队送入大学深造。俊科学习的刻苦是常人难以想象的。在贵州盘县两头河四面漏风的营房里，在辽宁法库县调兵山那条夏日欢唱冬天结冰的小河旁，在人去楼空灯光寂然的部队机关办公室，在春夏秋冬四时交替寒窗苦读的燕园，俊科兄手不释卷，流连忘返，积累了丰富的知识，打下了坚实的基础。厚积而薄发，他的成果就是这样得到的。俊科兄至今不进舞池，不喜酒宴，不涉欢场，唯对书情有独钟，因而他的根也越扎越深。

槐树是坚韧的。纹理细腻，木质既有榆树的坚实，又有柳树的柔韧，是建筑和制作家具的上好材料。也许是思祖，也许是实用，我们故乡家家户户的门前，都栽种槐树。它有多种用处，但更多的是被乡亲们取来用作平车的车杆，整日里拉石运土，上山过河，颇能负重而不会折裂。俊科和我出身农家，是自小拉着平车长大的。我们的肌肤、手掌日日亲吻着槐木，不能不受它的浸润感染。执着而又柔韧，直立着永远向前，俊科从槐树身上受到这样的启迪。在人生的道路上，俊科经历过磨难，在学术研究的道路上遇到过重重难关，在事业发展的道路上也并非一帆风顺。但无论怎样磨难、曲折、不快，他都坚守自己的信念，朝着既定的目标努力。《两槐居论稿》就是不懈奋斗的一段里程的真实记录。

槐树是博大的。据称当年洪洞的古槐冠盖如云遮天蔽日，覆盖着两三亩的土地。千百年顶风冒雨，迎日送霞，经人识世，齐天纳物，使远来膜拜的人们数里外就感受到它的宏伟气象。海纳百川有容则大，树高九寻虚怀垂荫。俊科也有博大的心胸，交友不分尊卑贵贱，读书不分经史子集，求学不存门户之见，于是乎博采众长，自成一家之言。我儿时食过槐花蜜，它是蜜蜂广采槐化之精华，由人们加工制作而成的。喝起来苦里透甜，格外沁人心脾。如今读着俊科散发油墨香的书稿清样，我仿佛又嗅到了故乡槐花蜜的气息。

槐树是质朴的。它和榆、柳、杨、椿为伍，就像站在操场习武的一群士兵中，没有什么特殊。不装高贵，不懂矫情，不事修饰，高兴也自欢呼，受伤也自垂泪，雨来任凭浇淋，鸟来自可筑巢。大槐树的子孙们自然也是质朴的。俊科喜食粗茶淡饭，衣求干净合体而已。一举一动，一招一式，犹如乡人般普通。既无名士派头，又无领导架势，见之让人油然而生亲近之感。然而他虽然质朴却不乏文采。他在部队文工团拉过二胡、提琴，登台演过角色，会写杂文、散文，还写过电影剧本，只是读了北京大学哲学系之后，才偏重于理性思维，更多地从事学术研究。即使著述，他也力倡平实，不搞花架，不哗众取宠。真理是最朴素的，他信奉这个道理。

俊科把他的新作取名为《两槐居论稿》，还因为其中的多数篇章写作于两槐书屋的缘故。他原先栖居北京西郊的一间平房，窗前有两棵龄逾百年、身高数丈、荫遮屋顶的大槐树。用鲁迅先生的句式来说，就是：一棵是槐树，另一棵也是槐树。就在这间小屋，一个有了高级职称的大槐树子孙日复一日地勤于笔耕。槐树为之遮荫，为之送爽，为之消愁，为之舞蹈，"板凳耐得十年冷"，槐树深知他的甘辛。那时我常去造访他，去时就在大槐树下席地而坐，支一口铝锅，下几把面条，扔进从墙角撅来的野菜，俨然不是神仙胜似神仙的日子。正当季时，偶或采下一些槐花，和上面蒸而食之，让人顿生怀乡之思。微风细雨中，我们会摘片槐叶，置于唇上，一起吹奏家乡的小调，朦胧中会有淡淡的忧伤。这是一段难忘的日子，这是一段难忘的友情。

《两槐居论稿》收入文章30篇，洋洋洒洒20多万字。虽不能说篇篇佳作、字字珠玑，但视野之开阔、见解之独特、文笔之老到、涉猎之广泛，相信是能够赢得人们赞誉的。这些文章我都读过，但不想以我的观念去影响读者。我只是从知人论文的角度，约略说说俊科这个人，让大家去体味：从水管中流出的都是水，从血管中流出的都是血，从槐树枝干中流出的都是积累经年值得回味的汁液。

北京现在盛行登香山，俊科也是爱好者之一。一次携我同行，日暮时分上了香炉峰。俊科曾有诗句曰："昨日留憾今如愿，回首足下日东升。"我此番和之："京华灯火来眼底，登顶欣看月初升。"读着俊科的新作，我又有了欣看月初升之感。但愿这部新作只是俊科著述的高峰，而不是顶峰。前年我和俊科路过当年的两槐书屋，平房已成高楼，两棵槐树自然也没了踪影。人在物非，让人生出许多感慨。两棵大槐树不见了，但在它遮蔽呵护下写出的文章还在，读者自可细细地去品读。两槐居的槐树没有了，但它的精神还在，坚韧还在，质朴还在，灵性还在，我坚信这一点。

字字饱含对土地的深情

俊科和我是一起当兵的战友，四十多年前，我俩从豫西北农村走出，当时是青葱岁月，如今已年逾花甲矣。前两年俊科从北京市新闻出版局局长任上卸甲，突然间华丽转身，操持起中篇小说写作，且成就不菲，颇引文坛注目。在这些中篇小说中，我最看重《何处安放》和《鸦雀无声》，这两个中篇字字包含着对土地的深情，诉说着对故乡土地的爱恋和遭到破坏的愤懑，那样沉重地击打着我这个农民后代的心弦。

《何处安放》写我国城镇化进程中卖地建厂，生态失衡，农民对失去土地的无奈与抗争的悲情故事。溟梁村地处县城边上，随着县里经济突飞猛进地发展，县城炸裂般地向四面八方扩张，各种园区、工厂、研究中心、商品楼等越来越多，大量土地被挤占、吞食，溟梁村也未能幸免。这里没了树木、没了麦田、没了任何绿色，太阳射在水泥路和高楼上，一切都裸露着，生出滚滚热浪。刚从国外回家的司马征眼前是一些用红砖、石棉瓦和其他建筑材料围成的大院，门口挂着某某塑料厂、某某制药厂、某某造纸厂、某某食品加工厂的牌子。一望无际的田野没了，记忆中的村庄全部消失了。媒体说溟梁村的农民彻底摆脱了土地的束缚，他们终于离开了土地，无限喜悦地同城里人一样过上了幸福生活。而事实并非如此。司马征回乡后盖了一栋小洋楼，结果娘死在里面，爹也不住，说："恁爹妈是土命，住不惯楼房。整个溟梁村人都是土命，也都住不了楼房。"多年前老溟梁村人都住平房，全村1000多口人，一年只死六个人，有了新溟梁村，死人却一年比一年多。司马征对爹说："这都是现代化病。吃的农药化肥超标，住的建材涂料不环保，村里水土空气污染严重，得病的人就多。"而人死之后需要埋葬，许多老年人不愿火葬而想死后偷偷"入土"，结果土地没有了，就有了"无处安放"的尴尬，连古训所谓的"入土为安"都做不到了。

《鸦雀无声》的主旨也关乎土地，写一群因食用污染土地所产粮食而致"失语"的哑巴们上访的故事。这个故事更发人深省。县里建化肥厂时，村民们都去争化肥厂排出的"废水"，为"肥水不流外人田"打得头破血流，最后不得不多拐几道弯，让"废水"普惠村民。一时间大家兴高采烈，"整个溟梁村都笑了。他们在欢歌笑语中迎来了一个又一个丰收年。""三十年的时光，像吸袋烟功夫，一转眼就过去了。令人没有想到的是，三十年后的溟梁村，咋会出现了这么多哑巴？"于是在一些人鼓动下，"哑巴"们开始上访，原因是"排出的水有毒"。厂里让他们拿出证据，他们的代表司马槐写："证据就是俺村哑巴越来越多。"争执不下，村民们采取围堵化肥厂"废水"的做法："废水在两道堤坝中间的空地上快速积聚起来，放眼望去，泽国一般，化肥厂成了泽国中的孤岛。"几经周折，女县长答复说："经市科研所检测，废水等确实含有大量的有害物质，长期食用含这种物质的粮食、蔬菜、水果，可以破坏人的发育器官，致人哑巴。这些鸟儿的死也与废水有关。"女县长的话"像一把火，点燃了溴梁村这堆柴火，愤怒的烈火熊熊燃烧起来，烧的溴梁村人满街四处奔逃，相互诉说，书写着满腔的怨恨和悲情。"最终，"按照副省长的指示，县委县政府责令化肥厂、制药厂、立即关闭停产。要不惜一切代价，给受到毒害变成哑巴的溴梁村人看病。"这个结局是胜利的，但也是无奈的。司马槐下面的几句话，道出了一代农民的反思和恢复良田的向往："将来我和你妈死了，也埋在那儿。村里的人死了，都埋在那儿。看看咱们这些被化学毒害的人，死后能不能变成废料，把毒地再变成良田？"

《何处安放》和《鸦雀无声》关涉的都是土地问题，一个是土地面积被缩小被蚕食的故事，一个是土壤受到污染土质变坏由养人变害人的故事。我和俊科都生长在农村，我们和父辈一样对生养自己的土地有着割舍不了的感情。我们明白，无论什么时候，土地和院落在老百姓眼里永远是那么宝贵、那么神圣。我俩当兵前在农村时，那一望无际的绿色禾苗，那随风波涌的金色麦浪，那孕育万千果实的青纱帐幔，那覆盖着麦苗的白色雪野，都是我们永远欣赏不尽的美丽画卷。现在我们虽然都寓居北京，但我们的根系却在河南豫西北农村。俊科长我两岁，对农村的事知道的更多，对土地更有感情，因为家居城郊，对城镇化、工业化对土地的"围猎"有更切身的感受。他通过两部中篇叙述的故事，通过故事中的人物、情节，也借人物的语言，表达了对土地的深情，也表达在土地变迁中受到的震动，以及由此引发的深刻反思。俊科在《何处安放》中引用（法）托克维尔《旧制度与大革命》中的一句话："农民对地产的热爱今昔一致，都达到了顶点，土地的占有欲在农民身上点燃了全部激情。"我可以类比地说，是故乡的土地点燃了俊科创作这两部小说的全部激情。

当然，两篇小说的意蕴绝不仅仅于此，对故乡土地的热爱、怜惜，以及对土地遭到挤压、破坏的愤怒和茫然还都是一种表象，俊科是要通过这种表象深入研讨近郊农村在工业化、城镇化进程中盲目发展所带来的种种问题。毫无疑问，工业化是我们发展中国家的必由之路，我们要迎接它，利用它，但要把它带来的破坏和灾害降到最低。同样，城镇化也是我们改变农村现状的必由之路，目前城镇化的浪潮一浪高过一浪，但城镇化到底如何搞，却需要遵循客观规律，因地制宜地认真规划研究，城镇化不是工业化，不是城市化，不是市场化，它一定是具有自己特质的城乡关联、相互映衬的特色区域。俊科认为："人类对自然界的征服，同时就蕴含着自然界对人类的报复。""我们在工业化、城镇化的建设中，要用辩证思考来思考发展，有森林才有可能不会变成沙漠，不会变成干旱的草原。发展要保护自然，不能盲目发展。"这是很有见地的。我亦认为，在新一轮城镇化发展中决不可盲目为之。其中重要一条，是要坚决守住国家关于耕地的"红线"，决不能以城镇化为名"围猎""蚕食"土地或者毒化土地质量。不能再犯司马槐们30年前争引"废水"而30年后后悔莫及的错误。有专家测算，修复一亩废弃的土地须花费150万元人民币。我算了一笔账，若以一亩地年产收益1000元计，积攒150万元，则需要125年。急功近利势必殃及长远，随心所欲必将祸及子孙，决策者对此不可不慎。这也是俊科在小说中给我们敲响的警钟。

2015 年 6 月 28 日

一条流淌在心底的河

李建臣的散文《故乡的河》在人民日报发表后，初读一遍，心已有所感；待《新华文摘》予以转载，再细读一遍，感受更深；而复读数遍，则已进入河的深处，俨然物我两忘，成为河流的一朵浪花，随河水向遥远的故乡奔去。故乡的河，一条流淌在心底的河。这条河流在我胸中蛰伏，是建臣的美文，勾起了我对故乡河流的思念。"此夜曲中闻折柳，何人不起故园情"，好的文章，就是能起到这样拨动心弦的作用。许多读者盛赞《故乡的河》，也是这篇文章拨动了人们的心弦，引发了众人对故乡的思念。

天下的河流都是相通的，世上的人心也是相通的。凡正常的人，都有一种根的意识，即，我是谁，我从哪里来？树高万丈，也忘不了自己的根，人行万里，也难忘生养自己的故乡。因此，人们有很强的"寻根意识"，对自己的故乡念念不忘，有一种特殊的情感。"月是故乡明"，水是故乡甜，故乡的一切都让人留恋。何以如此，《故乡的河》的作者作了透彻分析："这是因为，在我们睁开好奇的双眼，去认识、理解和感悟这个世界的时候，是故乡给了我们滋养、欢乐、希望和信念。它开启我们人生旅程的起点，确定了生命价值的航线……也正因如此，故乡才成为了我们奋斗的动力、情感的依托、信念的支撑。"故乡是每个人脑海中最为深刻的记忆，而故乡又是由一个个儿时记忆的图像构成，其中河流是最为清晰的图像、最具色彩的图像，一说到故乡，故乡的河流就会在脑海中飘然而至。故乡的河，成为故乡最突出的标志，镶嵌在我们的生命中。我曾看到一篇文章谈乔羽创作歌词《我的祖国》的感受。乔羽先生说，他起首一句"一条大河波浪宽"就是想起家乡村中的那条河流。那是一条小河，伴他度过了欢乐的童年。他由此想到，每个人儿时都有一条小河伴随成长，人们对河流有深深的思恋。之所以写成"一条大河"，是因为在幼童脑里，多小的河也是"大河"，而"一条大河"具象征意义，能把人们思乡爱国的心凝聚起来。在强烈的感情冲动下，他一口气写下"一条大河波浪宽"之后的歌词。这首经典名曲，将被世代传唱下去。因为在唱这首歌的时候，人人心中都在涌动一条河流，宽阔的波浪、两岸的稻花、远去的白帆，引发我们对故乡的思念，也引发建设家乡和祖国的豪情壮志。

  人人心底有一条故乡的河，但每个人心底的河流又是不同的。不仅山川形胜不同决定的河流样貌不同，河两岸的物产和风土人情也不同，连两岸人们对河流的感受也是独特的。《故乡的河》就写出了河流独特的个性和作者独特的感受。这条发源于辽宁清原县的河流，到了吉林省梅河口，由于梅河的加水，水势更加壮观起来。这是东北中部的一条河流,河两岸自然是东北风情。"冬季,除了堆雪人、打雪仗,孩子们更喜欢到一望无际的冰面上打滑跐溜或支冰车。"那种在零下二三十度气温下,支着名叫"单腿驴"的冰车,一口气支出几公里的情景,给作者留下深刻的童年记忆。这对生活在南方的朋友是不可想象的。我曾在东北长期生活过,对此有一些见闻。因为工作方面的需要,我也多次去过梅河口,见过文中的辉发河。这条河养育了千千万万优秀的梅河儿女。作者在这里出生、成长,大学毕业后留在北京国家机关工作,对故乡有一种深厚的思念和感恩之情。记得在一次从长春去梅河口的火车上,遇到一位哼着思念故乡小曲的中年妇女。她说自己是梅河口人,小时家穷被家里送给了关内的亲戚。几十年过去了,她忘不了梅河口,忘不了辉发河,忘不了童年时的乡亲们,千里迢迢,她奔波在寻根路上。"近乡情更怯",我看到她眼里闪烁着泪光。

　　作者在《故乡的河》中说:"外面的世界虽精彩,但生命之根永远在故园。多年来,我去过塞纳河,到过莱茵河,走过多瑙河,领略过哈德逊河。但最令我魂牵梦绕的还是那条弯弯的小河。"我对此亦有同样的感受。一次去国外参加书展,偶得空闲,面对莱茵河坐了半天。面对异域的河流,我突然想起了故乡村北的那条河;看到游玩的儿童手拿划船的工具,我想起了当年在故乡小河中洗澡、游泳、摸鱼的情景,一时间竟潸然泪下。我们这些从农村走出来的人,有长长的割不断的乡愁。近日妹夫从河南老家打来电话,说故乡的老屋就要塌了,避免出伤人之危险,还是拆了为好。已推迟几年,我终于同意拆除。但还是提出留一堵老墙，使我回老家时有一个念想。我当然知道，房子终究会拆，老墙终究会倒，但永远拆除不了我对故乡的思念。在我的心底，永远有一条故乡的小河在流淌。

从海兰江走向大海

吉林省委宣传部原副部长尹元玄同志的回忆录《海兰江之梦》即将付印，作为第一读者，我得享先睹之快，深感这是一部有价值、有意义、有情趣的好书。它记载了一个朝鲜族干部在党的领导下成长、奋斗的历程，反映了一条细流涌入大海的曲折和壮丽，折射了革命、事业、人生、家庭的方方面面，让人掩卷深思、击节赞叹和振衣奋起，获得人生的教益和启迪。

尹元玄同志1951年4月任中共延吉县委宣传部部长，1952年夏季奉调吉林省委宣传部工作，历任企业宣传处处长、宣传处处长、副部长，除"文革"中短时期被调到毛泽东著作出版办公室，在省委宣传部工作长达40余载，是一个资深"老宣传"，也是深受吉林省宣传思想文化战线干部群众尊敬和拥戴的老领导、老同志。熟识他的同志读其回忆录，自然会有一种亲切感。不认识他的人，读之也能从书中知悉其为人和行事风范。我和尹元玄同志相识相知20余年，期间有相当长一段时间在其手下工作，"鞍前马后"地近距离接触，对他有较深较多的了解。记得是80年代初，我由部队转业到省委宣传部，分配在宣传处，他任副部长，恰好分管我们处。一次他到朝鲜出访，特地带回异乡他国的酒给我们品尝。虽说那酒并不怎么好喝，但他那平易近人的作风却给我留下了深刻印象。以后我调省精神文明研究中心、职工思想政治工作研究会，无论是从事研究，还是主办杂志，都是在其主管和具体指导下工作。许多工作目标、许多繁重任务都在他身体力行、详尽指导下完成的。我们一起出差开会、商办刊物、编著图书、研究课题，我从他身上学到许许多多美好的品行。他对党忠诚老实，始终不渝地像老黄牛一样为党勤勤恳恳地耕耘。他刻苦好学，不断提高自己，成为一名政治经验丰富、理论素养深厚、业务工作纯熟的高级领导干部。他为人和善，对人诚恳，待人热诚，处事谦和，关心下属，体现了中国朝鲜族诸多优秀品质。他宽以待人，严于律己，艰苦朴素，为官清廉，从来都严格要求自己。多年相处我只见他发过一次火。那是一次下乡调研，地方的同志知道他是朝鲜族，便在准备午餐时杀了一条狗。他知道后脸一直阴沉着，还开口骂了人，饭没吃几口便离席而去。这情景我至今历历在目。1993年6月他离休后仍坚持离而不休，力所能及地为党做工作，为社会做贡献。他张罗成立长春市朝鲜族关心下一代委员会，被选为主任，带领一帮老同志，开展了许多有益于朝鲜族儿童健康成长的活动。给我印象最深的是，他不听别人"健康要紧"的劝阻，整整用一年半时间，梳理利用平时积攒的大量资料，独立思考、亲自动笔完成了《朝鲜半岛民族解放运动与中国》一书的撰写，终于了却了晚年的一桩心愿。用心血浸泡出的洋洋数十万言，立论精当，论述系统，史料珍贵，出版后受到多方肯定和好评。

《海兰江之梦》摆放在我的案头，读之又读，品之又品，我方才知道，我对老领导知之太少，上述评价和印象不过是"冰山一角"。尹元玄同志这本20万言的回忆录，从家世写起，一直写到晚年的生活，详述了一生的经历，总结了一生的成败得失，是那样的丰富多彩。浪随潮涌，如影随形，这一切都是已有人生的摹写和反映。我认为此书有价值、有意义，着力向读者推介，主要是因为它有以下几个特点。

首先是典型性。尹元玄从一个农村苦孩子成长为党的少数民族高级领导干部，他的家史、身世、经历、成长历程都具有典型意义。自19世纪中叶以来，由于战乱、饥荒、封建暴政、日帝国主义的入侵，大批朝鲜人陆续从朝鲜半岛越境迁入我国东北边疆的一些地方定居下来，并在这块美丽富饶的土地上劳动、生息和繁衍，逐渐形成我国的一个少数民族。尹元玄和其父辈便是其中的一员。他家祖籍在朝鲜咸镜北道会宁郡，父辈们为避难和逃荒，在20世纪初涉图们江到延边定居，住在延吉县海兰村。尹元玄生长在中国东北，觉醒在抗战胜利前后，参加革命是在当地共产党组织建立之后。他于1947年6月入党，1948年任区委书记，从一个不敢在会议上用汉语发言的小青年成长磨练为省委宣传部副部长，是党组织精心培养、哺育的结果，也是党的民族政策光辉普照的结果，是党让他实现了海兰江之梦，有了一生奋斗的动力、展示才华的机会和美满幸福的生活。而他自从投入党的怀抱，便至死不渝跟党走，无论顺境、逆境，即便是在"文革"中被诬为"朝修特务"，也决不动摇对党的信念。作为党的儿子，他用一生的奋斗、拼搏，去为党增光添彩，去为党的事业的兴旺发达努力贡献。事实再一次证明，在中国，只有把个人利益、个人奋斗同党的事业密切联结在一起，个人的生命才有意义，梦想才能成真。一滴水汇入大海才能延续生命，闪耀光辉。

其次是真实性。真实是个人回忆录的灵魂。这本书的真实既反映了回忆录的要求，又体现作者求真务实的性格。求真务实是党的优良作风，也是作者的一贯追求。他为之吃过苦头，遭受过挫折，但决不改悔依然如故。真实是他写作此书的基本原则。为了保证事实准确，作者"原生态"地借助记了几十年的日记，并查阅了大量的背景资料，对在特定条件下干的"一些错事、蠢事"，也做了客观叙述和真实记录。在事实真实的基础上，叙谈真实想法，抒发真情实感。唯其如此，本书才具有感染力、吸引力，才具有从一个侧面反映社会主义建设历程和全面记录建国后党的宣传思想工作的重要史料价值。

再次是启示性。作者在写作过程中对一些事件进行再认识，重新科学总结，言之谆谆，对人多有启迪。他不为尊者讳，也不为自己开脱，总结人生经验，也提供了可资借鉴的教训。怎样相信组织又要有自己的见解，怎样服从组织又要发扬创意，怎样在风浪中保护友谊，怎样在逆境中坚守人格，怎样处理事业和家庭之让的关系，怎样面对人世间的悲欢离合、阴晴圆缺等等，作者都在有意无意间做了回答，并给读者留下了宽阔的思索空间。他转述胡耀邦在中央党校讲课时引用的《古文观止》中韩愈的一段名言："古之君子，其责己也重以周，其待人也轻以约。重以周，故不怠；轻以约，故人乐为善。"告诫人们严以责己，宽以待人，对自己要严格要求，对别人不要求全责备。他详说访韩、访朝、访美、访日的见闻，用自己的识见去引发人们的思索。他回望自我，诚恳地向人们讲述人生感悟："随着年龄的增长，越来越意识到健康的重要性，觉得健康才是真正属于自己的东西。"

可读性是本书的又一个特点。全书节奏舒缓，娓娓道来，虽不文采斐然，但也不乏神来之笔；虽非引人入胜，却亦诱人卒读；虽篇名稍显呆板，但文内却多有动人之处。作者游历祖国的名山大川、观赏各地文物古迹、风土人情，书中多有描述，且文字优美。"我们转悠着来到了秦皇岛海底世界海豚馆。海豚在教练的指导下，表演跳高、跳圈、顶球等。每表演一次，喂一条鱼，表现特佳的则喂两条。人关爱它一分，它就给你回报一分。近来的人际关系似乎亦是如此。"这岂止是文字优美，简直是"幽它一默"了。

作者在后记中说，他写作此书的目的是为了让后辈们了解自己，并和亲朋好友做感情交流。这话是谦和的，也是真实的。但我想，它的流传决不应限制在狭小的范围内，而是应走向社会，走向广大读者中间。老一辈人读它会感到格外亲切，中年人读它则受到人生启迪，青年学生读它则能从中受到革命传统和革命精神的教育。愿《海兰江之梦》拥有众多读者，实现其应有价值；愿它的作者健康长寿，安度晚年的幸福生活。

2004 年 12 月 6 日

一个热爱生命的人

从南方出差回来，桌上摆放着一张用新闻纸打印的请柬，和数元、数十元一张的豪华烫金请柬相比，这张请柬是太普通、太简陋、太没有风度了，但是在我心灵的天平上，却觉出它比以往收到的任何豪华请柬都有分量，都要厚重得多。因为这是身患癌症、术后失语仍不遗余力笔耕的老作家张少武先生的"近作研讨会"啊！一个被病魔卡住了咽喉却坚持用笔阐述思想的人的作品研讨会啊！一个热爱生命、用心血熔铸成文字的人的作品研讨会啊。请柬说"诚望拨冗莅会"，说一句戏言，即使真像人家所言是日理万机，我也要定然前往，参加这一次特殊的研讨会，和大家共同探讨作家的近作和他的人生价值。少武，我尊敬的兄长，此时，你就微笑着坐在我们中间，你的兄长老弟们来啦，你的文友同道们来啦，你作品的读者评论家们来啦，胜友如云，高朋满座，你一定沉浸在幸福之中。是的，我已从你脸上洋溢的笑意、眼睛里闪烁的光彩中读出。"此时无声胜有声"，你欲语无音，但这并不影响我们的研讨，因为这本身就是一次心灵与心灵的碰撞与交流。

我和少武兄认识只有十年时间，但我们的友情却很深厚，近年来更是"渐入佳境"。少武兄是我省著名作家，但是说句实话，我以前读他的作品并不多。我不是通过作品认识他，而是通过他深刻认识了他的作品。古人曰："文如其人"，我的老师公木先生亦说："治学亦即为人之道"，作家和作品就是这样天然地联系着。观山则情满于山，观海则情溢于海，我不相信一个小鼻子小眼睛的作家会写出大气磅礴的作品，也决不相信一个掉片树叶怕砸了脑袋的家伙能吼出"力拔山兮气盖世"的诗句。少武兄写了许多优秀作品，近年来艰难笔耕更是颇多收获。他的作品反映、溶解着他的思想、意志、人格、人生观、价值观。换句话说，他的思想如同电脑软件，作品不过是喷墨打印机打出的文字而已。因此，我们关注一下少武兄的"为人"或曰人生态度，对研究他的作品是有益的。据我观感，少武兄是一个极其热爱生活热爱生命的人，一个有深邃思想独立见解的人，一个关注社会发展社会责任感极强的人，一个重视情感渴求友谊的人。1988年春夏之交，省新闻出版界派一行五人的考察团到南方数省考察，我和少武兄幸在其中，因而便有一个月"同吃同住"的密切交往。一路上，少武兄谈社会见解，谈人生感悟，使我颇受启迪。但给我印象最深的却是他对生活的挚爱。他被深圳特区生机勃勃的现代生活所感染，一再说：假如我年轻十来岁，我一定到这里闯世界！他虽然较同行者年岁都长，但是他的见解一点都不保守，对生活的挚爱一点都不减退。他告诉我们过几年退休后，静下心来写点作品，回报火热的现实生活，回报养育自己的国家和人民！两年后正当他奋发有为时，残酷的病魔袭击了他，而且紧紧卡住了他的喉咙，要置他于死地。那时，我和许许多多朋友都为他担心：少武兄，你能闯过这一关吗？终于，现代医学加上少武兄的坚强意志，他胜利了！"置之死地而后生"，多少人为他庆幸。但庆幸之余又有遗憾：他再也不能侃侃而谈和我们交流了；写作，大概也不能了吧。也许，从此我们的社会上便多了一个病人，少了一个作家。谁也没想到他还能操笔为文。因此，当读到他病后在报上发表的第一篇文章时，我的眼泪夺眶而出：少武兄，这是你同病魔抗争的结晶，是热爱生命重返文坛的宣言啊！从此以后，便每每见到你的妙文发于报端，有散文，有杂文，间或有其他品种，我没细数，大约亦有数十百把篇了吧！真可谓"枯树逢春乱抽芽"，一派勃勃生机。一天清晨在地质宫广场，散步中的我巧遇了也正在散步中的你和你的爱人，不期而遇，双手紧握。那时你练食道发声已有成效，我可以从你吃力的话语中听清简单词句。话语不多，我却又一次领略到你对生命的酷爱，依然是那样乐观向上，关心朋友和周围的世界。"一个热爱生命的人"，望着你远逝的高大的背影，我发出由衷的赞叹！一个被癌症击倒的人爬起来不容易，而爬起来重新操笔为文就更加不容易。这，需要多么坚强的毅力，而这种毅力不是发源于对生命对生活的挚爱吗！我在这里，无意赞美少武兄是中国的保尔·柯察金，也无意推崇其为当代的吴运铎，但他热爱生命仆而不倒的情感和坚强意志确值人们赞叹。多一点理解和支持，便足以慰藉少武兄又苦又甜的咖啡般心境。

对少武兄的作品我读得不多，尤其是早期作品。近年出版的《长河散渔》，我细细读过两遍；此外他发表在报刊上的妙文倒是见之必读。

读后便自然产生出一些感想。大致梳理一下,有如下三点感受:一是"笔端处处有真情"。少武兄极重感情,作品每受情感的浸润。有《母亲·故园》的亲情;有《打散渔》的乡情;有《故人情重》的友情;有《哦,同学》中的同学情;有《铭念师恩》的师生情,等等。人在情在,人不在情亦在,情情相依生生不息,读之令人激动令人感叹。二是"仗义执言鼓与呼"。这是少武兄近期作品的一大特色。我读过他的《市声》《文品乱弹》《名人当自重及其他》。观点直入直出针针见血,对于当今文坛及演艺界的丑相,都给以辛辣的嘲讽和善意的规劝;而对市场经济带来的负面影响和社会丑恶,也责任所在顺手一击。三是"庾信文章老更成"。他的近作题材广阔,文风严谨,构思精妙。精美之作如同渔人撒网,技巧纯熟,形圆实丰。虽用功力却不着痕迹,不疾不徐娓娓道来,真如一亩方塘之中,"天光云影共徘徊",给人以美的享受。

十年相知十年情。十年已逝,友情长存。少武兄与十年前比已垂垂老矣,但"老树著花无丑枝",愿这棵老树在雷电打击后更加枝繁叶茂,硕果累累。

病卧残阳发新枝

国禄兄要出散文集《梦回少年》，嘱我给写个序言。现如今作序乃是名人和领导的专利，我既非名人也不居高位，岂敢自不量力？故力辞再三。但国禄兄不允，云非你不可。推辞不得只有惴然从命。然临要动笔，又有几分惶怵。好在我和其是朋友，说深道浅他也不会见怪；对读者来说，也只是一家之言，说说读后感不至于败坏大家精读细研的雅兴。

说来也很是巧合。当国禄兄1955年初中毕业旋即参军入伍之时，我刚刚出生；而当他1973年由部队转业时，我刚刚参军入伍。历史注定我不能与之同步，但却不妨我们成为朋友。我们相识在80年代的那次整党中。省委宣传口整党办成立，向各单位抽人，我们就这样汇聚到了一起。由于有大致相同的经历，又都爱舞文弄墨，便"惺惺惜惺惺"，接触较多进而成了忘年交朋友。在接触中得知，国禄兄因家境贫寒读至初中便回乡务农，因发表特写《黄骠马下驹》走上了酷爱文学的不归路。参军后仍坚持业余创作，发表过一些在军内外有影响的作品,并因此在"文革"中遭难。但他"吃一百个豆不知豆腥气",从事创作之志不移。1973年转业到地方,先是在科研部门,后又至警界服务,勤奋工作之余笔耕不辍,有小说《李嫂》《风雪送奶人》等一批作品问世。整党结束后各奔东西,和国禄兄见面少了,但一直关注着有关他创作的信息。近日,国禄兄移驾来访,我差点没认出他来。原来一场大病使他元气重伤,昔日健壮的身体如今骨瘦影单,且行走艰难,言语吃力。他伸出舌头让我看:"瞧,舌头是硬的,和你说话都费劲。"是啊,在病魔的无情袭击下,国禄兄显然不如从前了。只是在他依然闪耀生命强力的眼神里,我读出了先前的他。那是一个乐观、自信、从不向困难低头的硬汉啊。果然,病魔遇到了他强有力的抵抗。在同病魔的全力抗争中,他不仅延续了自己的生命,还在生命的延续中显示了人生价值。躺在医院的病床上,在死神的威胁面前,他不听医生的制止、家人的阻挡,咬着牙握紧笔管,一个字一个字地"划拉",竟在三个月内完成了《梦回少年》这部30万字的书稿。"病卧残阳人未倒,衰弦重拨有劲声",我对国禄兄这种奋力与命运抗争的顽强毅力,由衷地发出赞叹!

《梦回少年》里的50余篇散文随笔,写的大都是国禄兄故乡坨子屯的往事。他童少年时期的所见所闻牢牢地刻印在脑海里,病床上复又重播一遍,是那样的清晰豁亮,引发了强烈的创作冲动。他撷取一个个镜头,捕捉一朵朵浪花,重现一个个片断,叩问一个个乡邻,把这些早年的"老照片"重印放大,带我们走进了那个穷困偏僻而又和祖国命运紧密相连的坨子屯。而正因为这个由早年下关东的穷困百姓渐至聚居的坨子屯与时代、大地紧密相连，正因为"末梢神经"和心脏紧密相连，祖国遭难其也悲惨，神州欢歌其也笑语，因而这里发生的一切在国禄兄笔下就显得有意义起来。使人们读了有所体悟，有所思考，从而得到人生的启迪。这一篇篇散文随笔组合起来，构成了早年坨子屯的世像图。文笔流畅，感情浓烈，言语生动，形象鲜明，有自己独到的艺术特色。所以能如此，除了国禄兄非常熟悉坨子屯的生活，熟识那里的一草一木，还得力于他的社会责任感和艺术良心。病榻上的他艰难地写作，不为再圆什么作家梦，也不为扬什么名声，而是为了给后人留点什么，使人受到启迪和感悟；为了回报生他养他的故乡和坨子屯"脸朝黄土背朝天"的父老乡亲。

国禄兄如愿了，他的梦成了现实。我真替他高兴。雨泼不灭，雷击不倒，历经磨难的他不会向命运低头，《梦回少年》便是证明。因此，我相信国禄兄将养身体抗击病魔的同时，还会有新作问世。祝他获得更大成功。

向三联生活周刊人致敬

时间过得真快，生活周刊转眼已是二十岁的大小伙子了。要出20周年纪念集，朱伟要我写篇文章，阎琦又多次催稿。确实不怎么想写，不是没什么可说，只是不知说什么好。阎琦不依，说您任三联书店总经理五年半，又兼生活周刊总编辑，不写，历史无法接续，再就是您任职期间是周刊发展的最高点，周刊为三联事业做出了贡献，难道在如何管理周刊方面就没有一些感悟？话及至此，不好推托，但说什么呢？阎琦说，说什么都行。只有遵命。在提起笔的这一刻，我最想说的话是：我要向三联生活周刊人致敬，向这个群体致敬。

我要向周刊的记者们致敬。我任总编辑期间，曾两次带队出去采访，一次是云南地震灾区，一次是国外，和记者李菁、曾焱、王星、葛维樱、康晰、关海彤、蔡小川有过"密切接触"，对周刊记者的敬业、辛劳、无畏、担当等有深刻印象，特别是周刊记者在云南地震灾区的表现，令我终生难忘。

2012年9月7日11时19分，云南省昭通市彝良县发生5.7级地震,震源深度14公里,震中距离彝良县城约15公里,距离昭通市约30公里,虽然地震级数不算高,但由于彝良周边地质地貌复杂,加之同级余震接踵而至,导致受灾严重,人民生命财产蒙受重大损失。灾情就是命令,在四川汶川和青海玉树地震等多次地震中,周刊记者都是第一时间赶到现场,报道灾区情况,参与抗震救灾。这一次也是如此,经过紧急磋商,我带领周刊记者李菁、葛维樱、关海彤、康晰,以最快的速度赴灾区采访,同时承担捐助30万元(此款是周刊报道北京7.21水灾获得的善款)重建被地震中震毁的角奎镇云落小学的任务。从9月10日中午12时定下此事,到下午15时50分飞机起飞,中间只有3个小时多一点时间。而摄影记者关海彤原本正在家中照顾刚生孩子的妻子,接到通知后立即乘后续航班赶来,到昆明已是次日凌晨两点10分了。11日天刚蒙蒙亮,我们一行五人就奔赴昆明机场,拟搭乘9时50分去昭通的航班赶往灾区,等到的却是因昭通暴雨取消航班的消息。情急之下,我们花2300元租了一辆"猎豹"直赴昭通,路上大雨如注,浓雾笼罩,到傍晚才抵达昭通,经过整整一天的急行,我们终于到了震区的边缘。12日下午2时,我们到达震中——彝良县洛泽河镇。这里地震受损最为严重,地理环境极为险恶,余震不断。天上下着雨,头顶的山崖不时有滚石落下,一侧便是水流湍急的洛泽河。顾不上这些,我们周刊的记者跳下车便四散开来,分头去采访、拍照、搜集写文章的素材。我负责在街上随时了解震情并和救灾指挥部保持联系。很快两个小时过去了,雨越下越大,天色也暗了下来。接到指挥部通知,马上有余震,所有人员必须撤出,很快就要"封路",我急得要命,千呼万唤才把一个个像泥猴一样的记者召集起来，当我们刚撤离，一座山体便崩塌下来。想想真是后怕。晚上在县城一个小旅馆住下，余震来袭，房间的门框吱嘎作响，困极了的记者们不顾随时出现的危险，沉沉进入梦乡。第二天大家在县城深入采访，还落实了捐建希望小学事宜。这次与周刊记者同行，深感他们工作的不易和艰辛。特别是社会部的女记者，哪里有灾害、有险情就奔向哪里，采访和危险同在。同行的李菁说起葛维樱一件"轶闻"：一次采访中，小葛去悬崖的一个山洞里找罪犯藏在那里的笔记本，警察是从山顶上用绳子吊下去，她则是爬了上去。下山时她的羽绒服被树枝刮破了，填充的羽毛迎风飞舞，还没回过神，脚下一滑摔了一跤，爬又爬不起来，索性坐在地上哇哇大哭，声震山谷。记者们在说笑着，打趣着，旁听的我心情凝重，在一点一滴地凝聚着对她们的敬意。这只是一次同行，看到的一个片断，了解到的一个侧影。20多年了，我们周刊的记者期期如此，月月如此，年年如此，已成为司空见惯的常态，他们在为大家提供好报道、好文章的后面，有那么多鲜为人知的动人故事，言及至此，焉不动情？

我要向周刊的管理层致敬。他们依次是朱伟、李鸿谷、舒可文、苗炜、李菁、李伟、阎琦、吴琪。我2005年到三联书店后开始接触他们，2009年1月担任三联书店总经理并兼任生活周刊总编辑后更加了解他们，有的是近几年走上了管理岗位，李伟是新提拔的"老幺"，但也是周刊的"老资格"。前十年不说，这十年都是在他们"操盘"下运作，并逐渐走上周刊发展的顶峰的。作为主编，朱伟付出的心血最多，劳苦功高；李鸿谷进步最快，俨然已是后起之秀；其他人也都是兢兢业业，分兵把口，各司其职，襄之助之，共赴难关共创辉煌。三联生活周刊实行的是"主编负责制"，我们这一任领导班子真正把"主编负责制"落到了实处,给主编最大的权利、最大的信任。我作为总编辑只管原则，只管导向，只定社会效益和经济效益指标，其余一切由主编和他领导的管理层说了算。我所管的原则就是生活周刊的宗旨和文章必须有利于国家、有利于党、有利于社会、有利于人民。天下没有绝对的自由，世上也没有没有底线的事物。女人抹唇膏，要先画一个唇线，在唇线划定的范围内"涂抹唇色"，如果超出唇线范围，就要破坏脸部的大局，反之，范围之内尽可以摇曳多姿。我希望周刊继承韬奋先生关注大众、关注现实的现实主义办刊立场，多反映大众的喜怒哀乐和现实生活的风云变幻，少一些风花雪月和琴棋书画。我希望周刊继续自己讲道理、讲故事、且有深入分析独到见解的风格，有血有肉，不去图解政治口号，而是用情用理去推动世道人心的变化。我希望周刊把社会效益放在第一位，按我们周刊老前辈韬奋先生所要求的处理好事业性和商业性的关系，看重事业性，强调事业性，不断培基固本，在面向市场、争取市场效益的同时"不为浮云遮望眼"，不做市场和金钱的奴隶。我希望周刊秉承三联书店"竭诚为读者服务"的宗旨，处理好党性、人民性和知识分子属性三者之间的关系，一切为了人民，一切为着大众，避免贵族化倾向。我希望周刊继承韬奋先生的办刊传统和近代以来的新闻进步传统，遵守办刊规律，尊重事实，敢讲真话，坚持风格和特色。所有这些认识，我都是在和周刊管理层的交流和互动中渗透的、逐渐达成共识的。我很少去周刊，但我们有多种形式的交流。在和他们相处时，我们是朋友，不是"耳提面命"的领导，我只是把我们的思考说给他们，也不是什么"谆谆教导"。周刊的管理层很尊重我，很尊重领导班子，尽量按上述的希望去做，我们信任他们。信任也是一种压力，绝对的信任产生绝对的压力，朱伟没有辜负领导班子的信任，近五六年把周刊的事业做到最高值，获取了两个效益双丰收。周刊被评为建国六十年最有影响力期刊，获中国出版政府奖优秀期刊奖等多项殊荣，期刊国内数字阅读影响力排名第一，提升了社会美誉度，经济上也成了三联书店的重要支柱。在这些年发展中，周刊也有过误差，也受过挫折，但不经风雨见不到彩虹，这些都转化成了今后的财富。

　　我要向周刊的其他员工致敬。周刊就好比是一架机器，他的运作离不开每一个岗位、每一颗螺丝钉。就拿发行来说，我所熟悉的范于林老师，那样一个精瘦的人，那样一个年届花甲的人，肩上竟压着那么沉重的担子，负着那么大的责任，迸发着那么大的能量，不仅负责着周刊的发行，还要紧盯着《读书》的订数。我们的新媒体建设不甘落后，钦征已成为集团确定的新媒体建设人才。其他部门和人员我不一一列举，大家都圆满完成自己的任务，保持着周刊这家机器的高效运转，同时也在成长着、进步着，不少人加入了人才队伍，为我们周刊的后续发展积蓄着力量。

　　兼任周刊总编辑那些年，周刊每年的年夜饭我都要参加，不管路途遥远，不管雪大路滑，都要赶过去。我喜欢听朱伟报年终数据，"稻花香里说丰年"；我喜欢看店里分管周刊的潘振平和一些人浮大白喝酒，那种"不醉不归"的劲头；我更喜欢透过房间的玻璃，看周刊的员工在深夜点燃礼花，让漆黑的夜空缤纷灿烂。离开三联书店领导岗位，不再兼任周刊总编，自然不会再赶去吃年夜饭，但"梦里依稀花千树"，遥祝周刊明天更灿烂。

2014 年 10 月 19 日

在书店或是在去书店的路上

作为一名出版人，感受最深的是中华人民共和国建国七十年出版业的巨大变化；作为一名读者，最直观的感受是我国书店业的蓬勃发展。众多不同风格不同形式的实体书店像明珠一样镶嵌在祖国母亲的彩服上，成为一道亮丽的风景线，满足着广大读者的不同阅读需求。在首都北京，越来越多的24小时书店之花在各个区域绽放。在前门北京坊，24小时营业的"网红书店"PageOne吸引不少人进店"打卡"。位于地安门的中国书店，成为中轴线上24小时不打烊的文化消费地标。超市发四道口店也特意开辟出一块区域，由海淀区图书馆和超市发共同打造成24小时"共享书房"，把图书送到百姓身边。通州首家24小时书店项目"阅青山"已入驻东郎电影创意产业园，引得不少顾客慕名而来。在华熙LIVE·五棵松，言几又书店已经将闭店时间延长到晚上12点，满足夜间顾客的需求。

而这些24小时书店都得益于三联韬奋24小时书店的引领。2014年4月，我在三联书店任总经理时，创办了北京首家24小时书店，在当时产生了重要社会影响，引领全国各地一批24小时书店的诞生，也促进了实体书店的升级和转型。有人问我，你为什么要创办24小时书店？创办的初衷是什么？而要回答这个问题，就要从我的"书店情结"说起。

我出生在河南农村，是一个农民的儿子，从小喜欢读书，就得益于乡镇书店。我年幼时父母常带我去赶集，他们去办事时，就把我放在镇上的一个小书店，那里有许多小人书，我一边看小人书，一边等父母亲办完事回来。一次，我用积攒的钱买了一本叫《怒江少年》的小人书，它一下子打开了我的视野，不仅受到了思想熏陶，还被书中的故事所吸引，对文学创作产生了兴趣。1972年我当兵到了贵州盘县，盘县新华书店是我经常光顾的地方。因为负责给部队宣传科采购图书，还与书店业务科的同志建立了联系，从此和书店有了不解之缘。以后转业到地方工作，到书店看书、购书是我最感兴趣的事情，陪家人逛商店时垂头搭眼，到了书店却精神百倍。书店不仅可以购到预期中的好书，还可以不期而遇地"撞到"佳作，让人有"蓦然回首"之感，因此我对逛书店乐此不疲。八九十年代常到北京出差，公余总要逛北京王府井书店、三联韬奋书店、沙滩五四书店和西四新华书店等，每次出差都拎一大包书返程。

2005年我调到北京三联书店工作。三联韬奋书店就在办公楼底层，经常出入，有一种"坐拥书城"的感觉。作为一个读者，我在享受读书购书快乐的同时，也对书店的服务有了更高的渴求，期望书店服务更周到、更细心、更人性化。2009年担任总经理之后，更加重视三联韬奋书店的改革发展，在深入调研的基础上创办了北京首家24小时书店。

　　三联韬奋24小时书店为三联书店的全资子公司，是在1996年创办的三联韬奋图书中心（2010年转制为韬奋书店有限公司）基础上拓展创办的。书店经营面积1500平方米，图书品种8万多种，和"雕刻时光"咖啡馆联动经营，满足读者24小时购书、阅读、餐饮、购物、休闲等各种活动。创办京城首家24小时书店，主要有这样几点考虑：一是2014年政府工作报告首次提出"倡导全民阅读"，将全民阅读上升为"国家行动"，广大新闻出版工作者在推进全民阅读中有义不容辞的责任。三联书店作为著名出版品牌，应该在推进全民阅读行动中起带头和示范作用，不仅要多出好书，为人们的阅读提供更多选择，还要用力所能及的方式，为读者的阅读创造条件，满足人们的不同阅读需求。二是践行韬奋先生倡导的服务精神，竭诚为读者服务，为读者提供热心、周到、详尽的服务。韬奋先生最看重服务精神，他说，为读者服务要"竭心尽力""诚心恳意""尽我们的心力做去，以最诚恳的心情做去"，他要求店员："服务不仅仅是替人做事，而且要努力把事情做得好。所以我们不但要做事，而且要做得诚恳、周到、敏捷、有礼貌"，等等。而且这种服务是无条件的、不计报酬的。我们开办24小时书店，秉承三联传统，着眼社会公益，旨在为读者夜晚购书、阅读提供一块"阅读的绿洲""精神的净土"，给愿意到公共场所挑灯夜读的人打造一处"深夜书房"。三是在国家出台相关政策扶持实体书店的利好形势下，我们决心尝试创新的经营模式，拓展经营范围，提高经营水平，为书店注入新的生机和活力。开办24小时书店，不仅仅是经营方式和时间的延伸和拉长，更是企业升级换代转型的一个契机。我们决心以此为起点，建立新的运营机制和激励机制，紧密结合读者的需要提高服务质量，提升管理水平，提高企业的运营能力、赢利能力、抵御风险的能力，获得两个效益双丰收。我们着眼点是社会公益，着力点是搞好经营，通过自身努力为实体书店的生存发展闯出一条新路。

创办北京首家 24 小时书店，引起社会各界和广大读者广泛关注，一时间成为社会文化热点和议论话题，各种议论都有，但绝大多数是肯定和赞赏。李克强总理在给北京三联韬奋书店全体员工回信中高度肯定创建 24 小时不打烊书店这一创意，指出这是对全民阅读的生动践行，希望三联韬奋书店把 24 小时不打烊书店打造成为城市的精神地标，让不眠灯光引领手不释卷蔚然成风。全国百余家媒体纷纷报道，网上可搜到相关信息 60 万条，一个小小的仅 1500 平方米的 24 小时书店何以引起如此轰动？究其原因，是因为这一创举与市场要求与读者需求高度契合，与逐渐兴起且经久不衰的全民阅读浪潮高度契合。古人云，不积跬步，无以至千里；又云，千尺高台起于垒土。一切大创举，一切大成功，都是一件一件小事累积起来的。当初创办北京 24 小时书店，其目的就是适应读者阅读需要，把书店的单一售书功能变为售书和提供阅读场所两种功能，为市民打造一处永远亮灯的书房，变成一个深夜公共图书馆。说实在的，办这件事并不难，关键是愿不愿意做，想不想做，有没有一种推进社会阅读的责任感，书店 24 小时通宵经营不仅方便了人们阅读，还增加了营业时间，增加了营业收入，一举两得，何乐而不为？当时我们明确不以经济效益为目的，完全是着眼社会公益，尽社会责任。只要能够盈亏持平，我们就长期办下去。有人问，你们图个啥？我说就图吸引更多的人来这里读书。有人问，乞丐来了你们也服务？我说乞丐来了我们照样服务，读者无高低贵贱之分。

北京三联韬奋 24 小时书店能够获得成功，原因是多方面的，但成功的主要原因有以下三个方面：首先是党和国家高度重视文化建设和倡导读书的利好大环境、大气候。其次是三联韬奋 24 小时书店所具有的区位优势和优越的人文地理环境。最后是人们对读书和倡导阅读形成高度共识。人们对三联韬奋 24 小时书店的高度关注和肯定，源自人们内心对读书的喜欢和钟爱。

在北京三联韬奋 24 小时书店影响下，全国一批 24 小时书店应运而生，杭州、西安、太原、青岛等地都开办了 24 小时书店。除了直接参与一些 24 小时书店建设，我还常到一些 24 小时书店考察，学习经验，发现问题，和同行相互交流，探索创新路径。我每到一个城市出差只要听说这个城市开有 24 小时书店，无论行程多么紧张，我都抽出时间去看一看。我先后考察过深圳书城 24 小时书吧、杭州新华书店解放路店悦览树书房、长春万达商城 24 小时书店、大学生创业者刘二囍开办的广州 24 小时书店 1200bookshop 等。

来也匆匆去也匆匆，不是在书店，就是在去书店的路上。我愿意为更多书店之花的绽放贡献一己之力，以实际行动推动全民阅读的深入开展。

2019 年 8 月 26 日

第五辑

寻找幸运丁香

　　长春的春天到来时，最先开花的是丁香；当满街淡紫色的丁香如雪齐放，长春的春天便到来了。今年又是丁香飘雪的时节，我去看望我的恩师公木先生。望着他家附近东中华路两旁怒放的丁香花，我忆起了二十一年前丁香花开时节的往事，想起了恩师多年来对我的许多关爱。

　　1977年春天，我由部队来到吉林大学中文系就读。开学不久，公木先生给我们班开"毛泽东诗词讲解"课。开课前，辅导员介绍说：这就是公木老师,《中国人民解放军进行曲》(后改为"军歌")的词作者，我国著名诗人。我在部队时，常听常唱"向前向前向前，我们的队伍向太阳"这首歌，但并不知此歌为谁所作，更不知眼前的公木老师就是歌词的作者。听了介绍，当即便对站在讲台上的先生产生了几分敬意；几节课过后，觉得他讲课认真细致，对人质朴和善，便又增加了几分好感。当时我对诗歌创作正在兴头上，渴望能有人给予指教。便托教写作课的张宇宏老师带我去拜访公木先生。记得那是丁香花开的一个晚上,月光下的丁香花正开得蓬蓬勃勃,尽管春风和煦,景色迷人,但走在去他家的路上,我的心情依然有一些紧张。因为随身携带的"军用书包"里装着我的诗歌习作,其中有一些是在部队完成的,有一些则是到校后写出的,如《诗与剑》《赠同志》等则是前几日为纪念"四五"运动一周年完成的急就章。带着这些幼稚的习作,去拜见一位全国著名诗人,不是去关公面前要弄大刀吗?但是在先生家落座不久,紧张的心绪便一扫而去。先生是那样的和蔼谦虚,又是让座,又是倒茶,一点都没有名人的架子。当他听说我爱好诗歌并发表过作品时,就像在园圃发现一株幼苗一样惊喜。他接过我递上的诗稿,简略地翻了一番,认真地说"我留下看看"。这一次,我们只唠了半个多小时,他鼓励我适应新的生活环境,结合专业学习把创作水平再提高一步。一周之后,公木老师托张宇宏老师把诗稿还我。展开看时,多数诗稿上有改过的痕迹,圈圈点点,有鼓励,也指出一些毛病,倾注着公木老师的心血。连我因河南方言浓重而用错的韵,公木老师都给改了过来,批曰"是'脚'(jiǎo)不是'甲'(jiǎ),今后类似用韵要注意区别"。看着公木老师精心改过的诗稿,我的内心又多了几分感激。

几分敬意、几分好感、几分感激,奠定了我对公木先生的最初印象。这之后,公木先生虽不再担任我们课程教师,但我遇到难题还是常向他请教,每次公木先生都诲人不倦,循循善诱。公木先生虽和善,但在学业上要求很严,是出了名的严师。临毕业那一年我投考他的研究生。他欢迎鼓励我报考,但当我想问一下复习范围时,他却严厉地说:"没什么范围,凡学过的都要复习。"我心不死,仍想套他的话:"老师,我想了解一下您在先秦文学方面的主要观点。"因为公木老师招的是先秦文学研究生，说实话，我是想套一点他出的题。公木先生却正色道："我的观点都在和杨公骥先生合著的那本《中国文学史》里，你自己看去吧！"但是，当我终于专业课过关因外语不及格而名落孙山时，公木老师却很是惋惜。毕业时我去看他，他握着我的手说："到了部队仍要坚持学习，坚持写作，可不要荒废啊。"以后我转业回长春，家就住在公木先生家近旁，去请教他的机会就更多一些。每次去，他都要询问我的近况，问写没写什么东西。接着便谈他对文学，对诗歌，对社会科学发展趋势的见解，真是"与君一席话，胜读十年书"，使我屡屡获益。其间我陆续有几部作品问世，其中两部请他撰写序言，先生欣然从之。序言中有赞美有褒扬，但更有殷切的期望。在给我的杂文集《社会与人生》作的序中，他直言指出："发现并提出更有现实意义的问题，且予以更深刻的解答更精彩的表达，减少一分浅露，增加三倍韵致，真正走作家的道路，是必须付出更多艰苦的。"期望我"以此作起跑点，再向前莫停留"。最近给我新出的文集《笔端流痕》作序，公木先生更是表达了他对后辈进步的欢欣："从1977年初希安入吉林大学中文系算起，我们相识二十余年，可以说是看着他长大的。我作为他的老师，对其每一点进步都由衷地喜悦。"在充分肯定了这部文集"写真事，说真话，道真情，求真知，以真实动人心弦"、"文风朴实、感情浓烈、语言通畅而不乏幽默感"等优点和特色之后，也一针见血地指出："个别平平之作杂陈其间，有的好作品也还缺乏深细加工，因此不能全然曰荟萃之作。"这就是我的公木老师！他真的是"于好处说好，于坏处说坏",时刻勉励自己的学生细研精进。1997年6月下旬,我兴之所至,写了一首歌颂香港回归的诗歌,名曰《七一,我在大街上行走》,特意到公木先生家读给他和师母吴翔老师听。公木先生在肯定的同时,也提出了具体的修改意见。以后在《长春日报》发表时,我便按他的意见做了修改和完善。丁香花开了又谢,谢了又开,二十一年过去了,尊敬的公木先生,你给我这棵小树浇了太多的水,施了太多的肥,打了太多的杈,恩师情长,我心自知。

八十八度春秋,六十余年奋斗,公木先生是人们公认的我国著名诗人、学者、教授。但是,公木先生总自谦地说:"我这一辈子就是个教员,我很喜欢教员这个称号。"他曾向我历数他的从教生涯。从1932年开始,他就在中小学当过教员,以后参与创办东北师范大学,到鞍钢办职工教育,主办北京文学讲习所,接着在"反右"斗争中蒙冤,改造结束后被分配到吉林大学任教。数十年讲坛耕耘,数十年春种秋收,如今真的是桃李满天下了。吉林大学建校45周年校庆时,中文系曾有个大型聚会。在学校鸣放宫大礼堂,几代学生共送公木先生一块上书"莘路春风"四个大字的牌匾。当公木先生走上台讲话时,一阵阵雷鸣般的掌声经久不息,让人热泪盈眶。这时坐在台下座位上的我,深深感到公木老师养育的是一块一望无际的苗圃,而我只不过是其中的一株幼苗。六十余年来,公木先生以自己的人品和学识,培育了几代难以数计的人才,而他则受了多大的委屈、付出了多少血汗!当年,他替文学讲习所的学生流沙河等人讲话,成为被打成"右派"的重要"罪证"。然而,在长期的逆境中,先生不改初衷,以他那无畏的胆略、宽广的胸怀、精细的劳作，做铺路的石、过河的桥、登天的梯，把多少人送上了成功之路。难以数计的人才像那难以数计的丁香花瓣，沐浴成长在春风雨露之中。

坐在公木老师家的斗室里，窗外的丁香花沁过来阵阵略带点苦味的芬芳。心香一瓣，学生对老师的回报不过如此。出门走在丁香花盛开的大街上，见一老者围着一棵丁香树转悠，问之，才知他是在寻找五瓣丁香。老者说：丁香花通常都是四瓣的，谁能找到五瓣丁香，就会找到好运。我受老者的感染，也加入进去寻找那五瓣的丁香。我想采一朵五瓣丁香献给尊敬的公木先生，送上学生对老师的深深的祝福。

心香一瓣祭恩师

日子过得好快啊，再撕下几页日历，1999年元旦就要到来了。每当年终岁初，我都要给公木师送挂历。一进门，师母吴翔就招呼："看，希安给您送挂历来啦！"公木师微笑着从单人沙发上站起，我们共同把挂历在长沙发上展开欣赏，老师总是连连说好。是的，我送的挂历他喜欢呢！多年交往我知道老师的欣赏意趣。1999年元旦来临之际，我从众多挂历中选了一本《故宫馆藏名画》送给老师，但是老师走了。从他走那天算起到今日，走了近两个月。走了也要送去，这是学生的一点心意；而且尊敬的师母健在，我们活着的人还要一天天度日。我是多么期盼公木师依然能和我们一起撕下一页页日历，共同去送迎日落日出啊！

站在公木师家门前，我的心情铅一样沉重，鼻子有一些发酸。原本是打算进屋坐坐的，结果临时改变主意，站在门口把挂历递给师母，拜了个早年便抽身而去。因为我怕进去控制不住自己的眼泪，而引起师母的伤感。转身，下楼，进了光线阴暗的楼门洞，我的眼泪便涌了下来，大滴大滴地落在水泥地上。"每逢佳节倍思亲"，在新年就要来临之际，公木师，学生对您有刻骨铭心的思念啊。

　　从我入吉林大学读书您给我们授课算起，我们相识交往了二十余年，其间由于撰写《公木评传》，和您接触更多更密切一些，也更多地研究了您的生活、作品和学术生涯，便对您有了更深入的了解。公木师，我知道您是个彻底的唯物主义者，对名利乃至生死都看得淡，想得开，"嗟彼往而不返也，寥天大化百其生"您的诗里蕴含着何等样的胸怀！但是，我却知道您并不愿离去，并没准备离去。1998年国庆节，亦即您离开我们的前20多天，我出国前去探望您。在您新居的书房里，在上午阳光的沐浴下，您情绪高昂谈您的著述打算，以及拟指导助手研究哪些项目，还问我有没有时间和您一起搞点课题。虽然您华发满头，虽然您步履蹒跚，虽然您疾病缠身，虽然您听力骤减，但您依然壮怀激烈，像伏枥老骥一样渴望冲刺，希冀生之余年在研究领域再收硕果。师母告诉我，您昏迷摔倒被送到医院救治后，曾有短暂的清醒。师母和您开玩笑说："您刚才到马克思那里报到，马克思没要您，您又回来了！"您笑一笑，幽默地说："我的课题还没搞完呢！我的助手外出调研未回，我有些话没交代呢！"人之将去，还惦着您的课题，老师，您是带着遗憾上路的啊。

　　您去了，没有留下什么家产，却留下一首万世传唱的《中国人民解放军军歌》，留下了为后辈研究奠基的一本本学术专著，留下了一批批被称之为桃李的学生。您去了，许多人怀念您，不少人写了悼念您的文字。在我眼里，您是一个"一从结发读宣言，便把头颅肩上担"

的巍然信者，是一个"莫矜夸已经占有，只贵在永生追求"的决然行者，是一个"融汇中西文化，解读过去未来"的睿然智者，是一个"落红不是无情物，化作春泥更护花"的护花使者。但是，今天我且不说这些。我只叙说您关心青年和后辈而又鲜为人知的几件小事，让人们知道您也是一个有普通人情感的蔼然长者。

大约是在70年代吧，您听说系里一个学生刚毕业就把头一个月工资丢了，便从自己工资里拿出20元送给他，还拉着手安慰，让他用这些钱买些锅碗盘盏，安顿一下生活。还有一个学生毕业后张罗结婚，没敢惊动您，您知道了却亲自登门给人家送去一本相册。这相册至今被当着宝物一样保存着。大约是在80年代中吧，您远在内蒙的一个学生的妻子给您寄来一封信，述说丈夫病逝后自己带孩子生活的困顿，希望通过您让当地政府给以帮助。您和内蒙的这个学生并不相熟，甚至叫不上他的名字。但他妻子的来信却揪了您的心。您让我看过这封信，还问我有没有在内蒙政府部门工作的同学。记得您让师母给内蒙那边回了信，这件事后来如何解决的，我就不知道了。但是，你在这件事上体现的真诚善良，却铭刻在我的心里。这之后不久，您收到了一封来自安徽的素不相识的人的来信。写信者是父子俩，长期从事古典文学研究，很冒昧地寄来一本书的写作提纲，请您指点。既非您的学生，又非乡亲，素昧平生，但您表现出的热诚令人难以置信。您打电话让我去您家，让我即刻帮助把书的提纲复印30份，因为您要就此召开座谈会，广泛听取其他专家学者的意见。在您的帮助下，安徽的父子俩完善、出版了自己的专著，以后成了全国知名的专家学者。大约在您去世前的四五个月,您让师母给我去电话,向我打听认不认识北京某家出版社的领导,因为您的一个学生吉大毕业后到南京大学读博士,毕业后想应聘去某出版社工作,希望您给以引荐或找人从中联络。我被您关心后辈的精神所浸染,托人给写了一封引荐信送到您家,师母连同您的复信寄给了南京的学生。这件事成没成,我不知道,但我知道,您为自己的学生尽到了最大努力。这时您正是八十八岁高龄,千头万绪,时不我待,还分出精力处理这些闲杂余事,可见您对后辈的关心真是"春蚕到死丝方尽"啊。

公木师,人们都知道您是著名诗人、学者、教育家,人们还应该知道,您对同辈是很好的朋友,对后辈是慈祥的长者。您为人老实、厚道,从来"不因恶小而为之,不因善小而不为",积善成德,在您的身上体现着中华民族几千年来扶危济困、见难相帮、以诚待人的传统美德。您去世后,那么多人追念您,不仅因为您是名人,一生成就斐然,而且也因为您有崇高的人格,您身上有一种人格魅力。

公木老师,您走了,书上也称之为"仙逝"。仙界和人间自然不可同日而语。"洞中方七日,世上已千年",我们不能用同一种历法;但是,我还是要给您送一本挂历,一本您喜欢的挂历,希望您仍和我们分享快乐和痛苦的每一天。老师,您答应我吗?

1998 年 12 月 26 日—27 日

壮歌遏行云
——纪念公木百年诞辰

"向前,向前,向前!我们的队伍向太阳。脚踏着祖国的大地,背负着民族的希望,我们是一支不可战胜的力量……"

每当听见《中国人民解放军军歌》那雄壮的歌声,我就想起歌词作者、我国著名诗人、学者、教育家公木。

公木1910年农历五月生于河北辛集北孟家庄,今年是他百岁诞辰。公木一生对国家对民族对人民贡献卓著,在现代诗歌创作、学术研究、教育实践等方面有很高地位。

公木原名张松如,公木是他常用的笔名。其实,他除了发表诗作,日常生活、教学科研是很少用笔名的。他1930年1月加入共青团,从此走上革命道路。1939年七八月间,在延安和郑律成合作创作《八路军大合唱》一举成名,荣任胡耀邦直接领导下的军委直属政治部文艺室主任。1942年作为唯一一名部队文艺工作者代表参加延安文艺座谈会,受到毛泽东的接见。1953年在鞍钢搞职工教育颇有成效,受到毛泽东的肯定和赞扬。1954年10月,周扬出面调公木到北京,接替丁玲任中国作家协会文学讲习所所长。党的十一届三中全会之后，冤案平反，任吉林大学副校长、吉林省作协主席等职。

人们提起公木，最先想到的会是气势磅礴的《中国人民解放军军歌》。

1939年夏秋，公木和郑律成在延安的窑洞中合作创作《八路军进行曲》，后更名为《人民解放军进行曲》，1965年更名为《中国人民解放军进行曲》，1988年7月25日，经中共中央批准，中央军事委员会决定，将《中国人民解放军进行曲》定为中国人民解放军的军歌。

除创作《军歌》歌词外，公木还创作了电影《英雄儿女》插曲《英雄赞歌》等优美和谐、传唱不衰的歌词。

作为诗人，公木对我国诗坛的贡献是巨大的，为后辈留下了许多脍炙人口的诗篇。

他和臧克家、田间、艾青等是齐名的，处在同一创作期，成果也一样丰硕，著名诗篇有《我爱》《哈喽，胡子》《鸟枪的故事》等。从1927年创作第一首诗《脸儿红》开始，到1998年7月写下最后一首诗《读〈鹏城颂〉——致张朔》，他的创作生涯长达70余年，出版过《人类万岁》《中华人民共和国颂歌》《崩溃集》《黄花集》《棘之歌》《公木旧体诗抄》等10多部诗集。他的诗创作，到在延安主编《部队文艺》和发起成立"鹰社"时达到第一个高峰，代表作《鸟枪的故事》发表于《部队文艺》第一期，在延安曾引起轰动。公木有深厚的文学功底，兼擅新诗旧诗创作，有丰富的创作实践，对诗词创作素有研究。1961年到吉林大学中文系任教后，开讲《毛泽东诗词解读》得心应手。不仅从政治视角，更从艺术视角，从诗词创作规律的角度进行解析，大胆深入，向人们展示出一个瑰丽独特的艺术世界。这部讲稿出版后，重印30多个版次，发行60多万册，创造了诗词鉴赏类图书畅销的奇迹，产生了广泛的社会影响。

公木的学术研究起步很早，到晚年老树著华，更是硕果累累，为繁荣发展社会科学一些领域的学术研究做出了重要贡献。1935年公木作《屈原研究》一文，署名章涛，刊于《东方文化》3月号上，同年还由北平震中印书局出版了他的第一本专著《中国文字学概论》。1954年他与杨公骥合写《中国原始文学》，并共同拟定《中国文学史纲目》。1958年与朱靖华合著的《先秦寓言选释》。1979年1月，公木被错划为右派的问题得到改正，恢复了党籍，进入人生新时期，学术研究也进入黄金阶段。他"御风与时间同步"，抓紧一分一秒时间著述写作，相继出版了《诗要用形象思维》《老子校读》《老子说解》《诗论》《商颂研究》《历代寓言选》等专著。皇皇六卷《公木文集》，其中大部分是这一时期完成的。特别引起学界关注的，是他在晚年发表《第三自然界概说》，提出"第三自然界"的理论范畴。他对《老子》等古代典籍的研究，将历史文献和出土文献相结合，开拓出学术研究的新境界，受到海内外学界的高度重视。

公木还是我国著名教育家，他的大半生是在学校的讲坛上度过的。从中学到大学，从国统区到解放区，从北京到长春，他呕心沥血教书育人，以自己丰富的知识和满腔的心血培养了一批批学子。除了有形的作品、研究成果和教学业绩，公木还给我们留下了许多无形与有形的却又很宝贵的东西。

甘为人梯的园丁精神。公木一生大部分时间从事教育工作，热心传道授业，辛勤栽培，可谓桃李满天下。这些学生，既有著名的专家、学者，也有优秀的记者、教师，既有身负重任的各级领导，也有基层一线默默奉献的普通工作人员，甚至是未曾谋面的晚辈后生。他不仅培养了成千上万的学生，而且培育了一大批诗人，为我国诗坛输送一批一批新生力量。

百折不回的真理追求。公木一生追求真理，受尽人生磨难，但他百折不回。他一辈子敢讲真话，为此吃了不少苦头，也依然不改。他说：真话不一定是真理，但真理一定是真话。说真话是求真理的前提。进入改革开放新时期后，他对政坛的一些风气不满，有感于有的领导干部不愿听真话，他几次以诗的形式，反映一个老共产党员的心声，向党的总书记胡耀邦提出建议。他对自己作诗、治学、为人的要求是"不拜神，不拜金；不崇古，不崇洋；不媚时，不媚俗；不唯书，不唯上"，敢于直言，一副铮铮硬骨。公木自从选定了共产主义信仰，就没有改变过。坐过牢，被通缉过，甚至有被杀头的危险，都不能使他改变信仰。即使被党组织多次错误处分，直到被划为右派、开除党籍，蒙受那么大冤屈，遭受那么多苦难，也没有改变信仰，依然对党和人民肝胆相照。他在一首诗中披露心声："一从结发读宣言，便把头颅肩上担。遵命何如革命易，求仁自比得仁难。穷途未效阮生哭，晚节当矜苏子坚。问俺早知这么样，早知这样也心甘。"

朴实无华谦和的诗人品格。公木为人忠厚朴实，朴实得像他家乡冀中平原的农民，普普通通，低调行事，不喜张扬。待人接物特别谦虚和善，不争名，不争利，与人友好相处。有人当他的面夸赞《中国人民解放军军歌》，他总是说："主要是郑律成同志的曲子作得好，是音乐给它插上了翅膀。"说到《东方红》的署名，有人问他："1949年出版的《大家唱》第二集，发表《东方红》歌曲时，署名是张松如改词，后来署名怎么变了呢？"他也只是淡淡地说："我只是在沈阳参与整理的执笔人，不敢掠取创作之名。"

斯人已去，风范永存。最后，让我们引诗人臧克家先生的诗《东北有嘉木——祝张松如（公木）老友八十寿辰》，作为本书的结尾，也以此表达我们对他的怀思：

  东北有嘉木，挺拔知根深。
  不与争春色，自有岁寒心。
  我颂岭上松，我歌老诗人。
  诗人为我友，木讷见醇纯。
  君子貌若愚，含练实超伦。
  术业成就大，叹我望后尘。
  长饮延河水，战斗愿献身。
  诗歌千百首，引吭发强音。
  论交兄弟行，差肩五六分。

形骸隔千里,交感两颗心。

白头互映照,永在是青春。

2010年6月28日

一个绝不随风飘荡的人

2010年6月21日,是我国著名诗人、学者、教育家公木(张松如)百年诞辰。

提起公木,人们最先想到的是气势磅礴的《中国人民解放军军歌》《英雄赞歌》和由他编订完成的著名歌曲《东方红》。这些歌,半个多世纪以来随风飘扬,激励着千百万人的心,并将永远地传唱下去。

1939年夏秋间,公木和郑律成在延安的窑洞中合作创作《八路军进行曲》。1940年夏,《八路军进行曲》在《八路军军政杂志》刊载后,便在各抗日根据地军民中传唱。1941年8月,该歌曲获延安"五四青年节"奖金委员会音乐类甲等奖。全国解放战争时期,《八路军进行曲》更名为《人民解放军进行曲》,歌词略有改动。1951年2月1日,中央人民政府人民革命军事委员会总参谋部颁发试行的《中国人民解放军内务条令(草案)》,将《人民解放军进行曲》改名为《人民解放军军歌》。1953年5月1日,中央人民政府人民革命军事委员会重新颁布的《中国人民解放军内务条令(草案)》,又将其改为《人民解放军进行曲》。1965年更名为《中国人民解放军进行曲》。1988年7月25日，经中共中央批准，中央军事委员会决定，将《中国人民解放军进行曲》定为中国人民解放军军歌，邓小平签署了颁定军歌的命令。

《中国人民解放军军歌》的歌词内容，反映了中国人民解放军的性质、任务、革命精神和战斗作风，曲调气势磅礴，坚毅豪迈，热情奔放。词曲浑然一体，表现了人民军队一往无前、无坚不摧的革命精神，塑造了中国人民解放军肩负历史重托，为中华民族的解放英勇奋战的英雄形象。

对广为传唱、家喻户晓的《东方红》歌词的修改定稿，是公木歌词创作的又一杰作。《东方红》是一首曲调优美的民歌，它的曲调是由陕北民歌"骑白马挎洋枪调"移植而来。1944年，陕西葭县农民李有源、李增正叔侄依据此曲调自编歌词传唱，初称《移民歌》，第一段为"东方红、太阳升，中国出了个毛泽东。他为人民谋生存，他是人民大救星"奠定了《东方红》的基调。1945年10月24日，包括公木在内的东北文艺团到达沈阳。文艺工作队为了向当地群众宣传党的政策，需要准备一些节目，大家想到《移民歌》中有歌颂伟大领袖的句子，决定把它改成一支可供演唱的歌曲，于是由公木、刘炽、雷加、严文井、王大化等几位工作队的同志，聚在一起参与歌词修改，由公木执笔负责记录。大家你一言，我一语，凑成后几段。之后，公木又对歌词进行了整理修改。歌词第一段保留《移民歌》原词，将"谋生存"改为"谋幸福"。第二、三、四段歌词是新填上去的。第四段主要是唱东北民主联军的，这一段只在沈阳一带传唱过。不久，随着"东北民主联军"

的番号取消，这段歌词也就没有人再唱了。

作为诗人，公木与臧克家、田间、艾青等齐名，著名诗篇有《我爱》《哈喽，胡子》《鸟枪的故事》等。从1927年创作第一首诗《脸儿红》开始，到1998年7月写下最后一首诗《读〈鹏城颂〉——致张朔》，他的创作生涯长达70余年，出版过《人类万岁》《中华人民共和国颂歌》等10多部诗集。他的诗歌创作，到在延安主编《部队文艺》和发起成立"鹰社"时达到第一个高峰，代表作《鸟枪的故事》发表于《部队文艺》第一期，在延安曾引起轰动。1942年5月，他有幸应邀参加"延安文艺座谈会"，更是燃烧起了旺盛的创作激情。

和一般诗人不同，公木不仅写诗，而且着力进行有关诗歌创作的研究。他提出歌诗和诵诗的概念，认为"歌诗是先写词后谱曲，而诵诗则只能朗诵"，并对此进行了长期的理论研究和创作实践。在文学讲习所时，他主要是指导学员写诗和进行其他创作。为了加强指导，他对新诗进行了深入研究，出版了《谈新诗创作》一书。1961年到吉林大学中文系任教后，公木开讲《毛泽东诗词解读》得心应手。他不仅从政治视角，更从艺术视角、从诗词创作规律的角度进行解析，向人们展示了一个瑰丽独特的艺术世界。这部讲稿经精心修改后，1994年由长春出版社出版，先后重印30多个版次，发行60多万册，创造了中国诗词鉴赏类图书畅销的奇迹，产生了广泛的社会影响。

作为我国著名教育家，公木仅在大学就工作了40多个春秋。他呕心沥血教书育人，以自己丰富的知识和满腔的心血培养了一批批学子。早在20世纪30年代初，公木先生就在山东、河北等地的师范和中学教过书，抗战期间又曾在延安承担过抗大、鲁艺的教育工作，新中国成立后，历任东北大学、东北师范大学、中国作协文学讲习所、吉林大学的教学和领导工作。回顾往事，公木说："我的一生应该说是一个教员。写诗都是业余的……全部精力都用在教学岗位上。"

做事，公木先生堪称大家；为人，好友臧克家用"绝不随风飘荡的人"来评价他。

公木1930年1月加入共青团，从此走上革命道路。1930年8月1日，刚加入革命队伍不久的公木，响应北平地下党号召参加"暴动"和"飞行集会"，暴动失败后被敌人逮捕，关进北平警备司令部监狱。阎锡山已决定将这批政治犯"祭刀"，只是时局发生变化，蒋胜而阎败，公木才侥幸保全了性命。半年后他因参加抗日救亡集会，再次被捕，羁押于北平市公安局，一个月后被保释。1933年春天，他参加革命活动的踪迹被敌人发觉，警察已派人到北平师范大学抓他，幸亏地下党传信早，他爬上老槐树翻墙逃跑，才没被抓住。抗战爆发后，他几经周折来到西安，并在山西打了一段游击，后受组织委派护送女同志来到延安。

新中国成立后，1954年10月，公木接替丁玲任中国作家协会文学讲习所所长。1958年夏，他以中国作家协会代表的身份，赴匈牙利、罗马尼亚访问，积极宣传党的"双百"方针。然而，回国后却被划成了右派，开除党籍，下放到吉林省图书馆劳动改造，开始了长达20年之久的坎坷人生路。

而这所有的不幸和挫折都没有压倒公木先生，更改变不了他的坚定信仰。他在一首诗中披露心声："一从结发读宣言，便把头颅肩上担。

遵命何如革命易,求仁自比得仁难。穷途未效阮生哭,晚节当矜苏子坚。问俺早知这么样,早知这样也心甘。"被开除党籍远离组织时,他依然心在组织内,处处按照一个党员的标准行事,"肉烂依然锅里滚,船翻犹自岸边行"。他说过:"你看那黄河,从发源地下来,曲曲折折,拐了多少弯,但它依然奔腾向前,终将流入大海。"

　　斯人已去,风范永存。让我们世代传唱那些随风飘扬的歌,永远记住这个绝不随风飘荡的人。

2010 年 6 月 13 日

永不消逝的军歌精神

我作为作者代表,参加今天《我们的队伍向太阳——中国人民解放军军歌词作者公木的多彩人生》出版座谈会。内心很激动。这本书是我们献给中国人民解放军建军九十周年的礼物,我们把对公木先生的了解和深情凝聚于笔端,为广大读者介绍这位集诗人、学者、教育家、军歌之父于一身的革命者的多彩人生,旨在进一步弘扬军歌精神,为强军和实现中华民族的伟大复兴提供精神能量。

公木的一生是追逐理想、坚守信仰、追求真理的一生;是青少年时代就投身革命洪流,为祖国繁荣富强和民族解放事业奋斗的一生;是"以诗歌为生命",为人民勤奋创作奉献文艺精品的一生;是以极大热情投入教学科研,"甘化泥土润花根",为国家建设事业培养大批栋梁人才的一生。他是人们获取人生事业成功、特别是在逆境中进取实现人生目标的学习楷模。

我和另一位作者石丽侠都是公木先生的学生,从 1977 年他在吉林大学中文系课堂上给我们讲授《毛泽东诗词讲解》课算起,一直到他去世，前后交往20余年。多得益公木老师的教诲，也和他们一家建立了深厚感情。屈指算来，公木老师已离开我们近20年了。时间是最好的过滤器，一些喧哗的东西过时了，一些虚幻的东西消失了，一些模糊的东西更加模糊，而一些真切的东西却更加真切，所谓"尘埃落定"，我们对一些事物认识得更加清楚。近20年了，公木老师的形象在我们眼前更加高大、更加丰满，同学们聚会，常常谈起公木老师，忆起他给我们讲课时的情景。时光的流失，更凸现出他境界之高远、诗艺之高超、人格之高尚，他取得的成就用"丰功伟绩"形容也不过分。诚如有人之所言，人这一生在事业上有一个亮点就很不错，他却有一连串的亮点；人这一生能在事业上登上一座高峰已属不易，他却到了几个高峰的峰顶。我们钦佩其业绩，更敬佩其人品，许多学生尊老师为"完人"，虽然有些过誉，但也是肺腑之言，他的有教无类、诲人不倦、亲切和蔼、善良仁厚、质朴无华给多少人留下深刻印象。

公木先生虽然离我们而去了，但他创作的歌还在，他留下的业绩还在，他创造的精神财富仍然在鼓舞激励着我们前进。在长期学习研究公木先生生平事迹过程中，我们深深感到公木先生身上有一种精神磁场，有一股一般人所不具有的精气神，我将其概括为"公木精神"，它的基本内涵包括五个方面：

一是肩负重任勇往直前的军歌精神。向前，向前，向前，不可阻挡，永远向前，这就是"军歌精神"，"脚踏着祖国的大地，背负着民族的希望"，使我们勇于牺牲，不敢稍有懈怠。写出军歌歌词、深解歌词立意的公木，一定比一般人更能深刻领会"军歌精神"。脱离战争年代，离开人民军队，仍然可以发扬"军歌精神"，作为教学科研工作者，表现在公木身上的就是一直向前不知疲倦的"老黄牛"精神。公木说："只要活一天，就要思索一天，工作一天。"可谓"春蚕到死丝方尽，蜡炬成灰泪始干"，他垂暮之年仍在阅读大部头《资本论》，弥留之际尚惦念没有完成的科研选题，就是很扎实的例证。

二是朝向光明百折不回的坚定信仰和真理追求精神。追求真理、探寻社会发展规律并按照规律前进，是共产党人和一切革命者的内在品质。公木的一生都在为追求真理而奋斗，甚至为之遭遇曲折，给人生带来诸多磨难。尽管如此，公木也不改变对真理的追求。"真理如大道，崎岖没尽头。不谢能占有，只要肯追求。"（《公木旧体诗抄》第 135 页）他说过：真话不一定是真理，但真理必须是真话，而且只有说真话，便意味着追求的是真理。诗人很难保证说的是真理，但必须在时时处处对事事物物严肃地追求真理。他主张"诗人是真理的战士，他拂去蒙蔽正义的灰尘，使罪恶低头而战栗。"（公木：《谈诗歌创作》）

三是献身教育事业甘为人梯的园丁精神。公木一生长期从事教育事业，可谓桃李满天下。他热爱"教师"这个职业，喜欢听"老师"这个称呼，愿意站"三尺讲坛"，乐意和学生打交道，他像园丁一样为幼树浇水、施肥、培土，看他们一天天成长成参天大树。他关心帮助年轻学子的事例很多。一天公木到吉大中文系取信件，看到一个妇女带孩子来校报到。攀谈中知道该新生叫赵雨，家中遇到困难，好不容易凑齐学费，公木心里便有所惦念。以后又观察得知赵雨勤奋好学，基础扎实，便在多处予以关照，毕业时建议其留校。但按学校规定，本科生不能留校，为此公木特地找到校长，提出让赵雨来做自己的助手。就这样，赵雨破格来到了公木身边。他在公木的指导帮助下进步很快，在职读到博士毕业，成为学院出类拔萃的年轻教师。作为助手，他和公木共同承担国家课题研究。公木去世后，赵雨赋诗作文多篇悼念恩师："何事阑珊泪雨新，四千余日总相侵"。其中《汉俳》二十首情深意切，首章"难忘那一年，总怜接引入学坛，教诲润心田"，便是回顾当年公木助他入学的过程。

四是脚踏实地注重创新的科研探索精神。公木教授著述等身，得益于他脚踏实地的学术研究态度。他决不讨巧，也不想走所谓捷径，老老实实做学问。到了晚年，他还花750元买一套新版《列宁全集》，为的是掌握最新译意和查准一些引文的出处。丰硕科研成果取得的同样得益于他"不拜神、不拜金；不崇古，不崇洋；不媚时，不媚俗；不唯书，不唯上"的创新探索精神。他说："知今不知古，谓之盲瞽；知古而不知今，谓之陆沉；知中而不知外，谓之鹿寨；知外而不知中，谓之转蓬。视野必兼古今中外，基点当是今日中国。应是于自我意识以及自我意识的嬗变，进行时空双向化的批判、继承、吸收、扬弃，从而辩证地综合。实现自我突破，自我超越，自我完善。"（《作诗·治学·为人》前言）这是公木向往的作诗、治学、为人之道，也是他学术研究的自况。

五是力行大爱宽厚善良的仁者精神。凡是接触过公木的人，都对其为人给予极高的评价。伟大出于平凡。公木身上的仁慈、善良、真诚、宽厚、谦和、平等待人等品格，都是平常一点一滴发散出来的，而周围的人也是一点一滴感受到的。

著名作家韦君宜在她的《思痛录》一书中写道：

"他（公木）到底是因为什么划右派的？我和他同一单位，都没有弄清楚……此人被打成右派后，遣往东北。我在多年之后，又见到他，他在教书。见我时，头发已白，开口只谈教书的话，一字不提当年如何划成右派的。这就是'向前 向前 向前！我们的队伍向太阳'的作者。这个歌，人民解放军至今还在唱。"

公木精神具有重要的现实意义，特别是他虽九死而未悔的对信仰的坚守，对真理终生不懈的追求，更值得今天的人们学习。我们决心做"公木精神"的传人，用手中的笔去叙写、描绘、刻画学子眼中的公木老师。虽然说"有一千个巴尔扎克就有一千个哈姆雷特"，但是我们坚信，真善美的东西一定会得到人们的认同。老师追求一辈子真善美，我们要把老师身上的"真善美"加以弘扬，使之有益于我们今天，有益于我们的社会，这就是我们写作这本书的目的。

公木先生是一棵苍松、一棵劲松，一棵不老松，他和郑律成合作创作的军歌，是一首战歌，一首英雄赞歌，一首不朽之作。向前向前向前，让我们唱着这首歌前行，为更加美好的明天而奋斗。

2017 年 7 月 24 日

痛悼"华子良"

惊悉"华子良"（小说《红岩》中华子良的生活原型韩子栋）于1992年5月19日在贵阳逝世，终年84岁。我默默无语，心里痛悼着我尊敬的韩老，和他交往的往事也一幕幕涌现在脑际……

1984年春节，我将《双枪老太婆传》一书写出后，便将打印稿寄给了韩子栋同志，请他修改、审定。当时我并不认识韩老，也没有通过别人从中介绍。但意想不到的是，韩老很快就回了信。从此我们开始了书信之交。

1988年7月，韩老带女儿、外甥女来到长春。我如愿以偿，终于见到了那个长期装疯作傻、忍辱负重，终于从虎口逃脱的"华子良"。虽然只陪伴韩老几天，却给我留下终身难忘的印象。

韩老来长春前曾寄我一信告诉大概行期。估计他已到长春，我便往长春所有高级宾馆的服务台挂了一遍电话，得到的答复都是没有接待名叫"韩子栋"的客人。我实在没有想到，最后竟是在极为普通的长春市政府第三招待所找到了他。进了他住的房间更令人惊讶，十多平方米的地方放三张床铺，显得十分拥挤，桌上摆着吃剩下又舍不得扔掉的馒头、咸菜。

韩老听见敲门声推门而出，映入我眼帘的他一如常人，中等个头，方形脸，清癯瘦削，头上黑白发间有，和《红岩》中那个"高挑个子，一头白发"具有传奇色彩的"华子良"不大相同。但我注意到，他浓眉下那双微陷的炯炯有神的眼睛，却和华子良没有两样。

老人年届八十高龄，精神依然健旺，步履轻稳有力。他亲自倒一杯热茶给我，从而把我的拘束一扫而光。我提出和省内有关部门联系，请他换到高级宾馆去住。韩老坚决不让。他说："我是悄悄来长春的，公私兼有，看看过去的老战友，再做些力所能及的事。这里吃、住蛮不错了，不要再给组织增加麻烦。"在长春停留期间，他始终不让和有关部门联系，不请求给予任何照顾。到儿童公园游览，是和女儿、外甥女步行去的。在我保证不惊动省内有关部门的情况下，才答应坐我所在单位的一辆客货两用北京吉普，去游览了胜利公园和南湖公园，观看了长春市容。

一天晚上，我陪"双枪老太婆"邓惠中烈士的女儿邓叶芸、女婿傅亚宾去看望韩老。韩老拉着邓叶芸、傅亚宾的手久久不松开。他们几年前曾在重庆见过面。那一次，韩老激动地对他们说："我同你们的妈妈并不像《红岩》所写的是夫妻，但我十分敬佩她。她为革命洒尽了最后一滴血，人民会铭记她的。"说完，特意在烈士墓前合影留念。

韩老出生在山东省阳谷县景阳冈下，16岁去鲁大煤矿做工。因闹罢工被通缉，只身出走北平，在那里参加了共产党,翌年被捕,辗转监禁，最后被押到重庆白公馆。在息烽监狱时，他结识了中共川康特委书记罗世文，在罗的领导下和敌人开展斗争。

韩老对我说："罗世文指示我不要暴露共产党员的身份，麻痹敌人，为党的事业继续斗争。他牺牲后，我忍辱负重，装成痴痴呆呆。其实，我清醒得很。按照狱中临时支部关于'全体越狱不成，就走一个算一个'的指示，我利用被看守押着当挑夫外出买菜的机会，终于逃出了敌人的魔掌。"他历经艰险到达晋冀鲁豫解放区，拿起枪和凶恶的敌人在战场上拼杀。

韩老一再谈起要对青少年进行革命传统教育。教育他们学习革命先烈的优秀品质，献身祖国"四化"。韩老身体力行，在长春停留三天，仍抽时间应邀到南关区做了一场报告。

韩老告诉我，他正在发起筹备成立小萝卜头基金会，通过实物教育，用小萝卜头宋振中烈士的事迹教育广大青少年。在他的奔波与主持下，北京、重庆、贵阳、承德、第二汽车制造厂等先后立起了小萝卜头的铜像、汉白玉像和铝合金像，收到了良好的教育效果。

转眼几年过去了，我企盼着再与韩老见面，却传来了噩耗，我痛惜失去了一位生活的楷模、慈祥的老师和善良的长者！但我相信，韩老精神不死，"华子良"永生！

悼臧老

早上收听广播,从电波中获悉我国文坛再失巨擘,99岁的著名诗人、作家臧克家2月5日晚8时30分与世长辞,我的心情非常沉痛。尽管在此之前,我已从友人处得知臧老的99岁生日是在病床上度过的,医生已对家属下了四次病危通知书,但还是默默祝福他能闯过百岁大关,甚至盼望他能病愈康复,再在红霞公寓的寓所接待我们,再谈笑风生地攀谈聊天。然而他去了,这一切都成为往事,我陷入默默的思忆之中。

臧老是对我国新诗做出卓越贡献的著名诗人。他从1925年发表诗作,创作生涯长达80年之久。成果之富、影响之大,被视为"一部活生生的中国新诗史"。其《烙印》《老马》《罪恶的黑手》《春风集》《欢呼集》《今昔吟》《学诗断想》等都是跨越时空、经久传诵的名篇佳作。他奇迹般的生命历程与一个世纪的日月沧桑相同步,有幸成为历史变革的见证人和革命事业的参与者,在不同历史时期都创作出有代表性的优秀诗篇,成为点燃人们心灵之光和激扬时代精神的号角。中国有很多人知道诗人臧克家的名字,读过他的诗,甚至能背出他的诗句。

作为一个诗歌爱好者，我崇敬他的诗，同时也崇敬他的为人。在仅有的几次交往中,体察到他不仅具有诗人的魅力,同时也具有人格的魅力。他不仅是人们崇敬的诗人，也是我们做人的榜样。

记得是在1978年初，由于粉碎了"四人帮"，久寂的文坛开始热闹起来，《人民文学》《诗刊》《十月》等杂志一时间洛阳纸贵。这年《诗刊》第一期发表了臧老的长文《论诗遗典在》，集中论述对毛泽东同志就旧体诗创作致陈毅信的理解，提出了许多有利于旧体诗词创作发展的新见解。当时我是吉林大学中文系二年级学生。读了臧老的文章很受启发，但对其关于"今诗"和"古典决不能要"的解释有不同看法。也是年轻气盛，当即便写了一篇和臧老商榷的文章,寄给《诗刊》并请转交臧老。文章和信件寄出后，在一段时间内杳无音讯。就在我即将失望之时，《诗刊》第四期登出了我指名道姓和臧老商榷的文章。这使我深受感动，为臧老的胸襟和气度所感动。众所周知，臧老是解读毛泽东诗词的专家，对毛泽东诗词和创作思想有精深的研究。一个小毛孩子的"一孔之见"竟能引起他的关注，不能不让我心生感激。当时臧老虽不再担任《诗刊》主编，但仍是编委和顾问，如果没有他的同意，我的文章是断然登不出来的。十年过去之后的1988年夏季，我撰写《公木评传》（公木先生是《中国人民解放军军歌》词作者、著名诗人、学者、教育家），需要采访深知公木先生的臧老，便冒昧地按响了他坐落在北京交道口赵堂子胡同宅院的门铃。臧老和夫人郑曼女士热情地接待我，使我一下子消除了面对大诗人的紧张和冒昧而来的不安。我主动说起在《诗刊》刊登文章的往事,对当年的"唐突"

和"冒犯"表示道歉。臧老拉着我的手，用山东大汉洪亮的嗓门大声说："这事我都忘记了。你一说，我还有那么一丁点印象。应该允许不同意见嘛，应该提倡向权威挑战嘛，雏凤清于老凤声，未来是你们青年人的，年轻人要敢于发表不同意见，真理越辩越明嘛！"我当即感受到，这件往事不仅没造成当事人之间的"隔阂"，反而拉近了我和臧老的距离。他对我越发热情起来。不仅详尽地介绍了他所知道的公木先生的一些情况，而且当场展纸挥毫为《公木评传》题写了书名。当我告辞时，老人竟冒酷暑送到院门外作别。

冬去春来，一晃十余年过去。2000年3月，为落实《臧克家全集》出版有关事宜，我和时代文艺出版社总编张秀枫专程去北京探访臧老。因为旧房拆迁，他家暂住在北京饭店贵宾楼后面不远的红霞公寓。当时臧老已是九十五岁高龄，且因病多次住院。虽然比上次相见老了许多，腿脚也不如先前灵便，但精神矍铄，依然嗓门洪亮，声震屋瓦。医生是不让他见客的，家人也极力劝阻，但听说我们到来，他非出来会客不可，且在客厅一坐就是一个多小时。他淳朴自然，思维敏捷，滔滔不绝地谈诗，谈故人。说到长春，说到东北，老人很兴奋："长春我去过。那是冬天，很冷，很有意思。一汽很大，斯大林大街很宽阔，吉林是好地方呀！"当说到《臧克家全集》的出版，他的话却很少，让我们就具体事宜和郑曼女士及他的小女儿郑苏伊商谈。他有几句话给我的印象十分深刻。当我们问及整理全集文稿时，是否有一些东西需要"避讳"和删改时，他毫不犹豫地说："尊重历史，实事求是，我过去也说过错话，办过错事，不能搞为长者讳、为尊者讳那一套！"寥寥数语，掷地有声，又增加我们对老诗人的几分敬意。现在，凝结着他一生心血和汗水、收入他各个时期、各种体裁作品的12卷本《臧克家全集》已经出版。其独具的审美价值、认识价值、史料价值，成为中华民族一笔不可多得的文化遗产和精神财富。

　　臧老走了，但人们不会忘记他。诚如他的诗《有的人》所言：有的人活着／他已经死了；／有的人死了／他还活着。斯人已去，但他的诗，他的精神永远活在我们心里。

2004年2月8日晚

闻酒识将军

"葡萄美酒夜光杯,欲饮琵琶马上催。醉卧沙场君莫笑,古来征战几人回。"这首诗描绘了古代将士在疆场饮酒的情形。古往今来,将士们都对酒"情有独钟",它可以抒豪情、壮胆魄、慰苍凉,更何况沙场喋血九死一生,"今朝有酒今朝醉",别是一番悲壮情怀。因此在我的想象里,将军总是和酒联系在一起,人性酒性有内在的包涵和融合。对酒豪歌,醉酒舞剑,借酒识胆,会有意想不到的收获。

去年秋在南京中山陵8号参观许世友将军住过的小楼,工作人员指着地下室说:"那时这里边有个酒柜,是专门为将军储酒用的。"许将军平生善饮,英雄海量,嗜酒如命。有好事者作过测算,按1天饮1斤酒计,他一生喝的酒,要装三四辆解放牌卡车。许将军有一句名言:"冷酒伤肺,热酒伤肝,没酒伤心。"还有一句话:"戒饭可以,戒酒不行。"据说"文革"初期,造反派抄了他的家。当他受到毛泽东的接见并委以重任返回南京后,到家先查看他的酒柜。当发现茅台酒被全部抄走时,这位威震三军的三星上将竟伤心地一屁股坐倒,大骂造反派是一帮不要脸、不得好死的"酒贼"。后来，他在不同场合几次说："造反派都是小偷，不讲政策的酒贼，抄家时茅台酒一瓶也没有留下，全贪污了。"寥寥数语，道出了酒在将军心目中的分量。

将军一生和酒有不解之缘。少年时代在少林寺习武，为小饮初始，端的是"酒肉穿肠过，佛祖心中留"。在吴佩孚的部队里当兵，打死了人，要枪毙他，送来了断头饭，还有一壶酒。将军想："死了也要当个饱鬼，黄泉路上不挨饿。"他把饭菜吃了，酒也喝了，喝得浑身热乎乎的很快活。结果"刀下留人"，他没死，却染上了酒瘾。长征途中，将军挑夫的担子里时常有酒，这是他的一点"特殊待遇"。红四方面军长征前夕在师级以上干部会议上宣布"禁酒令"，但规定许世友除外。别人不服，总政委陈昌浩说："你们中有谁比许师长酒量大的，也可以喝，但杀敌立功必须比他多！"在延安，因"抗大事件"将军被关押了一段时间，后在毛泽东的干预下被放了出来，他出来的第一件事就是要酒喝。别人给他弄了一坛酒，6只红烧猪蹄，他一个人全包了。门外的老百姓围着看热闹，说："好家伙，一个黑胖子，吃掉一盆子肉，喝了一坛子酒！"有材料说，毛泽东还请他喝了酒，他一边喝"延安醇"，一边听毛泽东讲新鲜的革命道理，最后"咚"的一声跪在毛泽东脚下："我一辈子跟着您！"以后在胶东，许将军的通讯员背的水壶里总是装满酒，这是他的心爱之物，也是战斗胜利后他给指战员的奖品。据说后来上朝鲜战场，他还带去了一箱白兰地呢！中越边境自卫反击战得胜凯旋，将军更是摆起了"庆功宴"，他带头痛饮，凡敬酒来者不拒，杯杯滴酒不剩。快哉，将军打了一辈子仗，饮了一辈子酒，酒成了他人生一道壮丽的风景。

将军是个粗人，直人直性，快人快语，酒风也极其粗犷豪放。他的劝酒方式独具一格。在宴席上，他先端起酒杯，说一声"干"，不管人家喝不喝，自己一口喝个底朝天。接着眼睛直直地盯着你："喝！"如果你解释说："不会喝。"他眼一瞪："你怕老婆！"你要是解释说："身体不好，医生不让喝。"他眼又一瞪："你怕死！""怕老婆"不光荣，"怕死"更不光彩，弄得你不喝也得喝，一旦你喝下第一杯，将军更来劲了："罚酒，罚酒，明明会喝却装不会，罚酒三杯！"连喝带罚，喝罚并举，客人不醉也晕乎乎的。有时甚至动起手来，搞得人家很难堪。一次一位将军实在不能喝酒，他让监酒的捏住人家的下巴往里灌。传说为这事，有人向周恩来告了状。周恩来用"以酒制酒"的方式教育了将军，让他知道"天外有天，人外有人"，不要罚人喝酒，自己也不要过量。这件事没有得到证实。但许世友确实敬佩周恩来，他曾深情地说："总理这人，能力强，人品好，酒风更好。""九大"时许世友喝酒喝多了，选林彪当接班人那天，他竟然迟到了。许将军爱饮酒，也喜欢饮酒的人，他认为饮酒的人豪爽、讲义气，能说得来，所以挑选秘书也要能喝酒的。你不会喝酒，他首先就瞧不起你，说你不像个男子汉。到了晚年，将军豪饮的气概仍然不减。一次青岛市请客，考虑到他身体不好，便没上白酒，上的是青岛啤酒。他"砰"的一声把酒杯磕在桌上："白酒呢，没有白酒请什么客！"说完起身就要离去。人们赶快拉住他，直到倒上他喜爱的"茅台"，将军脸上才有了笑容。

将军是个粗人，但他粗中有细，也有细腻的感情。他知道酒有利于沟通情感，消除隔膜，在人际关系上出现问题时，便常以酒疏通，何况都是老战友、老朋友，"生生死死一杯酒"嘛！战争年代他和谁有了思想隔阂，便摆上两碗酒，你一碗，我一碗，说"过去的都过去了"，一仰脖把酒喝光了事。和平年代就要复杂一些。许世友晚年重返南京后，听说有些老将军对他在"文革"中的一些言行有意见，有人还骂了娘，对此，许世友既有委屈，也有内疚，怎么办，来个负荆请罪吧。他摆了一桌宴席，把一些老同志请来。酒过三巡切入主题："文革"中我做了一些错事，你们也受到不少委屈。有意见赶快提，当面提，再不提我就进棺材了。"坦率赤诚几句话，酸甜苦辣一席酒，都是过去出生入死的战友，大家便原谅了他。据说许世友辞世前，自知不久于人世，他把曾共过事的人一一请来。床头上放一瓶茅台酒，两只酒杯，与每位前来看他的人，每人干上一杯，恩恩怨怨杯酒了结。这是绝世酒，也是融情酒，酒中斟满了将军对人世的眷恋，也斟满理解、宽容和豁达。

　　许将军病重后，医生严禁其饮酒。一辈子表里如一的他却"阳奉阴违"，趁人不注意偷偷地喝上几口。病危时多好的药都起不到镇静作用，但只要用筷子蘸茅台酒在口中滴进几滴，他便立刻安静下来。将军去世后，在清理其遗物时，发现他的全部财产是：国家配发的一张三尺半宽的棕绷床，一张办公桌，几只旧沙发，两床旧棉被和几套洗得发白的旧军装，几双布袜子和自己亲手编织的旧草鞋。唯一的贵重物品，就是那个小酒柜里剩下的40多瓶茅台酒。这些酒，有人提出全部随葬，有人主张放一半，最后确定象征性地放上一瓶，这符合将军一生勤俭的品性。为了将军饮用方便，没有忘记随带一只白玻璃小酒杯。

闻酒识将军。通过一个个将军与酒的故事,我们又一次目睹了他的品格。此时,将军也许正在仙界畅饮吧。

1999 年 1 月 10 日晚 7 时

站在将军楼前

我站在将军楼前。这栋楼坐落在南京中山陵8号院内，两层，米黄色，在正午阳光的照射下安详静谧。门前的松树、侧边的草坪均散发着大自然的气息，包裹着这栋小楼。这栋小楼现在看起来太简朴啦，即使矗立在大街上也不会惹人注目，但是当年它却威风凛凛。那时它是戒备森严的重地，整天有荷枪实弹的卫兵守卫着，现在则成了部队招待所的普通客房。客人只要有要求，便能安排进来住宿。我是因到中山陵8号东苑宾馆参加会议（将军楼现为东苑宾馆的一部分），有幸来将军楼参观。参观中方知楼里已变为客房，可随意接待客人，当时就思忖：早知如此，要求来这里住上一宿，那该会是怎样一种感受呢！要知道，这楼房当年的主人就是赫赫有名的许世友将军啊！我虽无缘在这里住上一宿，但却有幸在工作人员的引导下，把整座小楼的里里外外参观一遍，还登上楼顶的平台远眺紫金山秋色，俯视院内的景观。当同行者渐次离去，我面对将军楼陷入了沉思。

我对许世友将军并不陌生。这并不因为我曾是军人，也不因为我和其是河南同乡,而是我曾大量地潜心研究过其生平资料。10 年前的夏天,我乘长江客轮由重庆至武汉,途中邻铺一青年阅读的杂志上那篇《许世友土葬之谜》吸引了我。我一口气读下来,将军那栩栩如生的形象凸现在我的面前,当时就萌生了收集许将军资料,俟时机成熟撰写《许世友传》的构想。因此,我用两倍的价钱从邻铺手中买回了这本杂志。当时客舱里反复播放台湾歌星邓丽君演唱的歌曲,使我油然而生对比,吟出"金戈铁马许世友,清风明月邓丽君"的诗句。后来,只要遇到有关许将军的资料我就搜集,片言只字也不放过,总计达百万字之多。但因记叙将军经历的各种图书先后出版,我的写作计划终致搁浅。书没写成,但是大量资料的研读使我走近了将军,对将军有了全面的认识。我确信——

许世友是人民解放军建军 70 年来最富传奇色彩的将军(少林武功、农民本色、火暴脾气、豪饮放言、赤胆忠心)。

许世友是人民解放军战史上参战经历最长的将军(从 1927 年参加黄麻起义到 1979 年指挥对越自卫反击战,长达 52 年,全军绝无仅有)。

许世友是人民解放军里参政时间最长的军政两栖将军(连任三届 14 年中央政治局委员,去世前仍担任中顾委副主任)。

许世友是人民解放军中最受毛泽东信赖并长期倚重的将军(放手开辟胶东、驰骋解放战场、点名入朝参战、"文革"委以重任、重托制林安邦)。

站在将军楼前,将军一生的传奇经历在我眼前闪现。怀揣母亲给的一副镯子七个鸡蛋进少林习武,肩扛土炮参加黄麻起义,挥刀万源城头杀敌如砍菜切瓜，长征途中三过草地，延安城里"死里逃生"，渤海之滨斩杀敌顽，解放战场血战华东，入朝作战赴汤蹈火，下连当兵摸爬滚打，"文化革命"雄踞一方，林彪发难临危受命，听命中央生擒"四人帮"余党，对越自卫反击战再展雄风，这一幕幕场景如同一集集电视连续剧构成了老将军血火交融波澜壮阔的人生画图。

站在将军楼前，耳旁回响着人们对许世友将军的各种评价。党中央的评价是："许世友在近60年的戎马生涯中，战功赫赫，百死一生，是我军一位由士兵成长为将军的卓越指挥员。对党的事业和建设做出了重大贡献，立了大功。"他"是一位具有特殊性格、特殊经历、特殊贡献的特殊人物"。毛泽东生前批准许世友死后可以"黄土一抔掩风流"，邓小平则在许世友去世后批示特殊人物、特殊性格、特殊处理，给他发放了"棺葬"的通行证。军中一位秀才撰联评价许世友，曰："穿布鞋吃酸菜喝茅台种南瓜本色男儿；爱主席拥小平抓林彪骂江青爱憎分明。"老百姓则有老百姓的评价，有顺口溜为证，说："他什么都不怕，就怕毛主席和老娘；他什么都不爱，就爱山鸡和茅台；他什么都不要，就要一支枪在手；他什么都不想，就想死了棺材埋。"据说许世友对棺材特别看重，当年在孟良崮围歼蒋介石王牌74师，他下死命令："你们师长当团长，团长当营长，营长当连长，带头冲，牺牲了一人一口大棺材！"在他心目中，牺牲了的烈士能睡上棺材，就是最大的奖赏。现在，许世友如愿地在"棺材"中安息了。

我站在将军楼前，心中默默地思索：俗话说"盖棺定论"，我们该如何评价许世友将军呢？我生也晚，不能对将军有切身的了解；我思也浅，不能对将军的人生有真知灼见；我眼也窄，不能对将军做全方位透视。这里我只想"攻其一点"，说说将军身上最具光辉的"忠""孝"品质。人道"自古忠孝两难全"，许世友却以特殊的方式做到了。

许世友生前常说"两件事读书种田，一等人忠臣孝子"，这是他的座右铭，一生都身体力行。有人认为许世友的"忠"，就是忠于毛泽东，做忠臣。这话不错却不全面。许世友的忠，首先表现为忠于党、忠于中国人民的解放事业。许世友出身贫苦，从小备受欺压，21岁投身革命，1927年加入中国共产党并参加黄麻起义，从此浴血奋战，从士兵而班长，从班长而连长，逐级上升，到延安时已是一名军长。他不是为哪个人战斗，而是为整个阶级而战。即使到延安受了委屈企图拖枪而走，他的目的也是到"四川打游击，叫他们看看我们到底是不是革命的"！到了延安之后，因为清除张国焘错误的扩大化，许世友等四方面军的干部受到不公正待遇，他心里很苦闷，对诬陷他为"第二个张国焘"、"典型的托洛斯基"的人破口大骂："日你娘的，老子说了几句话就是第二个张国焘，就成了托洛斯基。啥毬托洛斯基，老子不懂，尽放狗屁！"以后发展为拟组织一批原四方面军的干部回四川打游击。事情败露后，毛泽东原谅了他，赦免他死罪，还多次谈心使他提高了思想觉悟。许世友后来说："毛泽东主席的一席话，一下子解开了我的思想疙瘩，使我感到非常舒畅，非常温暖。毛泽东主席多么了解我们这些工农干部啊！我郁积在内心深处的苦闷情绪，被毛泽东主席温暖的话语一扫而光。"可见许世友对毛泽东的知遇之恩的回报是建立在心服口服的基础上的。从那以后许世友对毛泽东一贯忠诚、言听计从，这种忠诚也不仅是对毛泽东个人的忠诚，他是把毛泽东和整个革命事业视为一体的。同样，以后的胶东抗战、喋血华东、入朝作战等，都不能视为忠于毛泽东的个人行为。在长达数十年的时间里两人情谊深厚，毛泽东视许世友为"忠臣"，许世友也以"忠臣"自居，对毛泽东的号令说一不二。毛泽东号召高级干部下连当兵，50多岁的他便欣然下连，同士兵同吃同住同放哨。毛泽东"文革"中让他读一读《红楼梦》，他硬是戴着老花镜把《红楼梦》读了5遍，这种"忠"是特殊经历、特殊性格使然，不能一概视为"愚忠"。即使是"愚忠"，也比"当面说好话，背后下毒手"的野心家、阴谋家们强百倍吧！

再说孝。许世友把孝看得很重。将军是一位孝子。父亲早逝，他对历尽艰辛拉扯他长大的母亲感情极深。但他从1926年参加革命后，除1931年春节回家吃了一顿团圆饭后，征战数十年未回过一次家。直到新中国成立之后，完成了抗美援朝、解放一江山岛，他才回家看望年迈的母亲。他出钱让随行人员买了一头大肥猪，宰了招待乡亲们，自己却一头扎进了母亲的住房。他在家待了一个多白天，加两个晚上，不曾离开这个小屋一下，一直陪伴着老人家。秘书和警卫员等人瞒着他轮流在屋外值班，夜夜见那盏温暖的小油灯伴着母子俩的乡音很晚很晚。他曾接母亲到济南去住，共享天伦之乐，可老人在山里劳碌惯了，在济南竟不习惯，只好又送回了大别山。老人返乡后坚持自食其力，临终前还在纺线，纺车上半个线穗没有纺完，她就倒在纺车旁离去了。许世友常说："我活着尽忠，忠于毛主席；死了尽孝，为母亲守坟。"为此他坚决不在申请火化的《倡议书》上签名，并获得了毛泽东的应允。

据说他生前已在父母坟前直线 30 米处选择了墓址，说是在这里能"给母亲暖个脚"。1979 年指挥对越自卫反击作战期间，他给儿子许光去信说："邮去现金 50 元整，这 50 元钱是为我准备后事用的，用这笔钱给我买一口棺材，我死后不火化，要埋到家乡去，埋到父母身边，活着精忠报国，死了要孝敬父母。"将军百年之后，终于如愿以偿长眠在老母身边。

我站在将军楼前，恍惚中似乎看见将军的身影在楼梯口闪现。将军和全家多年住在这里，他对这栋在 30 年代为孙科建造的洋楼很有感情。虽然没有空调设施，夏天要靠顶楼平台储水降温，但是此楼坚固、宽敞，还有一个储物的地下室，可收藏他每年收获的瓜果蔬菜。当年调离南京去广州后，他不让转交接任的丁盛，而是移交招待所，以便将来再回此居住。后来他调离广州到中央任职，却打报告回南京，又住进了这栋小楼。直至病危，他一步也不肯离开。这栋楼是将军中后期生活的见证，他在这里决策了许多"军机大事"，铸造了人生的辉煌，也在这里留下人生的遗憾。

楼内的工作人员告诉我，将军晚年赋闲在家，"老员外"的生活使他颇觉清冷寂寞，便以打猎和种地为乐。楼房右侧后边的草坪，就是将军原先种粮种菜的土地。他自己种粮食，种蔬菜，整日里忙着挖土、锄草、浇粪，收获的果实吃不了就送人。我在曾是当年菜地的草坪上散步，脚下踏踩着将军的一段人生，再望望眼前不复有当年气象的小楼，油然而生许多感慨。

1999 年 1 月 10 日晨 2 时

大鸾翔宇起淮安

1976年1月8日,这是周恩来同志逝世的日子。到今年1月8日,他老人家已离开我们23年了。日月不居,沧桑巨变,在庆祝改革开放20年巨大成就的同时,我们十分怀念当年绘制四化蓝图的周恩来总理。不久前我有机会寻访淮安周恩来故居,这是伟人起步、大鸾展翅的地方,它给我们留下了深深的怀念与思考。

淮安坐落在苏北平原中部,位于京杭大运河要津,水运发达,经济繁荣,这里曾诞生过西汉军事家韩信、西楚霸王项羽、明代文学家吴承恩、民族英雄关天培、抗金女英雄梁红玉等历史名人,而周恩来的诞生,更使淮安闻名遐迩。

周恩来故居位于淮安县城镇淮楼西北隅300米处的驸马巷内。1898年3月5日清晨,周恩来诞生在巷中段的一所宅院里。追溯起来,周家并非世居淮安,只是到了周恩来祖父这一辈才从绍兴迁来。周恩来曾说:"我的祖父叫周殿魁,生在浙江绍兴。因此,我算是浙江绍兴人。我的家庭近几代是绍兴师爷,到了祖代,搬到淮安当县官。我便生在淮安,那是1898年。"据查周氏宗谱,周家与鲁迅(周树人)同宗同族。周恩来的祖父周殿魁(字攀龙)曾任江宁管公仓的财政官员,后到淮安当师爷,便定居淮安,与二哥周亥祥合买下驸马巷里的一所宅院。晚年他谋了个淮安府山阳县(后改为淮安县)后补知县的职位。周殿魁有4个儿子,二儿子周怡能便是周恩来的父亲。周恩来的诞生使周家充满了喜气,父亲对他寄予厚望,取名恩来,另取了个小名叫大鸾。传说鸾是一种与凤凰齐名的神鸟,象征吉祥、幸福、安宁。在祖父留下的这所宅院里,周恩来读书、劳动、生活,度过了12年。我们现在参观的故居是按1910年的原貌修复的,于1979年3月5日正式对外开放。20年来,它接待了来自海内外的无数游人,许多党和国家领导人先后来参观过,并题词留念。我们在总理的诞生地、读书的房间,还有少年恩来辛勤劳动、提水浇园的遗迹——一口水井和一小块菜地前细细浏览,仔细观看周恩来少年时代用过的裁纸刀和油灯等物。他用这把刀给旧世界割开了口子,他用这盏灯给新世界送来了亮光。

由于特殊的家庭环境和遭遇,周恩来有三位不同意义上的母亲:生母万十二姑、嗣母陈氏、乳母蒋江氏。三位母亲都对周恩来的成长给予良好的哺育和影响。周恩来的生母万十二姑是清江浦(今清江市)人,是清河县(今淮阴县)知县的女儿。万氏美丽、善良、性格开朗、精明果断、乐于助人,读过五六年家塾,从小受到良好教育。周恩来不满周岁的时候,他最小的叔父周贻淦病危,且膝下无子女,为了使之有后可继,也为了冲喜消灾,周家经过商议把恩来过继给叔父,因此他便有了嗣母陈氏。过继后两个月,叔父去世,嗣母陈氏忍着丧夫之痛，与小小的恩来相依为命，把全部感情、心血和学识都倾注在对恩来的抚养和教育上。陈氏出身于书香门第，父亲是清朝的秀才，还稍通医术。在这样的家庭中，陈氏受到过良好的教育，自幼喜好诗文书画，有较广博的学识和文学修养，属于典型的中国传统才女。她性格温和，待人诚挚，办事细心，仁慈礼让，使恩来从小受到了良好的熏染。以后为了哺育养子，陈氏又托人在当地农家为他找了一位乳母蒋江氏，三人一同生活。乳母出身贫寒，为人耿直，淳朴宽厚，教给少年恩来不少社会知识和劳动技能，也把劳动人民勤俭朴实、行善积德等美德潜移默化地传给他。周恩来对乳母也很有感情。

然而少年恩来的这段人生是不幸的。1907年，生母和嗣母因患肺痨相继去世，家道也急剧衰败，父亲和伯父在外地谋生，年仅9岁的恩来就负起了支撑门户、照顾两个弟弟的责任。这一时期家中生活相当苦顿，全靠典当借债度日，但它却磨炼了周恩来坚强的性格。几十年后他曾回忆说："我从小就懂得生活艰难，父亲常外出，我10岁、11岁即开始当家，照管家里柴米油盐，外出应酬，在这方面，给了我一些锻炼。"

1910年，周恩来12岁时，远在奉天（今辽宁省）谋事的伯父周贻赓托人把周恩来带出淮安，到东北去生活、求学，从此，大鸾展翅飞出了淮安，一生中再也没有飞回。

从淮安走出的周恩来，对淮安一直存有深厚的感情，生前曾多次讯问淮安的情况，对这里的风土人情、桥溪巷陌记忆犹新，他多次嘱咐淮安县委，不要让人参观他的故居，而要人们到韶山去瞻仰毛主席的旧居。1958年还特意给县领导写信,指出"万不要再拿这所房屋作为纪念,引人参观"。1973年又对淮安县委重申"不要让人参观,不准动员住在里面的居民搬家,房子坏了不准维修"。体现了周总理严于律己虚怀若谷的高风亮节。

1998年12月29日

悼戴公

我国著名编辑家、出版家、著作家戴文葆先生去世了，我心里很悲痛。

我是在戴公辞世的第二天早上得到这一消息的。当时我才上班，刚坐到办公桌前，接到这条短信，心里很茫然，呆呆地坐了半天。我就是这样，遇到这种事情，就这样呆呆地坐着。我的父母去世时，我也这样，呆呆的，人麻木了，似乎不知道悲痛和哭泣。过了两天，当我从麻木中苏醒，确认最疼我的那个人去了，才痛定思痛，悲从中来。现在当我确认戴公这个出版界最关心我的老者去了，我们再不能面对面地谈话交流，我的悲伤便从心底涌了上来。大约在二十天前，我到他住的解放军三〇五医院去看他，天正下着雨，天气凉爽，保姆说这是戴公几天来最清醒的一天，他认出了我。我们已不能进行交流，但在输液中的他依然顽强地表达爱心，一遍遍让儿子留我吃饭。握别时我感到他的手仍很有力，估计他近期不会有危险，没想到这竟是最后的握别，最后一次感受戴公的爱心和温暖。

我有幸认识戴公并结缘，是在一九九二年的秋天。新闻出版署在桂林举办第一期出版社编辑室主任培训班，业界号称"黄浦一期"，署里非常重视，交广西局承办，地点在桂林的七星岩风景区，更是配备了超强的师资力量。我是班里的一名学员，记得的同学有现贵州出版集团副总唐流德、辽宁教育出版社总编马芳等，戴文葆先生、吴道弘先生是我们的老师。我真的很荣幸，不仅聆听了两位先生的授课，而且作为学员的唯一代表，和广西人民社李社长夏总编陪同两位先生到广西的北海、钦州、防城考察，还坐船越过北仑河到越南的芒街和北部湾参观。当时中越关系刚刚解冻，河两岸山上的地雷正在排除，越南境内的道路颠簸难行，北部湾一片竹寮在搞色情开发，都给我留下了很深印象。在几天愉快的旅行中，我和两位先生同吃同住密切接触，感到他们不仅课讲得好，引人入胜，而且极其平易近人，关心人，特别是关心年轻后生。戴公年近古稀，虽历经磨难（在"反右"、"文革"期间受到冲击和不公正待遇，一九七九年予以平反改正），但依然性格开朗，思维活跃，谈锋犀利，对新事物极感兴趣，喜欢和年轻人交谈。我欣赏戴老的睿智，喜欢他的性格，愿意向他请教与交流。戴公知道我办过报、办过刊，现在做政治编辑室主任，喜爱编辑工作，也愿意向我赐教。几天下来，当我们在南宁明园宾馆作别时，已经是依依惜别，成了无话不谈的忘年交了。当时我以为是性格相投，又有办报办刊的相似经历，他才愿意帮助我指点我。后来知道，他对年轻人倾心帮助，从来如此。他去世后，"生平"有一段评价："戴文葆同志热情地、不厌其烦的扶持青年编辑同志，为帮助他们提高编辑工作能力，他言传身教，多次在各地、各类编辑专业学习班授课。"戴公热心帮助过许多年轻编辑，我只是其中之一个。只是我那时已不怎么年轻，以后也没有成才。樗栎之材不堪造就，我是愧对戴公的。

  自从结交之后，戴公对我的帮助和指教就没有停止过。我在外地工作时，我们大多通过书信交流。虽然我的岗位几经变化，但我们的联系一直保持着。我遇到问题向他请教，他总是耐心地给以回答，不顾年事已高，写工工整整的长信。我将我责编的图书和我写的书寄给他时，他都认真地读过，并直率的提出意见。他对我著的《总编辑手记》尤其给以关注，认为这是有意义的总结和开拓，同时也诚恳地指出存在的不足，并具体地告我应从哪个方面去努力。戴公出生于江苏阜宁一个知书识礼的大家庭，自幼天资聪慧，好学上进，打下很深的国学基础，他对我的诗歌创作也提过很好的指导性意见，使我受益匪浅。二〇〇五年八月，我调到北京，在等待分配工作期间，去拜访戴公，我们整整聊了一个上午。他耐心地听了我的想法和打算，告诫我到新单位应注意哪些问题，在北京的出版界如何立足，还问房子怎么解决，爱人孩子是否随迁，工作、学习是否妥善安排，使我这个初到异地举目无亲的人备感温暖。分别时，年届八旬的他，执手将我送下楼，送出小区，送到北二环北的护城河边，反复叮咛，迟迟不肯离去。他离去时，我看着他的背影，想起了我已去世的父亲。我父亲去世后，戴公是使我又一次得享父爱温暖的人。行笔至此，我禁不住潸然泪下。

  到北京这几年，由于见面方便，当面聆听戴公教诲的机会多了，我常去拜访他。戴公既是编辑家，又是出版家、著作家，编辑、演讲、著述具精，学富五车，见多识广，是我国新闻界出版界的活字典，听他谈话真是一种享受。既听到了经验，又增长了见识，还丰富了情感。一次闲聊到我国著名报人王云五的奇闻旧事。戴公说，刚解放时，公家给王云五定的月收入是八石小米，王说什么也不要，问为什么，王就是不吱声。最后逼急了，王才说：给我八石米，我不就成了王八石（蛋）了么！这只是一个插趣，戴公知道的确实很多很多。戴公的去世，仅仅从我国新闻出版资料的收集来说，就是一个重大的损失。因此，诚如组织上对其最后的评价所言："戴文葆同志的逝世，既是其家人和朋友的损失，更是党和国家出版事业的重大损失。"

戴公去世了，我心里很悲痛。为我自己，也为我们党和国家的出版事业。

2008 年 9 月 12 日

清明二祭

清明节前夕,妹妹从河南乡下来电话,问我是否回故里给父母上坟。我说:去年清明去看过父母二老,今年不回去了,我要去祭奠三联的"二老",为三联老前辈邹韬奋、朱枫扫墓。我说这些话是真诚的。今年是三联书店创立八十周年,在将要隆重举办店庆的时候,我们三联人更加怀念开创三联大业的老前辈。我就是怀着追思溯源的心情,去为韬奋先生和朱枫烈士扫墓的。

祭扫韬奋墓

韬奋先生墓坐落在上海龙华烈士公墓。在墓园的一角有一个小小的墓碑,墓碑上镶嵌着韬奋烈士的照片,掩映在绿草丛中。3月30日上午,我们京沪港三联书店的领导和员工代表,约好了一起来韬奋墓祭扫,并以这种方式拉开八十年店庆的序幕。八十年前,邹韬奋先生创立的生活书店在上海诞生,三联事业因此起步。吃水不忘挖井人,我们怎能忘记这位开拓者奠基人？也许是我们的虔诚感动了苍天，也许是苍天有意来和我们共同祭扫，刚进墓园就下起了中雨，而且越来越大。但雨挡不住我们的脚步，更挡不住我们颗颗追怀先贤的心。韬奋先生的女儿邹嘉骊和亲友们来了，我们，三联的后人来了。我和三联书店的同仁从北京赶来，而三联书店（香港）有限公司的副总编辑李安女士，是头天晚上坐飞机从港岛赶来的。上海三联的同仁离龙华近，祭奠事宜由他们操办，扫墓仪式也由上海三联书店总经理陈启甸先生主持。我们依次抬着花篮放到韬奋墓前，然后列队宣誓，鞠躬，又一个个上前安放寄托哀思的菊花。作为领誓人，我带领京沪港三联书店的同仁向韬奋先生郑重宣誓：

  坚决继承韬奋先生遗志

  发扬三联优良传统

  竭诚为读者服务

  坚持与时代和人民同行

  团结互助，密切合作，为文化发展，为民族复兴，为国家富强努力奋斗！

三联人凝聚起的声音，似春雷，透过道道雨线在墓园上空响起。韬奋先生一定听见了我们的声音，也为此感到欣慰吧。举拳宣誓的那一刻，我久已麻木的心灵受到震撼，泪水合着雨水而下，打湿手中的讲稿，溶入脚下的土地。站在韬奋先生墓前，我更加清楚什么是崇高，什么是人生的追求。韬奋先生不仅是生活书店的创始人，更是我国进步出版事业的代表；韬奋先生不仅受到三联人的崇敬，更受到一切追求进步追求真理的人的尊敬。他编杂志、出报纸、办书店，为抗日救国、追求进步，和国民党反动派坚决斗争。为此他六次流亡，一次入狱，是著名"七君子"之一。他的立场像泰山一样坚定，任何利诱也拉拢不了他，把他变成"第二个陈布雷"只是蒋介石的梦想。他的骨头和鲁迅一样坚硬，不仅敢不听杜月笙的"规劝"，而且敢在戴笠面前拂袖而去。他真的为追求自由、真理，做好了牺牲一切的准备。"一介书生壮士心"，他为中国知识分子树立了样板和楷模。"韬奋精神"是韬奋先生留给我们中华民族的宝贵精神遗产。其中关于进步出版事业的实践和论述，对我们出版工作者更有直接的昭示作用。"坚定，虚心，公正，负责，刻苦，耐劳，服务精神，同志爱"，韬奋先生根据亲身感受概括的生活书店最可宝贵的八种精神，被三联同仁牢记和继承；韬奋先生关于正确处理事业性和商业性的教诲和实践，今天仍是三联人坚守的准则；竭诚为读者服务，以文化为本位，努力于引人向上的精神食粮，仍是三联人永远不懈的追求。

在雨中，我们宣誓；在工作中，我们履行对韬奋先生的承诺。

祭扫朱枫墓

祭扫韬奋先生墓的当天下午，我和店图书营销中心主任张作珍坐火车动车组赶往宁波，去参加第二天上午的祭扫朱枫烈士墓活动。我们原来的计划是先去南京办理业务，然后赶在清明节到宁波祭奠英灵，但在沪期间获悉宁波市委市政府3月31日举办清明祭扫朱枫墓活动，故调整行程，匆匆赶往宁波，到宁波再转至镇海，已近夜半时分了。

朱枫，原名朱贻荫、朱谌之，1905年生于浙江镇海一大户人家，参加革命后改名朱枫。她1938年在武汉加入中国共产党领导创办的新知书店，1945年春秘密入党后离开书店进入以贸易为掩护的华中局情报部门，共在新知书店工作七年多时间，期间和丈夫朱晓光一起去新四军军部开过随军书店。她出身大户人家，阅历丰富，为人真诚厚道，善于与人相处，又积累了丰富工作经验，在书店有很好的人望。究其一生，书店是唯一公开的谋职单位，而其他客栈、洋行、钱庄之类均为掩护身份所用，故而新知书店的职业生涯是她非常宝贵的一段人生经历。进入情报部门工作后，她多次出色完成任务。1949年11月，中华人民共和国刚刚成立，朱枫接受党的指示去台湾执行秘密任务。在她顺利完成情报传递工作即将返回大陆之际，由于台湾中共党的负责人被捕叛变，她被拘捕于返回大陆途中的舟山定海，最终吞金自杀未遂，坚贞不屈，在1950年6月10日下午身中六枪，牺牲在国民党统治下的台北马场町刑场。2011年夏天，我因公干去台北，曾专程去马场町凭吊先烈英灵。61年过去了，昔日腥风血雨的马场町刑场，已被改造成环境优美的马场町纪念公园。但公园中的浸满了烈士鲜血的黄土还在，那因掩盖血迹而不断增大的土包还在。在这个土包形成的"遗址"前，我献上鲜花，撒下白酒，送上三联人对朱枫这位前辈的思念。

在镇海革命烈士陵园举行的朱枫烈士墓祭扫活动，由宁波党政军共同组织，场面宏大，隆重热烈。前年在台湾友人的协助下，几经周折，朱枫烈士的骨灰终于运回大陆，并于去年7月安葬于烈士家乡镇海。今年清明是骨灰安葬仪式后第一次祭扫活动，同时举行朱枫烈士纪念碑揭幕仪式，因而受到当地党政军机关和社会各界的高度重视。朱枫烈士的女儿朱晓枫、儿子朱明等亲友从全国各地赶来，协助寻找骨灰的台湾朋友朱宏源、刘添财等从海峡那边赶来，我们作为朱枫烈士生前所在单位三联书店前身之一的新知书店的代表，参加了祭扫和揭幕仪式的全过程。

当我手捧一束白菊花，站在安放烈士骨灰的墓前，当我抬头凝视墓后方的大幅烈士雕像，当我瞻仰后去参观烈士事迹展览，我的心潮久久不能平静。我似乎明白人生应当如何树立信仰和坚守信仰，如何承接社会责任和勇于担当；我似乎明白了三联人应有的品质，三联何以称之为"革命的战斗的三联"！

祭扫完毕，我和张作珍又驱车来到位于镇海城区的朱枫烈士故居，故居坐落在镇海一中院内，只是当年"朱家花园"的一角，朱枫曾长期在此生活，这里的一桌一凳一草一木都令人怀想。朱枫烈士的两件遗物吸引了我的视线，一件是她长年用的一只行李箱，旧得已经分不清材质、底色，把手上的装饰物也已脱落，一件是她穿过的旧毛衣，上面已呈现多个破洞。遗物固然受到时光的侵蚀，但一看就是用旧的物品。一个大家闺秀，一个富有家产的千金小姐，参加工作后又负责财务和掌管党的大量经费，但她竟如此俭朴，却把大部分家产，包括她母亲留给她的三克拉钻戒等悉数变卖，购买出版用的纸张和器材，支持新知书店渡过难关，并坚持到革命胜利。

被誉为"潜伏式"人物、"台湾版"江姐，朱枫烈士的事迹在家乡乃至全国广为传颂，我们为有这样的前辈而自豪。由央视拍摄的朱枫专题片《枫叶红于二月花》正在摄制中，长篇传记《朱枫传》将由三联书店近期出版，相信她的事迹会为更多人熟知，她的精神会传得更远。

一片火红的枫叶在既往的时空飘落，但已永远收藏在亿万人的心扉。

2012年4月9日

将一束鲜花敬献在马场町纪念公园

七月一日是中国共产党成立九十周年纪念日,这一天,我没有留在北京参加这一隆重的庆典,而是随大陆赴台出版交流团到台公干,但是这一天的下午,我却做了一种有意义的事情——到台北马场町纪念公园凭吊党的优秀女儿、中国民主革命时期最后一名英烈、生活·读书·新知三联书店老前辈朱枫烈士。下午3时30分,我在《太平轮一九四九》的作者张典婉女士、新认识的台湾"老兵"姜思章陪同下,离开下榻的圆山大饭店驱车前往仅有30分钟车程的马场町纪念公园。马场町纪念公园即是国民党统治时期的马场町刑场,1950年6月10日下午,朱枫就是在这里被枪杀的。她临刑前高呼"中国共产党万岁"的口号,身中六枪,倒在了血泊中。和朱枫一起被枪杀的还有国民党"国防部参谋次长"吴石、"联勤总部"第四兵站总监陈宝仓,以及任吴石副官的上校聂曦。当年这起涉及国民党在台级别最高将领的间谍案曾轰动台湾,国民党《中央日报》头版头条以《国防部处决四叛逆,女匪谍朱谌之同时枪决》的醒目标题将此案公之于众并大事宣传。

朱谌之即朱枫，她是中共华东局派遣到台湾、专门联络吴石的特派员。在完成了党交给的传递情报的任务即将离台之际，因中共台湾党组织最高领导人蔡孝乾叛变而被捕继而被枪杀的，这位坚强的女共产党员、台湾版的"江姐"为党献出了年仅45岁的生命，将鲜血洒在了台湾宝岛，洒在了这个名叫"马场町"的土地上。

六十一年过去了，世事沧桑，一切都在变化，脚下曾经的马场町刑场，没有了当年狰狞的面目和惨烈的氛围，而是被改造成了花红绿柳环境优美的纪念公园。"这就是朱枫烈士当年遇难的刑场吗？"就在我疑惑之际，姜思章老人将我引到一个隆起的有几十平方米的土包前，他说"这里当年的确是行刑之地，人被枪杀后会铲来黄土掩盖血迹，久而久之，掩盖的土越来越多，就隆起了土包。变成纪念公园时，特意将这个土包留下作为'遗址'，朱谌之等四烈士就是在这里遇难的。"刹那间，我恍惚回到了腥风血雨的年代，耳畔响起了行刑的枪声，朱枫烈士被绑赴刑场时坚贞不屈大义凛然的面容浮现在我的眼前。当我把手中的一束鲜花摆放在土包前，把一瓶特意从北京带来的"二锅头"白酒洒在脚下的黄土地上时，我的眼泪止不住流了下来。作为三联的"后辈"，我敬仰这位先贤，我崇敬这位为信仰而献出生命的真正共产党人。

朱枫烈士牺牲一年后，上海市人民政府向她的亲属颁发了由陈毅、潘汉年签署的《革命烈士光荣证书》，但由于历史的原因，朱枫烈士的事迹鲜为人知。进入改革开放新时期之后，随着两岸关系的缓和，特别是去年12月在台湾有关人士协助下，朱枫烈士"忠骨返乡"，许多媒体关注这一事件并对这位女英雄深入宣传报道，她的事迹才广为人知。不过，人们的关注点集中在她如何"潜伏"又如何英勇就义方面，却对她的革命经历知之较少。我知道朱枫烈士是三联书店的老前辈后，搜集了一些资料，阅读了若干老三联人的回忆文章，比较完整地了解了她在新知书店工作的一段经历，更从内心充满了对这位前辈的景仰之情。

朱枫1905年生于浙江镇海一大户人家，原名朱贻荫、朱谌之，参加革命后改名朱枫。她是1938年在武汉加入中国共产党领导创办的新知书店的，到1945年2月由徐雪寒（新知书店创办人）介绍秘密入党，调离书店系统加入华中局在上海的贸易和情报部门，共在新知书店工作了7年时间。7年来在党领导下从事出版工作并和同志们朝夕相处，她给周围的人留下了深刻印象。1948年10月26日，按照党中央指示，生活书店、读书出版社、新知书店在香港合并成立生活·读书·新知三联书店，此时朱枫已离开书店，但是许多三联人仍以她为工作和处事的楷模。在新知书店，朱枫主要做财务工作，但当时书店经济困难，几乎无财可理，为了维持书店正常运转，她变卖家产，一次就捐助了五百大洋给新知书店。徐雪寒回忆说，这笔数目可观的钱，对党领导的这家资金十分窘迫的书店，"实在是雪中送炭，大大鼓舞了我们在艰苦生活中坚持岗位的士气。"四十年代初，日寇封锁加剧，大后方纸张和印刷器材奇缺。朱枫把当年母亲给她的一只三克拉钻戒变卖得款三千元，在上海买了大批印刷物资，并亲自押运，绕道香港，溯东江而上，直至广西桂林，确保革命出版工作的照常进行。朱枫就是这样一而再再而三地慷慨解囊无私奉献，支持革命出版事业。除此之外，朱枫还给身边的同志们留下了三点极为深刻的印象。一是她对同志极端热情，"有一颗金子般的心"（范用语）。新知书店徐波被捕出狱后身无分文，朱枫把当时仅有的银行存款全数取出给她，使她度过了等候去解放区的36天生活。一位姓沈的同志奉调去东北解放区，朱枫一夜未眠赶织了一双厚毛线袜送他御寒。一次，朱枫按组织要求送姓汤的同志上船去香港，上船后朱枫看到他风寒衣单，便到女厕所脱下自己的厚毛衣给其穿。这样的事例还有许多，朱枫对同志就是如此恳切真挚。二是对所爱的人关心备至，有一股火一般的情。朱枫的爱人朱晓光是她参加革命的领路人，对这位既是战友又是伴侣的爱人，朱枫爱之至深，令人感动。1941年奉党之命在新四军军部开办随军书店的朱晓光遭遇"皖南事变"，被国民党关押在上饶集中营。经党组织批准，朱枫三次以"周小组"的身份，凭借上层人脉关系进入集中营探监，还送来了大量的奎宁等药品和食品。在她的斡旋和掩护下，朱晓光终于越狱成功。朱枫比朱晓光小11岁，两人结合后以"梅""枫""兄""凤"相称，琴瑟和谐。朱枫赴台前寄给朱晓光一张照片，她在这张身着旗袍、微笑着坐在阳台上的照片背面写道："她是常常体验着'真实的爱'与'伟大的感情'，从此，将永远快乐而健康！""凤将于月内返里"，这是朱枫1950年1月14日写给丈夫最后的信，但是敌人的魔爪粉碎了他们最终团圆的梦。三是革命意志坚定，有一副铁一样的硬骨。1944年10月，书店混入汪伪特务，遭受破坏，包括朱枫在内的部分同志被捕。朱枫虽经残酷拷问但决不招供，经组织设法营救出狱。还有一次，她被抓进日本宪兵队，遭遇拷打，拇指还落下残疾，却从来没有屈服。

联想她在台湾被捕后"吞金自杀"、在审判现场神态安然旁若无人和绑赴枪决时的视死如归，谁不对这位铮铮硬骨的女英雄投之以钦佩的目光。连国民党负责此案的少将特务谷正文都称朱"党性坚强、学能优良"，"此种维护重要工作、不惜牺牲个人生命之纪律与精神，诚有可取法之处。"在抗日战争和民族解放战争中，三联书店的前辈们为革命事业浴血奋战，做出了重要贡献，许多人甚至献出了宝贵生命。烈士们牺牲在敌机的轰炸下，牺牲在"平江惨案"中，牺牲在抗战爆发后的苏北战场、苏中抗日根据地，牺牲于息烽集中营、上饶集中营、重庆渣滓洞，或被敌人活埋、暗杀，有的被捕后趁敌人不备挣脱绳索投海牺牲……朱枫烈士是他们中的佼佼者，她是中国共产党优秀党员，千古名垂的英烈，三联书店杰出的革命先辈，作为三联书店的后继者，我们为有这样的前辈骄傲和自豪。

　　下午的马场町纪念公园宁静、空旷，很少有人来往。我将一束鲜花摆放在这里，将一瓶酒洒在沾有朱枫烈士鲜血的土地上，默念着英雄的名字，心潮起伏久久不能平静。怎样选择信仰，怎样履行使命和责任，朱枫等三联的先贤们做出了抉择，为我们树立了楷模。

2011 年 7 月 1 日于台北

缅怀徐雪寒先生

在美术馆东街 22 号三联书店办公楼一楼大厅，悬挂着三联书店九位创始人的大幅照片，徐雪寒先生作为新知书店的主要创始人，其照片也挂在中间。所有照片中，他显得最为年轻，西装领带，面带微笑，充满自信。这些照片里，唯有他和韬奋先生戴眼镜，在精明中透露几分文气。每天上下班，出入电梯，我都要面对徐雪寒先生的照片。尽管如此，我却对他知之不深，只是我做总经理后进一步熟悉店史，特别是为准备参加孙冶方经济科学基金会和三联书店在北京召开的"徐雪寒同志百年诞辰纪念会"，阅读了更多的关于徐雪寒先生的材料后，我才对他有了更多的了解，对他的经历、为人、学识、贡献有了较深的认识。

徐雪寒先生的老朋友薛暮桥用"坎坷的人生，也是坚强的一生"来评价徐雪寒。我这里另做一点补充和解读，我认为，徐雪寒先生也是传奇的人生，伟大的一生。

所谓传奇，也就是说人生经历很不寻常，有传奇性、故事性。他

15岁即加入中国共产党,并担任杭州地委组织部长。他既坐过国民政府的监狱,也坐过新中国的监狱。先生在国民党的"牢狱大学"里"学习"了近6年,后又在自己人的冤狱中待了10年,连在"文革"前后被迫害,20余年不得舒展。两者相加,一生中有近三分之一的时间处于被管制状态。他一生从事多项工作,创办新知书店从事革命出版事业;在隐蔽战线为党收集情报,从地上转入"地下";他从事经济研究和经济领导工作,主管过金融、铁路交通、外贸,每一项工作都成绩不菲,被周恩来总理誉之为"干一行,钻研一行,并在那一行做出优异成绩"。

所谓伟大,是就其贡献而言。徐雪寒先生把一生心血献给党,献给民族解放事业,献给社会主义建设事业,他对党和国家的贡献是卓越的、重大的、多方面的。他是一个出版家。1935年他和钱俊瑞、华应申等遵照党的指示开办新知书店,为宣传马克思主义和各种进步思想、推动社会进步做出了贡献。他是一个革命活动家。他按照上级指示进入隐蔽战线,搜集了大量重要情报,对革命战争和抗战的胜利做出了贡献。他是一个经济学家。他领导经济工作,亲自参加经济建设,并有针对性地进行研究和指导,对国家经济建设和发展做出了贡献。他这些贡献,历史不会忘记,人民不会忘记。

徐雪寒先生对出版事业的贡献,我归纳一下,可以从五个方面来认识:

一是他作为主要创办人之一创办新知书店,创办后又担任总经理,使书店从艰难中成立,成立后正常运营,又取得辉煌业绩,作为"主其事者",徐雪寒先生厥功甚伟。他又和生活书店紧密合作、密切联系,使三家书店一开始就有了合作基础。1948年10月26日，按照党的指示，三家书店合并成立"生活·读书·新知三联书店"，经过近80年发展，三联书店成为和商务印书馆、中华书局齐名的著名出版品牌。三联品牌的创立和发展，徐雪寒先生功不可没，我们三联人永远不会忘记徐雪寒等老前辈为三联付出的艰辛、做出的贡献。

二是新知书店成立后，出版发行了一大批宣传马克思主义和进步思想的著作，也出版过《对马》《巧克力》《鲁迅论及其他》等文艺书籍，还开办《中国农村》月刊、《语文》月刊、《新世纪》《阅读与写作》等刊物。短短几年，开办二三十余家分店，把各种进步书籍源源不断地送到读者手中。这些书刊的出版和发行，对于宣传革命真理、唤起民众觉醒、推动社会进步起到了不可估量的作用。许多青年知识分子就是在读了新知书店等进步书店出版的书刊后走上了革命道路。至于它对社会人心的深远影响，其价值更是难以估量的。

三是新知书店以其革命出版的实践，形成了进步出版事业的风格和传统。新知书店创办伊始，就明确提出三条：（一）办书店是为了进行革命宣传，书店本身是革命工具；（二）宣传马克思列宁主义，专门出版社会科学著作；（三）充分利用合法形式，并按企业原则经营管理。新知书店的方针是出版严肃的社会科学著作，探讨中国经济问题，宣传真理，结合中国国情，针对现实存在的问题，始终坚持与时代同行，是新知书店的显著特色，它同生活书店、读书出版社的优秀传统一道，被三联后辈所继承，成为我们今天开拓创新的精神财富。这不仅有利于三联书店的发展，对当代整个出版业的发展都有指导借鉴意义。

四是为出版事业和革命事业培养了一批专业人才。新知书店的老前辈中，人才济济，徐雪寒是其中一员，他特别重视培养后辈，为党的事业培养后续力量，这些同志在以后的出版事业和革命工作中发挥了重要作用。他慧眼识珠，所培养的朱枫烈士就是其中的杰出代表。朱枫1938年进入新知书店当店员，在徐雪寒领导下工作，以后又经徐雪寒介绍加入中国共产党，并由书店转入秘密战线，做搜集和传递情报工作，最后在台湾英勇就义壮烈牺牲。范用虽然不在新知书店工作，但对徐雪寒对他的关心也有美好的回忆。一次，16岁的范用到新知书店要一套《语文》月刊，已届中年的"徐大哥"爬上爬下为其寻找，让范用大为感动。

五是在主持书店工作之余，他坚持不懈地写文章宣传真理。当年一些有关中国经济的文章，是根据马克思主义的立场、观点和方法结合当时条件所掌握的资料并冒着危险写成的，体现了他的勤奋、智慧和创造力。这种坚持传播真理的精神，同样值得今天的出版工作者学习。

此外，徐雪寒先生对传承和弘扬韬奋精神做出了贡献。他和韬奋先生有很深的交情，新知书店创立之初，韬奋先生给予1000元的资助。1943年10月，中共中央华中局派徐雪寒去上海探访邹韬奋，表示慰问并赠送医疗费。1944年二三月间，韬奋病危，徐雪寒再次代表中共中央和华中局到上海探望并带去医疗费。邹韬奋在徐雪寒面前口述遗嘱，要求加入中国共产党。徐雪寒将韬奋先生的愿望、要求及长子带回根据地。

徐雪寒先生虽然从1943年就离开了新知书店，但他始终关注出版，心系三联。1983年他和钱俊瑞等新知书店创始人向中央有关部门建议，提出恢复"1945年挂牌、1948年合并、1951年成为重建人民出版社基本班底和副牌"的生活·读书·新知三联书店独立建制。在许多"老三联"的争取下，1986年1月，这一愿望得以实现。

现在，生活·读书·新知三联书店已进入新的发展时期。员工260多人，年出书500多种，发货码洋1.6亿元，每年都有一批好书问世，还出版有《三联生活周刊》《读书》等4个杂志，开办有韬奋书店等多家图书零售店，主营业务收入达到1.6亿元，利润突破2000万元，经济实力和社会影响力都处于历史最好时期，被新闻出版总署评为"百佳图书出版单位"，荣获全国"先进出版单位"奖，成为我国学术出版重镇，被誉为知识分子的精神家园。而这一切，都是建立在前辈们打下的坚实基础上的。吃水不忘挖井人，我们不会忘记邹韬奋、徐雪寒等前辈为三联书店做出的贡献。我心里一直在思索这样一个问题，作为今天的三联人，如何把前辈们开创的传统和形成的精神承继下来发扬光大？党的十七届六中全会提出建设社会主义文化强国的目标，给三联书店提供了新的发展机遇，我们将不辜负前辈们的期望，在发展大潮中有所作为，为我国文化大发展大繁荣做出新的贡献。

只有这样，我们三联人才不会愧对老前辈们；我每天在办公楼大厅见到徐雪寒先生等三联创始人的照片，内心才会有几分安然。

痛悼倪老

我们的精神家园，就是在怀念中延续的。

2010年注定是三联书店悲痛的年份，是让三联同仁伤悲的年份。9月，刚刚送别三联书店前任总经理、《读书》创始人范用先生，仍在痛定思痛的我们，又送别三联书店前任总编辑、《读书》创始人倪子明老前辈。不到两月时间，三联痛失两位巨擘，真让人心生戚然，不胜悲痛。

范用先生辞世时，我恰在台湾公干，没能与之做最后告别，留下莫大遗憾。范用先生住院后，我同领导班子的同志们去看他，他处在昏迷中，已不怎么认人，也不怎么说话，只是艰难地呼吸着。当初倪老住院后，我和店领导班子的同志们去看望，倪老还能坐起来与我们交谈和合影照相，见到三联同仁们来看他，倪老很兴奋，状况也好了许多。听说前天刘杲同志来看他时，他已不怎么认人，但见到我们不仅一一相认，还能交谈半个小时。倪老说，他是9月18日上午参加范用追思会后病倒的。他刚看了店里编的悼念范用专辑，编得很好。他激动地对我们说:"范用是我最好的朋友,也是我最敬重的人,他去世后,我想写一篇文章,但手抖,写字看不清,所以作了一首诗。"怕我们记录不准确,他自己用颤抖的手把诗写了下来。诗的题目为《怀范用》,四句诗是:"华发书生赤子心,拼将瘦骨筑书城。偶然脚底碰顽石,横眉白眼看鸡虫。"表达了他对老友老搭档的高度评价和深深怀念之情。倪子明和范用谊交深厚。上世纪70年代末,陈原、陈翰伯、范用、倪子明共同创办《读书》杂志,后两人分别担任三联书店总经理、总编辑,密切合作,推出一批深受读者欢迎的作品。倪老的《怀范用》,即是对范用先生的客观评价,也是个人精神世界的自我写照。看到病床上倪老的精神状态不错,我估计近期内不会有什么危险,没想到仅隔5天时间,倪老就与世长辞了。捧读他亲笔写的遗作,看着我们在病床前同他的一张张合影,真切地感受到一个慈祥老人远去,我的泪水止不住涌了下来。

倪子明同志是中国共产党优秀党员,我国著名编辑家、出版家,是我们三联书店的老前辈。他1939年12月在桂林读书出版社参加工作,先后在重庆读书出版社、香港读书出版社分社、中宣部出版委员会、文化部出版局、国家出版局、三联书店工作,经历抗日救亡、解放战争、社会主义建设和改革开放各个时期,数十年如一日为党为国家为文化发展辛劳工作,做出了很大贡献。三联同仁们很爱戴他,敬重他。我到三联书店较晚,对倪老的经历和贡献知之不多,但由于分管人事和老干部工作,与之接触较多,逢年过节前去探望,也多有交谈,从一点一滴中感受到他高尚的品格和做人的风范。

倪老为人谦和、虚怀若谷是我最深的印象。倪老是个老革命，也是三联的老前辈，资历老、功劳高、贡献大，但从来谦和待人，从不高调，是真正的谦谦君子。对别人、对朋友每每夸赞，言及自己则避之不及。1978年创办《读书》时，他是一员干将。国家出版局局长陈翰伯通过国家出版局研究室掌控此刊，而在研究室主其事者即是倪子明。当时刊物主办者是国家出版局研究室，倪老是研究室主任，同时兼任《读书》杂志副主编，为《读书》杂志的创办、发展殚精竭虑做了许多工作，有很大贡献。但每言及创办《读书》，他总是讲陈原、陈翰伯、范用等其他人的功劳，从来不提自己。对三联的历史，他给我讲过许多次，但每次都是讲前辈们和其他人的业绩、贡献和牺牲，没有一次讲到自己。对新时期三联书店的发展也是如此。1983年年初，范用、倪子明分别被任命为三联书店总经理和总编辑，两人按上级要求进行恢复三联书店独立建制的工作，筚路蓝缕艰苦创业，终于完成筹建任务，而在年底，两人又双双离休，退出领导岗位。但说到三联的独立建制和发展，他总是讲范用的功劳和贡献，没有一句言及自己。

有着浓重的三联情结，期望三联事业不断兴旺发展，是倪老晚年最为关注的事情。倪老生于安徽桐城，受前辈和地域文化影响从小酷爱读书，学养丰厚。早年向往革命，投身三联书店前身之一的读书出版社从事革命文化工作。三联书店合并成立后，他先后担任过石家庄和开封三联书店的经理，80年代初又"光荣归队"，回三联书店担任总编辑，他对三联有很高的评价，也有很深的感情。每次去探望他，他总是细细地关问店里的情况，如出没出什么好书，经济效益如何，等等。我们一一回答，他听得很认真，叮嘱我们与时俱进，加大改革力度，处理好事业性与商业性的关系，把员工的积极性调动好。他密切关注店里的变化，我们寄去的内部刊物《店务通讯》，他每期都细细阅读，有什么好的建议，他会及时告诉我们。当看到店里取得的成绩时，他会适时地给我们以鼓励。我担任三联书店总经理后去看望倪老，他紧握我的手语重心长地说："这副担子不轻啊，但我相信你能干好，一定能干好！"给我和班子其他成员增添了信心和力量。即使躺在病床上，他依然心系三联，关切地问这问那，希望三联有更大的进步。现在倪老远行了，我想，就是西行的路上，他也会魂系三联吧。

活到老，学到老，到死方休，倪老给我们树立了终生学习的榜样。倪老晚年"麻烦"店里最多的是要各种学习材料。我记得有党的十七大报告、十七届四中全会公报、三联的部分出版物，以及他想重读又一时找不到的书籍。我每次去看他，都会遇到他在读书学习。年老视力差，他就借助放大镜一个字一个字地看，还坚持写学习笔记。一位91岁的老人，临去世前尚能一字不缺地写出《怀范用》这首诗，得益于他长期学习养成的良好记忆。倪老这种酷爱学习的精神，是对韬奋先生等老一辈文化大家始终坚持自身学习的优良传统的继承，我辈三联同仁当认真地学习和发扬光大。

11月10日上午9时，我、潘振平、沈昌文、董秀玉、张伟民、杨进、贾宝兰、史玄等三联同仁来到昌平殡仪馆为倪老送行。在哀乐声中目睹遗像，我对其印象始终定格在他在病榻上费力地一字一句为我们写《怀范用》那首诗的情景。触景生情，咏诗怀人，我们的精神家园，就是在怀念中延续的。我也用一首小诗来表达对倪老的怀念和追思："桐城赤子逐光明，平生未了三联情。此番西去做何事？定然辛苦筑书城。"

回忆宋木文关心三联书店的一些往事

2015年10月23日上午，我随中直机关劳模休养团在丽江游览木王府，突然接到国家新闻出版广电总局办公厅电话，告诉我宋木文同志去世了，其家属让转告我这一消息。接完电话，游兴全无，坐在长廊的木连椅上，呆呆地望着远山，心情很是悲伤，眼前的木王府隐去了，而木文老的音容笑貌却一幕幕地涌进脑际。

我和木文老"巧遇"并相识在20世纪九十年代中期，当时我在吉林省新闻出版局任图书管理处处长。一次去广西师大出版社参加一个会议，早上起来爬坐落在广西师大院内的独秀峰，攀登路上遇到一家老小三口，但见长者步履稳健，精神抖擞，留下很深印象。下得山来坐在亭子内休息，又碰到一起，便相互攀谈起来。当得知我在吉林省新闻出版局工作时，老者说他是吉林榆树人，是吉林老乡。我细追问，知眼前便是久闻其名未见其人的宋木文署长，他刚从署长位置上退下来，带爱人和孙子来桂林休养。宋老对吉林出版界很熟悉，谈到过去的一些工作，也忆及他在吉林生活工作时的一些往事。就这样，我们在独秀峰下相遇相识了。以后我在工作方面有需要木文老帮助、指导时，经常去找他，渐渐地成了他家的常客。木文老对家乡感情很深，对吉林出版方面的事情很关心，帮我们出了不少主意，也做了许多推进工作。

2005年8月，我由吉林省新闻出版局副局长任上调北京生活·读书·新知三联书店，新来乍到，工作不摸路径，便常去找木文老求教。从多次交谈中得知，木文老对三联书店很有感情，对三联书店事业发展给予过不少帮助。这些，我都是从他忆及的一些往事中体会到的。确认三联书店员工的革命历史地位，就是木文老为三联书店做的值得铭记史册的一件大事。粉碎"四人帮"之后，出版战线开始拨乱反正。批判"四人帮"在文革中炮制的"三十年代黑店论"，为三联书店平反，落实一大批三联书店职工革命工龄问题，是出版领域在组织战线上拨乱反正的一个突出事例。生活书店、读书出版社、新知书店，以及后合并成立的生活·读书·新知三联书店，是在党的领导下成立的专门从事新闻出版工作的进步出版机构，在我国社会进步和民族解放事业中发挥过重要作用。但对参加上述单位员工计算革命工龄时，未像对新华书店那样，入党即是参加革命工作，计算革命工龄，对此，三联书店员工颇感不公，意见较大。三联老同志徐伯昕、张仲实、胡绳、黄洛峰、钱俊瑞、华应申、邵公文等曾上书中共中央书记处，但由于当时类似积案甚多，又有攀比，需要逐个审查和统筹，未能及时解决。木文老说他是从参与出版界拨乱反正工作，在批判"三十年代黑店论"过程中，较为系统地了解到三联书店的辉煌历史及其与党中央、与中央南方局、北方局有组织关系，并在同三联老同志接触中深得教益，所以由衷的愿为三联书店做一些力所能及的事。

1983年3月15日，木文老到中组部按三联老同志的要求再做争取。听取他汇报的是中组部部务委员、老干部局局长郑伯克。郑1928年参加革命，20世纪三十年代在上海曾与胡乔木、周扬有党的工作关系，同左翼文化人有交往，知道生活书店许多情况，对木文老的面陈争取和三联老人的要求作了热情支持的表态。两个月后，1983年5月26日，中组部发出《关于确定党的秘密外围组织进步团体及三联书店成员参加革命工作时间的通知》，明确规定："凡是三家书店的正式工作人员，拥护党的主张，服从组织安排（需经当时分店以上负责人证明），一直坚持革命工作的，1937年8月以前进店的，其参加革命工作时间从1937年8月三家书店受党直接领导时算起；1937年8月以后进店的，从进店之日算起。"这样，三店及其他的三联书店分布在全国约1600余人中的大多数，都满意地解决了革命工龄问题，离休后都享受了离休干部待遇。这件在全国有广泛影响的拨乱反正的大事，对三联书店具有深远意义的大事，木文老力促其成，功不可没。但忆起这件事他是那样谦虚："起决定作用的是送到中组部决策会议上的两个重要文件，一是中共中央1949年7月18日《关于三联书店今后工作方针的指示》，肯定'三联书店过去在国民党统治区及香港起过巨大的革命出版事业主要负责者的作用'，一个是1982年在纪念三联书店五十周年纪念大会上邓颖超、王震、邓力群、周扬的贺信和讲话，肯定三家书店'在民族民主革命的暴风雨中，把马克思列宁主义的火种传播得更广泛、更深入'"。"我们有关工作人员出了一些力"。由此对三联书店的革命历史地位进行了充分肯定,解决了许多三联老同志政治和生活待遇问题,所有三联人都应感念在心。

还有一件事不能不提。木文老在任上解决了三联重建后办公楼用地划拨和修建问题。三联书店 1986 年 1 月恢复独立建制后,一直没有自有办公用房,四处打"游击",不利于工作和事业发展,问题反应到署里后,木文老很重视,经多方协调,将原隶属于署里的北京新华字模厂无偿划拨给三联书店建楼,并妥善地解决了相关事宜。这件事木文老对我详细说过,他说,具体事都是有关同志去协调的,但决策确实是由署务会做出的,不是哪个人的功劳,不能记个人账上,体现了上级机关对三联书店事业发展的关心。经过沈昌文等一些同志共同努力,三联书店在原字模厂的地面上建起了综合办公楼,极大地改善了办公条件,而且恢复了三联书店"前店后厂"的传统格局,楼上是编辑部,楼下则是两千多平方米的书店。目前三联所在的"美术馆东街 22 号"已成为文化地标,许多读者到三联韬奋 24 小时书店选书购书,三联书店事业发展有了物质上的坚实根基。

还有一件事我记忆犹新。那是木文老退下来之后,他在审读《中华民国出版史》一书书稿时,发现这部书稿洋洋几十万字,却对以邹韬奋为首的进步出版事业反映较少,不仅文字少,分量也不足。这时他也听到了三联一些老同志的声音,认为这对生活书店、读书出版社、新知书店,以及后来合并成立的生活·读书·新知三联书店很不公允,应当还历史本来面目,加大分量和补充完善。为此,木文老以写信等多种方式向有关方面反映，还亲自撰文肯定三联书店在现代出版史上的历史地位和作用。经过木文老和一些三联老同志的努力，这部书稿得到了补充完善，比较全面地反映了三联书店的历史功绩和贡献。这是对三联书店负责，更是对历史负责。木文老以严肃认真的态度对待这件事，并为此付出了大量心血。

2009年1月，我任三联书店总经理之后，对如何开展好三联书店的工作，木文老既给我思想上的指导，又给予许多实在的帮助。他告诫我，无论何时何地，都要把社会效益放在第一位；他叮嘱我坚持三联特色，紧紧依靠全体三联人干事业；他鼓励我要在继承传统的基础上大胆创新，开辟新境界，勇攀新高峰。对我们组织的一些重要会议和重大活动，木文老有请必到，他先后参加过三联书店创建八十周年纪念大会、生活书店恢复设立座谈会、韬奋图书馆揭牌仪式、《读书》杂志创刊三十周年纪念会等，尽管年事已高，有时身体也不好，但他都不辞辛苦来为三联书店助力加油。他曾多次为《读书》等报刊撰文，介绍三联的革命传统，以及他对继承发扬革命传统的建议，不仅使三联人深受教育，也扩大了三联书店的品牌影响力。我在三联书店工作时，每期《店务通讯》都送木文老阅读，他看得很仔细，看完后会打电话给我，有鼓励、有鞭策，也有许多好的建言，使我受益颇多。

坐在丽江木王府的长连椅上，我呆呆地望着远山，山头翻卷着白云。木文老驾鹤西去了，但他的声音仍在我耳畔，笑容仍在我眼前。木文老虽已远行，但他刚辞世，定行不远，我要送他一程。我毅然决定改变已确定的行程，改签机票赶回北京，到八宝山给木文老送行。木文老远去了,许多出版人怀念他,得其助益的三联人也深深怀念他,怀念他为三联事业发展做出的努力与贡献。

2016 年 3 月 1 日

怀念我的出版引路人姜念东总编辑

我有一条人生经验，一个人的一生，在前进道路的关键处，总会有人推你一把，不但会让你离开险境，而且会使你进入一个新的境界。推你的这个人，就是你的贵人，他在你人生拐点发挥了关键作用。对此我深有体会。我这一辈子没有什么大出息，如果说还小有成就的话，那多得益于"贵人相助"。在部队，我的贵人是师部宣传科科长宋涛。我当兵时，他的年纪已经40有余，从铁道兵三师调到贵州盘县，参与组建属于基建工程兵的这支队伍。宋科长是山东青岛人，为人直爽、正派，聪慧，1950年底参加抗美援朝战争，搞宣传报道出身，尤喜人才。他富有工作经验，业绩突出，在部队司政后机关各科长中出类拔萃。我当兵刚八个月就调到宣传科搞文艺创作，就是他发现的"苗子"并力主调到机关来的。后来我上大学、入党都得益于宋科长相助。而且，我从思想、工作、创作等多当面受其良好影响。宋科长后来下到团里当政委，以后又转业到安徽淮北地方工作。我去看过他，他和夫人也到北京看过我。今年春天我和战友冯俊科专程去淮北探望宋科长。

老人今年 87 岁了，身体还很硬朗，只是现在听力有问题，难以进行顺畅交流，使我感恩的话难以尽情表达。我在吉林大学读书遇到的贵人是公木先生。蒙其不弃小才，多对我"耳提面命"，使我明确坚定文学发展方向，比以前成熟起来。而我进入出版社从此与图书出版结下不解之缘，则是遇到另一个贵人——时任吉林人民出版社总编辑姜念东先生。

　　1991 年 7 月 1 日，是中国共产党成立七十周年。为迎接这个纪念日，中共吉林省委决定上一个重大出版项目，组织出版《中国共产党百科要览》。出版任务由吉林人民出版社承担，总编辑姜念东具体负责此事。为了确保任务完成，省委组织了全省一批专家、学者集体"攻关"，从 1990 年下半年就开始编写。1991 年 2 月，我突然接到省委宣传部通知，让我和精神文明建设办公室副主任李扬一起去《中国共产党百科要览》编写组报到。原来该书主编们在统稿阶段，发现原先编写的关于"精神文明"这部分 20 万字不合用，要组织人员重写。这一任务就落到了我和李扬两人的肩上。此时，该书已进入统稿阶段，全部人员集中到中国人民解放军 461 医院院招待所内。一栋三层小楼，几乎全住满编写、统稿人员，灯火通明，日夜奋战。我和李扬"新起炉灶"，时间紧，任务重，丝毫不敢怠慢。我们在这里吃、住、写整整一个月，终于如期完成任务。就是在这个过程中，我和姜念东总编辑熟识起来。在这之前，我也认识他，那时是在省委宣传部，他是主管理论工作的副部长，我是宣传处干事，互不了解，只是"点头之交"，但他的理论水平、魄力、能力我都有耳闻。他到吉林人民出版社任总编辑之后，再没有见过面。这一次在他指导下工作一个月，收获颇丰，也互相加深了了解。我们把稿件一篇篇写出来交他审阅定稿、把关，他负责组织全书统稿，还要给我们这部分"开小灶"，用"手把手地点拨"来形容也不过分，我们高质量完成任务，和姜总编的指导密不可分。我和姜总编之间也由此开始结下深厚的情谊。我和他同吃、同住、同"劳动"，当一些人夜晚回家后，我和他留在招待所，常常交谈到深夜。在环境清幽的部队大院内，我们边散步边谈心，拉近了之间的距离。从交谈中了解到，姜总编和我在部队的老领导宋科长一样，都是"山东大汉"，烟台福山人（原福山县，现为福山区），农家子弟。他和清代官员、著名甲骨文字学家王懿荣一个村，小时候常到王家的大宅子去玩，因此也沾染一点"文气"，立志向学。他也给我讲了他参加革命的经历。他小时当过儿童团长，较早参加革命工作。抗美援朝开始后，山东老区一批批年轻人赴东北支前。他积极报名参加，坐船到了东北，战争告一段落之后，组织上动员年轻人报考大学，已有文化基础的他被东北师范大学录取，毕业后一直在宣传思想理论战线工作。在参加革命的同时，他也找到了自己的终生伴侣。这一奇特经历，姜总也给我详细讲过。那是在大连码头，他们这批从山东来东北工作的青年上岸后集合点名，他听到了点小学同学王舒芝的名字，王舒芝也听到点他的名字。"心里那个高兴啊，又不好表达出来，离开家有个人互相照应还是好的。"姜总说。从此，他们互相照应着，照应了一辈子。王舒芝后来从锦州转业到长春，他们在长春安家，共育有二子一女。在交谈中，我也给姜总讲了我的家庭、身世，我的成长道路，我成长中的"烦恼"。一个月下来，我们之间成了无话不谈的"忘年交"。待编写任务完成，项目就要收尾时，姜总编对我说："小樊，据我对你的理解和观察，你的性格不适合当官，走官场会有许多曲折。你的志趣在从文，文字基础也很好，我建议你到吉林人民出版社工作，做一名编辑，多出些好书，干这比一辈子干别的啥都强。"姜总一席话，改变了我下半生的走向。

1991年7月30日，我到吉林人民出版社报到。时任社长巩德仁和总编辑姜念东两人认识很早，配合默契。一个曾任省新华书店总经理善抓经营，一个是学马列搞理论出身，担任过省委宣传部副部长，当总编辑得心应手游刃有余。下面集聚一批人才和干将，把各项工作干得风生水起，事业如日中天，不仅在省内位列第一，而且在全国都很有影响。吉人版《中华人民共和国法律全书》在国内外名闻遐迩，一度成为法律工作者案头必备的工具书，还被作为国礼赠送到国外。一本《法律知识》普及读物，在全国发行数百万册，经济类、青年读物类都有图书在全国同类书中显露头角。我来正逢时，遇到了创业的好环境。我被任命为政治读物编辑室主任，虽然过去因出书与出版社接触过，但对图书出版业务白纸一张，过去的一切翻过去，完全面对一个陌生的领域，心中有些胆怯。我放弃省里的正处长岗位，谢绝在调动过程中有领导让我到局报刊处当处长的提议，一头扎到出版社，这在当时是一朵"奇葩"，一些人在等着我"结什么果子"。再就是刚到社里，环境也有些欺生，许多双眼睛在默默注视着我。我刚到社里一个月左右，在全社选题讨论会上试着提两个选题被否定。面对这种情况，我有些茫然不知所措，关键时刻，还是姜总编帮助了我。他首先帮我从思想上"解套",告诉我既然到出版社做了编辑,就要从长计议,久久为功,不要有急于"建功立业"的思想。提两个选题通不过算个啥,干这一行就要有"沙里淘金"的功夫,多听听不同意见有好处。告诉我选题不能靠想象来、靠自我推测来,首先要有好的作者,有作者就有好的选题。为此,他带我到北京拜访认识《红旗》杂志总编辑邢贲思、外交部原副部长宦乡及中宣部一些领导、北京大学一些学者,这都是他在任吉林省委宣传部副部长、吉林人民出版社总编辑期间结识的老朋友、老作者,给我一一接上头,使我初步有了一批作者队伍,还在同这些领导、专家交谈中,捕捉到了一些选题信息,组到了一些书稿。姜总编还提示我要发掘自身积累下来的选题资源优势。他说:"我看你对精神文明建设这块比较熟悉,可否从中发掘一些选题?"我告诉姜总,我在精神文明这块里头,最早研究现代生活方式这一块,收集了大量资料,准备撰写专著,也认识这方面研究的一些专家、学者,很想开发这方面的选题。姜总听到这里,眼睛为之一亮,大声说:"可以啊,那还犹豫什么呢?"我说,按分工范围,这是青年读物编辑室的选题,不归我们政治读物编辑室,怕"越界开采",别人有意见。姜总说:"那你考虑太多了,什么他的,我的,就是打破这个界限,提倡开展相互竞争。只有这样才能人尽其才。你就越界开采吧,社里鼓励。我们是大分工,小交叉,都打乱了也乱套,适当交叉开展竞争,只有好处,没有坏处。"在姜总的鼓励下,我打消了顾虑,甩开膀子在"现代生活方式"这块土地上开采起来,很快就拿出《青年道德概论》《风度美·气质美·韵致美》《当代婚姻家庭热点问题侃谈丛书》等一批选题,获得社里通过并组织实施。组织出版生活方式变革一类图书，使我找到了自己独特的发展方向，把潜在的优势发挥出来，弥补了吉人版这方面选题空缺，初步在社里站稳了脚跟。更为可喜的是，在年度评选中，《风度美·气质美·韵致美》一书获得全国第七届金钥匙优秀图书评比优胜奖。我摸着那枚虽不大但金光灿灿的奖章，心里默默地想，这奖章含有姜念东总编辑一大半的功劳！

1992年4月初，我陪同姜念东总编辑参加云南人民出版社主办的全国人民出版社年会，住在昆明市中心震庄宾馆。参加会议的有人民出版社社长薛德震及全国30个省市人民出版社的社长或总编辑。会议隆重热烈，围绕人民出版社地位、作用、变革等议题，讨论得很深入，安排考察活动也丰富多彩。我们去了大理、腾冲，经芒市到边境口岸畹町。一路走来，一路交流，比较深入地考察了云南民族出版的一些情况。离开云南，我们去了贵州。在贵州人民出版社毛总主持下，两社作了交流。我曾在贵州日报学习、工作过。19岁那年冬天，我们部队一行6人到贵州日报社参加培训，并帮助工作，我分在政文组，贺其瑞、张晓通、熊国光、周敌非、涂永康等老师都带过我，我和他们结下了深厚情谊。这次到贵阳是过了十七年之后又来，报社已搬了新址，我认识的这些老师多数已退休。我给每人准备了一份礼物，并请这些老师吃了一顿饭，畅叙旧情。姜总编参加了我的宴请活动，也通过我的人际交往更加了解了我的为人。贵州日报这些老师、老朋友知道我跟姜总在吉林人民出版社工作，都为我庆幸，说我又找到了一个好的"领路人"。姜总说：看到你这些朋友、老师，看到你和他们的关系，看来你是一个重情义的人。从贵阳到成都，到盐道街四川人民出版社和同行们作了交流。回程时我们选择从三峡出川。我陪姜总欣赏长江沿岸自然景色、人文景观，姜总给我讲了许多人文历史知识，也讲一些出版方面的感悟。尤其是在过三峡时讲的一段话，让我脑洞大开，终生受用。姜总编说：长江之美，美在哪，美在三峡，假设没有瞿塘峡、巫峡、西陵峡，长江之美就会大减其色。这说明什么呢？说明任何时候都要抓重点、关注重点，对出版来说，抓重点就是抓大项目。一个领导要学会抓大放小，一个编辑要学会抓大项目。一个编辑一生能出多少书？不能以出书多来少衡量自己，假如你出了一书架子书，这些书都默默无闻，有什么用呢？还是要关心政治，关心社会，关注民生，抓一些社会关注的大工程大项目。如果我们吉林人民出版社没有出版《中华人民共和国法律全书》这样的大部头，就不会引起国家领导重视，就不会在人民大会堂举办出版座谈活动。他特意对我说：你到人民出版社快一年了，也出了一些书，有一些书也不错，但要学会抓大项目，以大项目立身。像这长江三峡，虽然只是滚滚长江的不长一段，但却是精华所在，说长江有不言三峡的吗？说三峡有不想到长江的吗？姜总编循循善诱，观景说理，使我有顿悟之感。他又说：人生苦短，一个人一辈子做不了几件事，一个编辑编不了几本书，要想雁过留声，只能办一件或几件有影响的事，方可有所成就。一路上，姜总编给我讲了许多话，这段话给我印象最为深刻，这是一个总编辑对编辑的教诲，也是一个前辈对后辈的告诫。他讲的是出版，却蕴含着人生哲理。我从中不仅理解了出版的"要诀"，而且领悟了人生真谛。使我在每一个人生阶段，不管在哪里工作，都学会抓大事、抓大项目，从而为成功奠定基础。

接下来在吉林人民出版社工作的这段时间里，按照姜总编对我的指点，我开始抓有影响力的大项目。经过深入思考和较为精心的策划，我提出了《邓小平生平著作思想研究集成》《现代家庭生活宝库》两个选题，两书都是大部头，前者200万字，后者300万字。受姜总编的指点启发，我把过去的线索和作者队伍梳理一遍，从社会大变革的高度确立有价值、有可行性的选题。《邓小平生平著作思想研究集成》分为生平编、著作编、思想编，尽量囊括国内外已有研究成果，同时又有新的发掘。目标是把这本书编写成邓小平研究成果之集大成者，使之成为邓小平研究里程碑式的著作，供党政机关干部、理论工作者学习研究邓小平理论使用的重要参考书。主编由中央文献研究室龙平平和中宣部崔智友担任，编写队伍力量强大，精兵强将众多。把这个情况说给姜念东总编辑听，他比我还要高兴，说：好，好，这下可逮住个"金娃娃"。一定要坚持高质量，一定要集中精力。《现代家庭生活宝库》也不错，可以搞，但要把主要精力集中到邓小平研究这本书上！而且要抓紧，在保证质量前提下快点出版抢在前面，不要起大早赶了个晚集，把一个好选题糟蹋了！我请姜总编担任本书顾问，姜总编说：那就不必了，如用得着，我帮你看看稿，把一下关没有问题！到这时，我才领会了古人所谓"授人以渔"的深刻含义，姜总编没有授我以鱼，给我具体选题，而是授我以渔，教我捕鱼的方法，使我渐渐摸到了门道，深入到堂奥，也开始领略出版好书带来的乐趣。在近一年内，我心无旁骛，把精力集中在两部大书上，特别是《邓小平生平著作思想研究集成》上面，倾注了大量心血，一手《集成》，一手《宝库》，在北京、长春两地奔波，在发行所、印刷厂周旋，组稿、编辑、设计、校对、下厂核红，因为文字量大，我有多个夜晚是在印刷厂校对室度过的，在单位加班更是常事。终于，功夫不负有心人，一年后，《邓小平生平著作思想研究集成》《现代家庭生活宝库》分别于1993年2月和4月出版，被新华书店北京发行所列为重点图书，在全国发行。前者还被评为吉林省政府优秀图书一等奖，在全国产生了重要社会影响。

我到北京三联书店工作后，每年回长春探亲，都去看姜总。姜总一年年衰老了，过去伟岸的身躯，现在腰也弯了，过去声若洪钟，现在说话有气无力，断断续续。因为对社会腐败现象看不惯，忧虑党和国家的前途，心情抑郁。2010年中秋节前夕我打姜总家电话致以节日问候，姜总女儿接的电话。我说请你爸接电话。她说：我爸走了。"走了，去哪了？"我急忙问。那头才说：我爸去世了，不在了。我放下电话坐在凳子上，久久不语。后来才知道，姜总编因肺部感染住院，住院10多天就去世了。享年78岁。姜总走了，阴阳两隔，我对我的"恩师"、引领我进入出版社的"贵人"有刻骨铭心的思念，也有无以回报的遗憾。去年去云南昆明出差，恰又住震庄宾馆。我来到当年和姜总住的房间门前久久停留，睹物思人，<u>丝丝</u>悲凉涌入心头。一直想写一篇文章纪念姜总，今天如愿以偿，在回顾我步入出版生涯时，写下这些纪念文字。

2018年4月8日

怀念三联老前辈王仿子先生

2019年3月23日,天气晴好。八宝山殡仪馆院子里的玉兰花开了,白玉兰、紫玉兰竞放,更增添了哀伤气氛。上午10时整,三联书店老前辈王仿子先生的遗体送别仪式在八宝山殡仪馆兰厅举行。我是从报纸上获得王仿子先生去世并在此时举行送别仪式消息的。这天上午原本另有其他安排,但得到这一消息,我还是做了调整,赶来参加先生的送别仪式。我在三联书店任总经理期间,仿子先生对我的工作予以支持和帮助,之间也结下了比较深厚的情谊。我必须赶来送王老一程,以尽一个三联后辈的一点心意。

王仿子先生是我们三联书店的老前辈,也是我国出版界的老前辈,他早年参加革命出版工作,以103岁高龄谢世,盖棺定论地说,他的一生是革命的一生、战斗的一生,为出版事业奋斗的一生。他很早投身进步出版事业,历经抗日战争、解放战争、社会主义建设和改革开放等重要历史时期,经历出版的多个工作岗位,为我国出版事业的发展做出了重要贡献。王仿子先生去世,有关领导和出版界同仁,以多种方式表达哀悼之情。在送别厅,我看到了中宣部、新闻出版署、广电总局等部门领导同志以及不少老领导、老同志送的花圈,中国版协理事长柳斌杰等领导同志、业界精英参加送别仪式,由此可见人们对这位老出版人的崇敬之情。送别仪式开始前看到先生的生平简介,我更进一步了解了先生的战斗历程和出版生涯。先生曾用名王健行,上海青浦人,1916年10月出生,1938年在上海参加革命工作,同年加入中国共产党。1939年到衡阳、桂林的生活书店工作。1941年在香港孟夏书店工作。1942年参加东江抗日人民游击队,在军需部工作。1943年到桂林文学创作社工作。1945年后在上海生活书店工作,任出版科科长,后到香港生活书店和大连的光华书店工作。1949年8月到出版委员会工作,任印刷科科长。中华人民共和国成立后到新华书店总经理处出版部工作,任秘书室主任。1951年11月到人民出版社工作,任总经理室主任。1952年7月到出版总署出版局工作,任综合计划科科长。1954年11月在文化部出版事业管理局工作,任出版处处长。1961年1月至1975年12月历任文化部出版局副局长、中国印刷公司经理、国家出版局办公室主任。1975年12月之后先后任文物出版社党委书记、社长。1995年8月离休前,曾任中国出版工作者协会副主席,中国印刷技术协会理事长。从以上履历看出,王仿子先生长期从事革命出版工作,在出版的各个岗位上都经历了磨砺,既从事过具体的出版工作,又从事过多个管理岗位,积累了丰富的经验,为我国出版事业做出了多方面的贡献。业内同仁对他的爱戴和怀念是发自内心的,是出版后辈们对一个出版前辈的致敬。

我认识王仿子先生，是在 2005 年 8 月到生活・读书・新知三联书店工作之后。开始分管人事和老干部工作，和三联老前辈接触比较多。记得三联书店老前辈中有"五老"，分别是王仿子先生、仲秋元先生、曹健飞先生、李定国先生、范用先生，其中王仿子先生年纪最长，范用先生年龄最小。老前辈们非常关心三联事业的发展，有段时间一些老前辈还不定期到三联聚会，后来年纪大了，身体状况差了些，聚会就取消了，但他们仍以各种方式对三联书店的事业发展予以关心。这些前辈一参加工作就从事进步出版事业，分别在生活书店、读书出版社、新知书店工作，把青春、热血甚至毕生精力都献给了三联，他们和三联的事业骨肉相连。王仿子先生是其中的一个代表，他对三联的感情是刻骨铭心的。2009 年 1 月，我出任总经理之后，深感肩上责任重大，三联书店事业如何发展，我常去"问计"老前辈们，一些重大改革措施，也去听听他们的意见。一段时间，我住在方庄，与同住在方庄的王仿子先生家和范用先生的家离得比较近，故去两位老前辈家次数多一些。我还利用节日慰问的机会，征求前辈们对三联书店事业发展的看法。这其中，就吸纳了王仿子先生比较多的意见和建议。比如三联书店八十周年店庆如何搞？生活书店恢复设立采取什么样的步骤，韬奋图书馆的创立等，王仿子先生都贡献了自己的意见。尤其是关于生活书店的恢复，如何让韬奋先生开创的生活书店的事业在新时代焕发生机，王仿子先生考虑得很细致，他给我讲了生活书店的优良传统，讲了"坚定、虚心、公正、负责、刻苦、耐劳、服务精神、同志爱"的"生活精神"和企业文化，期望生活书店恢复后，发扬"竭诚为读者服务"的精神，把优良传统一代一代传承下去。他还把自己晚年辛苦写就的一本书《出版生涯七十年》送给我，供我了解生活书店历史时使用。王仿子先生在这本书的序言中说："我从1939年参加生活书店后，到今天整整七十年，可以说收入这个集子的每一篇都留有我的出版旅程的脚印。"这本书的内容很丰富，我从中了解王仿子先生在生活书店的经历，以及前辈们开创生活书店事业的艰辛及积累的经验，从中获益匪浅。现在重读这本书，王仿子先生出版生涯七十年仿佛在眼前闪现，一时生出许多感慨。

和王仿子先生接触，最深的感受是老人家的慈蔼、仁厚，回忆过去，从不议论人非；和后辈交流，从来都和颜悦色；提意见建议，从来都说仅供你们参考。还谦虚地说：我不了解情况，说一说供你们参考而已。完全没有指教人的架势，真正做到了"支持而不支使，参与而不掺乎"，让人听了没有压力，不会无所适从。因此，每次和老人交流都很愉快轻松。听三联的老人们讲，王仿子先生一辈子以和善待人著称，从《出版生涯七十年》这本书中，也可以读出他这方面的品格。中国人讲仁者寿，王仿子先生宽厚待人而且得享高寿，使这种说法又一次得到印证。

王仿子先生除了在生活书店工作外，新中国成立后，按照党组织的安排从事多个工作岗位，每次都愉快服从组织决定，对我国印刷事业的发展、人民出版社的创办、出版管理职能的完善、促进中日文化交流等方面多有建树，他获得"新中国六十年百名优秀出版人物"称号是当之无愧的。他迈入出版的起点是在生活书店，从1939年参加生活书店，到1949年6月离开三联书店，十年的青春和热血都献给了三联的出版事业，为三联事业的发展建树了功勋。在八宝山殡仪馆兰厅，我见到了原生活书店后人、老三联书店后人和三联书店及生活书店送的花圈。三联书店、生活书店送的花圈挽联上写道："天上老友相聚共佑三联大业，人间后辈共勉合写生活篇章。"既表达了对王仿子先生的悼念追思，也显示了三联后辈继承三联事业的决心。君子如兰，王仿子先生是革命战士、三联先驱、谦谦君子。兰厅一别，鹤行万里，愿仿子老前辈一路走好。

2019 年 3 月 24 晚
于襟风袖云居